Ronaldo Duran

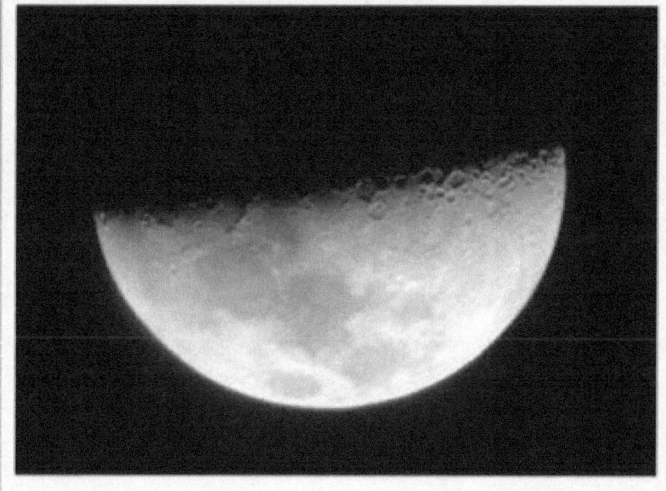

A Maior Mentira do Mundo

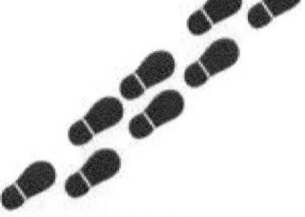

Vitrine cultural

A MAIOR MENTIRA DO MUNDO

contos

RONALDO DURAN

A MAIOR MENTIRA DO MUNDO

1ª. Edição

Vitrine Cultural

2019

À DONA PEPITA

(In memoriam)

Eu tinha lá por volta dos dezesseis anos. E rachava de estudar física, química, matemática e português. Muitas novidades nos livros. Mas aquela fala de que o homem nunca pôs os pés na Lua, vindo da Senhora, que sempre viveu modestamente no Subúrbio carioca, me deixou perplexo...
O título deste livro é em sua homenagem.
Onde estiver que esteja bem.
Ronaldo Duran

Copyright© Ronaldo Duran

Desenho gráfico e capa

Vitrine cultural

Revisão

José Carlos Ducatti

1. Ficção – contos

Dados Internacionais de Catalogação na Publicação (CIP)

Agência Brasileira do ISBN – Bibliotecária Priscila Pena Machado CRB-7-6971

D.948 Duran, Ronaldo

   A maior mentira do mundo /Ronaldo Duran. – 1.ed. – São
   José dos Campos, SP : Vitrine cultural, 2019.
   464 p. ; 21 cm.

   ISBN 978-85-67588-04-9

1.   Contos. 2. Literatura Brasileira. I. Título.

                                                    CDD B869.3

AOS MEUS AMIGOS DA FUNDAÇÃO CASA-SP

Cada um de nós traz um ímpeto para incomodar a
acomodação, para corrigir o que julga estar errado.

De seu amigo,

Ronaldo Duran

A ALEGRIA QUE PERTURBA

PEGOU A GARRAFA de vinho branco e pôs o copo pela metade. Os parentes iam chegando. Estranhos no recinto só da parte da família do namorado da filha, compreendendo pai, mãe e o genro. O anfitrião os cumprimentou, indicando em seguida as poltronas e o sofá na sala de estar. O sofá estava com três nádegas, cujos donos levantaram-se para saudar quem chegava e logo retornaram ao conforto do assento.

Diante dos assentos, há uma mesinha de madeira rara. Sobre ela o vaso de flores começa perder espaço diante dos copos de cerveja e travessas dos antepastos, sem contar com chaves de carros e carteiras. Como esposo anfitrião, ele ajudou a mulher a guarnecer nova bandeja com quitutes e trazer à sala para substituir a que se esvaziara. As latinhas de cerveja eram requisitadas, sim, mas moderadamente. Havia os abstêmios, para quem os refrigerantes e águas geladas surtiam prazer idêntico ao álcool.

Quem adentrasse na cozinha veria a grande travessa de alumínio, guarnecida com o pernil bem-temperado, saboroso, requintado. Iguaria tradicional à mesa desta família na última noite do ano. A carne de panela com mandioquinha, a sogra traria; junto com a maionese da cunhada; e mais a rabugice do sogro septuagenário. Nesse ano, seriam duas famílias convidadas a passar o réveillon.

Às 22 horas, boa parte das pessoas ia para a oração. No sofá, restavam os três chefes de famílias, céticos, ou acomodados. Ficaram no sofá proseando. A TV estava ligada, e o som baixinho a fim de não perturbar a oração comunitária que se dava num dos cômodos da casa. Estando a TV silenciada, os homens proseavam sobre futilidades, mais por cortesia que por interesse no assunto. O anfitrião vez por outra se erguia. Circulava na cozinha, no quintal ou reabastecia o copo de vinho branco. Bebericava sem a necessidade de se pôr alcoolizado.

Minutos após o fim da oração, à mesa bem-arranjada, ouvia-se o tilintar dos talheres, as bocas movimentando, os dentes triturando. Tudo mostra que a ceia agradava. A voracidade vinha dos que se seguraram por muito tempo sem atacar uma coxinha de frango. A TV exibia o programa musical que precede a virada e trazia uma imagem de pessoas gritando, pulando, se beijando, quase em transe diante dos músicos que se apresentavam no palco. Imagem tão diferente da que a sala de jantar exibia com as três famílias à mesa degustando o que lhe chegavam à boca.

O anfitrião, na posição que estava, podia dar-se ao luxo de fixar o olhar em qualquer dos convivas ou no que a TV mostrava. O espaço no canto da parede era o preferido. E antes que as pessoas se alojassem, ele o rodeava. Bastava a primeira se sentar, para ele tomar o assento.

A mousse de chocolate, a de morango, a de caju e o manjar de coco fechava com chave de ouro a magnífica ceia. As uvas verdes dão o requinte digestivo.

De volta à frente da TV, alojados no sofá e nas cadeiras, boa parte da família esperava a virada. Os assuntos voltavam a fluir. Nem dá para repetir. A gama é muito ampla. De novidades sobre vizinhos, filhos na profissão, netos na faculdade, e até as nocivas implicações do recente pacote econômico. Violência é assunto nos últimos tempos bem em voga nas rodas familiares, ali não faltariam casos e casos.

A alegria que as pessoas da TV apresentavam o perturbava. Caras animadas, suadas, agitadas, uma empolgação. Contraste nítido com as pessoas desse lado de cá da TV. Paradas, ou conversando, mas nunca sem deixar a confortável poltrona. O programa era gravado, visto que desde ontem a TV volta e meia o anunciava. Provavelmente boa parte daquela multidão e dos próprios artistas estava em casa em situações semelhantes.

Do que se queixava? Da beleza, animação e zoeira que a juventude exibe? Ou da sua rotina de fim de ano que julgava limitada? Do fato de que assim que estourasse o champanha, cessaria a festa familiar e cada qual para a casa, para a cama? Nem ele saberia responder.

A APOSENTADA

TOMOU O ÔNIBUS por volta de meio dia. Sorriu para o cobrador, e apesar de encontrar muita gente de pé, achou lugar para ir sentada. Dividindo o assento, estava a moça toda arrumadinha. Ia trabalhar nalguma loja do shopping? Pelos menos foi esse o palpite. Para corroborar a adivinhação, a moça desceu no ponto em frente ao shopping.

Senhora de seus cinquenta e poucos anos, "um tantinho pros sessenta", como dizia para as pessoas, ela nada tinha de introspectiva, muda. Causaria desconforto ao Faustão caso fosse uma das entrevistadas do Domingão. Não deixaria o apresentador falar. Como sempre há ouvintes que dão corda, ela ia proseando durante o percurso da residência até o centro comercial da zonal sul.

O primeiro itinerário será o banco. E se sobrar tempo, uma passada naquela loja.

O banco é um universo à parte. A maioria das agências bancárias é terrível, onde o cliente pouca diferença tem do gado empurrado para o abate. A fila é a primeira tortura. Raro o Atendimento Personalizado que se costuma assistir no comercial de televisão. Na vida real, para maioria, o que se vê são bancários sobrecarregados, baixa remuneração, e um tempão de pé na fila. A irritação da perda de tempo. Parece que a internet ajudou pouco.

"Eu é que não confiou nisso de computador. Prefiro vir aqui e fazer tudo na frente do caixa", é opinião da aposentada. Para os internautas pode parecer o cúmulo do atraso. Para ela que consumiu trinta anos da vida produtiva na fila de banco, não.

Lecionou um bocado de anos. Em março de 2009, a aposentadoria chegou. Na fila do banco designado para o pagamento dos professores do Estado, ela encontra companheiro de escolas pelas quais passou.

"Que fila! E eles só colocam dois caixas", esbraveja uma.

"É. A fila do idoso está cada vez mais cheia", outra senhora dá a entender que quem está na fila do idoso não é tão idoso assim.

"Se eu tivesse sessenta...", a aposentada mostra o desejo de desfrutar da fila do idoso futuramente.

"Hum", a senhora de mais de sessenta permaneceu quieta, devido à vaidade.

Mudaram de assunto.

"O que importa é que estou aposentada", disse satisfeita.

"Que legal", reflexiva.

"No começo não foi fácil. Sabe, eu que sempre trabalhei, que desde cedo na roça peguei no batente, foi complicado parar de uma hora para outra. Nos primeiros quinze dias, fiquei zanzando na escola. Ia lá com a desculpa de ver os amigos. Passava a tarde ou a amanhã toda lá."

"É aquela coisa do hábito, né?

"Isso mesmo. A gente se apega à rotina. Quando ela termina, a gente fica sem saber o que fazer. É como se faltasse um braço, mas a gente teima em achar que a mão ainda está lá", comentou.

"Entendo", ia prestando atenção enquanto se sentia aliviada por faltar *apenas* cinco pessoas na sua frente.

"Mas aí coloquei a caixola para funcionar. E percebi o que estava perdendo. Comecei a dar valor pra minha liberdade. Não ter o que fazer o dia inteiro é muito bom", alegra-se.

A colega não está ouvindo. Detém-se em abrir o holerite. A expressão triste no rosto.

"O salário é que não ajuda muito. Trinta e tantos anos aguentando criança malcriada e o que me sobrou?", eis o comentário.

A FACA

A MOÇA, 17 ANOS, varria a frente do estabelecimento comercial. Por volta das sete horas estavam todos no posto. O Magrão ia arrumando as peças de muçarelas. Como se tratava de açougue, logo retornou para a banqueta e continuaria cortando peitos de filé de frango. A moça retornou com a vassoura. E quase mecanicamente apanhou os trocados para o pão e seguiu para a padaria, que demandava uma boa caminhada.

Os oito pães que a moça compra servirão para o café da manhã dos quatro açougueiros, entre eles o Boa Praça, apelido do proprietário do açougue. Sem descartar a adolescente. O hábito se firmou. Afinal, dois deles levantavam muito cedo, por morar longe. E sequer dava para bebericar um café antes de correr para o ponto de ônibus. Além do mais: tomar café em equipe reforçava os laços de companheirismo.

Sexta-feira. O forte movimento começaria por volta das dez horas. Amoleceria em torno das duas horas. A venda da carne era a etapa final. Contudo, consumia-se considerável tempo em preparar as peças, as fatias. A grande demanda de carne acontece no sábado, onde os churrasqueiros de plantão disputam com as donas de casa cada quilo.

Além das contas, e impostos, e concorrência, o pequeno comerciante enfrenta o incômodo dos malandros de todo o tipo que rondam os estabelecimentos. Destaque para os menores. Espécie de assalto relâmpago. Em geral, aparecem em dupla e de bicicleta. Chegam ao caixa e anunciam o assalto. Boa Praça várias vezes teve esses incômodos hospedeiros zanzando no açougue. Mas que fazer! O importante é não reagir. Poucas vezes ele conseguiu que a polícia interceptasse os malandros quarteirões à frente.

A opinião dele é que dinheiro a gente consegue outro. A vida é preciosa. Com acentuado senso de responsabilidade pelos funcionários, jamais poria vidas em risco. Proseava com os malandros ou os tratava com indiferença. Nunca reagia e deixava-os esvaziar o caixa.

Hoje seria diferente. Porque há o dia em que a rotina sofre do mesmo mal que o relógio sem bateria: para. Quando se percebe está-se fazendo algo completamente em desacordo.

Desta vez foram dois homens. Adentraram. Boa Praça estava lá dentro, envolvido com os espetinhos de carne e frango. No balcão, o Magrão. No caixa, a menina. Calmaria de costas para o balcão, cortando peças de alcatra. Nem nove horas eram.

Provavelmente o rapaz que segurava a arma em punho estava drogado. Ou a cara amassada refletia noites sem dormir regadas a cervejas? Assaltante raramente é gentil. Este, porém, estava passando dos limites na grosseria. Por isso tornou o ambiente mais tenso do que era esperado. A tensão em breve viraria desespero.

Antes de desespero, a tensão produziu grave altercação entre o Magrão e o doidão com a pistola na mão. Num momento de desvario, Boa Praça apanhou a enorme faca. Deu a volta pelos fundos e apareceu pela frente do açougue. "Oh, rapaz. Vá se embora...". Não pôde concluir a frase. O rapaz atirou nele. O açougueiro rapidamente enfiou a grande faca na barriga do atirador, antes da tontura produzida pela bala o derrubar.

O cúmplice fugiu. Clientes que perceberam o assalto haviam chamado a polícia, que chegou logo depois que a tragédia estava feita.

O resgate foi chamado. Caído no chão do açougue, Boa Praça jazia sem vida. O tiro atingiu o coração. O malandro conseguira ser internado no Pronto-Socorro. Mas não resistiu ao profundo corte na barriga.

Os comerciantes e familiares da vizinhança foram às ruas pedir justiça. Aonde já se viu bandido fazer o que queria e o poder público nem aí? Temiam pelos negócios e segurança da família, além de solidários ao velho amigo Boa Praça.

No telejornal, a polícia reforçou a ideia que não se deve reagir a bandidos.

A GIGANTONA

DEIXOU OS AMIGOS para trás. No rosto, a vermelhidão mostrava o transtorno que sentia. Abriu o portão de casa. Como um foguete, passou pela sala. A mãe que estava enxugando os pratos só viu o espectro da filha em disparada. Dentro do quarto, a moça se sentou à beira da cama, tendo a madeira da cama como apoio para as costas. As lágrimas que caíam eram absorvidas pela camiseta de malha e outras teimosamente voltavam a cair dos olhos marejados.

Os soluços que sacudiam o corpo juvenil eram de ordem confusa. A moça, alta, destemida, sempre se impondo diante dos meninos. No entanto, hoje, ofendida por uma frase tola, que poderia até ter sido tomada como elogio. O menino nenhuma intenção teve de ofender.

"Olha, de modo algum tô te chamando de sapatão. Te curto, te respeito. É que você parece com a gente. Não igual às afrescalhadas que têm na rua."

"É verdade", disse um rapazinho do grupo, o mais atirado. "As afrescalhadas são boas só para a gente agarrar."

"Não liga para ele", disse o líder do grupo para não deixar a amiga encabulada, "o cara só pensa nisso."

"Sou eu que só penso nisso, né?", ironiza o agitado, "mas quem vive dando uns catos nelas é você."

O líder riu, um pouco para se fazer de modesto diante da satisfação própria.

"Todos nós temos nossos pontos fracos. Eu quando estou do lado de uma menina bonita, fico tenso", ainda emendou o agitado, "e você é do mesmo estilo. A diferença é que eu fico mais na fissura, e você pega".

"Você está exagerando... Ela mesma está com a gente e nunca dei em cima," o líder tentou fazer alusão à amiga ao lado.

"Falei em mulher bonita...", um colega pôs a mão na boca do agitado, mas já era tarde. Ela percebeu que era dela que falavam.

De repente, um transtorno irrompeu. Diante de si, os amigos desapareceram. Só via babacas. Ah, se pudesse se enfiar no chão como uma avestruz. Caso uma cratera se abrisse sob seus pés se atiraria sem pensar. Os amigos de farra desde os tempos de molecadas, desde os sete ou oito anos de idade, viraram estranhos nesse momento. Pior, nojentos, asquerosos, insuportáveis.

Quando viu, estava fugindo para casa.

O que aconteceu? Fosse noutros tempos, ela teria enfiado um tapa certeiro nas fuças do agitado. O rapaz quando teve a boca tampada tinha as pernas trêmulas antevendo a reação. Mas quê? Ela murchou.

Meia hora mais tarde, aos prantos, ela narraria para a mãe o ocorrido. A mãe riu de felicidade. A filha se metamorfoseava em mulher. Os incipientes brios femininos a fizeram odiar a insinuação de que fosse masculina.

A situação foi mais terrível devido à presença do líder do grupo. Ela gostava do garoto. Hoje, teve certeza. Por meses, coisas estranhas a sacudiam quando ao lado do líder.

"Droga, eu sou muito grande. Minhas mãos são grandes... meus pés. Ele nunca gostará de mim", disse ela para a mãe. "Tire essa ideia da cabeça. Você é linda. Tem 1,80 m e daí. Poderia ter 2 m. O que importa é o que traz dentro de si", a mãe procura confortar. "Embora eu deteste as meninas delicadinhas, eu queria ser como elas... sempre conseguem o que querem", a menina suspira. "Você conseguirá. Encontrará um cara que te valorize. Mas antes deve começar se valorizando primeiro", dizia a mãe ao mesmo tempo em que afagava a filha.

A GUERRA NA REPARTIÇÃO

ESCREVINHAVA O PARECER, síntese das falas e ações que são levadas em conta na hora da negociação que empreende rotineiramente. A embaixada brasileira estava livre de ameaça estrangeira. Se problemas brotavam na cabeça, eram mais de ordem administrativa interna. Então por que estava cabisbaixo e com alma abatida? A carga de preocupações extremamente opressoras explica o desânimo. Perturbava-o, chegando a se imiscuir nessa ou naquela noite de sono.

O clima interpessoal era tenso na embaixada. A causa? O estilo da chefia imediata vinha minando o prazer pelo trabalho. E pensar que dez meses antes, quando na Embaixada do Iraque, ele não via a hora de migrar para país mais ameno. Que sufoco os dois anos em Bagdá. A habilidade de articulador fez com que a chefia no Ministério de Relações Exteriores o concedesse o benefício. A novidade chegou quando estava nas férias de janeiro. Interrompeu o descanso remunerado e foi ao ministério acertar o detalhe da transferência.

Nos primeiros meses, que maravilha. Novato no posto, não entendia por que seu sorriso encontrava caras carrancudas, desgostosas. Nem ligou os fatos quando um colega pediu demissão sumária. E sequer se atentou à mensagem nas entrelinhas ao saber que no setor haviam sido postos à disposição três excelentes profissionais num curto prazo de tempo. O que importava é que estava longe da loucura de Bagdá, dos mortos, dos atentados, de ser detonado por uma bomba. Na embaixada na América do Sul, o que ele via eram pessoas desgostosas do que faziam, talvez por tédio, por falta de agitação, afinal dizia-se que o setor era muito parado. "Quem não tem o que fazer, inventa", disse, na tentativa de explicar a insatisfação geral.

Ele contente. Os demais chorando de barriga cheia.

Ledo engano. O pior estava por vir.

Ele tomou susto ao perceber o clima de guerra na *pacata* repartição, como se assusta o cônjuge que conhece o lado irascível do parceiro após o casamento. Guerra não alimentada por milícias, sede de petróleo, mas por chefia privada da competência exigida pelo cargo.

Se a destreza técnico-administrativa faltava, abunda o know-how em humilhar os subordinados, atribuindo-os toda culpa pelos próprios malogros. Mero subterfúgio para preservar o amor-próprio. Havia a notória incompetência para o cargo e falta de trato para responder como chefia.

Daí seria fácil explicar por que ninguém para no setor. E não é figura de linguagem. Além dos três que foram postos à disposição, dois conseguiram a feliz desculpa para pedir as contas.

Ao atingir oito meses naquele posto ele estava mais vulnerável do que no tempo que tinha que correr para abrigos antiaéreos. Por quê? À época em Bagdá, apesar das atribulações, do temor de morte iminente, havia solidariedade na equipe mantida e alimentada pela própria chefia. Muitos subordinados superavam seus limites e tendência ao fracasso ao simples ato de notar o empenho da chefia em organizar e gerenciar o caos.

Por padecer da dor e temor geral, a chefia se solidariza. Assim, tem mais tutano para conduzir com coerência. "Estamos no mesmo barco... Se não nos ajudarmos, perecemos todos", era a máxima ventilada pela chefia. Não haviam portas trancadas que a protegesse do barulho das bombas.

Na embaixada na América do sul, a solidariedade chefia-subordinados inexistia. A chefia preferia trancafiar-se em sua sala, apostando na contraproducente maquiavélica organização autoritária. Menos diálogos. E tome juntadas e carimbadas – ou seria carimbadas e juntadas? Muito distanciamento e formalismo.

Ele foi o quarto a ser posto à disposição.

A INDIFERENÇA

NA PORTARIA, O motorista pergunta qual é a entrada.

_ "Senhor, só é permitida a entrada de veículos de proprietários. Visitante deve estacionar nas laterais."

_ "Tudo bem," meneou a cabeça resignado.

Pai, mãe e filhos enfurnados no veículo iam buscando vaga para estacionar nos arredores. Avistaram uma com sombra. Era tudo de bom nessa tarde de domingo de sol a pino. Dali para o residencial-clube levaria uma pequena caminhada. Como não havia pressa, a prosa alimentada por esta ou aquela boca faz o tempo deslizar. Na portaria, identificação. No interior do residencial, fácil localizar o salão no qual estava montado o Buffet para o aniversário.

Para os que chegam ao recinto, os cumprimentos dos que lá estão saboreando as iguarias. Contudo, há pessoa que requer ser apresentada por quem a trouxe, pelo motivo de ser desconhecida nesse ambiente familiar. E haverá inclusive anfitriões tímidos, que estão acostumados a cumprimentar apenas se o visitante for ao seu encontro.

Os desafetos, velados ou explícitos, é outra forma de enrosco no que deveria ser tranquila relação social. O motivo da discórdia, ou aparente mal-estar junto deste ou daquele sujeito nem precisa ter sido gerado por motivo sério, tipo roubar fortuna, matar ou cometeu crime hediondo. Afinal, para quem nutre desafetos, todos os motivos, os mais banais que sejam, são *hediondos*. Não seria diferente com a ex-sogra quando vê a ex-nora adentrar com os filhos e o novo marido. Naturalmente, a ex-sogra julga que o motivo da infelicidade do seu filho foi a ex-nora. O ressentimento a faz sentir-se pouco à vontade diante da felicidade estampada nos gestos e caras dos membros da família que chega.

O marido da *ex-nora* nada tem de diplomata. Se ainda não mandou a ex-sogra (da esposa) caçar o que fazer e parar de intrometer-se na vida alheia é porque teme perturbar o próprio conforto. Imagina ter que ficar discutindo com ex-sogra da mulher? Queria paz.

Nem por isso lhe é amigável. Em geral, cumprimenta-a somente quando ela o faz, talvez com medo de ter a cara virada. Liga pouco para o que ela diz. Não lhe nutri rancor, mágoa. Nada. Sendo ela mãe zelosa, ele a entende. Mantém uma distância harmônica.

Todavia, têm dias que a superioridade que o caracteriza no comum dos encontros o abandona. Hoje, é um desses dias. Sequer se aproximou dela para cumprimentar na hora que adentrou no salão. Ela muito menos. Os anos passaram e nele a semente da indiferença cresceu. Não foi no caso apenas da ex-sogra da esposa. Mas diante dum par de situações que antes deixavam os nervos em frangalhos. Como nunca foi de seu feitio nutrir ódio por quem quer que seja, embora se ressentisse como um ser sensível, agora, a indiferença criou uma espécie de armadura. O escudo serve para ignorar os que nada lhe acrescentam de bom à vida.

O estômago o despertou do torpor. Dirigiu-se à mesa ornada. No prato de isopor, apanhou pedaços de queijos, cenoura em tiras finas, carne de franco e boi, arroz, legumes. Com o pratinho na mão, bamboleou pelas várias mesas até aterrissar na qual estava parte de sua família. O aniversário sendo do neto da ex-sogra e do filho da esposa demandava que para benefício geral o orgulho excessivo deveria ter as arestas aparadas, ao menos momentaneamente.

No som ambiente, a música acústica do Kid Abelha misturava-se com o burburinho das bocas que proseavam.

Embora tivesse apreciado a tarde e as muitas pessoas que vira no almoço de aniversário, que bom o *round* ter soado e ele e família estarem livres. O caminho de volta para casa ia como se andasse em nuvens. Voltaria para sua fortaleza chamada lar.

A MAIOR MENTIRA DO MUNDO

"UMA GRANDE BESTEIRA, menino. Logo você que vive enfiado nos livros acreditar que o homem foi na lua", disse dona Maria. Ele estava na adolescência. Vencido o incipiente argumento diante da certeira confiança de Dona Maria, o garoto pacato silenciava. "Se eu não tivesse estudado talvez desacreditasse também", dizia para si. Apoiava-se precocemente na arrogância que alguns intelectuais têm ao classificarem um indivíduo de ingênuo.

À medida que ia passando os anos escolares notava que a polêmica estava longe do fim. A solução viria se a educação fosse regra, se inexistissem analfabetos ou pessoas sem concluir a educação básica. O argumento religioso era o mais difícil de opor-se. "Imagina. O homem quer ser mais que Deus!" Para ele a lógica é simples: quem estuda sabe que o homem pisou na lua.

A faculdade é palco de transformações. Chega-se esperançoso em descobrir conhecimentos trancados a sete chaves. Há esperança de dominar as mais refinadas técnicas e ter acesso ao último grau de evolução. Nas primeiras aulas, contudo, descobre-se que não é tonelada de conhecimentos novos que se busca alcançar, mas uma revisão e aprofundamento do que já se sabe. A não ser o conhecimento muito específico, como criar um robô, na universidade se desenvolve habilidade para fazer releitura crítica acerca do mundo real.

O curso superior escolhido tinha filosofia como disciplina básica. Sendo economia uma matéria que transita entre a matemática e a filosofia, naturalmente haverá pessoas mais práticas, matemáticas e as mais reflexivas, filosóficas. Em nenhum momento se espera que uma pessoa seja somente matemática ou somente filosófica. Todos têm o mínimo de ambas as partes, contudo, uma parte é acentuada.

O jovem deliciava-se com conceitos, jargões, chavões, trejeitos dos mestres e a certeza de que cada um tinha que sua área era mais importante, ainda que politicamente defendessem a utilitária interdisciplinaridade. As aulas eram palcos. Os atores dividiam-se entre alunos e mestres. Ambos protagonistas. Os alunos com frases desconcertantes tinham habilidade para tornar o diálogo empolgante.

"O Senhor diz que o homem não chegou à lua?", questiona um aluno ao professor doutor em economia política, mas lecionando filosofia.

"Não afirmo. Meramente estamos no terreno da suposição", brincou o mestre.

"Não seria um retrocesso? Parece que imita os sem-estudos? Só falta afirmar que só a Deus cabe o prodígio", um aluno argumenta.

"Meu caro, longe de entrar no mérito religioso", sorriu o mestre, "minha prática é mais terrena. Todavia, voltando ao objeto de nossa discussão, vamos supor que o homem tenha ido à Lua. Por que não voltou sabendo a Lua rica em minérios? Seria sensato supor que o Tio Sam jogasse bilhões de dólares no espaço a troco de nada?

"Vai ver quisesse estar à frente dos outros países. Ir à Lua serviu para vencer a corrida espacial e impor-se mais ainda como potência mundial", gritou outro aluno.

"Ótimo. É por aí", incentivou o mestre. "O interesse americano em chegar ou fingir que chegou a Lua está claro: dominar tecnologia que meteria medo nas demais superpotências, a ponto de temerem bases lunares que os liquidassem ou subjugassem. Se lá tivesse chegado, aproveitaria para instalar satélite e inclusive para fins de monitoramento. Passados 40 anos, o americano e outros países estão tentando levar um homem a pousar na Lua "novamente". O grande problema não é ir à lua. Acredito que dia menos dia terão condições. O desafio maior será evitar cair na descrença mundial ao confessar *a maior mentira do mundo*: a de não ter ido à Lua em 1969. Ainda bem que o mundo se prepara para isso ao descobrir a mentira das armas de destruição em massa que sustentou a invasão do Iraque."

A MENINA ZEN

NA AULA DE APTIDÃO, muitas cabeças inclinadas para a prancheta. Lápis, lapiseira, compasso, esquadro, borracha, e o papel. No quadro à frente, o desenho-modelo. A equipe de três professores presentes para qualquer eventualidade, inclusive para orientações corriqueiras. O professor circula no corredor de bancadas. Apesar de anos repetindo o processo de seleção para alunos de arquitetura e urbanismo, ainda tinha entusiasmo diante da leva de novos alunos. Sabia que muitos seriam eliminados. Dos trinta e cinco na sala, sairia uns quinze candidatos.

Os jovens são despojados, alegres. Contudo, quando submetidos a uma avaliação pouco diferem dos adultos e idosos. Ficam tensos, inquietos. Uns mordem com força o cabo do lápis. Outros mexem no cabelo sem parar. O professor se admirou da jovem de cabelos encaracolados aloirados, olhos esverdeados. Admirou-se da calma, da delicadeza dos traçados que imprimia ao papel, fazendo pouco uso da borracha. A áurea de leveza pairava em cima da cabeça da estudante, enquanto da maioria dos vestibulandos parecia sair faísca.

Estava com um calção azul, camiseta branca. Epa! A sandália no cantinho e os pés descalços eram provas que a moça estava tensa, negando a imagem de calmaria que aparentava?

Era o mês de fevereiro.

Na primeira quinzena de agosto, os calouros da FEAU – Faculdade de Engenharia e Arquitetura e Urbanismo - estavam todos na sala. A animação do primeiro semestre, com trotes, ainda que ecológicos, tinham dado espaço a uma rotina mais densamente dedicada aos estudos. O professor entrou na sala. Apresentou-se. E fez questão que a turma se apresentasse. O procedimento nada tinha a ver com mera convenção. Ele gostava de saber sempre um pouco mais da clientela que iria tratar durante um semestre. "Eu sou de Ribeirão Preto", disse a moça que ele de pronto reconheceu da aula de aptidão. Ficou contente por ela ter conseguido.

Dizer que o professor se encantou pela aluna seria patinar no óbvio. Situação que contraria a regra, visto que é homem sério. Sabe guardar a admiração que sente diante duma mulher, aluna ou professora. Entende que no serviço há que se manter distanciamento afetivo.

Apaixonado ou embasbacado passou a ver a moça mais do que gostaria. Na biblioteca quando ia buscar livro, e ela rodeada por amigos. Na cantina, e ela proseando à medida que saboreava lanche ou almoço. Até no coral do campus ela participava. Macaco velho. Não era primeira vez que se enamorara de uma aluna. Assim, manteve autocontrole. Conseguiu conviver numa boa.

Contudo, ele não podia ser indiferente à harmonia que ela transmitia no falar, no trajar, no gesticular. E os pés descalços. Raro ver uma estudante descalça na faculdade.

Reteve a moça numa especial atenção por mais de meses. Ela desapareceu como surgiu. Habituado a esse processo natural de surgir e desaparecer de pessoas para quem se destina devoção, não fez alarde. Tocou a vida.

Doze anos, folheava caderno especial do jornal de domingo. Raramente saía das publicações específicas da área de atuação. E os encartes do jornal de domingo formavam esses raros momentos. Foi quando viu a moça. Trata-se de material sobre os bons fluidos, qualidade de vida. Estava mais que radiante. Vestia calça de pano macio, uma camiseta bem cavada deixando a barriga exposta e os seios bem-realçados por baixo do pano. Sim, estava bem atraente, linda, encantadora. Uma beleza menos comparada ao desabrochar de menina e mais à maturidade de mulher.

Leu a matéria. Identificou-se com os ideais da técnica de origem oriental que pautava a prática da arquiteta que se especializou em harmonizar a decoração de interior com fontes de revitalização pessoal. O propósito da técnica é buscar no lar harmonia que traga qualidade de vida.

De onde veio a certeza que era a menina de doze anos antes? Dos pés descalços.

ACERTANDO AS CONTAS

O QUE VOCÊ faria se soubesse que não tem muito tempo de vida? Que a cova o espera no fim deste ano? Pergunta assim numa roda de amigos dá o que falar. Desperta desejo dos mais altruístas aos mais hedonistas. Há quem pediria perdão ao desafeto. Viajaria quilômetros para descobrir o biológico pai. O adolescente relapso arrumaria a cama sem a mãe gritar. O matador de aula assistiria até reforço de matemática.

_ "Nem a pau Juvenal. Eu sentaria à mesa do barzinho e tomaria todas. Que se danasse a aula de Estatística na segunda-feira de manhã", opção do pinguço universitário.

Viagem pelo Brasil ou exterior. Pescar. Abandonar o emprego e curtir a casa. Escrever livro, plantar árvores, ter filhos. Desejos tendem ao infinito. São previsíveis. E devem ser prazerosos para diminuir a carga do tormento que é saber que o fim está próximo. Embora que na prática raros desejos sairiam da condição de sonhos. Na prática, a trágica situação, a tristeza e dor raramente dão margem para fantasias colhidas em mesa de bar.

Quem entra na fila do PROCON tem a paciência reduzida pela morosidade.

"Estou aqui desde as nove da manhã", murmura um.

"E são quase uma hora da tarde", a outra se espanta.

O espanto faz uma recém-chegada pensar duas vezes e dar meia volta. Acha melhor retornar amanhã. "Nem a pau vou ficar numa fila assim. Sair daqui lá pelas sete da noite?".

Tem gente que não pode desistir. A urgência força a permanência. Não sem reclamar. Para boa parte, reclamar é a melhor forma de passar o tempo e reduzir ansiedade. O homem, de revista na mão, tem como escape a leitura. Quantas pessoas exprimidas ao lado dele? Quantos procurando puxar prosa? O homem se faz de surdo. Evita o grupo. Claro, se alguém faz uma pergunta direta, responde. Mas evita dar lenha para o papo.

Os monólogos cansam. Ele queria levantar-se e dar uma volta para espairecer. Mas se fizesse teria que passar sabe lá quantas horas em pé. Desistiu.

"Ouvir gente lamentar sobre dívida irrita", pensou. Talvez porque ele estivesse ali pela mesma razão: contestar a fatura do credor que jogou lá para cima o que o cliente havia tomado emprestado.

Embora ele estivesse lendo artigo interessante, o ouvido foi fisgado pelo conteúdo algo peculiar. Ainda que contra a vontade, a narração feita pela mulher sentada ao seu lado no banco o ia atraindo. A senhora passava de cinquenta anos e estava com câncer terminal. O que mais o chamou atenção nem foi o câncer, mas a sincera disposição de quitar um débito com financeira antes que falecesse.

"Eu e meu marido estávamos fazendo o máximo para resolver a pendência. Não queremos nem lesar nem deixar a conta para os filhos pagarem. Corremos atrás da financeira. E como eles nos enrolam! Na hora de emprestar nos seduzem, põe no contrato coisas que não foram faladas. A culpa em parte é nossa: na afobação nem nos damos conta de ler detalhadamente o contrato. Meu marido resgatou o seguro que eu tenho direito por causa da doença e fomos quitar a dívida. Chegando lá o valor estava além do combinado. Meu marido e eu...".

A senhora encontrou nele a deferência requerida. O homem se rendeu à impressionante determinação da senhora, condenada por uma doença terminal, em não lesar o próximo.

De repente, o marido entra na sala. Diz que o advogado estaria esperando-a no escritório para assinar o papel. Era sinal que conseguiram convencer a financeira a aceitar o valor desejado. Ela se despede do grupo e parte.

Ele murmurou *boa-sorte-pra-você* em comunhão com as demais bocas. No fundo, ele gostaria de ser assim: pensar nos outros. Estava ali apenas por si. Ia comprar casa e com o nome sujo ficaria impossível o crédito na Caixa Econômica Federal.

ADEUS ESCOLA

AS BOAS RECORDAÇÕES que levaria da **Escola de Formação e Aperfeiçoamento Profissional** para os funcionários de uma empresa petrolífera seriam inúmeras. A começar pela marmita. Não nasceu de bunda virada pra lua, mas marmita nunca comeu. Ali, por razões diversas, teve a primeira experiência. Na copa, a boa prosa e o calor humano compensavam a precariedade na hora do rango. E as festas? Outro fator que marcava o lugar como preocupação sincera com o semelhante. Confraternização de fim de ano. As colegas que nunca se esqueciam de comemorar um aniversário, um chá de bebê. Tinha orgulho de pertencer à EFAP.

A má recordação iria carimbada na testa. Ele foi posto à disposição pela chefia. Na equipe, os comentários se fariam.

"Até que enfim puseram aquela mosca morta pra fora. Só vivia enrolando" disse uma *colega* de trabalho.

"Mulher, você bebeu? Boca nervosa. Não concordo contigo. O cara só faltava lamber o chão onde a direção pisava. Nunca contestou uma ordem. Sempre pronto a servir. Era tão submisso."

Servira durante dois anos e nove meses à EFAP. Veio da base. Da plataforma de Campos, em mar aberto. Lá enfrentava perigos impensáveis para quem vive em terra firme. Além da natureza da perfuração e extração do petróleo. Quando chegou à EFAP tinha claro o anseio: de que o topo da pirâmide entendesse o que se passa na base, para melhorar.

O que o frustra nesse momento não é a possibilidade de voltar para a base. Afinal, tem formação técnica para tal. Mas sim o fracasso em lidar com o topo. No lugar que reina doutores e mestres nota-se grosseira insensibilidade para os reais problemas que permeiam a vida do trabalhador. Ele que sempre acreditara no poder dos estudos em construir uma sociedade mais justa, democrática, ao ver Ph.D. agindo autoritariamente, onde o diálogo cede lugar para o *'cumpra-se: eu-estou-mandando'*, teve as crenças balançadas.

"Ah, você é sonhador. O mundo não é assim. Tem pessoas que abrem sua barriga e arrancam as tripas, se você abaixar a cabeça. Ou a gente se impõe ou vira marionete", lembrou-se da masturbação maquiavélica de um colega de faculdade. Só que ele era diferente. Não que vivesse num País Das Maravilhas. Sabia que existia a ruindade, briga de egos e vontade de sobrepujar os mais fracos. Mas insistia que se todos optassem pelo lado da briga, da guerra, o ser humano se comeria e autoexterminaria. Alguém tinha que ceder. Ele cedia.

Tudo bem que o pensamento acomodado atingiu seu auge quando completara quarenta anos. Aos vinte e poucos anos, seria diferente. Não entraria na sala e mandaria todas para aquele lugar. Não seria tão baixo. Mas contestaria o que acredita ser arbitrariedade. Por isso que sofre. No setor que acaba de ser deposto, outras cinco pessoas padeceram a mesma amargura. Três postos à disposição, e dois que conseguiram a feliz desculpa de pedir as contas.

Ele que militara pelos direitos humanos, agora se vê kafkaneando numa lesma que aceita passivamente ordens descabidas.

"Então tá bom para você?", disse a Diretora logo após ter dado o veredito da dispensa.

"Tá", disse ele, semelhante a um moribundo com voz sumida.

O pior é que ele ainda acreditava no projeto da direção. Embora estivessem dando cabeçada, para ele, bastava a direção dialogar e partilhar da opinião dos formadores para que o próximo que entrasse no setor abraçasse o projeto pedagógico. Raramente um formador vai passar para a base algo em que não acredita. Antes de a direção procurar convencer a base, deve convencer seus formadores.

"Número 127", gritaram atrás do balcão. Só assim despertou das lamentosas recordações e se percebeu na sala de Recursos Humanos à espera de um novo posto de trabalho.

AFOGADO

NAS MÃOS, IA um prato de bolinhos caipiras para serem fritados na casa da cunhada. A filha mais velha ao volante. Ele ao lado da motorista. Atrás, a esposa, a filha caçula e a de 20 anos com o namorado. No rosto do chefe da casa seguia um misto de obrigação e de satisfação. Ir à casa da cunhada em Cunha era tormentoso, eis a obrigação. A satisfação vinha porque sendo pai gostava de proporcionar lazer para família, ou pelo menos não se opor.

E que lazer? Apesar de se estranhar com a cunhada, não poderia negar que era mulher determinada. "Manter o Haras dava trabalho", ele reconhece. A cunhada não era rica o suficiente para ter uma penca de empregados e ter a chance de se ausentar. Além de fiscalizar, planejar, calcular, metia a mão na massa. Era uma guerra.

A ida para o Haras foi tranquila. Chegando à cidade de Cunha, a filha no banco detrás comenta: "A entrada da cidade foi a tia que planejou. Que legal!" O pai se ajeitou no assento, nitidamente incomodado. Elogios para cunhada doíam muito mais quando vindos dos filhos. Dor de cotovelo? Muitas vezes ele balançava a cabeça para escapar ao sentimento de raiva invejosa. Sim, a cunhada trabalha para a prefeitura. Sim, arquiteta referência na cidade. Sim, tem influência. Pior, trata-se de excelente trabalho. Digno de tirar o chapéu.

Chegaram a casa. Cumprimentos acolhedores. Ao entrar no sobrado, ele nota na sala de jantar a grande mesa de madeira ornada com toalha. Em cima, inúmeros dos mais variados doces típicos de festa junina. Notou de pronto a dedicação da sobrinha. Como é a casa? Basta folhear qualquer revista de decoração para ter uma ideia prévia. A escada de madeira na sala de tevê. A casa fica no pé de montanha, ou morro. Muitos carros morrem no meio do caminho devido à acentuada inclinação do terreno, recomenda-se subir de primeira mão.

Teve sorte. As visitas eram muitas. Não precisaria demorar o olhar na cunhada. Se estivesse em dia de verão, e não numa noite fria de começo de inverno, poderia passear no jardim e pousar o olhar no infinito lá embaixo. No lado direito de quem chega, veria as baias, com cavalos cujos donos pagam para que os animais fiquem morando no Haras. Do lado esquerdo, um convidativo lago. No centro, a vegetação inóspita. E bem mais à frente a cidade de Cunha.

Fazia companhia para filha mais nova na sala, quando foi chamado pela esposa. A janta estava servida. Dentre tantas iguarias, não guardaria nomes nem que tivesse que fazer relatório na empresa no dia seguinte. Exceção feita ao prato *Afogado*. E mesmo assim porque outra cunhada sua, para qual tinha mais proximidade, contou que era o prato dos escravos. "Nos dias de banquetes os escravos tinham permissão para levarem parte da carne. Como era pouca carne, vinha com bastante caldo. Acrescentavam arroz e farinha", ela concluiu a fala tão sorridente.

A certa altura, passada a janta e apaziguado o reboliço de quem recebe visitas, a anfitriã estava na sala. Ele seguiu para onde estava a cunhada porque a sala era o lugar mais quente da casa. Estava cansado de ficar em pé, visto que à grande mesa de madeira rústica localizada na parte de fora da casa tinha os bancos todos tomados por pessoas que ainda comiam os quitutes. E de pé próximo à cobertura da área destinada para churrasqueira, ele não se sentia à vontade.

Na sala, surpreendeu a cunhada numa postura diferente da habitual. Sempre elétrica, mandando, conduzindo as pessoas como um maestro de orquestra, agora jazia quieta, com o cotovelo apoiado no descanso da poltrona e a mão sustentando o queixo. Parecia um general cansado da guerra. Ele olhou bem para ela. Há quanto tempo se conhecem? Doze anos. A idade avançada cai sobre ela. O que grita no rosto é mais o peso da grande empreitada que assumiu diante da vida do que o envelhecimento. Ser senhora de si e abrir caminhos árduos para atingir metas custa um bocado. No caso dela, levou o brilho do olhar e a vontade de sorrir.

Ele a admirou por um momento. Guardadas as proporções, eram iguais. Talvez por isso ela o incomodava tanto. A própria imagem refletida na cunhada o chateava.

AH, NÃO

A MENINA DO OUTRO lado da estação está olhando. O pai abaixa-se para buzinar impressões ao ouvido da criança. Aposto uma torta alemã que falam de mim? Longe de eu querer ser o centro das atrações. Francamente, meu desejo é passar imperceptível. Estou cheio de ser apontado. Dedos e caras me observam com zombaria, tirando o maior sarro. Outros quase choram diante do aleijado, inválido, o merecedor de compaixão. Uns passam a ideia de que venho do Além. Estes olhos vidrados me arranham. Faz mal.

Desviar meu olhar daria algum alívio? Como se eu não tivesse tentado a exaustão. Houve tempo que a atitude trouxe um que de refresco. O que não se vê não faz sofrer, certo? Infelizmente a paz se esquivava. As palavras, os zumbidos, as risadinhas às minhas costas. Mania de perseguição? Necessidade de se fazer de coitadinho? Quem sabe.

Sorte que não vivo cismado. Tem dias que até pareço normal. Mais de quarenta anos forçado a usar o *apertado sapato existencial*, você acaba mandando a resiliência para 'a ponte que partiu' e se acomoda como pode.

A percepção de ser diferente me persegue como lepra desde tenra idade. Sabe o filho ou sobrinho miudinho, franzino, e que promove questionamentos, ansiedades de como será este menino que não cresce? Era meu caso. Tentaram achar desculpa nos meus pais que eram baixinhos – nunca menos que 1,60 m. "Uma hora ele vai crescer", sentenciavam os mais velhos. Na escola primária, aguentei firme: porque sendo pequeno eu estava longe de ser trouxa. Era capaz de deitar gigante na briga. Tinha aliados. No ginásio, complicou. A ginástica, modalidades esportivas, tudo dando vantagem aos que estivessem em dia com desenvolvimento corporal.

No colegial, preciso dizer? Os garotões, as garotonas, e eu lá menos de 1,40 m. Amarguei dos 12 aos 19 anos. Se eu parei de sair no braço quando mexiam com meus brios não foi por medo dos cavalos. Uma depressãozinha. Similar a generais que encontram exílio em ilhas desertas, eu sai de cena, me isolei, ainda que estivesse exprimido na multidão.

Deprimido, experimentei álcool. Todavia ficar bêbado para o anão é complicado, para não dizer estranho. Eu me sentia ridículo. Drogas? Nunca tive acesso. Era muito caro e só se eu estivesse louco para gastar meu suado dinheiro em droga. Gosto de quindim com coca-cola.

Identifiquei-me com a história do patinho feio quando criança. Na juventude, o que arrancava lágrimas ardidas de meus olhos foi a história do Edward Mãos de Tesouras.

Eu soube que teve época que anão era queimado como bruxo ou sofria outra forma de eliminação social mais cruel. A morte era certeira. Alguém pouco querido. No meu tempo, pelo menos toleram os miúdos.

Namorar? Dureza. Se fosse por Darwin eu estava lascado. Mulheres querem homens altos, fortes, esguios, ombros largos, para gerarem descendentes sadios, né? "Ah, não! Um anão, não", rechaço mais que comum entre as mulheres. Não precisa ser um estudioso para saber que minha parceira teria que ser diferente. Traria complexos de inferioridade, traumas? Ou seria uma pessoa iluminada, dessa que foge do convencional por livre opção. Embora eu curta Papai Noel, sei que é muito difícil uma guria tão elevada.

Então, ela chegou. Estatura mediana. Muitos homens ficam parecendo nanicos quando as namoradas põem o salto plataforma. Imagina como fiquei eu, anão? Minha cabeça, no bom sentido, bate no quadril dela. Que humilhação. O legal é que na hora de namorar a natureza não me privou dos atrativos básicos para surpreender – deixar gamada - a esposa.

Que sofrimento saber que ela estava grávida de mim. Será que a criança teria o destino desgraçado do pai? Passados quinze anos, a garota é moça linda, alta e inteligente e a razão da vida desse pai.

ALMA FEMININA

HOMEM NA LOJA de roupa feminina se assemelha a uma mulher num boteco rodeada de pedreiros tomando pinga. Dois territórios que pouco provável as feministas pleiteiam igualdade entre gêneros. Numa dessas lojas, localizada numa rua movimentada de um bairro central, há uma promoção anunciada em enorme cartaz, chamando atenção mesmo de quem passa de carro.

Ele desceu do carro, fisgado pelo cartaz.

"Posso ajudar?", a vendedora solícita aproximou-se.

"É meio sem jeito. Mas como prometi", ele ia dizendo para justificar a máscula presença nas seções de peças íntimas. O pudor lhe proibia de tocar as peças. E a prudência também. As mulheres, ainda que alucinadas pela promoção, veriam com olhos de censura um homem tocar nas peças que poderiam vestir. Seria um absurdo. Sentir-se-iam invadidas, ultrajadas.

"É presente para a namorada?", a vendedora adivinhou a causa. Super comum. Estava acostumada a homens que, impulsionados por fantasia, queriam escolher peça íntima para a namorada, esposa. Para esquentar a relação. Ela já atendera uma meia dúzia desses excêntricos.

"Sim, mas sabe como é...", o rapaz encabulou-se.

"Sei. Francamente é complicado homem entrar numa loja feminina. Pra gente é tão tranquilo escolher e comprar as cuecas do marido. Pena que a sociedade é tão machista", ela engrenou.

Aliviado pelo discurso da vendedora, ele conseguiu relaxar. O plano era levar um par de sutiãs e calcinha e sair correndo da loja. A recepção passou a ser tão acolhedora, que quando viu tinha uns cinco pares enfiados na cestinha. Iam dos mais comportados a um mais *apimentado*, com um buraco bem no centro. "Esse mundo está perdido", pensou a senhora que comprava calcinhas para as netas e pode presenciar o homem debatendo sobre a qualidade e design da peça vermelha.

Abriu a porta do apartamento. Depositou as sacolas da loja em cima da cama. Tomaria um banho. Que batalha a de hoje! No amplo banheiro, relaxa debaixo d'água. Que sufoco pegar meia dúzia de roupa, ele refletiu. Embora que dessa vez tivesse sido menos constrangedor. A promoção agita os ânimos. As pessoas querem mais comprar do que xeretar o vizinho.

De volta ao quarto, abriu o primeiro embrulho. Pegou um par de sutiãs e calcinha. Experimentou. O sorriso vinha da satisfação em ter cabido direitinho. Semana que vem faria 25 anos e este era o presente que se dava antecipadamente. Os demais nem tirou do embrulho, depositou na gaveta abaixo da que guardava as cuecas e meias.

O som da Britney Spears tocava. Animado, vestira a camisola. Nem passou pela cabeça que a namorada pudesse chegar de repente e o ver com a camisola dela. Essas encanações seriam fruto de um passado. Hoje, estava no esquema. A porta trancada. Era namorada nova, e ainda não tinha a chave. O corpo asseado, perfumado. Para todos os efeitos era metrossexual. Se os amigos lhe vissem trajando calcinha? O rótulo de gay seria imediato. Pouco adiantaria afirmar que sua praia era mulher.

Vestia-se de mulher por prazer. Apesar do corpo masculino e 90% das atitudes de homem, os dez por cento restantes o atiçavam a mergulhar no mundo feminino. Destaque para as roupas. Na sua coleção de CDs, tinha dezenas de roqueiros, sertanejos e pagodeiros, mas a Britney, a Laura Pausini e Christina Aguilera eram preferidas. Era homem, mas quando usava calcinha e sutiã sua alma feminina se sentia em casa.

AMOR SEM FRONTEIRA

"O QUE ELA VAI dizer? Uma coisa é comentar que penso levar uma menina de seis anos para o Brasil. Outra bem diferente é levar", o médico matutava. Adora a noiva, não quer criar motivo para discórdia. Da última vez que se falaram muita coisa aconteceu. Quase perdeu a vida. Nas bagagens iam poucas lembranças de Ruanda. Pior, no país deixava o relógio de ouro de família, trocado por comida. Nem sabe por que o levou na viagem. Talvez como talismã.

"Tudo certo?", o carregador aponta para as malas.

"Sim", o gesto do médico diz que pode levar as bagagens para o jipe.

A menina esboçou ar de interrogação. O aperto na mão dela pelo médico indica que chegou a hora de viajar. Duas horas mais tarde, estavam no aeroporto. Ufa! Trajetória tão tranquila comparada ao tumulto de semanas antes. Tranquilidade perturbadora no ano de 1994.

Nas ruas, as tropas da ONU e de nações que vinham ao socorro do país sacudido por genocídio sem precedente. Mais de um milhão de mortos. Quem é culpado? Quem é inocente? Governo? Milícias? Tribos rivais? O fato é que pessoas de minorias étnicas foram mortas com facões, marretas, martelos. A atrocidade mostra que a paz entre os homens é arte nunca pronta e acabada. A cada dia deve ser cultuada e depurada, com redobrada determinação para conservar o respeito e a dignidade entre os povos. Do contrário, a carnificina dá abraço de urso faminto na frágil solidariedade humana.

"Esse é o avião?", pergunta a menina apontando para o avião. "Sim, é o nosso avião", o médico respondeu, enquanto seguiam os demais passageiros para a aeronave. A maior parte jornalistas estrangeiros. Alguns colegas médicos e enfermeiras. Turistas, muito poucos. A maioria se evadiu após a eclosão dos primeiros conflitos.

Por que veio para Ruanda? Nada a ver com turismo. Era sonho nutrido desde adolescente. Faria medicina e serviria na Cruz Vermelha. Em Botucatu, concluiu o curso. A especialização em cirurgia reparadora fora realizada na capital paulista. Tinha trinta anos de idade. A noiva, médica pediatra, lhe devota o tempo que sobra. Casal harmonioso. Ele tinha apartamento mobiliado e padrão de classe média. Descendia de família tradicional do interior de Goiânia.

Nunca foi pessoa à moda Hamlet.   Terminada a especialização, arrumou as malas e seguiu para o aeroporto. Sabia qual país africano precisava de médico voluntário. Destino Congo. Lá chegando, bem aceito pela Cruz Vermelha, iniciou o trabalho. E de repente, o convite às pressas para Ruanda. Voou para lá.

Durante mês e meio no país, não conseguiu conformar-se com a barbárie. Ele, pouco religioso, agora não conseguia dizer uma frase inteira sem a presença da expressão "Meu Deus, por que isto?"

Quantos braços, pernas, rostos ele costurou em vinte e quatro horas? E as condições de higienização? Faria o SUS no Brasil parecer atendimento de saúde popular norueguês. Ninguém escapava da fúria. Velhos, crianças, mulheres grávidas, jovens. Todos matavam, todos morriam.

Numa das vilas ensanguentadas que desbravara com os soldados – pois seria impossível mesmo para um médico sair vivo de uma aldeia sem a ajuda dos soldados – foi onde ele encontrou uma menina magra, escondida num buraco. Toda a família dizimada. Até um bebê de três meses, esquartejado. O destino dela seria ficar com seu povo. Seria entregue a um abrigo. Mas a dor provocou uma afinidade. Médico e órfã unidos por um amor sem fronteira, uma solidariedade, uma necessidade de a própria humanidade provar que se destrói a carne também constrói a ternura.

AMORTECEDOR

O ELETRICISTA ESTAVA supercontente. Naquela semana, começou a trabalhar na prestadora de serviços, após ter feito treinamento de uma semana em São Paulo. Ele que mal tinha o ensino médio, adorou aprender noções de segurança no trabalho, relações com o cliente e, sobretudo, dicas para se atualizar no ofício. Tinha investido no curso de elétrica no emprego anterior.

Se ele estava feliz, muito mais estariam os pais que viam o rapaz de 22 anos se acertando na vida. Com o salário, o qual seria o maior da casa, poderia finalmente dividir as despesas da casa. "Nada disso, mãe. Eu vou bancar tudo. Supermercado, água, luz, até o momento em que eu sair de casa para casar. Se eu prometi, agora vou cumprir", garantiu.

A mãe dele, como toda mãe, não levava muito a sério o que o filho falava. "Vamos ver com o passar do tempo", disse para si. Havia tido serviços temporários antes, e o dinheiro, sempre curto, ia para roupas, passagens. Sufoco pagar a luz regularmente. Porém, para a mãe, se o filho ajudasse a dividir as contas já seria motivo de satisfação.

A namorada também curtiu. Olha, que sufoco! No fim de semana ter que ficar sem cinema ou sorveteria para tomar milkshake. No domingo, o passeio se limitar à Missa das 18 horas na catedral e depois uma esticada no banco da pracinha. Estava tão empolgada com o namorado, que resolveu ela própria arrastar o garoto para a lanchonete no último sábado, durante o treinamento na empresa. "Eu ainda não recebi... tô sem...", ia dizendo quando ela o cortou "Sei... Está sem grana. Não esquenta. Quem convidou fui eu, eu que pago", e se beijaram.

Longe da periferia na qual reside o recém-contratado eletricista, há outra pessoa. Essa é uma mulher, 38 anos, que mora sozinha no apartamento de classe média. Escritora, várias obras e sem perspectiva de ser ovacionada pelo mercado. Dedicava-se à revisão de texto, adaptação para roteiro e estórias para peças encenadas por palhaços em escolas.

O pai tocava com sucesso uma rede de mercadinhos por décadas. E ela teve a sorte de casar-se com um fiscal de renda. O casamento não deu certo. A pensão, devido à filha, garante a mesa e sossego razoáveis. O dinheiro seria insuficiente para o que vai dentro da cabeça de um escritor, principalmente se for pródigo, contudo oferecia o mínimo que boa parte da média brasileira sonha em ter. Pena que o sofrimento estampado no rosto denuncia a frustração na carreira profissional.

Motivo do sofrer? O reconhecimento tardava. Como começou a escrevinhar por volta dos quinze anos, a esperança que um dia viesse a dita consagração apresentava o aspecto de uva-passa: seca e murcha.

A tardinha chegou. O crepúsculo se anunciava. Nesse horário, que segundo especialista de saúde mental é mais propício a tentar contra a própria vida, a escritora saltou do sexto andar. Em frações de segundo, o corpo cai e o medo gela alma. O corpo se enrosca nos fios de eletricidade e em seguida usa como amortecedor o corpo do jovem eletricista que passava por ali acabando de sair do primeiro dia de serviço e se encaminhava para o ponto de ônibus.

O rapaz ficará paraplégico e perderá o emprego. Do contrário, como trabalharia em sua nova condição? Nem é preciso acrescentar detalhes mais tenebrosos para o futuro doloroso que se deslumbra para o jovem. A mulher teve sorte. Amortecida a queda pelo corpo do rapaz, ela teve meros arranhões. Terá que responder na justiça logo que sair do hospital.

Ainda assim é dolorido para ambos. Será a moça condenada pelo ato involuntário que praticou? Quem sabe sejam os escritos e sua pessoa rejeitados pela moral social. O rapaz se acreditará injustiçado por toda a vida? Se for religioso, talvez ele acredite que estivesse no Destino servir de apoio a uma alma atormentada.

ANESTESISTA

NO CENTRO CIRÚRGICO, a equipe pronta. Do lado de fora, o barulho das rodas deslizantes anunciava a maca chegando. Outro paciente prestes a se submeter ao procedimento cirúrgico. O anestesista apanhou o prontuário. De imediato, deu instrução para a assistente. A maca foi posta ao lado da mesa. Após trocar duas palavras, o assistente 1 retirou-se da sala. Ficaria a cargo dos assistentes na sala passarem o rapaz para a mesa. O que não foi complicado visto o paciente estar desperto. O sonífero, ingerido no quarto mais de meia hora antes, ainda não fizera efeito.

Precisa dizer que o medo é notório nos gestos, na cara, nas palavras do paciente? Não. Em duas palavras trocadas, o médico identificava o nível de tensão. Administrou a anestesia, antes pedindo que o paciente se sentasse. "Se se sentir zonzo, não se preocupe...", alertou o rapaz. O que pouco importou, pois instantaneamente o rapaz desabara para trás, amortecido pelos braços do assistente.

"Tudo bem?", perguntou médico cirurgião ao entrar na sala. No que o anestesista sinalizou positivamente. A cirurgia seria tranquila. Além das condições físicas ótimas do paciente, contava o fato de ele ter já se submetido ao procedimento, sem reação colateral.

Olhando para o paciente, o anestesista refletia diante do rosto agora calmo, como se estivesse num sono bom. "Eis a importância crucial do invento do anestésico", a voz vinha duma aula na residência em Anestesiologia. Era o professor de história mostrando a origem da técnica que revolucionou a medicina.

_ "Imagina que se enfiava álcool e pólvora goela abaixo do paciente", comentava perplexa a colega de curso durante o lanche na cantina da faculdade.

_ "Não devia ser fácil", respondeu ele, embora de poucas palavras, estando realmente impressionado com a exposição do mestre.

O paciente antes da chegada da anestesia tinha que tolerar dores atrozes. Mesmo que seja prosa de professor, causa desconforto saber que muitos eram obrigados a morder um pedaço de madeira enquanto tinha a perna ou braço amputado. "E aí o médico escocês Sir James Simpson de Edimburgo administra pela primeira vez o anestésico em 1847, o qual só foi largamente aceito na medicina por volta de 1853", concluía o emérito professor.

Embora detalhes novos viessem durante as aulas na especialidade, a convicção pela Anestesiologia se sedimentou antes. Na época que ficava em dúvida em ser cardiologista, pediatra, gastro, foi descobrindo que não queria cortar. Antes gostaria de *assistir* ao paciente. Esta assistência se mostrou tão adequada à anestesia. Em todo procedimento cirúrgico, estava o profissional não só administrando o anestésico. Descobriu as inúmeras funções adicionais. Verificar a pressão arterial, ritmo cardíaco, respiração, oxigenação do sangue, temperatura e outras vitais, sempre orientado por monitores.

A especialidade demandou muito estudo. Há muito tempo esqueceu a fala de um dos primos, ainda quando estudante. "Ele vai só anestesiar". Hoje sabe a importância da atuação do anestesiologista. A própria medicina evoluiu muito graças à anestesia. "Imagina quanta dor evitada. Sem contar as fugas de pacientes que preferiam morrer em casa que passar pela tortura?".

Profissional bem-resolvido. Sente-se realizado. Alcançara o que queria: o poder de evitar a dor. Embora o temor da perda o ronde. "Não resistiu a anestesista", terá que dizer isso um dia? A anestesia é procedimento recente na história da medicina. Mas qual o paciente que toparia encarar uma cirurgia sem anestésico?

Como nas novelas e filmes, a reflexão, embora longa para quem a assiste, para o médico consumiu frações de minuto. Logo o anestesiologista redobrou a atenção para pressão arterial, olhos dançando nos pontos coloridos dos computadores que monitoram o procedimento.

APANHAR BATOM

A UM CANTA parede, a mãe dormia. Havia bebido. Por isso o sono materno encontrava nenhuma perturbação mesmo quando a menina fuçava a bolsa para apanhar batom. Os dois irmãos menores estavam deitados, depois de muita briga contra o sono e contra si. Os três dormiam como pedra. Nem o ranger da porta do barraco foi alvo de atenção. A menina ganhara o mundo. No relógio, duas horas da manhã.

Outra menina, 14 anos, espera na esquina pouco iluminada. Ao contrário da amiga que está a caminho, ela saiu cedo de casa, por volta das sete. "Quem pode com essa menina?", a mãe justifica os braços cruzados. Os trocados que a filha trazia no dia seguinte dava para comprar pão, leite, maço de cigarros e de vez em quando cerveja, pinga. Do início, a mãe quis intervir. "Ficar no semáforo pegando trocado, olhando carros, vai, mas sair tarde da noite nesses brejos da vida, não está certo", a mãe esbravejava. Pena que a convicção fraca pouco serviu para brecar a adolescente.

A terceira garota, 12 anos, fugia pela janela. Era vigiada. Pais zelosos que tentam cercar por todos os lados. Pobres, vivendo com dificuldade, mas tinham nos filhos os bens mais preciosos. O crack é que descaminhou a filha. A droga fazia mentir, furtar objetos de casa e por fim fugir de casa para ganhar na rua os trocados para saciar a vontade. Pais amorosos, e fracos. Deixavam o barco rolar. Estavam adiando ir atrás de autoridade, de juiz, para tirar a menina da rua, mesmo que a colocassem num abrigo. A vontade fraca por enquanto cedia aos apelos do coração. Rezavam a Deus para que iluminasse e orientasse a filha no caminho correto. Além do mais os outros filhos precisam de atenção.

Três horas da manhã, as três jovens esperam os clientes. São dos mais variados e de todas as classes sociais. Venham a pé ou de carrão, todos bem recebidos pelas meninas que se prostituem por 10 ou 20 reais. Poucas quadras há delegacia de polícia. Conselho tutelar? Um porteiro de prédio vizinho ligou várias vezes e anotou até número de protocolo.

Podia ser cliente. Foi tocado, contudo, pelo horror e medo. Tinha filhas na mesma idade. Com muita luta, as mantinha na escola e com vida regrada. Queria que elas fossem alguém. Para isso precisavam estudar. Retirante, o porteiro viera da Bahia há uns vinte anos. Morava num bairro afastado do centro, local em que trabalhava.

O que mais chamava sua atenção na grande São Paulo pouco tinha a ver com os arranha-céus, com a agitada Avenida Paulista. A indiferença da população, das autoridades pelos menos favorecidos é que perturbava. Nas ruas, mendigos dormindo aos montes encostados em paredes frias, chãos gélidos e imundos do centro da cidade. Pessoas sujas, desorientados, com notória falta de juízo, vagando pelas ruas, com risco de serem atropeladas ou de investirem contra as pessoas.

Para o porteiro o que mais dói era a indiferença diante da prostituição das meninas. Onde estavam as autoridades e o poder público? Um pouco pela inércia da população que se move com o movimento do metrô, a perdição das menores parece cartão postal. Onde estão os educadores, sociólogos, intelectuais? Soterrados pelas teses e pesquisas e aulas, enquanto deixam passar uma causa pela qual verdadeiramente poderia se lutar. Talvez por ser mais senso comum.

Pegou o telefone. Pela nonagésima vez ligaria para o número da polícia. Amanhã voltaria denunciar o caso no Conselho Tutelar. Pelo menos ele, pobre retirante e sem educação, estava fazendo sua parte. "Quem sabe os paulistanos um dia façam a sua", pensou ele.

ARTE EDUCADOR

O RAPAZ, BARBA espessa e asseada, cabelos espetados, estilo afro, trajando camiseta e calça jeans, tipo universitário, mochila às costas, sobe as escadarias da estação da Luz apressado. Ganha a passarela a fim de atravessar a avenida. É notório o atraso. Chega diante do prédio da Pinacoteca do Estado de São Paulo, o destino. Era arte educador ali.

Avista a colega que demonstra recíproca agitação. Segue para uma sala. Confere os últimos detalhes: kit de material e lanches para a turma que aguarda para dar início à peregrinação. No saguão, o universitário cumprimenta o grupo de 14 pessoas. Idades variadas. Dos 26 aos 60 e poucos anos. Funcionários de uma instituição social. A visita procura sensibilizar a equipe para se ater sobre a importância da arte não somente no trato da rotina de trabalho, mas, sobretudo, na valorização do momento presente ao apreciar as múltiplas formas de viver e sentir o passado retratado nas telas e nas esculturas.

"Circular pela Pinacoteca tomaria dois ou três dias. Hoje, portanto, circularemos em meia dúzia de salas", alerta o arte educador responsável por conduzir o grupo na pequena viagem de duas horas. De pronto, o rapaz transporta o grupo para o espaço no qual temos a maquete da Pinacoteca. "Esta foi especialmente criada para os visitantes que não enxergam com os olhos. O material da maquete permite que se enxergue com as mãos. Para tanto, levanta-se esta alavanca", o rapaz orienta.

Os tijolinhos à vista que poderiam passar despercebidos a um grupo que tivera acesso a um curso de História da Arte, para a heterogênea equipe saltam aos olhos. "Esqueceram de rebocar as paredes", brinca um dos visitantes. Durante a exposição da origem do prédio, o arte educador dirá que o projeto foi financiado pelos donos do café do início do século XX e que a obra ficou inacabada.

Devido ao prédio original ser sem "reboco", a iniciativa de manutenção enquanto patrimônio histórico terá a missão de conservá-lo do modo como atravessou décadas e décadas. "Se perceberem as colunas poderão notar que as inferiores são mais grossas, afinando à medida que sobem. Naquele tempo, o *concreto armado* não existia". A teoria do concreto armado arranca risadas e piadas de boa parte dos calouros de engenharia civil, mas entre os funcionários surti efeito similar a ouvir a mãe xingada em russo.

Certas visitas a museu registram na memória um péssimo desconforto. "É pé no saco", diria um colegial. "Tem um cara chato para caramba, dizendo não encosta aí, não faz isso, não faz aquilo. E se o sujeito está de mal com a vida, pior", o colegial completaria o desabafo. Para o grupo aqui, a sorte lhe sorriu: o rapaz é um encanto. O visitante tem prazer em ser conduzido. O referido arte educador conta com sensibilidade. A ideia de que *seja bem-vindo* está mais nos atos que na fala. Consciente que é, colocará as regras sem rispidez. "Tem pintura de trezentos anos. E que sufoco é conservar. Necessitam de clima mais frio, de um esquema de proteção que possibilite chegar aos nossos descendentes. Por isso que passar a mão nas telas pode comprometer". Que educação!

O heterogêneo grupo conta com pessoas que ao entrarem na Pinacoteca pela primeira vez detestavam o *velho* ou que achavam aquilo *frescura, esnobismo*. O rapaz, sem saber, pode festejar o arrefecimento da antipatia pelo museu.

"Olha, me senti superbem lá", disse a mãe, em casa, narrando para o filho.

"Mas a senhora disse que museu era chato", replicou o filho adolescente.

"É que quando eu tinha sua idade eu visitei um pela escola... e talvez o monitor... que perseguia muito... sufocando. Ah, descobri que não é o museu que é chato, mas quem o apresenta".

ASSÉDIO MORAL

NAS FACES, O vermelhão da emoção. Logo de manhã, assim que chegou ao trabalho, recebeu a notícia da promoção. "E agora, o que faço?". A promoção vinha acompanhada de mudanças radicais. Primeiro, sairia da capital paulista. Fora designada como assistente de direção para filial de Santos. Subir e descer a Serra todos os dias seria massacrante. Ligou para o marido para passar a notícia e sorver conselhos.

O marido se alegrou porque sabia que era o sonho dela esse *upgrade* na carreira. Perderia no quesito companhia, mas ganharia com a alegria dela. Trabalhando em São Paulo, com clientes estabelecidos, ele não poderia acompanhá-la nesse momento. Conhecendo-se, sabia que deveria moderar as palavras para não chateá-la. Ficar sem mulher a semana toda seria doloroso. Principalmente no caso dele em que a esposa o completava.

Duas semanas depois, a bacharel estava no novo posto. Absorvia os detalhes da nova posição. Apesar de assistente, o cargo é de confiança e por tanto tem relativo poder e prestígio dentro da Agencia Nacional de Transportes. A chefia, por excelência é lugar tenso, dela dependendo ajustar recursos materiais e pessoais às metas consideradas mais adequadas para a sobrevivência da empresa.

Se já é difícil cada sujeito governar-se a si, imagina regular as ações de dezenas, centenas de pessoas? Deveria haver muita paciência, muito pulso, muita sabedoria, muita alteridade na pessoa que assume cargo de mando. Pena que na vida real raro encontrar pessoas talhadas. O que se tem é apadrinhamento, indicações... A sorte está lançada.

O chefe deve ter nos subordinados, nos subchefes, pessoas que o amparem, que traduzam confiança, em quem se possa contar. Caso contrário, o mal estar se estabelece.

Nos primeiros contatos com o chefe, impossível a bacharel adivinhar a grotesca instabilidade emocional dele. Meses de convivência o traço veio à tona. A irritabilidade do chefe obviamente danifica o grupo. Quem em são juízo gosta de ser aviltado? Vindo de alguém que se tem que ouvir calado, pior ainda. Há uma ou duas horas atrás o sujeito estava numa boa. De uma hora para outra, devido a um fato administrativo que o contraria, explode e humilha. Poucas pessoas se prestam ao papel de servos ou bons samaritanos.

O ser humano é engenhoso. Muitos convivem com esse chefe e vão levando a existência. Às vezes chutando o gato, descontando nos filhos e cônjuges. Ou esfolando os que estão abaixo dele na hierarquia da empresa. Muitos sofrem calados, esperando o momento de o chefe vacilar: uma brecha para ser aniquilado profissionalmente sem condições de revidar. É o prato de fria vingança.

Ela está na maioria que não lança mão da desforra nem vomita ódio nos subordinados nem familiares. O assédio moral da chefia através de humilhações quase diárias não diluiu a esperança de um dia o pesadelo acabar.

É bom que se diga que o assédio moral mais intenso sofrido tinha por parte do chefe fazer com que a bacharel desistisse do cargo. O que se passou é que o chefe perdeu a vontade de tê-la como assistente por questões variadas. É bom dizer que ela também se impõe como mulher madura que é. Nada submissa. Partilha da opinião que se lhe foi dado cargo de chefia merecia ter mais independência.

"Chega, hoje não...", ela rebateu num certo dia a enxurrada de gritaria do chefe. Se fosse fria e calculista, teria seguido sugestões de amigos para mover processo de assédio moral. Mas descendente de italiano e com o sangue quente tupiniquim nas veias disse pro cara ir se ferrar.

ATRÁS DE UM BALCÃO

ÀS CINCO E MEIA da manhã, trem apinhado. Desce no Brás. Toma o metrô. À frente, a estação esperada. Horário de verão se encerra hoje. Ontem à tarde ajustara o relógio. Teve vez que perdera o horário por causa da confusão. No último ano, sorte, acordara na hora. Ele atravessa ruas, avenidas. Quinze para seis. Movimentação de veículos se intensificando.

Na lanchonete-padaria, adentra rapidamente. Dentre as saudações que colegas de trabalho usam raro figurar o formal "bom dia". Contudo, como num *bom dia* formal, nota-se bom-humor, rancor ou indiferença nas saudações.

"Vamos, anda tartaruga", quem brinca é o colega, ocupado que está em preparar o cafezinho que será servido às seis horas em ponto, momento em que a porta do estabelecimento é aberta.

"Vá bicho preguiça. Tá mal, hein? Não dá conta nem disso", o recém-chegado rebate a hostilidade.

O diálogo entre balconistas circula em mundo paralelo. É certo que ao frequentar determinada padaria ou lanchonete em pouco tempo tem-se acesso a este mundo que de cara é tão longínquo. Um pouco pela irrisória instrução escolar. Daí o falar rápido, atropelado. Figuras de linguagem apelando para expressões que mexem com a virilidade, a paixão por um time de futebol...

Severino de trás do balcão aprecia conversação com o cliente.

"E essa de homem colocar brinco, os tempos mudaram", o balconista apanha com espátula o hambúrguer e pão e molho, trazendo e depositando diante do cliente.

"É Severino... O negócio é se render à moda", o cliente comenta antes de dar a primeira dentada no lanche. "Ah, um suco de laranja", completou.

"O Valdo é que ciscou para este lado... mas o pai dele lá no Sertão gritou 'filho meu é macho, não usa isso' e o enxotou de casa", Severino comenta enquanto espreme as laranjas.

"Só se for seu irmão, cabra mentiroso", o chapeiro Valdo exaspera-se.

"E esse furo na orelha?", Severino provoca.

"É moda. Na época em que meus filhos eram adolescentes, quem usava era roqueiro, exceção aos travestis... Agora a garotadinha. Meu neto entrou na onda. Fazer o quê?... diz que todos os coleguinhas usam", ia explicando o cliente entre uma mastigada e outra.

_ "Um problema", Severino rende-se, pois vê que o cliente fala sério. Que situação chata bulir com a masculinidade de clientes ou parentes.

"O duro é a moda da tatuagem...", o Valdo comenta, "se fosse só marmanjo vai lá. Agora até as coisinhas fofas andam cheio de pintura no corpo."

"E pensar que quase não servi o Exército por uma marca de nascença", disse o cliente.

"Eu também", comenta outro balconista.

"E tu serve para alguma coisa?", zomba o Severino.

"E tu não sabe... Ele era bucha de canhão", o Valdo provoca de lá.

"Isso é inveja. Servi por dois anos. Agora você, Severino, com esta altura, serviria só para ordenhar vaca", o rapaz não deixa por menos.

"*Óia*, parece que é gente... Nem tem um mês e já pondo as asas de fora", disse Severino.

Trabalho entremeado por diálogos intensos. O relógio roda. Dez horas. Meio dia. Quatorze horas. As meninas de corpaço passam lá fora e excitam instintos transtornados aqui dentro. Carros, carros, e mais carros. No cruzamento de pedestre, pessoas indo e vindo. Chuva. Sol. Rotina. Animação. Dezesseis horas, de roupa trocada, Severino despede-se da turma, e segue para o trem.

49

ATRAVESSANDO O SAMBA

LEMBROU-SE DO CONSELHO do pai para que se misturasse com jovens a fim de fixar a língua portuguesa. "Os jovens falam hoje o errado que amanhã será o correto. Se você se misturar com as pessoas mais maduras, terá a língua hoje encontrada nos livros que nas próximas gerações estará arcaica. Ao passo que com os jovens, universitários ou operários, vem a roupagem que a língua terá no futuro", finaliza o emérito professor doutor em línguas latinas, que de quebra é seu pai. O rapaz entendeu.

Há menos de um mês no Brasil, a vida estava repleta de novidades. Era de se esperar. Afinal saiu da Alemanha por livre e espontânea vontade. Quis aperfeiçoar a língua portuguesa onde é falada. Por que no Brasil, se podia ir para Portugal? Além do mais, nas tevês germânicas o Rio e Sampa eram violentos? "Quis sair da Europa, mergulhar na América do Sul", foi a resposta dada a colegas. Dizer que não sentiu medo de ser assaltado, alvo de sequestro relâmpago, seria mentira.

Na descida do Galeão, curtiu a vista. "Que loucura a aterrissagem. O piloto deve ter muito equilíbrio para não meter o avião no mar", desabafou a uma senhora alemã companheira de viagem. Copacabana Palace Hotel? Claro que foi dar uma vista d'olhos. Nem podia deixar de ir. Era o hotel brasileiro mais famoso em seu país. Onde ficou hospedado? Na casa de um amigo, que é gerente de uma fábrica alemã em São Paulo, mas que não se incomoda em pegar a ponte aérea quase todos os dias para apreciar a cidade maravilhosa.

Sábado, os dois amigos resolveram sair. A palavra balada soou familiar. "*Ser Isto balada*?", perguntou o recém-chegado. "Mais ou menos", responde o anfitrião. À mesa de um pub – boate para a maioria, mas barzinho para o paulistano – havia um grupo de brasileiros. Três mulheres e um homem. Com os dois alemães que chegam: empate entre os sexos. O som é pagode. O alemão novato gostou da melodia, embora entendesse nada da música. Acostumado a rock 'n' roll. Nem se importou com o batuque, principalmente quando viu que o batuque provocava o gingado sensual.

Uma moça chamou a atenção. No início, procurou disfarçar o impacto que ela exerceu. Pele morena, o cabelo meio aloirado, braços e coxas fartos de carne, formas atraentes. Depois da quinta rodada, língua mais solta, ela falando pelos cotovelos, e dançava, e gingava. Ficou complicado para o moço camuflar a preferência. O que lhe atraí nela? Será por ela falar muita gíria e ele querer seguir obediente o conselho do velho pai de que era preciso aprender a língua dos jovens? Quem sabe. Estava tonto diante da moça atraente. Tontura tipo dar gargalhada diante de piada sem graça, para a qual mesmo o auditório do Silvio Santos, ainda que ele implorasse, se recusaria a rir.

"Eu gostar ver isto", disse o rapaz para a moça que rebolava ao som de um pagode. "Alemão não é nada bobo", respondeu ela, no que ele corou. Pois quando disse *isto* não se referia ao rebolado sensual da moça, mas do som. Num momento mais calmo, quando os dois trocavam falas brandas, ele se espantou quando ela disse que tinha trinta anos. "*Parecer ter você 20 anum*". Ela gostou. Que mulher se zanga por parecer 10 anos a menos?

Do contato que teve com a musa carioca ficaria na cabeça a frase *atravessando o samba*. Mesmo o alemão que tinha nível avançado de português, ficou em dúvida.

"O que ela estava falando?", o novato questionou.

"Atravessar o samba é dar rasteira, passar a perna. Por exemplo, no trabalho, um sujeito quer ser promovido, aí você corre, dá um jeito, e chega na frente dele", o colega tentou clarear.

O que vale é que a frase *atravessando o samba* o acompanhará de volta a Alemanha, pois retorna para casa mês que vem.

BEM NO PEITO

NESSA MANHÃ, MAIS uma vez despertou sobressaltado. Hoje, contudo, nada tinha a ver com problemas pendentes no trabalho. O motivo do suadouro foi o sonho pra lá de *quente* com a vizinha. Desses sonhos bem normais para adolescente e um tanto inusitado para homem de quarenta e poucos anos. O que mais surpreendia é que antes de ontem à tarde a vizinha para ele nada significava. Se eles se cumprimentavam quando se encontravam na rua, ou próximo de casa, era pura etiqueta exibida por pessoas civilizadas.

O que houve de novo para que a relação entre eles mudassem? Nada de extraordinário. Apenas os instintos dele estavam mais afloradas.

No dia anterior, ele havia chegado por volta das cinco horas da tarde. Relativamente cedo, se comparado à média de seis ou sete horas. Queria um banho e mergulhar nos estudos para Promotoria. Vinha se dedicando a esta empreitada há dois anos ininterruptos. Parou no portão de casa, sabe lá pra quê. E coincidentemente ela passava na rua. No andar sensual, a calça de coz baixo realçava os quadris sensuais. A blusinha colante, sem vulgaridade, mostra parte da barriga esbelta. O cabelo negro e liso mantido bem comportado pela tiara.

O instinto libidinoso o impeliu a puxar conversar. Ela receptiva. Conversaram. Alan Kardec mencionado. A moça frequenta associação espírita. Ganhava o pão como enfermeira particular. Atualmente cuida de paciente, na região de Higienópolis, portadora de câncer terminal. "Ela sabe que sua missão na Terra está findando. Prepara-se para a passagem", a enfermeira ia tecendo a teoria.

Desnecessário dizer que durante mais de noventa por cento da prosa ela se mantinha na condição de ouvinte. Dando tempo aos ávidos olhos do moço varrer o corpo excitável à frente. Ia buscando fresta na blusinha cavada onde pudesse sorver os seios graciosos. A moça nada tinha de estática. À medida que a enfermeira dava voltinha nos calcanhares e se aproximava do portão, o aspirante de promotoria vidrava nas nádegas dela como mosca que segue a luz da lâmpada.

A sofreguidão tomou conta. Pegou na mão da moça. O assunto sério que ia sendo tratado destoava tanto das carícias que ele transmitia no início de leve e, mais tarde, de forma escancarada. O cume? A mão atrevida que desliza no ombro, no pescoço. Com muito custo, o rapaz conteve o abusado impulso de imprimir o beijo ardente nos lábios carnudos. Se acontecesse, como iria se explicar?

Sabendo que a carne masculina é fraca, a moça viu que era hora de partir. Habilidosa como a média das mulheres belas e dominadoras, desvencilhou-se das carícias sem demonstrar reprovação. Finalmente se separaram, despedindo-se como dois civilizados. Ele notou que havia umedecido a cueca. "Que está acontecendo comigo? Eu não sou tarado", ficou sem graça. Longe de falsidade. Tinha namorada e a adorava. Não era comum isto acontecer.

O flerte daria em nada. Conhecendo-se bem, ele não iria atrás da morena *explode quarteirão*. Pena que algo deu errado. O papo entre eles e o pegar na mão da morena em plena calçada chegaram aos ouvidos do namorado ciumento. A morena havia flertado com outro rapaz, embora tivesse encerrado o caso. Mas o namorado, desconhecendo o sujeito anterior, pensou ser o aspirante de promotoria o *dito cujo* de outrora.

A vingança armou emboscada.

O bacharel em direito teria a surpresa desagradável ao sair do trabalho dali a uma semana. O alucinado namorado da morena disparou dois tiros bem no peito do rapaz. "Isso é pra não mexer com mulher minha, safadão". O rapaz morreu. O assassino solto, porque era bandido há muito tempo procurado por roubo, homicídio, tráfico e violência contra mulheres.

No cemitério, a moça *explode-quarteirão* observa o corpo ser entregue ao solo abençoado. "Que você esteja bem onde estiver", disse antes de ir pegar o ônibus.

BOCEJO

ELE NUNCA FOI ligado a convenções, etiquetas sociais. Na medida do possível, fazia vista grossa ao que a média grita como descortês. O vizinho dando roto a plenos pulmões era uma das poucas demonstrações de porquice frente a qual ele se indignava. Nas primeiras vezes que ouvira, até achara original. Lembrou a irreverência do grupo Mamonas Assassinas. Com o tempo, deixou de achar qualquer graça. Pior, classificava como um bobo querendo chamar atenção. Contudo, não era de fazer tempestade em copo d'água. Há vizinhos cujos inconvenientes excedem a um simples roto, disse para si.

A menina que subia ao ônibus a dois pontos do terminal e que trazia o hábito de abrir um bocejo de leoa chamou atenção. Primeiro, por ter uma aparência que indicava bem-criada, educada, e que o mínimo esperado seria que ela pusesse a mão à frente da boca para impedir que a garganta fosse conhecida de todos.

Nas primeiras vezes, ficou um tanto indignado. Se fosse outra pessoa talvez não ligasse. A começar se tratasse de sexo masculino, quer fosse criança, adulto ou idoso. Um quê de *pré-conceito* que carrega faria com que considerasse a situação normal apoiado na frase *homem é assim mesmo*. Fosse outra mulher, aí teriam fatores como idade e atratividade. Para adolescentes, principalmente as *barraqueiras*, as que querem a todo custo se igualar aos homens, pensava ele, seria aceitável o comportamento. Às idosas consideraria ato involuntário, salvo as que não tiveram orientação de pais, tutores e pares.

A menina de longos cabelos alourados escuros, olhos castanhos, óculos, sempre de pé. Recusava-se a sentar, alegando que desceria *já*. Para complicar atraía atenção ao exibir uma atratividade inebriante. Era como uma joia depositada acima de pedras comuns, contrastando com o amontoado de homens que seguiam sentados para os postos de trabalho. Certa vez, ela se aproximou e ele pediu para segurar a bolsa. "Obrigado, eu vou descer já", sorria ela em agradecimento.

Todas as manhãs, de segunda a sexta-feira, estava ela lá. Entrava no ônibus. Numa das mãos vinha uma sacola, além da bolsa que trazia no braço. Com a mão desocupada agarrava-se à poltrona próxima para não cair. Ônibus em movimento é perigoso.

O preconceito deu uma trégua. O rapaz vendo a impossibilidade de ela usar qualquer das mãos para reprimir o bocejo, sob pena de cair, ele notou que a moça poderia não ser má educada. E que aquela boca aberta mostrando até a faringe devia-se às circunstâncias. Doutra maneira, não tendo que carregar bolsas nem se segurar nos assentos, a moça usaria a mão para sinalizar a etiqueta tão esperada e condizente a seu perfil.

Pensamentos existem que se tornam tortuosos. O rapaz se considerou ridículo por dar demasiada importância a assunto fútil. Que lhe interessava se a moça é assim ou assado? Abre a boca bem larga e boceja bem alto. Quer competir com uma leoa ou gato? Então que o faça. Quem era ele para censurar quem quer que fosse? Estava incomodado? Simples: mudasse de lugar. Fechasse os olhos quando a menina entrasse no ônibus. Bastava não permitir que ela invadisse o campo visual e ele estaria livre. Não é assim que agia em relação às situações ou pessoas que não queria ter o desprazer de fixar atenção?

No entanto, que seria da novela da vida se tivesse somente um capítulo? O rapaz bem que tentou ignorar a moça por tantas vezes seguidas. Nada. O máximo que conseguia era fechar os olhos, mas a alma via a moça entrar no ônibus, alojar-se próximo de um assento e, dali a alguns segundos, soltar um bocejo. Era matematicamente esperado. Notava o bocejo e em seguida vinha o ponto final onde ela descia.

BRAÇO MOLE

DIANTE DA SOGRA, a jovem de 26 anos estremeceu. "E quando eu ficar velha?", pensou. A pergunta nada tinha de novidade. Repetida dezenas de vezes. Desta vez trazia uma entonação estranha, diferente da que estava acostumada. A idade da razão buzinava na orelha, que a moça envelhecia.

O namorido, os pais e irmãos dele e a mãe, o padrasto e as irmãs dela rodeavam a mesa ornada com o tradicional almoço de páscoa. À mesa, o bacalhau com batatas, adornado com gordas azeitonas pretas. Nos copos, vinho e cerveja para uns e refrigerantes para as crianças ou para os que fugiam de bebida alcoólica.

O que a teria deixado tão deprimida? O álcool? De maneira alguma. Tomara duas latinhas. Briga com o namorido? Nada. Fizeram amor na noite anterior.

Sentia-se mal diante de tais encanações. Primeiro porque tinha a sogra na mais alta conta. Era pessoa que sempre tinha um conselho oportuno a oferecer. Depois da mãe, era a confidente preferida. Segundo, nunca havia se torturado por corpos aparentemente fora de forma. Apreciava gente bonita, mas não a ponto de querer que todos fossem iguais aos modelos da TV.

Os braços moles da sogra, que é mulher bem feita de carnes, denunciavam a idade avançada. Pior, pareciam gritar que a idade chegaria para a moça. Hoje, cabe em toda roupa. As amigas lhe invejam o corpo, os seios simétricos e a forma esbelta. Quando diz que não é fã de regime serve para aumentar o rancor no batalhão de conhecidas privações de doces, salgados, durante dietas.

A fotografia da sogra foi o que lhe perturbou. Tinha dezessete anos quando havia sido eleita miss na cidadezinha natal. A foto meio amarelada não ofuscava a beleza que a sogra resplandecia nos áureos anos de mocidade. "E hoje virou isso", a nora se sentiu mal pelo pensamento mesquinho que a atingiu como um raio.

O almoço terminou. Despediram-se próximo das 18 horas. Na tevê, solitária a um canto da sala de estar, o futebol rolava. A viagem de volta para casa seria cumprida. "Amanhã é segunda-feira braba", um dos rapazes brincou.

No dia seguinte, no escritório, as comparações retornaram. Numa senhora, a jovem incomodava-se com o nariz enrugado. Noutra, o cabelo, que ao longo dos anos arrebentara-se pela tintura, parecia coisa medonha. "Que está acontecendo comigo?", suspirou sufocada.

Na hora de almoçar a agonia continuou. No restaurante por quilo, a moça parecia ter tirado o dia para perseguir as senhoras com dentes com metal, com faces ossudas, com seios derrocados. A temperatura quente. Naturalmente, as pessoas vestem-se mais à vontade. Sobraria abundância de braços moles nos quais a visão repousaria a contragosto. Ao procurar deixar de concentrar o olhar nos braços, pouco ajudou deitá-lo nas barrigas caídas por cima da cinta, moda de mulheres que desejam parecer mais *teens*.

"Devo estar sem sentido na vida para me importar com o corpo das pessoas?", disse para a amiga.

"Não liga. Comigo isto acontece quase sempre. Isso de ficar horrorizada com a deformação alheia é super comum", balbucia a amiga entre uma ou outra garfada na salada.

"Se eu não sou como elas, por que fico assim?", indignou-se.

"Simples. Você teme ser...", sentencia a colega.

"Sempre curti minha avó, mãe, tias. Acho as velhinhas delicadas...", emenda.

"Mas estar prestes a envelhecer é outra coisa", limpou os lábios com o guardanapo. "Eu tenho 39, sei o que digo. Embora você ainda esteja pouco abaixo dos trinta, a experiência te apresenta o temor da velhice", procurou clarear a confusão.

Interromperam o papo às pressas. Hora de voltar para o escritório.

CAÇADORA DISCRETA

OLHANDO O PAINEL DO carro, inevitável a inquietação bater, "será que fui muito atirada?". A pergunta é em função da recordação de um episódio no shopping. Estava nas lojas Renner, comprando peças íntimas para dar suporte às que contava no guarda-roupa, e que precisavam de socorro devido ao natural desgaste. Na loja, extremamente decorosa, raro notar flagrantes de assédio de vendedores. O que buliu com os instintos vinha detrás do balcão da loja de frente, menor, sem muito glamour, onde se comercializava produtos importados *made in China* ou *made in Paraguai*.

O sorriso de garoto maroto do balconista a atordoou. Quis esquivar-se. Impossível. Um rapaz de olhos casto-claros, alto, mãos fortes, e que tinha nada de cafajeste nas linhas do másculo rosto. Antes havia um paradoxal ar delicado. Ela se lembrou de *algo* que precisa na loja à frente. Pilhas para o secador, pente, uma bugiganga qualquer. Terminada a compra na loja feminina de maneira mais apressada e em menor tempo, confessaria somente num tribunal de crime de guerra ter sido atraída pelo par de nádegas salientes e barriga de tanquinho do rapaz.

Entrou na loja. Fingiu nem notar o rapagão objeto da repentina alucinação. Vasculha as prateleiras. O rapaz sozinho na loja, pois o segundo estava em hora de almoço. Teve ela que pedir auxílio. A barriga de tanquinho caiu por terra. A obscena banha se pronunciava por baixo da camiseta. Nada incomum para a geração computador e que Mcdonald ou lanche no trailer é rotineiro. Todavia, as nádegas do jovem não a decepcionaram. O hálito indicava não-fumante. A barba estava por fazer. Ela sempre preferiu homens barbeados.

Na mão a luminária. A fisionomia estampava dúvida no rosto da mulher, e o rapaz interveio, "pois não". "Quanto é?", ela questionou. Ele pediu licença, pegou a caixa contendo a luminária, postou diante do leitor de código de barra. O preço saiu. "'110 ou 220 w? Se puder colocar no cento e dez agradeço", pediu. "Sorte. É bi volte". "Tem coisa que homem é que sabe mexer", disse para evitar o constrangimento de sequer ter lido a voltagem. "Nada disso. Uma mulher inteligente como você sabe fazer muitas coisas interessantes". Mesmo não sendo feminista tampouco Menina da roça sentiu-se tranquila. O tom da frase e a expressão do rapaz em nada denotaram malícia.

Se tivesse pressentido, teria terminado o diálogo na hora e saído da loja, mesmo que estivesse nos dias que o corpo estava mais vulnerável. Odiava vulgaridade. E detestava, como indicado, o tipo papa-todas ou cafajeste. Homem para ela devia ser gentil, cavalheiro, nem que fosse fingimento, nem que fosse apenas para *conquistar*.

A recordação que a persegue na hora que manobra o carro para sair do shopping é que não sabe por que a mão dele tocou na dela. Explosivo. Que vontade de pular por cima do balcão, puxá-lo contra o seio e lascar um beijão. A imagem a perturbava. Nunca fora sonsa, mas jamais tão fácil. Como mulher que quer ser valorizada, que quer ser respeitada, que quer ter relacionamento no mínimo que dure mais de duas noites, ela sabia se segurar.

O problema é que a idade ia chegando, e com ela o sentimento inconsistente, a inquietação. Era como se o mundo fosse terminar amanhã. Nenhuma loucura fizera ou faria. Contudo estava sendo difícil se segurar, refrear os instintos que pareciam ter endoidado. Pensou passar na ginecologista ou no neurologista ou qualquer outro *gista* para arrumar um remédio para frear o assanhado ímpeto.

E o rapaz? Voltaria ela com certeza mais vezes ao shopping, na loja do bonitão, e se rolasse alguma situação favorável, ótimo. Nunca no primeiro encontro. Etiqueta feminina básica. No trabalho também tinha um *pão* que a deixava zonza. Tinha que se policiar. Uma colega certa vez a alertou: "segura tua onda. Tá dando bandeira". Aos quarenta anos, dureza. Idade da loba? Ou seria crendice popular? Às vezes queria muito a menopausa. Uma pausa. E depois, murchar? Tinha medo.

CADEIRANTE

O ÔNIBUS IA apinhado. No interior, pessoas apressadas, irrequietas, ansiosas para chegar a algum lugar. Ah, naturalmente havia os mais brandos, os que iam e vinham destituídos de ansiedade, quase autômatos. Na hora que o ônibus parou e ficou além do tempo previsto para os passageiros *normais* subirem no coletivo, um incômodo instaurou-se na maioria. O sinal sonoro mostra a engenhoca que permite a cadeira de rodas a ser içada da calçada até o interior do coletivo.

"Êta nós, vamos ficar parado um tempão", resmungou um.

"Não dava para ter um veículo particular apenas para os deficientes?", se queixava outro.

"Tô frito, agora que perco meu compromisso", se inquietou o moço.

"Droga, tinha que ser agora", outro rosnou.

Os monólogos acima foram todos suspirados silenciosamente. Embora o aborrecimento fosse notório nas caras contraídas, que cidadão verbalizaria tamanha insensibilidade? Fosse por causa do politicamente correto ou devido ao peso na consciência, a ira momentânea restringia-se ao foro íntimo.

A cadeira de rodas havia subido com sucesso no interior do ônibus, e este seguiu caminho para Jacareí. Os ânimos voltaram ao estágio anterior antes do empecilho. Um dos aborrecidos pela demora em esperar o cadeirante ser trazido para dentro do ônibus, teve a má sorte em estar de frente para seu algoz. Não, o algoz aqui não era o cadeirante, mas a própria consciência do aborrecido. A consciência o açoitou em função do estado lamentável que o cadeirante se encontrava.

Vinha acompanhado por duas mulheres. Uma provavelmente seria a mãe. A outra, sei lá, talvez a tia. Na carne que encobria os rostos dessas duas almas a humildade se estampava. Traziam miséria que faz muitos desviarem o olhar, fechando os olhos ou os fixando no chão ou no céu. A miséria que o povo brasileiro teima fingir que não existe para não ter que socorrer quem nela está. Os ossos, a pele esturricada, os olhos sem brilho, tudo traduzindo a terrível carga que a vida lhes impõe. O católico a vendo diz que Deus não costuma dar fardo maior que a pessoa possa aguentar. O socialista se enerva contra a classe abastarda. O niilista acha normal.

Na cadeira de rodas vinha um rapaz aparentando mais de trinta e cinco anos. Apesar de ser homem, portanto formato corporal diferente da mãe e tia. Não obstante, mirrado de carne igualmente. Na cadeira, quem o visse de costa acreditaria tratar-se de jovem de dezesseis anos, dos poucos desenvolvidos. Nada comparado aos rapagões que brincam e correm no Ensino Médio. Parte dos músculos não respondia, daí a baba escorrendo pelo canto da boca se tornava inevitável. O transeunte tinha que manter o sangue frio para a ânsia de vômito se afastar.

Falar que o remorso o abateu, seria o mínimo. Nesse lapso de tempo, nos poucos minutos que se deu ao trabalho de olhar aquele trio, um 'sei lá o quê' de desânimo o abateu. Se fosse outro, desviaria a atenção, e se perderia olhando os carros na rodovia Presidente Dutra até a entrada da cidade de Jacareí. Ele, não. A imagem o perseguia, ainda que enfiasse a cara na revista que estava lendo.

Quando finalmente desceu do coletivo e começou a caminhar no centro da cidade, tão solto e livre como um pássaro, a ideia do sofrimento das duas mulheres o vexou. E o que não dizer do rapaz sentenciado a uma cadeira de rodas. "Será que ele tem noção do sofrimento?", perguntou-se por causa da dúvida que tem em saber se o deficiente mental percebe ou não sua deficiência. Se *não perceber*, ele acredita que o sofrimento inexiste no cadeirante.

CAFEZINHO

ATRAVESSOU A RUA. Bem em frente, a padaria. Estalo no raciocínio: por que não parar, entrar, tomar o café da manhã numa boa? Resposta simples: grana. Vontade tinha de ir à padaria. O que faltava era a prata à maneira espanhola. Encrespou-se: "quem ela pensa que é? A dona da empresa? Regular um cafezinho". A duas quadras do portão da empresa, mais e mais ia se tornando irascível. "Vamos ver no que dá isto... Enquanto a chefe não me barrar, que me importa o que a velha de mal com a vida diz?"

Ruim era encontrar a senhora. Quantas vezes fazendo de tudo para aparentar gentileza, educação? Ela ali, feito múmia, um esqueleto. A Cruela dos 101 dálmatas se incomodaria de tamanha antipatia. Dá frio na espinha. Um espectro de pessoa que se gostava pouco e que passou para o além, sem que pudéssemos fazer as pazes. Quando ela estava na copa, dia de plantão, o café descia amargo, sem sabor. Quando ausente, de folga, ou no diabo que a carregasse, pensou o homem, o café ficava tão saboroso.

Todas as outras senhoras da copa, se não primavam pela gentileza, jamais tinham a brutalidade no olhar, a aspereza no resmungar, a maledicência poluindo o ar. Eram educadas. Dava prazer em prosear. Havia uma que era indicativo de dia feliz. Cumprimentava-o com sorriso sincero, desejava boa sorte no dia.

Ontem foi a gota d'água. A velha se aproximou e disse. "Olha, fiquei sabendo do rolo que deu... A diretora determinou que não se entrasse mais na copa para beber cafezinho o pessoal que não fosse do setor", buscava mostrar indiferença. Transparecia satisfação em dar a notícia desejada. "Se fosse por mim, o que é que tem um cafezinho? Acho exagero. Proibir a nós que somos funcionários da empresa". O rapaz querendo saber o rumo da prosa, perguntou: "É para eu não mais entrar na cozinha? Para eu não beber mais o cafezinho? Se a senhora tivesse me dito antes eu teria deixado de ir". No que a sexagenária se adiantou: "Não você... Olhe lá. Eu acho o cúmulo proibir. Se quiser ir tomar seu cafezinho enquanto ela nada falar diretamente, tudo bem. Quem sabe ela nem te note. Talvez seja por causa dos visitantes".

A narração nada a ver o incomodou. A senhora e a verborragia confusa. O rapaz trocou mais duas palavras. Despediu-se. Por dentro escondia o rancor.

"Tudo para disfarçar o orgasmo que teve por me barrar a entrada na copa... Como pode existir pessoa assim? A cara de santa p. arrependida... e tropeçando nas desculpas." Depois da explosão, do momento de raiva, de ter xingado em pensamento a velha uma dezena de vezes, ele caiu em si. "Eu tô fazendo pior que ela. Deve ser uma pessoa anulada na vida. Quantas vezes eu tomando cafezinho e ela xingando as tarefas, as colegas, os familiares... Detesta o ganha-pão que tem. Não vê a hora de se aposentar. Se agarra na mediocridade, por exemplo, na de prejudicar quem calhar de lhe desagradar."

Quando tomava café e ela estava perto, buscava desviar o olhar. Quão indigesto é fazer a primeira refeição mirando pessoa amarga, que passa tamanha falta de esperança... Agora que a diretora do departamento determinara não tomar café na copa, para espanto até dos admiradores de Hitler, que felicidade ele sentia. Passaria na padaria. Tomaria café vendo TV, falando com o balconista, olhando as mães carregarem os filhos apressadas para escola. Um turbilhão de vida matinal. Estaria livre da cara feia. Pesaria no bolso. O que importa é que a alma ficaria mais leve, sadia, tranquila.

Passados dias nesse ritmo, um grupo da empresa, sob pressão do alto custo que é todo dia tomar café na padosa, criou espaço alternativo para tomar café. A chefia ratificou. Dentro da legalidade, a velha se acalmou. Mudou de foco. Procuraria outro alvo para despejar o mau humor que exalava dos poros.

CALÇADOS

A MENIA CALÇOU os tênis. Pronto, estava pronta. A camiseta com o logo da empresa e a calça preta. Pegou a bolsa. Despediu-se da mãe, que levantava cedo para lhe aprontar o café. Abriu o portão. No relógio do celular, quase oito e meia. Bom morar a poucas quadras do trabalho. Sem preocupação em pegar ônibus. Mais meia hora de caminhada estaria na loja de calçados. Entrará às nove horas em ponto.

A moça tem 20 anos, mas ninguém dará mais que 18 se não pertencer à roda de amigos dela. Apesar de achar milhões de defeitos em seu corpo, rosto e cabelo, é uma das mais belas vendedoras da loja. Opinião, embora velada, compartilhada inclusive pela gerente, que luta para esconder a inveja.

A jornada de trabalho é flexível. Por se enquadrar como vendas, raro passar menos de dez horas, caso o movimento seja convidativo. E é sempre convidativo. O lucro almejado anima corpo e alma a entregarem-se à labuta sem um pio. A gerente é que tem que disciplinar os vendedores para que eles respeitem o limite que a lei trabalhista impõe. As vendas têm um elixir que impede ver o tempo passar. É substância que traz a ilusão que o lucro será maior que a venda anterior, que a hora anterior, que o dia anterior, que o mês anterior.

No trabalho de vendedora, ela se encontrou. Antes havia trabalhado em tanta coisa. Em escritório, a pior experiência. Ficar confinado numa saleta com o chefe a lhe buzinar ordens e os papeis a preencher? Nunca mais. Gostava era de loja. De ver pessoas e de ganhar com o prazer que elas exibiam diante do objeto de consumo desejado. Uma vendedora expert dizia que o prazer de comprar só seria menor do que fazer amor. E mesmo os sovinas, os avarentos, os que gostavam de gastar o mínimo possível, podia adivinhar neles o suprassumo do prazer na hora da barganha, quando conseguiam levar alguma suposta vantagem.

Lá pelas duas da tarde, estava cansada. Hoje, a hora de almoço foi passada dentro da loja. Trouxera um lanche. E o devora rápido. Queria voltar logo para a arena das vendas. Dia 28 de dezembro. Faria de tudo para juntar a grana para atingir a meta até o último dia do ano: pagar a pintura da casa onde morava. Antes de virar o ano, queria ter cumprido a promessa.

O corpo esbelto está em função não apenas da caminhada casa-trabalho-casa de todo santo dia útil. Nas várias horas dentro da loja a rotina é atender o cliente a olhar pela vitrine e apontar o par de sapatos. Como o que está na vitrine é mera amostra, a vendedora convida o cliente a sentar-se no amplo sofá e sem pestanejar e moça dispara rumo ao depósito que fica no andar de cima. Com o número do calçado anotado na comanda, ela sobe e em menos tempo possível desce agarrada à caixa.

Experimentar que é o problema. As suas xarás, as mulheres, é que dão trabalho. Perde a conta das vezes que tem que subir e descer em busca de um par que caía melhor no agrado. Não raro, quando nota a indecisão do cliente, costuma trazer várias caixas de uma vez. O risco de escorregar nos degraus e ver as caixas se espatifarem no chão, com os sapatos rolando escada abaixo, é alto. Pior é quando o próprio vendedor se esborracha. Já pensou ficar afastado do trabalho, sem comissão? O medo a faz descer a escadaria com cuidado.

Do lado dos homens, a situação é mais tranquila. Para cada meia hora consumida em atender uma mulher, ela leva cinco minutos com um homem. Tudo bem, tudo na vida tem exceção. Há homens que saem da média. Destaque para os vaidosos. No geral, o homem só enrola por causa de preço. O preço do calçado tem que bater com o que há no bolso. E aí é uma briga de titãs. De um lado, a vendedora querendo abocanhar a maior comissão. E de outro, o econômico querendo levar o menos feio pelo menor preço. Nessa luta de braços, vezes o comprador ganha, outras quem sai vitorioso é quem vende. Raramente ambos sorriem o ganha-ganha.

CAMELÔ

À RUA DO IMPERADOR, a casinha amarela tem a porta aberta. O homem de bermuda caminha para o Gol cor prata 94, exibindo estado de conservação razoável para os 15 anos de uso. O homem carrega na mão a chave do veículo. Dará umas tantas idas e vindas do carro para o interior da casa até abastecer o golzinho com as mercadorias. Capas de celulares, das mais diversas marcas. Porta CD e DVD. Capas para computadores. Estojos de plástico ou sintético. Óculos de sol. Guarda chuvas. E dezenas de outras bugigangas necessárias ao dia a dia de parcela significativa da população.

Na sala de estar, a filha que o mirava. Estava amuada. Queria acompanhar o pai. No comum dos dias, não reclamava. Segue a rotina de ir para escola de manhã e, à tarde, frequentar as aulas de inglês no curso comunitário promovido pela prefeitura. Mas criança de seis anos é sempre criança: queria estar com os pais, impulso mais que natural.

"Não me olhe com esta cara. Você sabe que se não tivesse aula papai te levaria", justificou-se o pai, de joelhos diante da menina.

"Mas eu queria ir com você. Todo dia eu vou para escola. Queria ir com você", insistiu a menina que fugia da mãe para arrumar o cabelo.

Sabendo da direção da conversa da menina, ele brecou.

"Nada de faltar aula. Você quer sofrer como seu pai? Se eu tivesse estudado teria profissão melhor, não precisaria ser vendedor ambulante. Lembre-se que eu faço o que posso para que você tenha um futuro melhor", disse emocionado o pai.

"Mas...", insistiria.

"Nada de mais. Vamos", findou o assunto.

Pegou a mochila da menina, beijou a esposa e conduziu-se com a filha para o carro, ficando a criança no banco de trás, local reservado, em que as bugigangas não atrapalhavam. No caminho para o trabalho, deixava a menina na escolinha.

"Fica bem, meu amor", disse o pai, depositando um beijo na testa da filha ao entregá-la à professora no portão da escola.

A menina acenou e desfizera a tromba. Estava feliz porque o pai disse que estudar é como trabalhar e que quanto mais estivesse na escola mais satisfação traria ao casal.

O centro da cidade começava a fervilhar. Ônibus cuspindo pessoas, carros em filas gigantes, motoqueiros abusados. Enfim, a harmônica movimentação do dia útil que se inicia. O local da barraca dele era tranquilo. Basta erguer e começar a trabalhar. Após a prefeitura regularizar a área dos camelôs, o espaço ficou mais digno. Pagava taxa. Que importava a taxa? Quando na clandestinidade ele pagava taxa para os *chefões* sem ter a segurança do poder público. Naquele tempo era complicado. Quantas vezes ele teve que largar toda mercadoria para trás quando da chegada súbita da polícia?

Às dez horas da manhã a situação mudava de figura. O trabalho se intensifica. Atender muita gente o sobrecarrega de preocupação. Havia clientes apressados, desses que querem que o mundo pare para ser atendido. Havia os exigentes, que tinham que passar os olhos por todos os modelos do produto procurado para se decidir qual levar. Pior, tinha os larápios, que ao menor descuido enfiavam a mercadoria no bolso e sumiam sem pagar.

A camaradagem ajudava a lidar com a rotina. Se precisasse ir ao banheiro, lanchar, o colega ao lado ficava de olho na barraca. Fazia ele o mesmo quando solicitado. O único dia que a esposa ficava na barraca era na terça-feira, quando ele ia comprar mercadoria em São Paulo. Ou quando a indisposição física, como dor de cabeça, mal-estar, dor de dente ou estômago, o açoitava. Sorte que acontecia raramente.

CAMINHADA

A REPORTAGEM NA TEVÊ era para festejar os benefícios da caminhada no bem-estar pessoal. A mulher seguia com olhos atentos. Confia nas notícias e recomendações de especialistas quando aparecem na tevê. Por que a TV? É o principal meio de informação.

O marido estava de pé com o copo de cerveja na mão. Era sexta-feira, e nesse dia a patroa liberava a bebida. Com moderação, que fique bem acertado. No sábado, contudo, o maridão vez por outra contrariava a recomendação e abusava da *loira gelada* e no domingo fácil presenciá-lo deitado na cama, reclamando de mal-estar, dor de cabeça.

"Viu? Por isso que eu caminho", disse todo cheio de si.

"É. Se fossemos mais unidos caminharíamos juntos", ela disparou contra-ataque, motivada mais pela imagem do casal de idosos na TV que caminhava cerca de meia hora por dia.

"Não passa essa bola para mim. A culpa de você não caminhar é sua. Sempre te convido. Querendo, a gente começa amanhã", rebateu tão seguro de que a esposa ia desistir.

"Topo", disse de plenos pulmões.

O marido ficou baqueado. Estava acostumado a fazer a caminhada sozinho. Era momento de ele *ver* outras mulheres. Nada de mexer, fazer piadinhas. Olhava para mulher bonita como fazia com uma casa, carro, prédio, loja. Agora, com a patroa a tiracolo teria complicações. Pior, seria extremamente contraproducente.

As primeiras caminhadas com a esposa, ele meio desajeitado. Procurou evitar que soubesse que não a queria na sua cola. Um instante aumentava o passo, com a desculpa de manter ritmo; ou noutro, reduzia, com a alegação de apreciar a paisagem enquanto tomava ar.

Decorrido um mês, o marido estava adaptado. Desistiu das palhaçadas. Conservava-se ao lado da esposa. Papeavam sobre os assuntos mais diversos. Inclusive sobre os mal-entendidos, pequenas rusgas que numa ou noutra ocasião ocorriam, mas que com o alucinado ritmo das obrigações com os filhos, com o trabalho, com os afazeres da casa, ficavam postos de lado sem serem resolvidos.

"O teu problema é achar que está certa em tudo. Os erros estão nos outros", disse o marido

"Me diga que erro eu faço? Não sou eu que compro sem poder. Não sou eu que tenho os bancos batendo na minha porta..." retomaria o assunto conflituoso.

"Vê? Nem te importa que estou fazendo acordos. Há um bom tempo só compro à vista e não tomo dinheiro emprestado. Isto aconteceu quando? Há três anos. Mas para você é como se fosse ontem", inquiriu o marido.

"Estamos sofrendo as consequências até hoje...", sentenciou a esposa.

A discussão era longa. Longa também a caminhada. O marido se irritava, a esposa idem. Por vezes o calor das ofensas se estendia até a porta de casa. A mulher entrava, tomava um banho. O esposo fazia o mesmo. Passado uma hora, um ou outro amolecia e pedia desculpa.

O marido achou este sistema extremamente saudável. Desde então havia cessado as detestáveis discussões na cama. Como odiava discussão no momento que ele sonolento procurava descansar. "Quer eu ficar p. da vida é quando a mulher quer discutir a relação na hora de dormir. É a pior tortura", desabafava com um colega na repartição. Desde que as caminhadas começaram, a tortura sumira. Passou a valorizar e incentivar a caminhada da esposa.

A chama da caminhada arrefeceu. Passados cinco anos, já não caminham, sequer juntos. Por coincidência uma nova reportagem vista na tevê levantou a cinza. Ambos olharam, acharam super legal recordar o tempo de caminhada. Pena que a vontade continuou adormecida.

CARNUDA

QUERIA TIRAR AQUILO da cabeça, afastar o pensamento intrometido. Que tinha ele se as duas mulheres queriam emagrecer? Tinham direito de perseguir um ideal de corpo, não? Voltou-se para o que estava fazendo, que era preencher a planilha com listas de compra para o departamento. Diante dele uma das que estavam de dieta. Era a mais velha, perdão, a mais madura.

Trouxera pão e queijo. Ele oferece para os colegas, que prontamente avançaram.

"Você não tem piedade de mim", disse a colega de regime. "Do contrário não traria justamente o que eu não posso comer", soltava a repreensão em tom de brincadeira.

"É só pão!", defende-se o colega.

"Por isso mesmo. Estou de dieta de pão, massas, doces...", ela argumenta.

Olhando para ela, com a calça jeans justa, a blusa-blazer preta, a camisa de seda lilás que envolvia os chamativos seios fartos, ele aumentava a convicção que aquilo de dieta faria mal ao *belo* corpo. "A dieta ainda estragaria o mundo", pensou. O que queriam? Só mulheres pálidas, esqueléticas, cabides de roupa? Combina para passarela ou mostruário de loja de roupa feminina. "Serve pouco para *aquecer* o casamento".

O nó no peito se desfaria quando ele conseguisse dizer a ela que o *atual* corpo dela lhe agrada. Que prefere as carnudas. Nada a ver com banha ou culto à obesidade. "Que bom ter onde apalpar", era o que desejava. Teve namoradas manequins. Desconfortável. Muito osso. Tudo mais difícil. Para beijar soava estranho, parecia tocar uma superfície dura. As mãos e braços, nada mais que um pedaço duro de osso recoberto de pele. Não fosse pelo calor das veias, se assemelharia a um objeto inanimado.

Extremamente discreto, escolheria hora em que estivessem apenas os dois. Não por que é casado, mas porque certas falas devem ser ditas a dois, ainda que amigos, a fim de evitar situação constrangedora.

"Para mim você não precisa de dieta?", disse meio encabulado, visto que lhe faltam as habilidades de um ladino.

"Você gosta de mulher mais cheinha? Sua esposa é gorda?", perguntou.

"Não gorda. Ela é carnuda como você. E eu gosto de mulher que tenha onde se tocar", enrubesceu.

"Sei", passou o dedo pelos lábios, a fim de deleitar-se com o elogio.

"Agora, se a dieta for por causa de saúde, aí eu entendo e apoio. Sabe, quando a gente se sente mal e precisa deixar de comer certas coisas. Por estética, em minha opinião, é bobeira. Quanto mais para teu corpo que é ideal", queria parar de rasgar elogios à amiga, mas não conseguia.

"É também por saúde que enfrento a dieta. Ando meio ruim, enjoada", ela habilmente cortou o papo, como tão bem a mulher senhora de si sabe fazer.

"Ah, legal", ele aproveitou para sair da sala e ir tomar água, mostrando que o papo estava encerrado. Ele se sente mais cômodo tecendo fantasias que lidando com a realidade.

A mais moça do regime mexe com os nervos de modo mais intenso. "O pior que a diaba é linda", pensava. Um corpo de madona ou deusa grega, carnuda, linda de rosto.

Observador de paisagem raramente toca a flor, mas deleita-se em mirar e sonhar. Ele é um desses. Coisa de momento. Passados os minutos da passagem da moça, ele estava já enfiado no trabalho. Em casa, sequer lembraria que as duas do regime existiam. Gostava de tomar café da manhã, prosear com os filhos, mexer no motor do carro e passeia na chácara. E à noite aquecer-se com a esposa...

CARTEIRA TOMADA

QUE PRAZER IRRESISTÍVEL é dirigir. Pouco importa o estado de espírito em que estivesse. Ao entrar no veículo parecia abduzido por força mística. Irritado com o trabalho, com o relacionamento afetivo, com as contas que se acumulam? Só em pegar a chave do carro era como acionar o controle remoto do televisor e escapar do canal que causa perturbação. Quando de bem com a vida, queria mais e mais devotar-se ao veículo para compartilhar o momento sublime.

Primeira vez que experimentou a máquina turbinada tinha dezesseis anos. O colega da escola técnica emprestou o veículo. Todos abaixo dos dezoitos anos, logo o carro só podia ser de pais desavisados ou permissivos. Circulando por ruas, semáforos, avenidas. Gritante afronta à lei. "Valeu a aventura do sábado de tarde", um cochichou na aula de física. Não raro, iam e vinham do cursinho, do shopping, montados num carro, limitando-se a zanzar pelo bairro. Qualquer situação *imprevista* com a polícia, eles estariam próximo de casa.

Aos dezoitos anos, as portas abrem-se. Com vontade e determinação, rapidamente obteve a CHN. A agilidade de dirigir sem carta ajudou. Não teve medo do volante, de estacionar, de fazer a baliza. Dificultou também, segundo o instrutor, "pois é mais difícil ensinar aquele que vem com vícios de direção do que a pessoa que nunca pegou no volante". Ele, moço de tudo, entendia que o instrutor era um malandrão que ficou bravo por eu precisar apenas de cinco aulas enquanto os novatos ele mete a faca e arranca trinta aulas.

Um ano após pegar a carteira, envolvera-se num acidente feio. Vitimando duas pessoas. Trauma. Provou-se que ele tivera parcela de culpa no desfecho mortal. Aos serviços comunitários que fora obrigado a prestar em nada resultariam se ele não tivesse a consciência que atrás do volante necessita redobrar a cautela, ter responsabilidade. O prazer e a imprudência podem ceifar vidas. Aprendeu a lição. Amadureceu para entender o recado e evitar futuros problemas.

O limite de velocidade é complicado. Habituado à velocidade média de 110 km/h na estrada como a Rodovia Presidente Dutra. No interior da cidade que é o problema. Tem dificuldade em manter-se dentro dos 60 km/h. Motorista relativamente educado ele se comporta no trânsito. Mas basta o caminho livre para pisar mais. Quando vê, a velocidade está fora de controle.

As câmeras são ótimos recursos. A memória do motorista é falha. Principalmente quando tem que admitir barbeiragem, algo impensado ao ego. O ego do motorista aceita, no mínimo, ser classificado de ás do volante. A frase *os outros estão errado e eu certo* se não é falada pelo motorista ao menos é nutrida na cabeça. A câmera está aí para calmamente mostrar que o sábio, semideus motorista é capaz de cometer burradas, erros. "É uma fábrica de fazer dinheiro", são críticas às câmeras e ao poder governamental que raramente o faltoso deixa de usar como desculpa na ponta da língua. Tomara que a lisura seja uma regra no gerenciamento das câmeras. Do contrário, a sociedade perderá uma senhora proteção diante dos motoristas que continuariam agindo levianamente no trânsito.

As multas iam se somando. Como pessoa que tudo acha que acabará em pizza, ia pagando e pronto. O sistema nacional de trânsito hoje não só aplica multa. Soma os pontos negativos na carteira. Atingindo 20, a carta é retirada. O motorista amargará um ano sem dirigir e terá de fazer curso de reciclagem. Há os criminosos, fora da lei, que quando perdem a carta, ainda continuam dirigindo, tornando-se peritos em fugir de batidas policiais. Para o cidadão médio, a ordem é cumprida, ainda que detestada.

Quer punição maior que ser privado de dirigir para quem ama o volante? Com a carteira tomada, restou ao rapaz ir como passageiro, enquanto a mulher guiava o automóvel.

CASAL ACOMODADO

_ "OI", MURMUROU ELA que carregava nas mãos balde cheio de roupa. Acabara de se levantar e aproveitou para pegar as roupas no cesto do banheiro para levar à máquina na área de serviço.

_ "Bom dia", ele fechou a revista. Sinal que a leitura acabara.

Era o ritmo combinado por alto. Logo que ela se levantasse, a casa começava a funcionar. Arrumar ali, varrer aqui. A louça suja da noite anterior em cima da pia requeria ser lavada. Igualmente, o café pronto, as xícaras, o pão e a manteiga estavam dispostos à mesa à espera do desjejum.

Ao meio dia, bolariam o almoço. Uma corrida ao açougue ou ao mercadinho, e os ingredientes trazidos para cozinha. Como na hora do café, a do almoço constituía raro momento em que o casal sentava-se à mesa. Ao redor, as crianças e as agendas programadas os aprisionavam numa rotina fugidia. A adolescente ia para dança. A de dez anos, para o escoteiro. O caçula se satisfazia espalhando os brinquedos por toda casa. E marido e mulher perdidos no vendaval.

O sossego é peculiar à rotina de casais que comeram juntos uma década de sal. Semelhante ao tumor no jargão médico, o sossego pode ser benigno ou maligno. O benigno, apesar de entediante numa hora e causador de rusgas noutra, é saudável. Pode-se conviver com ele, e amar-se. O maligno é bem mais complicado. O *amar-se* nesse caso é oco, acontecendo quando a necessidade biológica grita.

Raramente há consenso sobre a origem ou permanência do *sossego maligno*. Seria por que o marido deixou de ser o homem ideal? Seria por que o marido gasta sem consultar? Seria por que a desanimada esposa não apoia projetos para melhora do poder aquisitivo? Seria por que a desconhecida no ônibus é mais atraente? Seria por que o marido da vizinha parece mais seguro no controle das despesas do lar? Seria por que a esposa estorva toda perspectiva de crescimento pessoal? Seria por que a beleza da mulher murcha a cada dia? Seria por que o marido já não é tão forte?

O sossego maligno no popular é chamado casal acomodado. O entusiasmo em ver o outro praticamente inexiste. Socialmente ou à hora de dormir, beijam-se como meros conhecidos. A relação esquenta por necessidade física, não sentimental.

Sábado à noite. As contas os impedem de sair? Ou será o ralo prazer em exibir-se ao lado do cônjuge? Na TV, um programa humorístico qualquer. No sofá, o casal. Parecem dois estranhos à sala de espera de um consultório, ansiosos para que o tempo passe e que sejam atendidos. É preciso puxar papo, afinal são casados. Por vezes um riso forçado é provocado diante do humor televisivo.

O programa acaba. Benção. A fuga para o quarto é tacitamente autorizada.

_ "Boa noite", ele deposita beijo na testa dela.

_ "Boa noite", ela suspira, deitada no sofá, com o filho a brincar de castelo de madeira.

Ele beija o filho. Dá meia volta. Antes de entrar no quarto, um hábito ainda demanda atenção. Verificar se as portas da sala de TV e da cozinha estão trancadas. Nos quartos das crianças, fecha os vidros da janela. O remédio contra pernilongo é instalado. Volta à cozinha, toma um copo de água.

O caminho para o quarto é um longo corredor. A cama receptiva. Deita.

Quando a saudade do tempo madrugadeiro aparece, o marido fica inquieto. Naquele tempo, às 22 horas estavam se preparando para sair. Um restaurante, um caldinho, uma pizzaria. O simplesmente passear de carro ou a pé. Parar numa esquina, num banco de praça e namorar. Nem medo de assalto nem do frio os espantava. Como podia? Explica-se: paixão é aventura.

CASAL APAIXONADO

AMAR É BOM. Mesmo os mais carrancudos, pessimistas, que vivem remoendo sofrimento por causa de amor frustrado, têm certeza que fizeram todo o possível para acertar na relação malograda. Restou o sentimento de vítima. Pode ser que há pessoa que gosta de fazer o mal, matar, criar as piores condições para o semelhante, promover atrocidades mil. Contudo, dificilmente há pessoa que desgosta de amar. E para amar existem uns cem números de combinações que vão muito além do que esta ou aquela ditada pela sociedade.

Ele vem de uma relação chata. A namorada – ou *namorida* – estaria ao lado uns oito anos. Na sala da TV nos fins de semana, ela mandava, gritava, agia de modo abrutalhado. Apesar de cada qual viver na casa dos respectivos pais, os vícios e desestímulos de um casamento desgastado eram patentes. O rapaz estava farto da manipulada obrigação de se submeter ao ritmo da namorada. Ela ditava aonde ir, o que comer, o que vestir, o que falar, o que sorrir. A moça, líder religiosa, tinha certeza que iria salvar o mundo, ou, ao menos, contribuir para este propósito. Contava que o companheiro tivesse tempo e disposição para ajudar.

Vida social intensa. Como líder, acabou moldando o namorido para líder também. Fim de semana, feriado e festas de fim de ano, estava ele obrigado a se afundar em reuniões, em palestras na capital ou na própria cidade interiorana. Ele ajudava a organizar a juventude para seguir os ideais do grande Mestre. A vida parecia escorregar pelas mãos. Aprisionado no tenso emprego durante a semana. Por mais que estivesse habituado aos programas, às metas da empresa, o desgaste era inevitável. Pior era esperar sossego no fim de semana e receber justamente o contrário.

O casamento deles sairia este ano. *Enrolaram demais*, dizia boa parte dos parentes. Depois de oito longos anos, ele comprou o anel e marcaram o noivado. O jantar foi numa badalada pizzaria de Araraquara. Nos olhos e gestos do casal, a jura de amor reafirmada. Quem a desmentiria? Nem o malicioso, o sujeito vil que se incomoda com a alegria alheia.

"Quando será o casório?", um dos convivas pergunta ao brindar aos noivos.

"Em 2010", a noiva afirmou.

"Ela vai encontrar com o Mestre em 2010. Logo que voltar...", a mãe do rapaz mostrava orgulho no adiamento do casamento por tão nobre determinação em antes visitar o Mestre que guiava a religião que a maioria ali partilha.

De repente, a mensagem no celular põe tudo a perder. Três meses após o noivado. Quem era a intrusa que roubava o namorado? Seria uma dentre as moças da própria organização? De maneira alguma. Vinha de fora. De outra cidade. "Paixão reprimida da adolescência", ele alegou quando encostado na parede. As mensagens deixadas no celular eram comprometedoras. Seria a segunda vez que seria traída? Resolveu buscar a verdade. A paixão é descoberta. Ele não nega. Nem quer perdão. Desfaz-se o noivado. A notícia é uma bomba no seio da família.

A nova namorada nada tem a ver com a religião. É de fora. O rapaz terá o final de semana inteiro para se entregar. A nova namorada o mima, tanto zelo, ternura. Quantas vezes a palavra amorzinho escapa da boca dela? Inúmeras. Por vezes, deixa os circundantes com um misto de admiração e de irritação.

Cada momento presenciado diante do casal tem-se a impressão que se está assistindo aos clássicos Romeu e Julieta, Cinderela, e tantos exemplos apaixonados extremados. Fazem da entrega ao amor a grande razão de viver. Os ressabiados, os desgostosos, os mais insensíveis esperam o dia que a paixão murchará. Enquanto isso o casal passa o tempo ora balbuciando *amorzinho,* ora estalando beijocas.

CHORADEIRA GERAL

MUNDO COMPETITIVO. NADA escapa à busca de superar o outro, o rotulado *concorrente*. Esporte, concurso público, promoção na empresa privada. A própria imagem não escapa. Em face de um ideal de beleza, de condicionamento físico que nos empurram goela abaixo, seria um milagre evitar conflito mental. Terrível dor de cabeça, mau humor, indisposição, depressão, é a recompensa por seguir cegamente o padrão socialmente valorizado.

Em 2009, o padrão *gordo* atormenta boa parte das pessoas que exibe um corpo com carne e gordura acima da média. A mídia dera um refresco. Pressionada pela opinião pública, travara batalha contra a anorexia cultivada por modelos. Doença que inclusive vem provocando mortes ou forte transtorno de personalidade. Os exageros devem ser combatidos. Caso de saúde pública. É salutar lembrar que essas modelos formam opinião, estilo de vida, influenciando na educação de milhões de jovens que podem acabar nesse caminho tortuoso, e muitas vezes, sem volta.

Um ganho nesse embate é o destaque, nos últimos tempos, dado a modelos mais carnudas. Muito longe, contudo, do século dezenove e inicio do vinte, época na qual o padrão rechonchudo era venerado. Imagina o que não sente o considerado obeso?

Ela entrou na sala apinhada de gente. Uma psicóloga e nutricionista eram as palestrantes convidadas. A palestra trazia o tema *Razões Psiconutricionais Que Provocam O Peso Acima*. Controlava-se a temperatura pelo turbinado ar condicionado. À mesa, biscoito, suco, café. Desnecessário dizer que era tudo *diet*.

Beirando aos cinquenta anos, que se lembre, sempre tivera problemas com o peso, exceto nos tempos de glória, que chegou até os vinte anos. Olhos azuis, a cútis e a fisionomia europeia. Uma benção. Pretendentes não faltavam. Na época tinha queixas, como qualquer linda adolescente perfeccionista inquieta diante das naturais transformações hormonais.

Aos trinta, a situação deteriorou. Pensou que estava doente. O médico alegou coisa da genética. Ela vasculhando descobriu que as avós seguiram o percurso idêntico. Sentiu-se como cinderela às avessas. A temida meia-noite seria depois dos trinta anos. Nem sapatinho de cristal caberia no pé de pão de forma, desabafou.

A julgar pela quantidade de pessoas, pelas renomadas especialistas e pelo tema, ela estaria aproveitando ao máximo a reunião? Errado. Estava p. da vida. Quem a conhece sabe que o vermelhão na bochecha significa irritação.

"Uma choradeira geral. Para onde você virava tinha um grupo ou dupla reclamando: porque eu sou gorda, porque isto, porque aquilo", ela narra a uma amiga o encontro de fim de semana. A ouvinte era amiga do serviço. Almoçavam na copa da empresa.

"É?", pasma, a amiga incentiva a narrativa.

"E não é? Uma gente chorosa, desgostosa. Uma diz que por mais que faça não consegue parar de comer. E que sofre pelo filme Shrek, ao se sentir feia como a Fiona. Inclusive havia notado semelhança entre seu corpo e o da heroína".

"Ah"...

"Sequer deixaram a especialista falar. Uma perguntava alguma coisa... A especialista ia emitir opinião, e logo entra outra da plateia interrompendo e não parando de falar. E quando ouvi que muitas frequentavam lá já há uns dois anos? Fiquei deprimida. Dá impressão que estacionaram. Teve momento que me enervei e perguntei o que eu queria para especialista. Quando iam atravessar minha fala, gritei que se calassem, pois eu desejava ouvir a resposta da especialista. Consegui.

"E então?"

"Não me convenci... Tudo o que ela disse dá impressão que eu já sabia..."

CHUVA ABENÇOADA

BAGAGEM CHECADA NO porta-malas do Fox, ela, marido e uma das filhas seguiram viagem. Manhã de sábado. A estrada para Minas longe de abarrotada. A família havia decidido fugir de destinos tumultuados. Estiveram em Recife e Salvador. Que loucura. Muita gente, agitação. Apesar de adepta aos passinhos, às marchinhas, ao requebro dos quadris, a família desgostaria de ser literalmente arrastada atrás do trio elétrico, amassada na multidão.

Nas temporadas recentes, busca rotas alternativas, que incluísse turismo cultural em plena festança de carnaval. Mato Grosso, Goiânia, Paraná. Nos últimos três anos, Minas Gerais. A possibilidade de ir de carro, em função da proximidade do Estado mineiro, fazendo divisa com a cidade paulista em que moram, pesa na escolha.

Esse ano eles haviam optado por Ouro Preto. A cidade fala por si mesma. Patrimônio da Humanidade. Período colonial exalando de prédios públicos, casas, ruas, mercado. Bem visitada por estudantes de arquitetura, historiadores... Que ótimo tocar nas paredes que existiam desde muito tempo. Ver ao vivo o que se aprendeu nos livros.

A mãe é historiadora. Motivo que serve para justificar a ida ao sítio histórico que hoje convive com uma cidade real do século XXI. O forte da localidade é o turismo durante todo o ano. E que passou a exercer a posição de ímã para foliões das cidadezinhas vizinhas.

A historiadora, dez anos antes, passeava por Ouro Preto, notando incipiente agitação universitária. Estudantes que não voltavam para as cidades de origem no Carnaval passaram a contribuir com a folia. Muitos atraídos de outras faculdades. Em breve, a cidade arde sem saber identificar de onde partiu o primeiro foco de incêndio. Provável seja a junção da irreverência de universitários somada a de turistas de vida *alternativa*.

Numa viagem, o mais aconselhável é conservar o espírito aberto. Contentar-se com o que topar pela frente. Evitar frustrar-se. A historiadora foi presa da frustração. Ouro Preto, em sua opinião, estava detonada. Casais transando em qualquer lugar a qualquer hora. Pessoas mijando por todo canto. Cheiro insuportável.

Uma situação é ouvir sobre o mau cheiro de cidades europeias na idade média, onde o xixi era lançado janela abaixo direto na rua, e pessoas pouco alertas correndo o risco de tomar um banho; outra bem diferente é ter as fossas nasais violentadas pelo acre odor. Afinal, na idade média, a estrutura urbana era precária. Hoje, mijar em qualquer canto é vandalismo, mesmo porque se conta com rede de esgoto em todos os lares, inclusive em cidades históricas. O que os fazem agir assim é o álcool em demasia e a certeza de impunidade.

Dizer que passou amuada, irascível, transtornada nos três dias em Ouro Preto por causa da sujeira que vira, cheirara e sentira seria exagerar. Aproveitou o quanto pôde. A filha e o marido se viraram também.

O que levará como recordação fora o aguaceiro que caíra numa tarde. "Chuva abençoada", disse ela não no momento que estava caindo o temporal, pois estava refugiada no quarto da pousada, mas tão logo pôde sair e respirar o ar magistral que se purificara por força da torrente. Passear no centro, que delícia. Os foliões, enroscados uns aos outros atrás de blocos, trios, tiveram os odores, a catinga de noites e dias a fios levados ralo abaixo pela água que caíra bravamente.

O ar delicioso a acompanhou até a saída da cidade de volta para casa. Por ela, ficaria mais tempo. O que estava dizendo? Cessado o efeito restaurador do dilúvio, tudo voltaria ao normal. Muitos brincariam bem mais do que o calendário cristão permite. O carnaval há muito tempo em cidades nordestinas se estende bem além da quarta-feira de cinza. Ouro preto segue o exemplo. A historiadora volta na terça-feira. Amanhã estará no serviço, por volta do meio dia. O que não pode reclamar do carnaval foi o prazer de viajar em família, inclusive quando ela e filha cantavam trechos de marchinhas.

CIA OU GARBO

ENTRA NA PENSÃO. Arranca o peso em excesso da pasta. Aproveita para comer maçã. O estômago dava voltas. Na cuca, a dúvida. Ia mesmo comprar a roupa que havia se prometido há três meses, reforçando o desejo do começo do mês? A situação estava meio confusa com as contas. Pagava débitos pesados. E via-se obrigado a um regime financeiro austero. "Que droga! Depois de amanhã é meu aniversário. Mereço roupa nova", disse. Olha que no tradicional fim de ano praticamente repetiu a vestimenta do anterior.

A crise econômica o visitara. Diferente de milhares que perderam emprego, ele teve a boa sorte de conservar o ganha-pão. Pelos cálculos, daqui a uns dois anos, controlando as contas com mãos de ferro, gastando o mínimo, parcimonioso, quitará os débitos e terá folga financeira para viver comodamente, desde que nunca gaste mais do que recebe.

Na crise doméstica, a mulher tomou para si as finanças do marido. Similar a um banco quebrado que passa ao controle financeiro de seu comprador, ele precisa seguir a cartilha austera da esposa, sob pena de ela abandonar a ajuda substanciosa que vem devotando por meses a fio, inclusive com aportes para quitação de cheque especial, de um gordo empréstimo a terceiros e renegociação de outras dívidas.

"Que você não vacile, se não caio de pau em cima", diria carinhosamente a esposa.

O leitor nem precisa ser vidente ou psicólogo para adivinhar que o cônjuge gastador é o marido. Se não fosse pela esposa, o pão e leite muitas vezes teriam faltado aos filhos. O marido se quer morder, açoitar-se, arrependido da inabilidade com as finanças.

Parece que nos últimos tempos o marido vem aprendendo a lição. Pagando o que deve e comprando preferencialmente à vista, com dinheiro vivo, fugindo mesmo de emitir folha de cheque ou usar cartão de crédito. Durante meses a fio fora assim.

Hoje, uma recaída.

Desceu na estação do metrô do Tatuapé. Na subida das escadas rolantes, o mundaréu de gente. Das 17h às 19h, a estação do Tatuapé é opressoramente lotada. O comprador que se dirige ao shopping anexo à estação segue como nas nuvens. Por meia hora, na pensão havia mergulhado no conflito Devo ir ou não, antes de decidir-se ir para compras no shopping. Caminhando na passarela da estação, a convicção era impressionante.

Na entrada do shopping, foi direto na loja da Garbo. Namorou as camisas de noventa reais ou mais. Suspirou e, decidido, deu meia volta e seguiu para a Cia do Terno. Antes de entrar, fingiu desinteresse ao observar as peças em promoção. Calças por R$ 29,00. Como resistir? Nem que quisesse. Entrou. Experimentou a calça. Ficou ótima. A camisa branca veio na maré. Na escolha da gravata, a dúvida perdurou por mais tempo. Com gravata a situação é mais delicada. As benditas combinações de cores. A fatura montou R$ 77,90 em duas vezes no cartão.

Saindo da Cia, arriscou o olhar para a Garbo. *Olhar de criança que ganha roupa em vez de brinquedo* mostra que o homem sofre por não comprar na Garbo. Mas como? Somente a camisa estava R$90,00? Ao passo que com menos de R$ 80,00 comprou camisa, calça e gravata na concorrente. "As contas vão acabar. E quando eu tiver com situação mais estabilizada vou na merda da Garbo e comprarei a maldita camisa", o desabafo à moda Scarlet de O vento Levou vibrou nas veias do homem determinado.

A esposa podia orgulhar-se, ao menos parcialmente. O marido comprou o que cabia no bolso, não o que o espírito sofisticado reclamava. A desaprovação é o fato de comprar. Na atual situação era necessário segurar mais uns meses. Pelo menos até a restituição do imposto de renda, cujo valor serviria para quitar por completo o cartão de crédito, eliminando a última pendência.

Tomara, que passado o aniversário, ele gaste consigo somente depois de solucionadas as dívidas. A estratégia do casal é fugir dos abusivos juros que minam a exígua renda familiar.

CICUTA

PIADAS OFENDEM, HUMILHAM, traduzem o pior instinto humano: regozijar-se em ridicularizar o outro. São formas de preconceitos como xenofobismo. Basta ouvir brasileiros e americanos alfinetarem respectivamente portugueses e ingleses. Uma prática odiosa? Típica de pessoas que não chegaram a um patamar de elevação espiritual? Provável escassez de bom-senso, educação devido à interrupção nos estudos, certo? Nem sempre.

Simplesmente por haver piadas que carregam uma sofisticação digna da elevada educação de médico de campo de concentração manejando gás letal, observando quanto tempo resistiam crianças sem comida, mulheres sem ar, homens submetidos a choques elétricos, bebês sem mães.

Numa verdejante alameda, na hora de almoço, indivíduos proseiam.

"A esposa entra na cozinha e vê o marido se derramando em lágrimas", uma das cinco mulheres começa a narrar. "A esposa pergunta: _ O que há? O marido responde: _ Hoje faz vinte anos, se lembra? Você tinha dezesseis anos. Seu pai nos pegou num fusquinha e me disse apontando uma arma: *você casa ou vai passar vinte anos na prisão*. A mulher sensibilizada tentou acalmá-lo: 'meu benzinho, só por isso tanto sofrimento? Olha, casamos'. O marido responde: "Eu sei e hoje eu estaria saindo da prisão".

A turma ri. Homens, em menor número, sorriem com moderação. A gargalhada é explosiva entre as mulheres.

"Dois doutores filósofos conversam sobre o método socrático", agora é um homem que embala a narrativa. "um doutor sugere: 'deveríamos incentivar as mulheres a utilizarem mais o método socrático'. Apressadamente, o mais velho interveio: 'você está looouco? Bebeu? Se minha mulher se enveredar pela dialética socrática, sou eu que tomarei cicuta.'

Na mesma linha, outro homem colabora.

"O Ministro Churchill recebe uma opositora, brava, radical que apontando o dedo na cara dele lhe diz: 'se o senhor fosse meu marido eu colocava veneno no seu chá'. O ministro com a frieza britânica respondeu calmamente: 'e se eu fosse seu marido eu bebia", o narrador ri sem se conter.

À moda Pichon Rivière, o grupo conta com porta-voz de ansiedades mil, inclusive as femininas. Um dos homens procura desviar o assunto e cessar as piadas que provocam as mulheres, ainda que as esteja curtindo. Ele está num momento Pilatos e nem precisaria de uma multidão berrando Barrabás para se deliciar em lavar as mãos diante da esposa que dependesse dele para ser crucificada.

As piadas podem ser objeto de investigações no meio acadêmico, ou por quem mais quiser se aventurar na área quanto às origens e às funções sociais. Quem provavelmente não curtirá ter as piadas autopsiadas pela magra e gélida mão científica serão os que delas se utilizam como escape de pressões no casamento, no trabalho, nas relações de autoridade, enfim, da chatice que acredita permear o mundo que o rodeia.

As piadas são uma forma disfarçada, ou mais ou menos polidas, de reclamar da situação. Quando não existir esse escape, o confronto será mais aberto e talvez mais violento. Ou quem sabe a acomodação mais opressora.

Pelo menos é nisso que acredita o senhor calvo que sorri com as piadas, mas que politicamente não as utiliza para evitar ficar mal visto pelas mulheres na repartição.

CLIPPINGS

NA SALA-DE-ESTAR, estatuetas ornam a mesa de centro, a de retratos de família, além da estante da televisão de 42 polegadas. Quadro do Marechal Deodoro da Fonseca dependurado na parede, único que destoa dos que trazem fazenda, lago, campo e vila interiorana, onde o asfalto não chegou nem o progresso foi convidado. Gira a maçaneta da porta que dá acesso à rua. O senhor adentra a sala. Caminha pelo corredor, no que encontra e cumprimenta a mensalista que lava louça: "Olá, tudo bem?". Quis saber do pessoal. O filho saiu. Futebol com os amigos.

Sobe para o quarto. Após banho, senta-se à escrivaninha. Abre a gaveta. Retira três maços de clippings de jornais e revistas metidos em envelope de plástico.

As revistas são da estirpe da Chique, Caras, Veja, Época. Recortes de casarões, de pessoa sozinha, de casal jovem com bebê no colo, de avós com a neta debutante. Pessoas oriundas de famílias ditas quatrocentonas. Os Matarazzo, os Prado, os Pires, Silva... Enfim, todas que chegaram ao conhecimento do aficionado. Arrefecido o ímpeto de curioso para com os nobres tupiniquins, trancaria as gavetas.

Por que a paixão por quatrocentões? Era amante da história? Intelectual sequioso em conhecer heróis que construíram a cultura brasileira? Nada. Mero impulso de vaidade e inveja. Vaidade, pois desejava estar nos lugares frequentados pelos quatrocentões, almejando pertencer ao circuito que imaginava proibido à população. Inveja, por não ter nascido numa família de sobrenome imperioso.

Esse senhor serviu ao Exército. Alcançar o posto de Tenente fez o ego atingir às alturas. A farda engomada e as relações sociais hierarquizadas impressionaram. "Viu? Eu venci. Vim de família simplória do interior. Agora círculo nos bons ambientes", expressão sua que dá o tom do quanto o feito marcou. Foi para a reserva, por questão prática: ele queria se exibir mais do que ser soldado dedicado. Exercícios, a rotina militar, tudo o aborrecia. O que apreciava era pavonear-se fardado na parada de Sete de Setembro, em formatura ou casamentos de oficiais ou baile de debutante.

Passou para a reserva. Embora pouco tempo dedicado ao Exército, vive de mãos dadas com a vitalícia áurea de ex-militar, dando inveja até aos pracinhas combatentes da Segunda Guerra. Que importa que não haja soldo ou aposentadoria? Já se satisfaz quando mostra o retrato no qual está enfiado na bela farda. Em ocasiões como o Sete de Setembro, metido no velho uniforme, e após marchar, raramente deixa de subir ao palanque para uma foto com o governador ou qualquer autoridade ao alcance. A foto alimentará o álbum motivo de orgulho.

Data de uma década o início da fissura pelos quatrocentões. Volta e meia, nas rodas de amigos, toca no assunto. Se o ex-militar defende Paulo Salim Maluf, é mais pelo sobrenome dado a viaduto, ruas e avenidas, que pelos feitos do ex-governador biônico.

Tivesse fortuna, tivesse sido parido pelo ventre da classe alta, talvez pouca importância desse ao status real ou imaginário das ditas famílias que recebem a alcunha de quatrocentonas. Pouca importância daria, se tivesse lido, à matéria do Arquivo Z que apresenta 15 milhões de descendentes de Salvador Pires, portanto, mostrando que os Pires são verdadeiramente quatrocentões. O ex-militar preferiria pertencer aos Matarazzo. Soa mais chique.

O sonho de consumo dele é fazer parte da classe quatrocentona. A esposa é descendente de uma dessas famílias, mas empobrecida. Caso ele tivesse dinheiro, frequentaria o clube de tênis, o Jóquei Clube, e demais endereços que ele, por ingenuidade ou para valorizar, espalha que é de entrada restrita aos endinheirados ou aos com nomes imponentes. "Desistam, isto não é para seu nível", diz ora em tom sério ou ora em tom bonachão para os colegas no local de trabalho.

COICE

ENQUANTO ASSINAVA NA folha de ponto, sorria para o administrativo. Apesar da saúde volta e meia falhando, o senhor é pessoa tranquila, educada. Quem o vê logo na chegada ao trabalho, sente vontade de seguir em frente, ganha combustível para enfrentar as agruras do dia de trabalho.

O que perturba a jovem não são os educados. O que a desconserta é a existência *dos cancros, dos de mal com a vida*. Padece diante da presença dos brutos, dos que se julgam superiores, das verdadeiras múmias do mau humor. Pessoas que basta a gente olhar para sentir um mal-estar no peito. Muitas são até belas por fora – pensou ela -, porém, há um veneno dentro de si que quando passam por nós faz o ar mais pesado, mais insuportável.

"Nascemos educados ou aprendemos a ser educados?", perguntou a estudante de contabilidade do curso noturno para a professora de Recursos Humanos.

"Óbvio que nos educamos. A sociedade nos educa através de pais, mestres, escolas, grupos de referência", ladeava a mestre.

"Trocando em miúdo, a educação é adquirida", um colega procura sintetizar a fala da mestra e ganhar pontos com a menina.

"Mas por que existem pessoas mal educadas, mesmo dentre as que exibem diploma de mestrado ou doutorado?", perguntou a aluna.

"Você está dizendo isso por quê?", a mestra inquiriu. Pensou que fosse por causa da altercação entre professora e alunos semana passada sobre a baixa média que a turma tomou na prova.

"É que noto que há pessoas tão ríspidas, tão..." a menina se enrola no desabafo.

"Tão cavalas. Soltam coices pra tudo que é lado. Parecem odiar a própria vida e por isso não perdem o prazer de f. a vida alheia", o rapaz não se conteve.

"É um pouco isso", concorda a menina, "por que mesmo passando pela escola, aprendendo como a maioria, essas pessoas permanecem rudes?", a universitária retomou.

"Será que a visão rasa da novela das oito, do BBB é o que vale: inatamente há uma galera do bem e uma galera do mal? Ou algo deu errado no processo de socialização?", outro rapaz, mais intelectual, pontua. A professora se desarma. O jovem é seu preferido. A mestra nota que a pergunta não era pessoal e sim *científica*.

"Essa pergunta não sei responder. Foge de minha seara. Minha opinião beira o lugar-comum. Acredito que o sentimento ruim sentido quando se está perto de pessoas rudes é sinal que a dita pessoa tende a fazer mais mal do que bem ao grupo. Quando ouvimos uma pessoa rosnar que é necessário ser mais Pinochet que Piaget trata-se de dificuldade em lidar com suas próprias limitações, defeitos. Daí resultando completa ou parcial inabilidade em trabalhar em grupo. Trabalhar em grupo nada tem de fácil. Requer muita habilidade. Não se trata de ser bonzinho ou malzinho. Tem que se ter habilidade técnica. Mas a melhor técnica estaria fadada ao fracasso se a pessoa se sente pouco à vontade diante do diferente."

"Professora, qual é a solução para lidar com chefe mal educado?", um lá no fundão berrou. Queria resposta mais prática, um pouco para espantar o sono em sala de aula.

"Descobrir o ponto fraco", o rapaz da frente roubou a palavra da mestra, "só otário leva desaforo pra casa. Todo chefe precisa do cargo tanto quanto o subalterno. Se o grupo diz chega pra falta de educação, o chefe tende a pensar duas vezes. Ele quer continuar mandando, certo? Portanto cederá. Se ele f. com a vida de um, suporta-se; mas se enlouquece e quer f. com a vida de vários, o grupo acaba com ele. Pinochet fugiu do Chile que nem um covarde e foi se esconder em outro país."

"É quase isso. Vamos mudar de assunto", a professora retomou o tema da avaliação de desempenho profissional.

CONTRAFLUXO

TARDE QUENTE. À medida que anda, o suor ia escorrendo pela testa. Os punhos da camisa desabotoados, dobrados. Adentrou no prédio, direto para a quitinete. Tempo apenas para cumprimentar a zeladora. No quarto, arrancou a gravata e lançou-a na cama, junto com ela a pasta executiva. Na mão, a agenda permanecia. Correu para o banheiro, havia bebido muita água na tórrida tarde. Lavou a mão, evitando lavar o rosto. Trancou a porta por fora, e se põe a caminho. A zeladora recebe um *o tempo está bem quente* para quebrar o silêncio anterior.

Cinco e vinte da tarde. Tranquila estação do metrô. Foi sentado. Passaria pela Sé, sem baldear. Desce na República. Estranho. A quantidade de lances de escada rolante e o labirinto. Ia atrás da multidão. À saída, no ponto em que se pergunta que caminho tomar para chegar ao endereço procurado, ele logo avistou a placa sinalizando a Barão de Itapetininga. Novo espanto. Geralmente a sinalização é complicada, consome minutos decidindo que caminho tomar. E ele calhando sempre de escolher o caminho errado.

Confiante, subiu as escadas rolantes. O lado estava errado. Ao perguntar à guarda de trânsito, soube onde estava a procurada rua. Ela aponta para o lado oposto. Devia ter saído pela outra passagem.

Na Rua Barão de Itapetininga, abre a agenda e o número 275 salta. Nem dois minutos perdeu para localizar o prédio da livraria que ansiava visitar. Gostava de conhecer lugares novos. O que atrapalhava era o senso de perda de tempo. Para se aventurar a sair da rota casa-trabalho-casa, precisava justificar-se para acalmar a exigência. Hoje, tinha incutido a necessidade de ir a Livraria Francesa e buscar material atualizado para o aperfeiçoamento da língua. Pretendia em 2009 prestar o Exame de proficiência. Deveria ter feito anos atrás, uns quinze mais ou menos. O ditado de que *nunca é tarde* o motivou.

Conhecia a livraria via site. Há dez anos, quando a descobriu em pesquisa na internet ficou entusiasmado. Entrar nela, a emoção não seria menor. Exceto a Livraria Cultural, poucas livrarias contam com atraente catálogo em Francês. Na Livraria Francesa, mergulha-se no melhor que a gráfica pode lançar em papel. Romances dos mais diversos, dicionários de todos os formatos, didáticos. Ampla oferta, impossível checar tudo num mês.

Os paradidáticos variados. Material para incentivar crianças de seis anos em diante à leitura.

A fome que sentia, pois nem lanchara, fez pausar a admiração pela literatura francesa. Flanou quanto pôde. Menos de meia hora. Podia passar mais tempo. Deixaria para uma próxima. Para confortar a consciência, de prático carregou orçamento de material didático. Despediu-se.

Diante do prédio, uma coca-cola e pão de batata. Ficou mal consigo. Estava numa casa de suco, e pedir coca-cola? Adorava suco, mas sei lá, garganta seca, calor escaldante, combinava com coca. Foi no impulso.

A caminho de volta para o metrô, parou diante duma loja de música. Atordoado, fugiu logo. Que tortura à moda arqueólogo encontrar aquele CD dinossauro da banda de rock nacional de 20 anos atrás, bem baratinho, muito desejado, e sem um puto no bolso.

Ao descer a escada rolante, se assustou de novo. Uma leva de gente. "De onde saiu tudo isso", brincou como se não soubesse. Estava adaptado ao contrafluxo. Posicionou-se. Esperaria meia hora, duas. Que importava. Hoje, não estava com pressa. Um cara apressado passou por ele e foi encontrando brecha. "Que noia! Acha que vai conseguir?" sorriu desdenhoso. E não é que o rapaz entrou numa boa no metrô apinhado. A turma da frente quis esperar o próximo, quem sabe vinha mais vazio. Foi na onda do rapaz. Será que a porta fecharia? Não fechou e ele entrou. Nem acreditou. Lá dentro, espaço mal para segurar no teto. Graças à estatura, a mão encontrava apoio desengonçado no teto. Alívio veio quando chegou à estação de destino.

CORAÇÃO

NO QUANTO DO hospital, a moça de 20 anos repousa. Horas atrás, enfrentou cirurgia. Operação delicada. A abertura na altura da virilha para dar acesso à sonda que carrega pequeno dispositivo. Meta: atingir a veia do coração para cauterizá-la. Toda cirurgia compreende riscos. Quanto ao chavão médico não se sabe o real propósito. Desculpar a possível falha do cirurgião ou mostrar os limites incertos da medicina? E se toda cirurgia carrega riscos, o que não dizer de regiões vitais como a cardíaca.

Teve sucesso na cirurgia e agora descansava no leito. Ao lado, a mãe, professora de geografia na rede pública. Nestes dois dias naturalmente ausentara-se da sala de aula para acompanhar a única filha.

"Olha, posso entrar. Como está esta moça?", a enfermeira se achegou sorridente.

"Está animada", respondeu a mãe, sem saber traduzir a palavra animada. Querendo dizer viva, respirando e se recuperando bem.

"Ótimo. É assim mesmo", sorriu a enfermeira. A profissional verificou o soro. Estava na hora de substituí-lo. A *comadre* ajudaria a moça a urinar, visto que sequer podia ficar de pé.

Lá pela 1h00 da madrugada, a mãe despertou. E vendo a filha dormir, murmurou *um pobre-menina* como da primeira vez que a moça enfrentou procedimento cirúrgico. Na época tinha nove anos. Uma falha no coração exigia o mais rápido possível a correção médica, sob pena de não sobreviver.

Por mais forte e machão que fosse, raramente o pai aguentaria assistir a garotinha seguir entristecida ou choramingando para o centro cirúrgico. Não que a criança soubesse racionalmente a gravidade da situação. Como qualquer outro pequeno, sentia pavor diante da mera combinação de gente vestida de branco e agulha na mão. No caso dela, o pai inexistia. Desde tenra idade, a mãe assumiu a condição de pai e mãe. A sorte da criança é que nasceu no seio de uma grande família, que, apesar das contradições, tem a habilidade de agregar mais que afugentar. Rodeada de tios, tias, primos, primas. Muitas vezes a figura do pai é insubstituível. Contudo, nos braços da família em que nasceu a pequena mestiça de japonês e brasileira teve compensação farta em termos de acolhimento e cuidados.

A cirurgia foi no Hospital do Coração em São Paulo. Naquele dia muita coisa aconteceu. Inclusive o assalto aos avôs na porta de casa, quando iam viajar para acompanhar a filha e a neta a São Paulo. O imprevisto em nada abalou a convicção em chegar ao hospital.

"Que fase", continuava recordando a mãe, enquanto puxa o lençol até a altura do pescoço da moça que dorme.

Dias antes da cirurgia, embora acalmada pelos médicos, algo dizia que tudo podia dar errado. Que a filha de nove anos podia não suportar procedimento tão invasivo. Foram dias cruéis. Primeiro, por lidar com o temor e segundo por tentar não demonstrá-lo diante da filha. Imagina se a garota a visse sofrendo e chorando por causa da iminente cirurgia? Com certeza iria trazer mais sofrimento para a criança.

A imagem da filha levada pelos médicos foi de desesperar. Horas terríveis. Dificilmente um adulto deixa de padecer ao presenciar o medo de uma criança, imagina a mãe.

Quando o médico finalmente saiu e anunciou que a cirurgia tinha sido um sucesso, um grande peso caíra das costas maternas. O cansaço de noites sem dormir e a tensão muscular cessaram.

A menina estava salva. Poderia prosseguir nos estudos. Poderia correr e brincar como uma criança normal, atividades que fora privada ou não estimulada devido à condição de saúde anterior. Tinha o corte no peito, tinha que ganhar cuidados especiais. O que importava é que o mal interior havia sido aplacado.

Abraçou a moça no leito do hospital como fez com a criança há 11 anos.

COSTUREIRA

NO LABORATÓRIO, FRASCOS de vários formatos. Em cada um, pedaços do corpo humano. Nos maiores, fetos. O cheiro de formol é estonteante. Meia dúzia de alunos de medicina de pé diante da massa disforme que algum dia foi ser humano. Apesar de relativo domínio dos conteúdos decodificados em sala de aula, os rostos espelham espanto ao passo que o mestre vai apontando o pedaço retorcido de carne como rim, fígado, coração, genitálias.

Os futuros médicos estão atentos. Todos sorvem com atenção e entusiasmo as palavras que chovem da boca do prof. Doutor da UEP de Botucatu? Não. Há uma ovelha desgarrada. A moça de mãos tão brancas quanto delicadas, de sorriso raro, e estatura mediana e longos cabelos confinados na touca rebela-se contra a situação. A pouca tolerância com os cadáveres putrefatos vem se arrastando há meses.

"Vamos parar por uma meia hora. Depois estejam aqui... Retiraremos a pele dessa parte", disse o doutor passando o dedo enluvado no que outrora foi tórax. Os universitários se evadiram. Muitos para a cantina. Outros para dar ou receber um amasso nalgum canto afastado das salas de aula. Outros iam *downloadiar* no banheiro, aliviando a bexiga.

A estudante queixosa ia acompanhada de duas colegas. Parou no ponto de ônibus. "Mas o que você vai fazer sua louca?", perguntaram as duas. "Vou dá um tempo", respondeu sem ânimo. "O cara vai pegar no teu pé. Sabe que ele é tarado por nos mostrar o tal cadáver e quem falta leva bomba na avaliação", uma adiantou-se. "Por hoje chega. Se ele quiser me deixar de DEP que seja... Preciso de ar puro". O papo foi interrompido porque o ônibus Campus UEP-Centro apareceu e ela subiu nele.

No ônibus, ia a turminha da Biologia ao fundo. Lá adiante, outra de zootecnia. Três horas da tarde, havia lugar sobrando para se sentar. Ia se afastando do campus.

No centro, primeiro pensou ir a um sebo. Desistiu. Passear no shopping? Não estava a fim. Perambulava pelas ruas de Botucatu. De repente, um Brechó. Entrou. Ao fundo, uma senhora corpulenta, de pescoço e rosto avermelhados, braços e pernas brancos. O sorriso da senhora dizendo fique à vontade. A menina deslizava a mão pelas roupas. Todavia, a imagem da costureira é que atraía. Lembrou-se da avó. Quando menina, menos de 10 anos, ia seguindo as pernas da avó conduzindo a máquina de costura. Ou as mãos que alinhavavam a calça ou pregavam botão na camisa.

"A faculdade de medicina está sem aula?", a costureira a despertou do torpor. "Como sabe que sou estudante?", disse admirada. "Fingiria ser vidente, mas o avental me deu uma pista", riu. A universitária também riu. Havia esquecido que vestia o jaleco do curso. "Estou meio cansada de tudo aquilo... Nada parece como imaginava. Os cadáveres, principalmente", quis interromper o desabafo. O que uma senhora *simples* saberia de vida acadêmica? "Sei. Minha filha passou pelo mesmo problema... Pensou até largar tudo e mudar de ramo. E se fizesse eu daria o maior apoio. Mas tanto eu quanto ela sabíamos que aquele era seu destino. Cada destino traz mais espinho que prazer. Ganha o prazer quem conseguir se desvencilhar dos espinhos", parou para quebrar a linha com a qual ia pregando o botão. "Se esquivar do problema? Como?", balbuciou a menina. "Primeiro admita que eles existem... E que mesmo existindo não terão o poder de atrapalhar tua vida, de te fazer fracassar nas tuas metas. Pronto?", silenciou por um momento, e emendou: "seria complicado arrancar todos os espinhos de uma roseira. Então, é mais prático deslizar entre eles numa boa. Sobra mais tempo para pegar e curtir a rosa".

"Não entendi", disse.

"Nem eu. Estou repetindo o que ouvi. O fato é o seguinte: você quer ser médica ou não?", inquiriu. "Quero", disse a universitária. "Então, siga em frente. O que te chateia hoje será recordação engraçada no futuro."

COZINHA PARAISO

QUATRO UNIDADES pequenas de couve-flor boiando na água, com sal, fervendo. Meia xícara de queijo ralado para polvilhar. Mais um leite de coco. Duas xícaras de leite. Uma cebola à espera. Os quatro ovos. Duas colheres de manteiga. Quatro colheres de sopa de farinha de trigo. Pimenta do reino a gosto. Será que era isso mesmo? A moça de 23 anos estava tensa. Havia escrito a receita dita por telefone pela futura sogra. Mas sabe como é. Vai que anotou errado. Rapidamente girou no calcanhar para, atrás de si, na mesa, pegar o liquidificador.

Num esforço para decifrar o próprio rabisco feito às pressas procurou ler em voz alta. "Primeiro, cozinhe a couve-flor em água e sal por 15 minutos, reserve... Segundo, bata no liquidificador todos os ingredientes menos a cebola e a manteiga, reserve... Terceiro, em uma panela refogue a cebola com a manteiga e vá juntando o creme mexendo sempre até que se forme um creme. Quarto, coloque a couve-flor em um refratário, despeje o creme por cima. Quinto e último passo, polvilhe queijo ralado e asse até dourar". Ela cruzara os dedos, rezando para que não tivesse errado em nada ao anotar.

"O que eu faço?", perguntou o namorado quase esbaforido de tanto ter dado atenção ao irmão mais novo dela. "Eu ia te pedir para ir adiantando com a louça. Mas visto que ele já te detonou, fica tranquilo", ela ria para o namorado. O garoto, caçula da família, aos nove anos, era de dar dor de cabeça. Ainda bem que gostou do cunhado.

Duas horas, a mesa pronta, e a família se deliciando com o almoço de domingo. A auditora Junior se deliciava em cozinhar. Não por causa dos merecidos elogios que recebia dos pais, namorado, sogra e sogro e de todos que levassem aos lábios uma garfada da deliciosa iguaria. Era antes um prazer solitário. Tensa, ia para cozinha para acalmar-se. Entediada, ia para agitar-se e aplicar um pouco de tempero à vida.

O drama era a carreira que abraçara. Havia se formado em contabilidade, aos vinte e dois anos. Esse ano, a recém-formada iniciara a especialização em Auditoria numa conceituada faculdade. Já no primeiro ano de faculdade, adentrara na área, como estagiária. Por que o drama? A tensão que sentia na pele diante à árdua tarefa de fuçar contas, de ouvir mentiras para descobrir verdades, de verificar a podre corrupção em toda sua plenitude, gangrenando as relações do ser humano com o semelhante em busca de mais dinheiro, mais poder, mais status.

A mentira era como um prato mal feito. Culpar aos ingredientes ou ao forno? Provável a inexperiência do cozinheiro. Mas quem era o maldito cozinheiro? O Estado? Os donos da empresa? Os empregados? A concorrência? Seria a ganância inata, mas ainda não eticamente subjugada? Resposta difícil. A moça se atormentava, não como um xiita, mas se atormentava. Embora ela tivesse uma cara fechada, um jeito pedante, a rispidez na fala, quase dona da verdade, era no fundo alma soçobrada pela fúria da ambição à sua volta. Consumia mais de dez horas diárias no serviço.

A alma se refrescava quando no fim de semana adentrava no paraíso chamado cozinha. Ali parece que tinha controle da situação. Tirando a troca do botijão de gás e esporádicas panes nos aparelhos elétricos, reinava absoluta. O supermercado, ela delegava. Muito raramente o colaborador trazia ingredientes que forneciam lenha para repreensão.

Por influência do pai que ela cursou contabilidade. Qual filha não sente admiração por um ofício paterno que possibilitou criar os irmãos e conduzir um casamento em harmonia por tanto tempo? A perspectiva de portas abertas para se firmar na carreira também pesou na opção. Tão logo entrou na faculdade, começou a trabalhar na empresa na qual o pai serviu por tantos anos. Contudo, depois de um ano, resolveu sair. É duro ser respeitada por ser a filha do chefe, e não por competência própria. Trocou de empresa.

Andou suspirando em abrir um restaurante e cozinhar para sobreviver. Mero sonho. Todavia, nutre a vontade de fazer gastronomia, nem que seja para aprimorar o passatempo.

DANÇA DE SALÃO

NO BANHEIRO, O aparelho da chapinha funcionava a todo vapor. Diante do grande espelho pregado na parede, ela alisava os cabelos com a chapa quente. Havia chegado do trabalho há pouco mais de meia hora. E mergulhou na tarefa de se produzir. Hoje é sexta-feira, dia de comparecer à academia de dança.

Terminada a chapinha, trocou de roupa. A calça verde-escuro, pano de algodão, caía bem no corpo delgado, sem gordura. Pasme, ela queria ter gordurinhas, por acreditar que se tornaria mais atraente. Considera-se muito magra. Mesmo assim o pano e modelo da calça realçam a silhueta caindo no gosto dos machos apreciadores do sexo feminino. A camiseta convidaria qualquer dançarino a lhe tirar para dançar apenas para deslizar, no ritmo da música, as mãos pela cinturinha de estilo porcelana.

Nos cabelos longos, seguia a tintura aloirada, moda entre mulheres de pele clara. Mecha que cai próximo aos olhos. Nela, até o mais ferrenho opositor das loiras artificiais admitiria satisfação diante do estilo.

Pronta para luta, a moça foi para o salão.

A retomada foi difícil, mas não menos revigorante. Antes de se casar, frequentava a academia de dança assiduamente. Uma das poucas atividades que se permite fazer, além da caminhada para o trabalho. O que a levou a academia? Primeiro, queria desenvolver a postura corporal. Segundo, gostava de filmes cujo enredo envolvesse par romântico dedicando-se à dança. E sem falar na dita aversão em ficar em casa assistindo TV na sexta-feira ou no sábado à noite. Havia o clima de eterna preparação na academia, com convite para participar de concurso de dança pelo menos uma vez por semestre.

Ela gostava de ser feminina. E uma das atrações da academia de dança era justamente estar segura por braços masculinos. Embora tenha instintos que a fazem sentir *conforto* ao lado de um homem, não é tão liberada a ponto de sair nos bares e boates caçando. A academia calhou neste sentido: mesclava um ambiente seguro e empolgante para paquerar, se fosse o caso. Gastava energia com os exercícios orientados por mestre que conduzia cinco ou seis casais. A academia fornecia o sentimento de pertencimento a um grupo harmonioso.

"Claro, homem é sempre homem. Vai encontrar sujeito que só quer encoxar... Mas se você se sentir incomodada é só falar sério com o cara ou, caso insista em te perturbar, peça ajuda ao mestre", disse certa vez uma veterana.

Amizades fortes também emergem de grupos assim. Havia convite para aniversário de casamento ou de criança dado pelas pessoas casadas e com filhos que frequentavam a academia.

Levava a dança a sério de tal modo que nunca teve namorado da academia. Era mais fácil arranjar namorado via Orkut, o que ocorreu duas vezes. Encontrara o ex-marido no grupo religioso ao qual ela pertence.

Quanto à satisfação dos instintos? Sim havia. O fim de um relacionamento amoroso é complicado. E se calhar de a outra parte ter terminado a relação, a dor será dobrada. O sentimento de rejeição é venenoso. Para estancar o veneno precisamos nos agarrar a uma pessoa que cuide de nós, que traga o antídoto. No salão, ela se livra da depressão e encontra escape para liberar os hormônios reprimidos, que vem à tona quando estamos ao lado da pessoa que nos atrai.

Em casa, chegava exausta. Dormia relaxada. Claro que no outro dia a falta de um homem a aborrecia. A ideia fixa agora é: ainda que se case novamente jamais abandonará a academia de dança. Nunca encontrou um espaço que unisse tão bem a disciplina com o prazer. É provável mesmo que essa energia recebida no salão possa favorecer a um relacionamento duradouro, e conservar um segundo casamento.

DANDO A CARA A TAPA

A CHÁCARA EXIBIA uma grande área verde, a grama bem tratada e cortada como campo de futebol. Havia parquinho para as crianças brincarem. Num e noutro canto, se viam pessoas ensaiando a fala, os trejeitos, o sorriso, a cara de sério. A regra é aproveitar os minutos que antecedem a gravação. Tenta-se evitar imprevistos.

No Brasil, poucas coisas acontecem no horário previsto. Uma hora de atraso para o primeiro candidato a vereador entrar na cabina de gravação. Ele resolveu ficar na cadeira e prosear com a orientadora, que perguntou: "tudo na ponta da língua?". Respondeu que sim. Ensaiou em casa, mas não o bastante. O que motivara fugir era o desconforto que sentiria em repetir pela segunda vez todo o exaustivo ensaio que teve com a orientadora na sede do partido.

A gravação foi excelente, tratando-se de estreante. Mostrou segurança. Pena que por conta de interesses alheios, ele foi um dos candidatos que teve somente uma gravação. A fala legal para ser vista e ouvida três ou quatro vezes, produziria efeito contrário do esperado depois de dez vezes na mesma batida. Marinheiro de primeira viagem, ele percebeu o detalhe somente lá pelo fim da campanha. Com o tempo o estreante se arrumará, caso persista na labuta.

Que satisfação ver-se na TV. Simplesmente adorou a aparição. Nada a ver com Narciso. Sabia que devia melhorar. Sabia que estaria sendo ridicularizado na cidade. Que precisava mais tempo. Que frases de melhor impacto podiam ter sido eleitas. Porém, a firmeza com que se apresentou, deu a dica que está no caminho certo. E ele que sempre achou o horário eleitoral gratuito uma perda de tempo, chatice. "Agora sou eu dando a cara a tapa", sorriu. Aparecendo na tela de milhares de lares. Podia imaginar a cara de sorriso, as palavras de zoação, os palavrões, sarcasmos que as pessoas desfechariam diante de sua imagem. "Que mico", pensou, "sou o palhaço da vez".

A tevê é apenas uma das frentes que os candidatos lançam mão. Outra é o corpo a corpo. Nesse tinha mais experiência. Ex-líder estudantil está ajustado para sair a campo e pedir votos. Óbvio, ele saberá que concorrer na universidade é menos fatigante do que sair nas ruas da cidade. Do movimento estudantil se ganha ferramentas. A mais edificante é o ideal pelo qual lutar. O segundo é a retórica. O terceiro é muito saco, paciência para ouvir ofensas, risadinhas, piadas.

Trezentos e trinta candidatos para vinte vagas. Como numa competição esportiva, ora se alegrava com a ilusão de vitória ora se lhe abatia a depressão da derrota. Uma guerra que se acirra à medida que os dias passam e o momento do pleito se aproxima. Nas feiras, nas sacolas de frutas e verduras, o santinho – papelzinho com propostas de campanha e a foto do candidato – segue para as casas. Muitos santinhos serão rasgados e jogados ao chão. Perde o meio ambiente. O excesso de papelzinho emporcalha a cidade. Mas toda guerra deixa destroços. Os vencidos serão muitos. Os vitoriosos, poucos. E mesmo aos que sobreviverem nada garante que terão existência tranquila. O mandato é mais saboroso na visão de quem está de fora.

O corpo a corpo se traduziu em fracasso, caso se leve em conta o número de votos. Um sacrifício que nunca mais pretende passar. "Me senti um sujeito carregando o cartaz 'vende-compra ouro' no peito ao distribuir santinho na esquina, nas feiras, nos sinais de trânsito. Pior, candidatos *ricos* tendo dez ou trinta "voluntários" ajudando a distribuir material de campanha, segurando bandeira, enquanto eu lá padecendo sozinho. Me senti como um soldado solitário atirando diante de milhares de soldados do exército inimigo. A morte era fração de segundos."

Apesar da voracidade por votos, da necessidade insana de ganhar, como em qualquer jogo, ele curtiu o *mico*, o papel ridículo que acredita que todo político representa atrás do voto. É a democracia. "Que importa a derrota. Venci pelo fato de ter podido concorrer", ele tentou se iludir.

DEBAIXO DA MESA

A ESCOLA AMANHECIA. Ao redor, a terra sem asfalto. A poeira impiedosa que avermelhava roupas no varal, janelas e paredes pintadas ou no reboco. No bairro, nada diferente de uma periferia. Crianças maiores andando descalças. Crianças pequeninas com fralda e sem camisa, enquanto a mãe ao portão proseia com a comadre. Sorte que muitos carros transitam com velocidade e atenção prudentes. O atropelamento ocorre quando a sorte tira uma pestana.

Duas horas da tarde. Os alunos estão agitados. Nunca foram quietos. Nessa idade, são alvoroçados, puxando o cabelo de meninas. As meninas brigando entre si. Os exibidos deixando pouco espaço para a professora lecionar. Haja paciência. "Senta aí seu peste", por vezes escapa o desabafo de uma ou outra mestra tresloucada pela tensão. E os meninos do corredor? Basta os inspetores baixarem guarda e os peraltas zoam. Empurram as portas das professoras que teimam manter a sala fechada. Na troca de classe, um Deus nos acuda. "Quem é que pode com esses loucos?", desabafa a inspetora de cinquenta e poucos anos, reclamando do serviço, desejosa de estar aposentada naquele momento, curtindo a casa, o jardim.

Da parede de tijolinhos permitindo a visão para rua, os adolescentes e crianças notam a professora de matemática chegando. Ela entra na terceira aula. Chegou adiantada para entregar notas na secretaria e adiantar detalhes para a aula que daria em seguida. Como eram crianças, ainda que a professora faltasse, havia acabado a marmelada de adiantar aula e poderem sair mais cedo. A Secretaria da Educação recomenda que menores de 18 anos fiquem até o horário normal. Evita atrapalhar os pais no trabalho e a escola se esquiva do risco de ser processada por descuidar dos pupilos.

O clima na escola estava tenso. Mais tenso do que o comum. É coisa de pele. E os mestres são os primeiros a sentir, mesmo antes de boatos chegarem aos ouvidos. "O que houve?", a professora de matemática sonda na secretaria ao passar as notas. "Problemas", diz a vice-diretora, "tem um aluno jurado de morte". "Da parte da tarde?", a professora questiona. "Nada. É do primeiro ano noturno", a vice comenta.

O natural seria chamar a polícia. Um "acordo" entre os chefões do local ata a mão da direção. Os chefões garantem a segurança da escola, desde que a polícia não faça dali seu ponto de parada. A palavra sempre foi cumprida. Um professor teve o carro roubado por ladrão novato, e no outro dia, o carro estava na porta da escola, intacto. O novato sabe lá que paradeiro teve. O computador da escola sumiu? Se fosse realmente *ladrão*, os chefões o encontravam e faziam devolver, ainda que o computador tivesse sido passado a terceiros como pagamento de dívida.

A professora de matemática deu um grande suspiro. Ficaria para o turno da noite. Sacudiu a cabeça, deu meia volta e disse "eu vou tratar de meus alunos" e seguiu para o encontro da sexta-série B.

Os tempos haviam mudado. Provavelmente briga entre os chefões. A escola estava sitiada.

Às vinte e uma horas, o toque para interromper as aulas soou. Nem precisava. Os tiroteios na rua impediriam o aluno mais dedicado de se concentrar. Debaixo da mesa, muitas professoras. Principalmente das salas de aula que ficavam mais expostas ao perigo dos projeteis, por causa de janelas envidraçadas serem voltadas para o lado da rua.

O aluno jurado de morte estava na escola. A professora de matemática agarrou no braço do menino e com fé inabalável reverberou: "para eles te pegarem vão ter que me matar primeiro". Óbvio que o menino cometera erros que atraíra a ira dos bandidos. E de bonzinho tinha nada. Porém que professor permite que aluno *seu* seja morto? Ela é do time que não permitiria.

DERRAME

NO COMPUTOR, O estagiário usa o Indesign. No programa, no item importar, ele buscou a imagem da fachada do prédio da prefeitura no arquivo imagens. A imagem já na área de trabalho, ele a arrastou para a posição exata a que se destinava. "Legal," murmurou satisfeito olhando a diagramação. Que dificuldade para tratar a imagem no Photoshop ontem à tarde. Era o último detalhe para fechar o projeto gráfico da revista institucional que o prefeito queria lançar em agosto de 2009. Revista raramente é feita apenas por uma pessoa. Na sala de trabalho, ele se comunicava com três designers.

Entre os artistas gráficos, há o Marcelo, formado em Desenho Industrial pela faculdade da UEP Bauru na década de 90. Marcelo traz bagagem invejável. Professor na escola técnica referência da cidade e chefe do setor de criação publicitária da prefeitura. Quando Marcelo diz que o famoso escritor Ricardo de José da Silva morou com ele na república, que era pobre, sem condições sequer para rachar as despesas da república, poucos levam fé.

O estagiário, formado na escola técnica, teve sorte quando o Marcelo, seu professor, o convidou para trabalhar. O convite teve muito a ver com o talento, incipiente, que o jovem demonstrara durante as aulas.

Em torno das dezoito horas, as luzes e maquinário desligados. Os funcionários desciam pelas escadas ou elevador. No pátio, uns iam para os carros, outros para as bicicletas ou motocicletas. A terceira opção é pegar carona. O estagiário conduzia o Uno Mille. Mesmo antes de ser estagiário, vivia de trabalhos autônomos na área. O dinheiro realizou o sonho de adquirir e manter o próprio veículo.

Em casa, depois de tomar banho, embora cansado, ligou o computador. Meia hora depois, um mal súbito o sacudiu. Dores fortes na cabeça e também no peito. Sem desligar o micro, foi para cama.

A mãe estranhou o filho deitado àquela hora. Foi ao quarto. Vendo sangue no nariz e o corpo convulsionando, gritou desesperada. A família chamou ambulância em vez de arriscar levar o rapaz ao hospital. Cerca de quarenta minutos, a ambulância e os paramédicos chegam.

Tristeza visível. Mãe grudada ao filho. Pai desnorteado. Irmãos sem rumo. Os pais seguiram com o filho para o hospital. Que noite! Na ambulância a equipe diagnosticou derrame. O tormento seria saber a extensão do estrago interno. Se às 19h50 já estavam no hospital, a espera do resultado concreto sobre o estado de saúde do rapaz consumiu mais de seis horas. Por volta das duas horas da manhã, o médico disse que o quadro era estável.

O médico afiança que o rapaz não corria risco de morrer. Contudo, impossível precisar os danos do derrame. Levaria mais tempo, pelo menos até que despertasse.

Quarenta e oito horas depois, o médico confirmou paralisação de parte dos membros do lado direito, braços e pernas. Os movimentos do rosto sofreram lesão parcial. Passado o susto de perder o filho, os pais tinham que enfrentar a realidade nada animadora: vigiar o corpo reduzido a cuidados mais devotados que o de uma criança de três anos.

O rapaz de 19 anos provou que tinha força e determinação extraordinária na tentativa de superar as dificuldades. Os pais deram o incentivo. Levavam-no para a hidroginástica recomendada por fisioterapeuta, o qual acredita que os exercícios físicos gradativamente recuperem a agilidade anterior ao derrame. O sofrimento fez com que o jovem pensasse em desistir dos esforços tão esgotantes. Se para qualquer pessoa é fácil levantar a perna e caminhar dentro da água, para ele é um sacrifício horrendo.

Os meses indo. Num momento, os ânimos alegravam-se. Noutro, o corpo retrocedia e os exercícios realizados no dia anterior eram impossíveis de se repetir. Os pais e ele continuavam fazendo de tudo para que o rapaz recuperasse a agilidade um dia perdida.

DESCOBERTA DA AMIZADE

"TÁ VENDO AQUELA estrela?" o rapaz apontou para o céu forrado.

"Sim", murmurou o colega que ouvia.

"Esperemos um dia circular por lá. Levará tempo, mas chegaremos", disse de cima da plena convicção.

"Pior que acredito nisso. E tenho medo. Medo de pensar no que virá. Situação que negará quase tudo que entendemos pelo existir humano", o colega desabafou.

"Entendo", o rapaz dava corda.

"Não pense que esse *espanto* seja exclusividade da incerteza no futuro. A *certeza* do passado me desespera também. Imagina os dinossauros andando por aqui – e apontou para a vasta rua deserta do bairro onde moravam. – De repente, meteoros, seja lá o que for, detonam as condições de suas vidas e eles vão pro brejo. Daí a pouco o homem se torna ereto, caminhando em cima das patas traseiras. Um dos bichos mais frágeis, mas que descobre que em bando é mais resistente às investidas do mundo selvagem...", parou para tomar um fôlego e, diplomata, deixar que o colega pudesse se manifestar.

O rapaz magrelo, de pele branca, óculos de fundo de garrafa, com um short e camiseta que se não eram a última moda, ainda assim caíam bem no corpo jovem. Promover silêncio nesse rapaz é verdadeiro prodígio, comparado a figuras como Brizola, Lula e FHC elogiarem-se uns aos outros. O magrão matutava com a mão direita levada ao queixo.

"Vai ver eu seja bobo mesmo. Lá na escola tenho que impor a força para ter respeito desse ou daquele carinha. Demonstrar fraqueza, jamais. Sinto que é o papel que me atribuíram e sinto que sem este comportamento perco meu chão, meu lugar no mundo. Mas quando olho esse céu estrelado, quando me deparo com a incerteza ou fugacidade da existência... me questiono se vale a pena o que penso e o que sou."

O magrão não se espantou. Certo, o corpo e a popularidade do colega no colégio podiam causar inveja ou irritar um camarada mais franzino como ele. Contudo, desde o primeiro momento que trocaram as primeiras falas, ele teve a impressão que debaixo da carcaça musculosa, do esguio corpo, da mente vivaz, do sorriso, residia alma boa. Mesmo antes de encontrar o rapaz moreno, sabia que rótulos estão a quilômetros de distância de espelhar com fidedignidade o que as pessoas realmente são. Claro, a boa impressão veio de uma letra da banda Legião Urbana, cantada pelo colega. Em 1988, que jovem não conhecia Legião? O que diferenciou foi a *maneira* de cantar, traduzindo desprendimento, pureza, tão à moda Renato Russo.

Os dois colegas na rua deserta. Era sábado à noite. A juventude estaria nos barzinhos, nos bailes - o termo *balada* estava para ser criado -, alcoolizados, buscando forma de escapar ao tédio que persegue muitos jovens como o estuprador à vítima. Eles dois vasculhando o céu, filosofando sobre política. Indo da Grécia para Roma, voltando para os Reis Egípcios, saltando para a Idade Média e compartilhando o silêncio, o voto de renúncia carnal dos mosteiros. Depois, de mãos dadas a Voltaire, a Diderot, entrar numa taverna e beber e dormir com fogosas francesas. Plebe Rude, Engenheiros do Havaí, The Smith, The Cure forneciam letra e música para, volta e meia, o magrão dançar junto a seu portão e a galera que passava dizer "Ih, os caras já tão piradaços". Nada, os dois estavam sem álcool nem droga. Ah, talvez a droga da inquietação filosófica.

Descoberta da amizade, ou redescoberta. Na meninice, bolas de gude, bolas de futebol, andar em patotinhas. Agora, amizade regada à conversa, encontrando no outro o espectador e plateia. Garimpando Marx, Engels, Lenine, Darwin, Álvares de Azevedo, Maquiavel, Machado, e Guerra nas Estrelas, Super Homem, Guerra Fria, Fliperama. As namoradas não os compreendem. Eles tão sábios como filósofos gregos e tão solitários como meninos de periferia.

DESENHO

ERA O LANÇAMENTO de um sabonete hidratante. O coquetel estava animado. De um lado, a agência de marketing exibia a campanha publicitária que iria para a TV a partir de amanhã, segunda-feira. De outro, acionistas relativamente satisfeitos com a perspectiva de bons retornos sobre o investimento. A gerência enxergando no sucesso do empreendimento futura participação nos lucros, ou pelo menos, razões para convencer os chefes da importância de conservar seus empregos.

Ir a compromisso envolvendo trabalho em pleno domingo é cruel. Havia sido um convite, não uma convocação. Mas para convite feito pela presidência a ausência soaria como desdém.

Ia chegando um casal ali e acolá. Vão conhecendo os familiares, as esposas e esposos dos colegas de trabalho. Comentários murmurados se apinham. "Olha lá, o gerente financeiro, tímido, retraído, adentrando com um mulherão do lado, a esposa," diz este. A gerente de RH, mandona, casca de ferida, agora toda sorridente ao lado do esposo. "Coitado dele", alguém alfineta.

O coquetel de lançamento se divide em dois momentos. Antes e depois do discurso do presidente da empresa. Antes, convidados chegando, o salão enchendo, os cumprimentos, a apresentação do acompanhante. Após as apresentações e afagos, formam-se pequenos grupos, movidos por afinidade passageira. As bandejas com canapés e bebidas não-alcóolicas circulam. Muitos se recusam a comer. Outros beliscam timidamente. Se houver criança, o garçom deve ter cuidado redobrado para a bandeja não ir ao chão.

O discurso oficial costuma levar vinte minutinhos, a não ser que o orador seja um tarado por microfone. O convite para que aproveitem o coquetel e apreciem as instalações anuncia o fim do discurso e libera a plateia para seguir o caminho que quiser. Muitos aproveitam para se despedir. Outros saem à francesa. Da multidão que ouvia o discurso, agora um terço está no salão, é a turma do *fecha bar*.

O gerente de compras desceu pelas escadas do Salão de Convenções. Vivendo em Itu, não voltaria para a família hoje. Ficaria no apartamento. Caminhava em direção à estação da Barra Funda. O sol havia saído depois de uma noite de chuva. As ruas calmas, poucos carros circulando. Que magnífico é o domingo na capital paulista. Pode caminhar com calma, entrar no metrô sem empurrão nem se espremer em espaço exíguo.

Na estação do metrô, nem correu atrás do trem que estava para sair. Esperaria o próximo. Durante a espera, um incidente. Uma pessoa caída do outro lado da plataforma e os guardas indo socorrer. Impossível saber do que se tratava visto que o trem chegou e ele teve que entrar. Desceu na Mooca Bresser. Estava com gravata, sobretudo, paletó. Além do frio do inverno, o que justificava a vestimenta eram a gripe e a formalidade do coquetel.

Chegando ao apartamento, jogou o sobretudo e o paletó em cima da cama. Tirou a gravata. Permaneceu com a camisa azul e colocou a blusa de frio. Desceu. Abriu o portão do prédio e caminhou em sentido a um restaurante. Ia almoçar. Passou pelo primeiro. Mas querendo comer carne, arriscou ir à churrascaria. Estava fechada. Teve que voltar três quadras e ficar no restaurante.

Sentado à mesa, com um prato bem posto à frente, ia comendo. A TV estava ligada. E que sorte. Estava passando o desenho *Os Sem Floresta*. Se não fosse pelo dia de trabalho extraordinário estaria ao lado da filha de seis anos, dando almoço para ela, enquanto assistiam esse desenho juntos. Antes de viajar ontem, recomendou à esposa que o gravasse.

Cada colher levada à boca ficava suspensa, pois ele estava vidrado no enredo. O filme nem era tão bom assim. Era apenas uma maneira de matar a saudade que sentia da filha que estava a quilômetros de distância. De repetente, viu novamente a veracidade do ditado: um filho muda tudo. Jamais pensou ficar rindo de desenho animado, logo ele tão sério.

DESEQUILIBRADA

QUANDO MENINO aprenderá que adultos são diferentes de crianças, com destaque para o controle emocional. A criança quando não ganha o que quer fica zangada, briga. Muitas rolam no chão, esperneando. Adultos resolvem problemas que as crianças criam. Adultos cuidam de criança. Na idade de garotinho, percebeu que adultos têm recaídas. Na maior parte do tempo resolvem problemas, pagam contas, direcionam vida dos filhos e dos idosos. Mas existem momentos que desabam. Nesses momentos adultos são mais crianças que as próprias crianças. Brigam, choram e, se alcoolizados ou drogados, esperneiam.

Em casa tinha a mãe. Adorava quando ela estava calma, carinhosa. Tinha um misto de medo e ódio quando a mãe tendia para a doidice, gritando, quebrando pratos, xícaras. Causa? Briga com o marido. Irritação com a casa desalinhada. Causas não faltavam.

Cresceu. Quando pensou que era coisa do passado a situação oscilante, descobriu nos colegas de trabalho. Cada local de trabalho havia pessoa que se destaca por ser desequilibrada. Umas com mania de perseguição. Outras com complexo de inferioridade. Havia as perturbadas por relacionamentos amorosos conturbados. Idade? Todas as idades tinham desequilíbrio.

Recentemente o que chama atenção é uma senhora prestes a se aposentar. Inclusive será avó pela segunda vez. É fácil observá-la quieta a um canto. Ler, rabisca, nutre as folhas de papel com observações para orientar a atuação profissional. Ri de coisa engraçada. Exaspera-se com as injustiças contadas por companheiro de trabalho. Quem a vê sente-se bem com a retidão, presença de espírito, calma que senão acolhe tampouco afugenta. Quando ela chega, cumprimenta a todos. Mostra-se engajada com o dia que começa.

De repente, num dia qualquer, a nuvem negra se posiciona sob sua cabeça. E o desavisado colega de trabalho leva um xingo, bronca ou desabafo. "Que está fazendo. Você não pensa. Anda com isso. Deixa de conversa fiada". Frases soltas e sem nexo servem de insultos a quem ela encontra pela frente. Causa? Um pedido seu que as condições objetivas impediram que se cumprisse rapidamente. A impaciência é notória.

"O que deu nela hoje?", pergunta um colega que levou o xingo.

"Vai saber. De vez em quando ela tem dessas", aquele que responde provavelmente sentiu na pele a repentina mudança de humor.

O novato diante do impacto não sabe o que fazer. Ofende-se, mas fica quieto. Mas quando percebe que o jeito dela é assim, numa próxima, revida: "Calma, calma, assim vai sofrer um infarto a troco de nada!". Às vezes funciona. Ela parece refletir, ou pelo menos não quer vingança contra a pessoa que tão calma e assertivamente lhe chamou à razão.

Ele ia seguindo o caminho da observação das personalidades. Quis fazer psicologia quando jovem. Depois quando vieram os filhos, acabou deixando para lá. Nada teve a ver com os exemplos de psicólogos que tinha próximo de si, mais desequilibrados do que ele supunha numa pessoa que devia ter a essência da harmonia espiritual. Como existia otorrino que fumava que nem chaminé e cardiologista que comia gordura em excesso, também haveria de haver psicólogo tresloucado.

"O que importa é procurar nos defender desses loucos. Chamar-lhes a atenção para o bom senso faz a diferença para evitar tornar o ambiente de trabalho ou familiar um verdadeiro suplício", dizia consigo, forma de justificar a paciência que demonstrava diante de pessoas nas quais reinava a estupidez.

Fazia de seu passatempo favorito a leitura de livros de psicologia. "Posso não mudar as pessoas, mas a psicologia me ajuda a tolerar os diferentes de mim".

DEUTSCHLAND

A PRIMEIRA VIAGEM a gente nunca se esquece, palavras ouvidas do tio. Friozinho na barriga. A cabeça dando voltas. Visão nublada. No saguão do aeroporto do Galeão, a menina de 15 anos incompletos luta para cumprir a decisão de partir. Criada para ser independente, cavar oportunidades. Neste instante, vê-se meio confusa. Dizia que faria e aconteceria: que moraria nos Estados Unidos, que escreveria para os pais, que se viraria por lá. Situação bem diferente é estar prestes a embarcar. Deixar a mãe que se ama, o pai que a mima, a família que a gerou, criou, educou. O chão some quando passa por sua cabeça a ideia de nunca mais vê-los.

Aguentou firme até pôr as mãos no passaporte. Mostrara-se madura. "Nem parece que vai fazer viagem longa, ficar longe da mãe", frase materna queixosa diante da determinação da filha. "A senhora estará comigo em todo lugar", foi a resposta. Aparentava fortaleza. Imagina se a menina chorasse, demonstrasse indecisão, medo da experiência? Buscava esconder o medo. Teve êxito até a hora do *check in*, quando chorou tudo que estava entalado na garganta, abraçada apertadamente à mãe. Legal para ambas. A mãe com a certeza que ela a amava, que não estava fugindo. E a filha aliviada da ansiedade cruel.

Tensão descarregada, ela dormiu durante a viagem, ao menos metade do tempo. Em território americano, a família anfitriã estava à espera no aeroporto. Acolhedora, muito atenciosa. Sentiu-se quase em casa. Uma recepção ótima.

Durante o curso nos Estados Unidos houve situações que favoreceram a aversão pelo país. Uma delas é o quesito cor. A menina é dessas que em solo brasileira seria senão endeusada, no mínimo, arrancaria assovios de boa parte dos homens. É morena. O americano médio a considera negra. Nada de anormal. O candidato Barack Obama em certo momento teve que gritar que não era Black, mas sim Brown. Ele o fez no sentido de esfregar nas caras preconceituosas a origem mista entre branco e negro, repudiada e impensada décadas atrás.

O idioma criara constrangimentos. Nada instransponível à medida que fosse se habituando ao falar americano, como se adapta o carioca quando opta por viver em solo paulista buscando esquivar-se da chacota devido ao sotaque chiado – a recíproca é verdadeira se o paulista vai morar no Rio.

Concluído o estudo nos Estados Unidos, na hora de embarcar para o Brasil, levava a firme convicção que não seria país para morar. Decisão pouco tranquila para ela que sonhou em viver na Terra das estrelas do cinema. De volta ao Rio, abraçou sua cultura, sambou o quanto pôde, expiou o peso de ser estrangeira sem voz e sem vez numa terra onde as pessoas julgam-se no mínimo donas do mundo. "Pensar que tem brasileiro que se sujeita a ser insultado, viver na clandestinidade, humilhado, em troca de uns poucos dólares", ela lamentava-se.

A força da personalidade não cessou devido ao espinho americano. Cursou a faculdade que queria no Brasil. Antes de concluir, pela rede de contato, soube da existência de uma fundação alemã que buscava talentos na sua área de formação para reforçar o quadro de pessoal. "Se os americanos são racistas, imagina a Alemanha", disse para si. Uma força tal, graças a pressão de conhecidos que já haviam morado no país da Volkswagen, a incentivaram a arriscar.

Candidatou-se. Chegou à Alemanha com o receio dos neonazistas. Tão diferente do que esperava foi a receptividade germânica. Não era um povo de mostrar os dentes como o brasileiro, ou de mexer as cadeiras como os americanos, mas era justo, sensato, profissional. Em momento algum, viu nas pessoas médias repulsa por sua pela morena. Ao contrário, muitos alemães preferiam casar-se com brasileiras sem impeditivo quanto à cor.

"É um povo devotado ao trabalho, muito lógico... Mas se você conquistar a amizade dele, com certeza terá um amigo fiel", ela costuma falar nas palestras nas quais apresenta a Fundação Deutschland Educativa, cuja filial brasileira fica no Rio de Janeiro.

DJ

NOS PÉS, O tênis e meias brancas. A bermuda e a camiseta. A vestimenta *juvenil* destoaria um pouco das mexas de cabelos brancos se não estivesse em 2009. Pelo menos mais de vinte anos de animador de festas com suas músicas. A ideia de virar DJ profissional começou lá em 1988 quando animava bailinhos do colégio aos sábados à noite. À época, a discografia exibia A-Ha, Roxette, Duran Duran, Information Society; da safra nacional, tinha o Leo Jaime, Titãs, Legião Urbana, Fábio Junior, para citar apenas uns.

O colegial terminou. O baile de formatura em Taubaté tornou a ideia uma decisão, ao notar a aparelhagem de som e a animação dos DJs. Teve a convicção de que era o caminho certo. Até entrou na faculdade de engenharia mecânica, para acalmar as expectativas do pai, técnico e dono de oficina mecânica. Verdadeiro milagre conseguir o diploma de bacharel. Durante cinco anos se arrastou para assistir às aulas. O ritmo de animador de festas, que consumia boa parte da noite, o fazia chegar moído na faculdade na parte da manhã.

Nos ouvidos, os fones. Ia dando aperitivo sonoro para os convidados do jantar dançante promovido pela direção de uma escola aos seus professores e cônjuges. Na medida em que os convidados adentravam no salão e buscavam a mesa e cumprimentavam aos amigos, o *take-on-me* do A-HA ajudava a desinibir.

Hoje, a festa era para público mais comportado. Não que se recusasse a dançar, aplaudir, soltar a franga... Mas era de longe mais calmo que o jovem. Nada contra os jovens. Esse DJ gosta de animar as pessoas. Não importa a idade, a classe social. Nem por isso negaria as encrencas que com mais frequência ocorrem em festas juvenis ou universitárias. Mais de uma vez, ele teve que interromper o show e se juntar aos que chamaram a polícia, para frear a insana vontade de universitários que queriam quebrar tudo que visse pela frente. Por pouco o instrumento de trabalho, a aparelhagem, não virou sucata.

Gostava menos de tocar para os jovens? Claro que não. Tinha as compensações. Ideias novas, corpos mais *apreciáveis* ao alcance dos olhos. Como tinha senhores boa-praça também havia jovem boa-praça, maneiro, sangue bom, ou qualquer outro adjetivo que os jovens cunhassem na madrugada ébria.

Ser DJ é mais que ficar lá em cima do tablado ou dentro de uma cabine tirando e pondo músicas. Havia ocasiões que a emoção tomava conta dele. Hoje seria um desses dias. Destaque para o momento que a diretora chamou os aposentados deste ano a fim de homenageá-los. Professores, agentes da limpeza e monitores escolares. Nas marcas de expressão dos rostos e nos cabelos brancos, o DJ advinha quão difícil terá sido dedicar-se três, quatro décadas à educação de crianças e adolescentes.

"E chamo a professora que chegou comigo aqui, tantos anos atrás, que sentamos naquele banquinho diante da secretária e tomamos um chá de cadeira... Uma salva de aplausos bem forte para ela", a diretora solicitou.

A esta altura, a emoção estava à flor da pele. Foram seis pessoas homenageadas. Quando já se tinha como certo a chegada do abatimento nos emotivos e do tédio nos indiferentes diante da exposição de conteúdos sentimentais, a direção escolar mudou o tom:

_ "E que venha a música, porque viemos aqui para se divertir. Um Feliz 2010".

O DJ que havia se emocionado com a cena, voltou a si. E tome anos setenta. Nem faltou um globo emitindo as luzes. Os mais comedidos – ou preguiçosos – eram arrastados pelo cônjuge ou amigo para o centro da pista. A maioria balançando o esqueleto ao som de *I Will Survive* de Gloria Gaynor, o KC & The Sunshine Band tocando *that's the way I like it*, e mais. Nem o era-um-biquíni-de-bolinha-tão-pequenininho faltou para brindar a década de sessenta.

Antes da meia noite, a festa terminou. Dando ou recebendo boas-festas e feliz-ano-novo, a turma foi se despedindo e o salão silenciando.

DÓI SER VELHO

DOMINGO SE ENCERRANDO. As cadeiras e mesas de plásticos retiradas do centro do pátio. A arrumação vinha dos braços dos funcionários. Os quatro universitários não se fizeram de tontos, ajudaram no que puderam. Os pratos descartáveis armazenados no lixo do luxo, depois de retirados os resíduos de comida. Os copos de refrigerantes? Passa-se água antes, para evitar o enxame de abelhas que adorava rodear os sacos de lixo. Os garfinhos e faquinhas tinham iguais destinos.

No rosto das pessoas, bailavam várias expressões. As duas mais comuns eram: a do sorriso, da satisfação pelo almoço, pela companhia; e a do desalento, da tristeza, porque os idosos sentiam, por antecipação, a falta dos universitários joviais e tagarelas que partiam.

Um terceiro grupo, menos numeroso, mas impactante nas observações, trazia o semblante carrancudo. A razão? Imaginavam que para evitar ser pego de surpresa pela tristeza, o ideal é manter-se triste. Maneira de se proteger da sensação de abandono. A atitude introspectiva se acentuava depois do dia de visita de parentes ou universitários. "Eles, os estudantes, só vem aqui empurrados por professores que cobram a entrevista no asilo como avaliação ou projeto de conclusão de curso", o grupo carrancudo se defende.

Seria uma inverdade dizer que os idosos de rosto entristecido viam tranquilos os universitários partirem. Os jovens davam lenha para os ranzinzas reclamarem, para ir além do tradicional desafeto com colegas que dividiam o quarto. Para recepcionar as visitas o burburinho tomava conta da rotina no asilo. Os funcionários caprichavam nas arrumações. Os quartos, banheiros e pátio brilhavam acariciados pela água e sabão um dia antes.

No asilo, idosos brincalhões raramente se davam ao trabalho de envolver-se em entrevista. Gostavam de cutucar os camaradas tristes. Ágeis em reter a atenção dos colegas para si. Impossível o entrevistador não rir das irreverências. "Quer aparecer nesta idade, velho?", um rancoroso alfineta. "Claro, pois quem está com o pé na cova não pode passar vontade", o idoso animado retruca. E seguia bagunçando.

Pouco se espera que um animador traga assunto sério. Desta vez, o palhaço do grupo deixaria a regra de lado, para espanto mesmo dos idosos lamentadores.

"Ter idade avançada só tem vantagem para quem gosta de conhecer o passado, isto se tiver paciência de ouvir. De resto, dói ser velho", disse o animador do grupo.

"Por quê?", desconsertado, o universitário procurava prolongar o relato.

"Por quê? Quem melhor que você rapaz para responder? Diga-me se nas festinhas que frequenta há velhos? Numa partida de futebol no Morumbi ou na passarela de moda, tem velhos? Já viu velha como musa de alguma coisa, por exemplo? Diga para sua colega que ela parece velha para ver o que te acontece. Os trintões e quarentões, chame-os de senhor ou senhora para ouvir o batido "senhora está no céu". Não é que querem ser informais. Detestam a ideia de serem velhos. Olhe ao redor e veja a miséria de pessoas que além de idosas vivem sem família. Temem e ao mesmo tempo torcem para que chegue o dia em que a morte aliviará a pesada carga", silenciou-se.

Por um momento as pessoas se olharam. Estranhamento.

"E vocês estudantes? Se não fosse a obrigação de ganhar nota, o que estariam fazendo num asilo quando se podia namorar, curtir um som, passear? Imagina você viver aqui. Seria tenebroso. Pessoas resfriadas crônicas. A bexiga que faz peidar a noite toda. O pigarro asqueroso. Nem entro na questão das rugas, da fisionomia de *maracujá-de-gaveta*. Isto é nada. O que dói são as articulações, os quadris. As pernas que não aguentam o corpo. Sou alegre, piadista, o político do grupo. Tudo o que faço é para não enlouquecer. Com quase noventa anos, quero passar o fio de vida na bagunça, na alegria, na zoação."

DOS ANJOS

ABRIU O PORTÃO. A cachorrinha Chiwawa veio correndo. "Pra lá Meg, pra lá Meg", ia afastando a cachorrinha com o pé enquanto esforçava para fechar o portão com as mãos com quatro sacolas de compra. Tinha ido ao mercadinho Piratininga. Atravessou a garagem. Ganhou a entradinha da edícula. Depositou as sacolas no chão. Pegou a chave da pochete e a levou à fechadura, destrancando a porta.

Morava na edícula há um bom tempo. Mais de dois anos. A proprietária, além da renda com a locação da edícula, mantinha à frente o modesto e requisitado salão de cabeleireiro. Morava com os filhos no amplo espaço que sobrava da casa principal desde o fim do casamento.

Dos Anjos, após arrumar os alimentos na geladeira, foi organizar a casa. "Esta é a vantagem de morar numa edícula", dizia para si "a limpeza toma pouco tempo". Embora tivesse família, irmãos vivendo na cidade, era solitária, sem marido ou filhos. Ajudava a família, cuidando desse ou daquele parente que caísse doente. A relação era recíproca. Era socorrida também.

"Olá", era a Fátima. "Estou aqui", respondeu para convidar a amiga a entrar. Sábado de manhã e os filhos não estavam em casa nem o salão se encontrava ainda com clientes. Dava para prosear. A conversa consumira meia hora, interrompida apenas por um cliente que tocara a campainha. Fátima correu para atender. Antes de proprietária e inquilino, havia entre as duas mulheres forte amizade, muitas vezes ausente em irmãs de sangue.

Terminada a laboriosa faxina, tudo indicava que a Dos Anjos ia sossegar. O sol brilhante, porém, convidou-lhe a pegar a escada a um canto da garagem e a subir no telhado. A arma que levava: a vassoura. Os inimigos? As folhas. Derrubava-as no chão da garagem. Por que hoje este trabalho? Aproveitaria que os filhos e netos da cabeleireira não estavam em casa. Principalmente as crianças de menos de sete anos, que se lambuzariam na sujeira. Assim, quando eles viessem no próximo fim de semana poderiam aproveitar.

Tarefa cumprida lá pelas três da tarde. Havia tomado banho e almoçado. O cochilo de meia hora para repor as energias. Ao despertar, seguiu para o órgão. No momento, tirava a capa de cima do teclado. Treinaria a partitura. Amanhã, no culto das sete da manhã, tocaria o instrumento. Dispunha do restante da tarde.

Com que idade dedilhara pela primeira vez? Logo que se viu sozinha. Há um bom par de anos. De início, admirava o instrumento a cada vez que o avistava manuseado nos cultos, nas festas de aniversários, nas de debutante e de casamento. Era a principal companhia. O som das teclas apaziguava os nervos, as não poucas frustrações. A solidão diluía-se ao som do órgão.

Passou a ser convidada para tocar em público. Eis mais uma razão para se dedicar com afinco à arte musical. O aplauso, o reconhecimento vinha com o elogio de um ou outro amigo, visto que músico em festa é pouco notado, quase despercebido da plateia. Muito diferente de artista da grande mídia. O que importava é que Dos Anjos se realizava ao teclado.

A vida segue. Os vizinhos a vendo andar de um lado para o outro, magrinha, bem-disposta, dariam não mais que cinquenta anos. Que choque saber que um resfriado a levou ao hospital. Do resfriado à pneumonia que ceifaria uma existência simpática, toda atenção, educada, nota dez. "Infelizmente detectamos câncer. O pulmão está todo comprometido", o médico relatou à família e amigos, que quedaram pasmos.

Câncer? De uma hora pra outra? "Na verdade, ela se queixava por causa de tosses e dores nos pulmões. Mas teimosa, evitava o médico. E de repente, sumia as dores e ia levando", enquanto o médico ia ouvindo, a Fátima e familiares recordavam. "Se tivesse sido detectado antes, no princípio, poderia ter cura", completou o médico.

Na madrugada de domingo da fria noite de agosto de 2009, a Dos Anjos falecera. Na Iguape, o órgão espera num canto, silenciado.

É SUA NETA?

HOJE FAZ TRÊS anos que a esposa falecera. Casamento de trinta anos. Teve altos e baixos, crises como a maioria. Sonhos juntos, realizados ou não. Um realizado foi o filho que é um companheiro e tanto. Se a esposa estivesse viva estariam separados? Talvez não. Há um mês uma nova mulher entrou na sua vida. É homem, tem necessidades. A esposa onde estiver sabe que ele nunca escondera a necessidade de corpo feminino para se livrar da solidão, do cansaço do trabalho.

Antes da nova mulher, houve casos esporádicos. Namoricos, como ele costuma falar aos conhecidos.

Num restaurante a viu. Estava cercada por amigos. Bebia moderadamente. Falava pouco. Tinha um quê de atração no corpo. Impossível desviar o olhar da fisionomia encantadora. Sacudia a cabeça, buscando afastar a visão daquele corpo suntuoso, do rostinho tão atrativo, da boca convidativa. Era professora. E nem sabe como tiveram o caminho entrecortados.

Ela tinha vinte e seis anos. Como um quase septuagenário podia ousar pensar que um relacionamento como esse poderia dar certo? Elucubrações? Na vida tudo pode? Pragmático como era, entendia que ela era mulher e ele, homem. Bastam ambos quererem para a porta fechar-se para as convenções e abrir-se para a paixão.

Antídoto para evitar frustrar-se por desejo irrealizável é deixar de desejar. À mesa, desviou atenção da bela morena. Quis aproveitar o jantar. Na pista, casais requebrando os quadris. As mulheres se exibindo, muitas delas mulheres sérias, que por uma noite caíam na fantasia de ser a mocinha e imitar uma gatinha manhosa diante dos parceiros.

Ela permanecia sentada à mesa. Recusou convites para dançar. Ele também só de observador. O papo rolou. No fim da festa, acabou dando carona para três pessoas. Entregou-as todas em casa. "Imagina, eu gosto de dirigir. Além do mais, quando se está ao volante tudo é mais fácil. Difícil é descer e pegar condução a esta hora da noite", ia dizendo ao volante para abrandar os protestos de caronistas alegando que não queriam ser incômodo.

Ela restou por último. Durante o percurso para casa dela, a conversa, como por vezes ocorre, mapeou que era separada, tinha filho de seis anos e lecionava num cursinho. As lágrimas vieram à tona de repente, quando focou no relacionamento frustrado.

Ele a apertou com a mão direita, enquanto a esquerda guiava o veículo.

Diante do portão dela, prosearam por um bom tempo. As mãos dele iam com sofreguidão deslizando no rosto, apertando os braços, acariciando o ventre firme e macio. A princípio, as mãos exclusivamente afagavam a menina chorosa, num ato de compaixão. Depois de os dedos enxugarem lágrimas ao redor dos olhos e bochechas, as mãos continuavam o caminho para baixo. Uma convulsiva e tresloucada busca pelo prazer repentino atiçado ao tocar a carne convidativa. Num instante, o racional considera o ato uma barbárie, fazendo com que o velho rubro de vergonha retirasse as mãos do colo. Doutras vezes, o lascivo ímpeto o arrastava para ela e as mãos percorriam regiões só permitidas a dois que querem ser íntimos.

No dia seguinte, encontraram-se. Estavam no motel no domingo à noite. Quando ele disse que tinha 67 anos, ela ficou surpresa. "Aparenta no máximo cinquenta e poucos", disse ela. A surpresa foi recíproca quando a menina mencionou a idade de 27 anos. Parecia mais jovem.

O maior problema para ele é ouvir a famigerada pergunta "é sua neta" quando num restaurante, cinema, bar. Ele sabe que a relação é efêmera. Maduro, espera sem trauma que o doce um dia acabe. Enquanto isso se perde nos carinhos que ela lhe proporciona, e que não são poucos. Ela é mulher atleta no amor.

EMBOSCADA

CALÇADÃO DE CAMPO Grande, bairro da zona Oeste do Rio de Janeiro. Nas lojas, roupas de cama e banho e agasalhos dominando a atenção dos compradores prováveis. O inverno é o motivo. Pessoas vão se acotovelando, buscando a melhor peça, design chamativo e malha que não encolha à primeira lavada. Embora os shoppings nos tempos que correm mostram-se quase imbatíveis, o calçadão ainda sobrevive. Pais, mães, filhos que sobem e descem, atravessam ou estacam nas lojas, lanchonetes ou nos bancos de madeira.

A menina a tiracolo com a mãe. Haviam passado nas lojas Pernambucanas, e na sacola carregavam os tapetes para o banheiro, o edredom para a caçula. "Vai mãe. Você prometeu", insistia a menina. "Tudo bem", a contragosto, respondeu a mãe. Sim, havia prometido. O padrasto inclusive separou parte da rescisão contratual da firma para presentear um celular novo para a enteada.

Dizer que foi um dos mais caros celulares seria apenas óbvio. E os recursos são? Ipod, Bluetooth, *touch screen*, câmera, viva-voz, internet, agenda, jogos, mp3, vídeo. "Isso é de deixar tonta", as palavras da mãe nada tinham de maldosa crítica. Realmente se sentia zonza diante de tantos botões. "Não era mais fácil ser só telefone?", perguntou mais para si que para a menina.

Na escola, o celular da menina do primeiro colegial foi um grande show. Gente que nunca a dirigiu a palavra foi se chegando. Ao se esquivar das dezenas de *deixa-eu-ver*, de *me-empresta-um-pouquinho* a garota consumiu tanta energia que ficou em dúvida se realmente valia a pena trazer o celular na aula seguinte. Se não fosse pela empolgação do assedio, deixaria o treco em casa.

Os adultos sabem que a fase de ter inveja do que o coleguinha tem um dia passará. O sentimento de inveja opera transformações complicadas. Numa pessoa, o rancor nasce e quando se dá conta age fora do seu normal.

Na sala de aula, havia adolescentes pouco habituados a sofrerem privação. Uma dessas, que por coincidência era da turma do barulho, cismou em pegar o celular. Acostumada a encostar contra parede as adversárias, pejorativamente rotuladas de Patricinhas, para estapear, aterrorizar e arrancar o que queria delas, nenhuma complicação acharia em tomar o celular. Exceto por estar dentro da escola. Se a dona fosse uma menina boba andando pela rua, tudo bem, mas dentro da escola, não. A diretora ia chamar seus pais.

Na saída da escola, tumulto. A dona do celular, após um esbarrão, teve o aparelho furtado. Chorou, esperneou. Nada. Ladrão não-identificado.

Dias depois, a estudante valentona, ao abrir a mochila, mostrou o celular. Alguém o reconheceu e contou para a adolescente lesada. "Pode não ser ele. Talvez seja semelhante", disse a informante, procurando dissuadir a colega de se meter com a barra pesada.

Tirou a prova dos nove. Ligou para o número, e a menina atendeu. Não se identificou. Todavia, comunicou à professora e à direção da escola. A diretora armou flagra. Apanharam a ladra na mentira. Os pais foram convocados pela direção, e a confusão se instalou. Os pais tiveram certeza que a menina havia furtado e a repreenderam.

Pena que a adolescente, vingativa como cobra machucada, procurou desforra. "Eu vou arrebentar aquela vaca". Na saída da escola, ia massacrar a garota, não fosse o namorado da indefesa. A ladra não contente buscou outra arapuca. Contudo, desta vez chamou amigos, que tinham o hábito de andarem armados. Na emboscada, o casal de namorados acuado. Mataram a menina. O namorado só escapou devido ao veloz par de pernas.

Moradores de Campo Grande indignados. Pediam justiça. "Além de justiça, precisamos que a compaixão toque o coração dos jovens de hoje", soluçou uma senhora no enterro da estudante.

EMPACA ESTRADA

VERÃO. TEMPERATURA quente. Estar-se dentro de casa vira situação incômoda, é como se meter dentro de um forno. A oportunidade para colocar a bermuda, arrumar as malas e sair para o litoral é desejo da maioria. Muitos são privados, seja por questão de trabalho, seja por falta de grana. "Seria impossível o litoral receber todos a um só tempo. A começar pela infraestrutura que acredito não daria para acomodar a todos", comentário de um banhista saboreando a praia.

O sol queima. O desejo da pele bronzeada anima multidões a encontrar lugar na areia ou à beira da piscina. O verão começa em dezembro, coincidindo com férias escolares, festas de fim de ano. Em janeiro, existem duas classes de pessoas. As que curtem a praia e as que trabalham. Uma pensa que leva vantagem sobre a outra.

"Sou feliz por estar aqui na praia. Tantos outros têm que trabalhar em plenas férias de janeiro", opinião da turma que folga.

"Imagina ter que enfrentar o caos do litoral. Sorte que minhas férias são fora de temporada. Posso curtir inclusive a praia no Nordeste em pleno outubro", da turma que trabalha.

Ainda na turma que folga, a situação é crítica em certos pontos. As estradas falam por si. Lotadas. Pedágios caros. E chegando à praia, a insana luta do estacionamento. Nessa situação, toda faixa de idade sofre. As crianças mais ainda. E os idosos?

Os três que seguem no Golf nem tanto.

Três amigos de longa data. A semelhança entre eles era tanta que podiam passar por irmãos. Duas mulheres e um homem. Todos acima de setenta anos. Não estavam necessariamente vindo da praia, mas de uma visita à instituição filantrópica em São Sebastião. Era terça-feira. Decidiram pegar a Tamoios. A viagem tinha mais uma missão especial: uma das senhoras pela primeira vez dirigiria em rodovia. Até então se limitara a conduzir na cidade de Arujá.

O destino é que aprontou. Primeiro houve acidente na pista em sentido subida. Uma carreta virada interditara a pista. Motoristas nervosos. A espera levou mais de quarenta minutos. Para motorista que esperar cinco segundos num sinal vermelho é tortura, imagina que estrago não faz ficar atolado na pista.

O trio levou numa boa o incidente.

Trânsito livre. Em pouco tempo a multidão de veículos estava no encalço do Golf. Queriam passagem. Pena que a senhora ao volante, pouco hábil para dar passagem, ia fechando a pista. Pensou ir para o acostamento. Bastou verbalizar para o amigo passageiro no banco detrás alertar: "não vá para o acostamento. Há uma fila de no mínimo trezentos carros. O que vai acontecer é que presos no acostamento levaremos multa".

A senhora se manteve firme. A ideia era que à medida que ganhasse velocidade e a distância aumentada dos veículos mais próximos, ela daria passagem, sem precisar ficar no acostamento. Pena que o descuido a fez ligar o pisca-alerta como quem daria passagem. O motorista atrás ficava em dúvida, sem saber se cortava pela direita. Muitos ultrapassavam pela esquerda mesmo, não sem xingar os velhinhos. "Desliga essa seta ou vá para a direita", gritavam. Inútil. Os vidros estavam fechados.

Os idosos se equivocaram. A pista à direita, separada inclusive por faixas secionadas, servia para o motorista mais devagar dar passagem aos mais velozes. Não era acostamento.

É preciso repetir a chuva de palavrões despejada pela boca dos nervosos? Mesmo os calmos levemente praguejaram. A velhinha atrás do volante tinha as mãos trêmulas, a agitação estampada. Nos espelhos retrovisores um mar de carros que lentamente a seguia. O *expert* no volante caiu em si e achou melhor que se mudasse de pista. "Está louco. Agora é que não dá", disse a passageira. Tinha razão. A linha que dá passagem acabou. Nesse trecho, apenas uma faixa e o acostamento.

ENCANADOR

IA DIRIGINDO O velho Chevrolet. A pintura carcomida, só um farol funcionando e em eterno risco de ser brecado pela blitz policial. Caso fosse parado, estaria bem frito. O farol seria dos males o menor. Dava calafrios em pensar na luz de freio pifada, dois pneus carecas e outras *cositas más*. Morando no *extremo* da zona Norte, eufemismo para periferia, gasta tempo considerável no trânsito.

O destino é um bairro nobre no Centro. Sete horas da manhã, tranquilo estacionar o carango. Tudo bem, no correr do dia o desabafo *o-que-esta-indecência-está-fazendo-aqui* seria dito ou gritado por mais de um morador ou empresário desaforado, frustrado pela perda da vaga de estacionamento.

Na casa, os ajudantes estavam apostos. Roupas trocadas, usando o uniforme da empresa de manutenção de rede de esgoto. A casa com onze quartos. Pequena mansão no coração de São Paulo. O difícil é lidar com os donos. A começar pelo senhor de mais de 60 anos que esbanja o hábito de atazanar os trabalhadores boa parte do tempo. Acredita em ninguém além de si mesmo. Quando o assunto é serviços, está atento a qualquer deslize.

O encanador, experiente, solícito, muito educado, fazia ouvidos mouros para piadas, para intromissões. "Todo serviço tem espinho. E este – olhando para o idoso, e coçando a cabeça -, este é o que a gente tem que tolerar..." pensava. O serviço de encanamento de casa com mais de cinquenta anos de fundação naturalmente é obra que requer muita atenção e paciência. Imagina com um homem mandão, e que pouco entende do serviço, dando ordens.

"Eu não disse... Ali que está o defeito", vangloriava-se num momento. "Desse jeito não vai dar certo. É perda de tempo", zombava noutro. "É sempre assim, se a gente não está em cima, acaba saindo o serviço mal feito e quem fica no prejuízo somos nós". O encanador sabia que na profissão havia amadores, pessoa que servia para denegrir a imagem dos demais. Mais uma dúzia de vezes, o encanador foi convocado para consertar o estrago alheio. Buscava postura de empatia, de se colocar no lugar do cliente. Assim, conseguia se desvencilhar da irritação natural que é ter alguém toda hora dizendo o que se deve ou não fazer.

"O senhor já trabalhou com encanamento?" , perguntou à queima roupa.

"Não. Mas..."

"Então espere o serviço ser concluído para tirar conclusões. Se continuar assim vai atrasar mais o fim da reforma. Ou se preferir, pode tomar a frente e fazer o serviço. Fique à vontade."

Além da cara emburrada como resposta, o senhor deu meia volta e saiu bufando de raiva para dentro do quarto.

Passado o momento de cólera, o encanador pôs a mão na consciência, "acho que exagerei". Se tiver que perder o emprego, que se dane. O pior é ter o sujeito grudado na minha orelha dando ordens como se eu fosse débil mental e não soubesse o que estou fazendo. O cliente tem sempre razão uma ova, desabafou.

O serviço não parou. Uma semana mais tarde, estava concluído. O encanador ainda tentou cordialmente chamar atenção do senhor para o resultado positivo. O idoso, contudo, tinha plena convicção de que o serviço ia dar errado. E torcia surdamente para que um detalhe mínimo que fosse desse errado, para revidar o *não-disse-que-estava-errado* na cara dos malcriados. Acostumado à personalidade desse gênero, o encanador procurou prevenir os ajudantes para manterem a maior prudência. O que dependessem deles, o resultado da obra tinha que ser exitosa. Ele odiaria ter que voltar àquela casa para bater boca com o velho. "Sou capaz de entregar o dinheiro por correio... Mas aqui não piso nem por decreto", disse para si ao entrar no Chevrolet 84 de volta para o lar.

ENCUCAÇÕES DE UM CANDIDATO

O RELÓGIO O despertou às 6 horas da manhã. O céu escuro. Espreguiça com insistência fora do seu comum. Talvez para afastar a desmotivação. Escova os dentes, lava o rosto e faz o número dois, pois o número um havia providenciado logo que entrou no banheiro. Volta para o quarto. O desodorante borrifado nas axilas. Veste a camisa limpa. Em seguida, na cozinha, toma o primeiro café: pão, leite, chocolate. O segundo café tomaria na padaria, este sendo o café preto, o verdadeiro.

Volta e meia, o noticiário apresenta tristeza do candidato a concurso público, principalmente no vestibular, por causa de atraso. O portão fechado e o sujeito reclamando da condução, do trânsito, do presidente, de tudo que vier à cabeça. Bem, com este candidato raramente aconteceria algo semelhante. Havia descido na Estação Barra Funda e seguia como um teleguiado para o prédio da Uninove. Quantos concursos ele fizera ali? Para diplomata foram três. Chegara com 45 minutos de antecedência.

Ao redor do prédio nem sinal de alma viva. Pegou o cartão que a entidade organizadora do concurso, Fundação Carlos Chagas, remeteu pelo correio. As pernas tremeram. O endereço estava errado. Era o prédio da Uninove próximo à estação São Joaquim. Juraria que havia Uninove somente na Barra Funda. Durante o tempo que desfia xingos pelo descuido, as pernas vencem o trajeto e o levam de volta. Quando a pressa bate, parece que o mundo conspira contra. As pessoas atrapalhando no meio do caminho. Por causa de um folgado na escada rolante, ele perdera o metrô que ainda estava parado. Ou teria sido sua culpa? Podia ter pedido licença.

Chegou com folga de 15 minutos da hora marcada, 8h00, para os portões serem abertos. Fila enorme. Ressabiado, pede a três pessoas a confirmação do endereço. Mundaréu de gente. A maioria jovem, vinte e poucos anos. Havia trintões em bom número. Acima de quarenta eram poucos. Convence a explicação fácil de que concurso atrai recém-formado e quem está começando a carreira profissional.

Conforme a poeira baixava, sentia a depressão retornar. Ela tinha ficado na Barra Funda. Pegou o metrô e o seguiu. Queria atormentar. O candidato desanimava-se diante do concurso não por se tratar do Ministério das Relações

Exteriores. O zunzunzum da galera chutava 11 mil cabeças disputando 150 vagas. Há concursos mais cruelmente disputados: INSS, Receita Federal, gari no Estado do Rio de Janeiro, citando os lembrados.

A multidão espalhada. Turma sentada na calçada, de pé, escorada nos muros, portões. Dava lenha para a depressão: tantos que serão os perdedores. Talvez sequer um seja aprovado da sala em que ele fará a prova. A estatística aliada à exígua quantidade de vagas pincela cores sombrias. Difícil manter espírito para cima. Sorte que estava no meio de jovens. Muita piada, muita esperança, muito papo furado, muita descontração.

A rala preparação para a prova é outro motivo. Antes de fazer a inscrição, estava animado. Imprimiu as leis. Tomou este ou aquele livro emprestado. Terminado o serviço na repartição, enquanto servidor público ciente, enfiava-se na leitura. De repente sentiu que as forças o abandonavam. O sonho era a diplomacia. Três vezes reprovado abala qualquer confiança. Tem um conhecido que está tentando medicina pela quarta vez. E o ideal de Lula por quase 20 anos querendo a presidência? Ele podia insistir mais 17 anos, sorriu na época da comparação. Começava a duvidar das próprias competências e habilidades. Talvez estivesse aquém da diplomacia. Entendia o mecanismo da divisão de trabalho por aptidão.

Prova tranquila. Não que tenha certeza das respostas. Respondeu 80 questões no prazo. À tarde, a discursiva continha duas redações. Ainda que habituado a versar do Português para o Inglês, costumava sentir o friozinho na barriga, a mão suando. Desta vez estava indiferente. Uma hora antes do término oficial do concurso, descia a ladeira rumo à estação de metrô.

ENDIREITE-SE

CONFLITO DE GERAÇÕES está longe de ser espinho exclusivo entre pais e filhos. No trabalho também há. A empresa cada vez mais se impõe como segunda *família*, onde se passa no mínimo oito horas do dia. A diferença é não conter crianças nem adultos de mais de 70 anos como empregados se a legislação trabalhista for cumprida.

A diferença de idades traz um mundo de valores, experiências que tanto servem para aproximar como afastar. A turma dos experientes, que conta mais tempo na empresa ou que passara por muitas outras. Os moçoilos, moças e rapazes recém-formados, estreando no mundo do trabalho. Os intermediários alojando-se na faixa dos trinta aos cinquenta, destituídos do frescor da juventude, mas que têm muito chão até a aposentadoria.

Manias são variadas. Em todas as idades encontram-se fricotes, aborrecimentos, caprichos, ciúmes, invejas, tédio, ânsia por alcançar o inacessível, lamentar o presente opressor. Calma lá! Existe o lado saudável. Sonhos realizados. O jovem com a faculdade concluída. Os intermediários criando raízes: educando os filhos e construindo a casa. Os netos recheando horas de lazer dos mais maduros. A solidariedade da juventude ensinando o idoso a dominar o computador. Os conselhos sadios do maduro para livrar o mais jovem da impulsividade.

O ciúme, inveja, que diacho. Inveja-se do maduro a maestria em executar com eficiência, eficácia e efetividade o serviço, atitude rara no jovem. E o maduro carece da energia do jovem, da coragem de arriscar e errar.

Moça de 29 anos atravessa conflito: vestir-se de acordo. A moda é calça de cós baixo para adolescentes. A moça é mãe, mas se recusa aceitar certas normas do mundo adulto. Insiste em usar roupas impróprias para o local de trabalho. Olhos masculinos gulosos contraem-se, desejando-a ainda que disfarçadamente. Sorte que o ambiente favorece a cabeça dominar o corpo. A jovem está livre de incômodo atrevimento masculino.

Embora atirada, goste de dançar e espírito aventureiro com amigos, possui sensatez para perceber as reprimendas silenciosas ou declaradas de mulheres no trabalho que *estimulam* o uso de vestimenta mais comportada, que sugerem um *endireite-se*. Mas nunca deu o braço a torcer. Até o momento em que uma amiga de farra e beirando a sua idade elogiou quando veio vestida mais sóbria, sem a barriguinha aparecendo. A amiga disse "agora sim, está parecendo mãe do Arthur e uma profissional séria". Dali em diante passou a notar que estava na hora de dar uma repaginada no visual. Uma coisa era ouvir mulheres de dez ou vinte anos lhe censurar, outra era a colega e confidente.

Uma vez exibicionista sempre exibicionista. As calças passaram a ser mais comportadas, embora as formas delgadas se mantivessem no bom conceito masculino. O decote migrou da barriguinha para o farto par de seios. As camisetas os reluziam fortes, rechonchudos, saborosos, mas com uma elegância digna de uma balzaquiana. Jamais a um nível de vulgaridade. Na moça nada de vulgar lhe maculava. Mesmo porque a vulgaridade é um traço que mais afasta do que atrai. Teria culpa que a beleza exuberante das formas caísse bem em qualquer roupa?

Culpar os homens? Injusto. Basta notar o olhar feminino inquiridor. Umas a admiravam como um observador que gosta de ver uma Ferrari ou palacete, mas que em seguida toca a vida numa boa. Noutras, geralmente mulheres que se *acharam* bonitas, requisitadas na juventude, a inquietação choca como ódio pela perda do que suponha eterno.

A moça continua alegre e quando anda, desfila, dando gosto de olhar. Ela começa, porém, entender como conseguir *se soltar sem ofender egos*.

ESCAPADINHA

DIANTE DA ATENDENTE, o fisioterapeuta pesquisava qual seria o aparelho ideal para satisfazer duas necessidades. A primeira, sobre qualidade. A segunda, sobre preço que batesse os trezentos e poucos reais que trazia na carteira. O dinheiro é fruto da economia de três meses referente ao não uso do vale refeição. Como conseguiu a proeza? O motivo número um é que nunca havia tido vale refeição nas empresas anteriores. Logo ainda não estava habituado a fazer uso. O fator número dois, o próprio vale, duma marca pouco conhecida no mercado, tinha raros estabelecimentos que o aceitavam. Neste mês, descobriu um açougue no centro da cidade que troca o vale refeição por dinheiro vivo.

A atual empresa é divisor de águas. Antes, profissional liberal, ia prestar serviços em residências e empresas. Contratado com carteira assinada, o fisioterapeuta passou a permanecer confinado oito horas na empresa, além do tempo em trânsito. Lecionando à noite, daí a necessidade de ter o celular para manter contato com a família.

"E este aqui?", o fisioterapeuta apontou para o aparelho no balcão. A atendente cansada controlou-se diante do "indeciso". Quando ela gasta mais de vinte minutos, provável que nada venda. "É bom também", respondeu a moça. O rapaz pegou o aparelho. Aprendeu as funções. Preço de acordo. Pôde ser quitado à vista.

Em menos de um ano, dominou a máquina. Para quem nunca tivera celular, hoje, seria impossível viver sem.

Na empresa, o fisioterapeuta tinha a nítida impressão que o celular ia muito além da mera comunicação. A começar pelos apetrechos que trazia. Câmera embutida, editor de mensagem, mp3, rádio FM e AM, relógio, calculadora, agenda, o *touch screen* e a caneta, sem contar o design. Falar ao celular denuncia classe social? Pode até ser que não, pensava ele, mas que dá dica que tipo de pessoa se tem pela frente, ah, isto dá. Mostra o estilo, o nível de educação e sofisticação.

Apesar de existir muito exibicionismo, muita frescura, muito nada a ver que certos sujeitos cultivam quando carregam o celular, seria má fé negar as vantagens do celular. "Obrigado por você ter me salvado ontem na balada. Se você não tivesse ligado para meu celular?", a menina ia comentando. "Amiga é para estas coisas", sorriu. Em que consistiu a ajuda? Sabendo que a colega não queria nada com o carinha que a perseguia, ligou no celular dela, ainda que estivesse na parte de cima da danceteria, e fingiu ser o namorado. O carinha, ao ver a moça grudada tanto no celular, desistiu da caça.

No trabalho, a utilidade do aparelho não é menor. Que coisa mais incômoda era o tempo de atender telefonema na sala de trabalho e todos bisbilhotando, pescando o que se falava. De posse do celular, pede-se licença e vai atender a ligação privativa em lugar reservado.

O que complica é que os exagerados abusavam. O sujeito novato com o aparelho notava que havia perda de produtividade. Funcionário fora da sala de trabalho e flanando pelos corredores com o aparelho colado ao ouvido. E nas reuniões? Pediam licença ou saíam sorrateiramente do local de serviço para atender ao chamado. Podia-se mesmo ler na cara de uns o alívio *que-sorte-o-celular-tocou*.

Hoje em dia, já se diminuiu o inconveniente dos sons de celular que tem desde a música Guns 'n Roses até Calcinha Preta. No começo de reunião, pede-se que se ponha no modo vibrar. A organização tenta reprimir o uso alucinado. Os chefes pedem para as pessoas evitarem sair da sala, limitando-se a atender a ligação realmente *urgente*.

O difícil é quando o próprio chefe é o primeiro a dar a escapadinha para atender os berros do aparelho.

EU ME AMO

O COLEGA DO BAIRRO o chamou para visitar a escola. Ele foi. Pela primeira vez entrava na escola particular. Era 1985. Se até a década de sessenta, o colégio pago atraía excluídos do exigente Ensino Público, que não o podiam acompanhar, devido ao déficit de aprendizagem pessoal, na década seguinte surte o fenômeno invertido: a qualidade de ensino público despenca em função da redemocratização mal planejada, resultando no sucateamento do ensino gratuito. A consequente queda da qualidade de ensino motiva a classe média colocar os filhos no colégio pago para buscar o ensino de qualidade.

O rapazinho, 15 anos, vindo de colégio público, ali chegando vê meninas bem tratadas, meninos mais bem nutridos. Não havia desdentados nem raquíticos. Tampouco fisionomia de quem comesse angu com carne ou ovo com arroz e farinha. Tratava-se dos filhos da classe abastada de Bangu, porque até Bangu tinha a sua.

O rapazinho pertence a um círculo de amizades no qual a paixão se divide em futebol, dar pouca atenção aos estudos e venerar o funk. Embora gostem dos amigos de rua, diverge do comportamento típico. A começar pelos estudos, que leva muito a sério. É aluno tão aplicado, determinado, que será improvável que não faça sucesso na vida acadêmica, a não ser que um impeditivo o frustre. Curte o futebol. Funk, não.

Pior do que o funk, em sua opinião, seria o pagode e o samba, gêneros musicais mais voltados aos pais e irmãos adultos. Contudo, sempre manteve postura tolerante.

A amizade com o garoto de classe média o desvirtuará. A começar pelo convite para ir à escola particular. O rapazinho verá outro mundo. Apreciará a forma de falar mais educada, mais sofisticada, mais de acordo com o incipiente espírito estudioso.

Na primeira vez que visitou a escola, era uma partida de vôlei. Sua visita não passou despercebida. A diretora sabendo da presença do visitante de área não reconhecida foi investigar de quem se tratava. Afinal, zelar pela segurança dos alunos era seu dever. O dedinho de prosa que teve com o rapazinho lhe impressionou tanto que partiu dela o convite para que ele frequentasse a escola, destaque para a biblioteca. "Ah, haverá uma festa em agosto... você é meu convidado", disse a gestora.

Duas horas da tarde, dentro de casa, pôs a *roupa de sair* e partiu para o colégio. Depois de ambientado na festa, pôde ouvir o grupo de rock nacional Ultraje A Rigor. O som foi tão contagiante. Meninas e os meninos dançavam soltos, gostosamente, tão ao contrário dos passinhos do funk, que ele arriscou cair na farra. As meninas pulando, com longos cabelos caindo sobre o rosto. Os meninos vinham com a camisa abotoada até o pescoço e para fora da calça. Falavam de um tal *New Wave*, a nova onda.

A música do Ultraje A Rigor ajudava a desinibir. *Invadir Sua Praia, Eu Me Amo, Mary Lou, Rebelde Sem Causa*, todas o agitavam.

A música *Rebelde Sem Causa* parecia ser a preferida. Tocada várias vezes. E mesmo as meninas cantavam, embora a letra falasse a história de um garoto que se incomodava dos mimos que os pais lhe davam através de carro, mesada, de ter tudo na mão. E o refrão '*não vai dar assim não vai dar, como eu vou crescer sem ter com quem me revoltar; não vai dar assim não vai dar, pra eu amadurecer sem ter com quem me rebelar'* era gritado até pelos tímidos.

A partir daquela data, o rapazinho mandou o Funk e o Samba para a p. que os pariu. O novo círculo de amizade foi se fortalecendo com o tempo, apesar da distância abissal das origens sociais. O rock brasileiro o contagiou. Teve nele um devotado defensor. Na faculdade, mesmo com os bichos grilos buzinando Beto Guedes, Caetano, Jim Hendrix ele não via a hora de aparecer um show do Ultraje A Rigor. Do show saía ensopado de suor, pernas bambas, a cabeça nas nuvens, sem precisar cheirar pó ou clorofórmio, somente pular no salão.

EXAME DE SANGUE

ANTES DAS SETE horas da manhã, estava de pé. Deu tempo de passar café para quem estivesse dormindo, a saber, a mulher e a filha de 28 anos. A ideia era, voltando do exame, servir-se do café reforçado. Apesar de 12 horas de jejum, fome ou fraqueza alguma sentia.

Trancado o portão, apreciou a vista. O sol dava provas de sair bonito. "Que tempo maluco! Um dia chove. Noutro este sol", pensou o mesmo desabafo que vinha ouvindo frequentemente nas bocas de parentes. Durante a caminhada, via a garotada indo para escola. Os carros ganhando a movimentada Avenida Andrômeda.

Na clínica, aguardou a vez. "Pode vir, senhor", a recepcionista responsável pela triagem o chamou. O quarentão se adianta. "Preciso da carteirinha do convênio e RG", a moça solicita, enquanto ele se esforçava para mostrar a requisição do médico para o exame de sangue. "Aqui estão", entregou-os. "É só aguardar", concluiu a moça sem tirar os olhos dos papéis.

Escolheu a cadeira que dava o tradicional conforto de ler a revista em inglês ao mesmo tempo em que mantinha à frente a visão de todo da clínica. Voyeur por instinto, ia seguindo os que chegavam. Rostos medrosos, como o dele, só em imaginar a agulhada. As mães que levavam ora os filhos ora o maridão resistentes ao médico.

Na sala, a tevê ligada. Notícias cuspidas por repórteres de noticiário matutino. Das muitas ouvidas, destaque para a morte do ator Patrick Swayze, protagonista do filme Ghost. Não precisou exigir muito da memória para saber que à época estava com vinte e um anos e que o filme foi um desses filmes que marcam a existência. O ator morreu aos 57 anos. Ele está com 40. E a sensação que a morte o ronda é tão forte nos momentos em que escuta a notícia do falecimento de um ídolo.

Em meio dessas ideias, seu nome foi chamado. Seguiu para a sala do exame. Naturalmente cumprimentou o rapaz que retiraria o sangue. Escolhido o braço, pôde fechar os olhos. O rapaz riu consigo, "Esse é do tipo *corajoso*".

"Pronto", disse o rapaz. "Já acabou. Agora o senhor pode tomar um cafezinho."

"Obrigado", o agradecimento nada tinha de mera formalidade. Agradecia pelo fato de o moço não ter errado a veia. Sei lá, mas ouviu dizer que quando se erra a veia, o cara fica tentando até acertar. E o estrago pode ser feio.

De volta à sala de espera, a intenção era caminhar para casa para tomar café e depois seguir para o hospital a fim de entregar a guia de pedido para a cirurgia. Sentou-se na cadeira. Ao lado, um senhor puxa papo.

"Tirou o sanguinho", disse o senhor de cabelo grisalho.

"É. Foi rápido", fingiu ignorar o que encarou como ironia da parte do interlocutor.

O diminutivo podia significar tantas coisas, ou apenas um modo de falar sem qualquer intenção de deboche. Os seus olhos descobriram a máquina de café. Levantou-se. "Oba! Tem chocolate quente". Ligou a geringonça. Apreciou a bebida. Sentado na poltrona, o senhor do *sanguinho* apareceu. "Pensei que fosse máquina de lavar roupa", puxou conversa. Apanhou um cafezinho. Sentou-se na poltrona ao lado. "Definitivamente é do tipo que quer falar sobre sua vida. Então que venha", disse à medida que ia se preparando para ouvir a história.

Enquanto emprestava o ouvido ao senhor de cabelo grisalho, apanhou o saquinho de biscoito. Saboreou-os. O senhor de cabelos grisalhos ia desfiando a história de seus mais de trinta anos vividos a serviço da Petrobrás. Tubarão comendo colegas. Tempestades. Perigos só imaginados na plataforma em alto mar.

"Será que é para me impressionar que ele fala assim?", murmurou o ouvinte. Após um breve refletir, concluiu em silêncio: "... nada. Realmente a aventura de sua vida é superior a de qualquer outra, simplesmente porque foi ele quem a viveu."

FEITO AS PAZES

SEIS HORAS E pouquinho. Na boca havia resquício do sonho adocicado. A fisionomia estava bem animada, pouco habitual para uma manhã de outono gelado. Enquanto ia passando a graxa liquida nos sapatos, o pensamento o sacudia.

"Que droga. Logo agora que estava me acostumando a nem pensar nela", murmurou irritado.

Quem era ela? Trabalhava na empresa, colega de repartição. O que havia entre os dois? Nada da parte dela. "Não consigo tirar a maldita da cabeça", se aborreceu quando a gota de graxa caiu na meia de cor clara. Ele gostava da moça de modo alucinado. Já se declarou diante dela? Não de forma explícita. As razões são várias. Uma é que ela é casada.

"Vai ver eu tenho dom para ser alvo de sádicos", calçou o sapato engraxado. Por que a cisma diante de uma mulher de gênio forte, abrutalhada e que fazia questão de manter distância dele? Apesar de ser ela doutora no currículo Lattes, nas relações sociais é bem intragável. Tamanha sinceridade que deixaria até o Clodovil irritado.

O sofrimento enamorado começou a diluir quando passou a trabalhar mais próximo dela. Afinal amar uma pessoa a certa distância é tranquilo. A prova de ferro é ver se a paixão persiste quando lado a lado. A certa altura, cansado de ser espezinhado, disse chega. "O que ela pensa que é para me tratar assim? Passa por mim e nem me cumprimenta. Quando chega perto é pra me chamar atenção de forma pouco polida a respeito do serviço que julga errado. Vá se ferrar", decidiu que seria recíproco. Se educada, ele seria. Se lhe cumprimentasse, ele também. Se fosse rude, ele retribuiria com indiferença.

No início, foi difícil. Fingir que o objeto de desejo não existe é dureza. O tempo cura. Passado a ira, a indiferença toma campo. Ele começou a se acostumar, a fazer pouco caso. "Tanta mulher gostosa no Brasil e eu encanado com quem não vale a pena?".

O cume da independência foi quando entrou na sala em que ela atendia ao telefone. Ia apanhar um documento. Ela esperava com o fone ao ouvido. Eles se miraram por frações de segundo. Ela desviou o olhar. Ele abaixou o dele, simulando indiferença por sua presença. Que transformação.

Mulher experiente que é, ela sabia que ele a desejava ardentemente. E que o desejo se arrastava por meses. Todavia a indiferença das duas semanas a fez balançar. Não que quisesse nada com ele. Mero reflexo de preservar o que estava à mão. No caso dela, a admiração embasbacada dele.

De repente, uma novidade, talvez pelo impacto da última troca de olhares, ocorrida há uma semana. A douta chegou à sala dele e o cumprimentou com um sorriso e um afago, que o pobre coitado sentiu o coração pular, quase saltando pela boca. Manteve a pose de durão. Retribuiu o mais tranquilo que pode o cumprimento. A vontade era saltar da mesa e cair aos pés dela e dizer. "Pô, tu não vê que te curto pacas. Te amo, sua imbecil. Te amo muito". Ele sacudiu a cabeça. Voltou para o Excel para finalizar a planilha.

Será que tinham feito as pazes? O mais provável é que o gesto dela resultasse de vontade repentina, mas fugaz. Era assim. Ele podia contar nos dedos das vezes que ela exibira comportamento receptivo. No mais, havia a rotina da indiferença ou da falta de polidez. Fechada ora em sua sala ora em seu mundo. Ele havia jogado a toalha, aceitado as coisas como são, desistido dela.

Aí veio a cortesia fora de hora.

E o sonho bom que teve hoje? Precisa dizer que foi com ela? Estava em algum lugar. De repente ela chega. Ele pensa que ela o tratará com rispidez. No lugar, uma mulher sedenta de prazer. Beijam-se. Ela faz um carinho *mais ousado*. Ele delira, não pelo *carinho ousado*, mas por ser ela quem está ao seu lado.

FORAGIDA

O MÉDICO CHEGOU À casa. Na cabeça, o álcool turba a visão. O degrau para a porta da sala desaparece por instantes. Tropeçou. E se agarrou na maçaneta. Rodou a chave na fechadura. Tendo êxito, adentrou na sala de estar. De onde vinha o marido? Da tradicional partida de futebol com os colegas no campo *society*. Devido à barriga meio volumosa e a perna esquerda mais curta que a direita, por causa do acidente de carro, correr quarenta minutos no gramado para ele é façanha para tirar o chapéu.

Na contabilidade do tempo, seguia-se a seguinte divisão: meia hora perseguindo a bola e três bebericando a cerveja gelada e proseando com a turma do Bolinha e ciscando para mulher *bonita* que calhasse de cruzar o caminho. Mulher por ali? As mulheres de hoje jogam bola, praticam tênis e squash. O clube é amplo e oferece opções outras para vencer o sedentarismo. Os marmanjos adoram as moças que têm hábito da malhação. O acesso à sala de musculação fica próximo ao local que escolhem para tomar cerveja.

"Que visão maravilhosa", um sujeito grudava os olhos na figura da jovem loira que passava acompanhada da amiga morena, vestidas ambas com coletes e apetrechos para a musculação.

Bulir com mulher no clube é atitude para um ou outro homem mais ousado. A maioria se limita a cochichar ou admirar em silêncio. Sendo classe média, advogados, médicos, empresários, engenheiros, e outros, a discrição é assídua. Além do mais, com a discrição se evitava constrangimentos que envolvesse os parentes dos próprios. "Que menina gostosa aquela lá", disse um sujeito mamado certa vez. "Oh, babaca, aquela é minha filha", respondeu outro.

O médico, embora falasse bobeira diante dos amigos, nunca foi de pular a cerca. Tudo indicava que gostava da esposa. Inclusive as crises de ciúmes dele diante de homens que volta e meia ligavam para a mulher, publicitária, com o intuito real de acertar detalhes do trabalho. Pena que as crises de ciúmes vinham acompanhadas por agressão física. Culpa do álcool? Toda vez que agredia, estava coincidentemente embriagado. Se não bebesse quem sabe a situação tivesse sido mais facilmente contornada pelo diálogo.

"Meu amigo! Mulher, por natureza, é bicho mandão, intrometido, que atazana a vida do marido. Se eu calhar de discutir depois de tomar todas é capaz de perder a cabeça e enfiar a mão na cara. Por isso, eu nunca bebo quando estou puto da vida com minha mulher. Sei que nenhum dos dois daria o braço a torcer. E a desgraça estaria feita. Pela força física, o homem é sempre culpado", conselho recebido de um bebum em certa ocasião. Infelizmente, a advertência nunca surtiu efeito para o médico.

A mulher estava em casa. Ajeitava o jardim, podando e varrendo. A publicitária tinha tirado o sábado para pôr a casa em ordem. Quando viu o marido, mal o cumprimentou. Haviam quebrado o pau na noite anterior. Era aniversário dela, e ele estava ansioso para ter uma bela noite. Foram para o restaurante. Jantaram sem a intromissão de ninguém, nem mesmo dos filhos que ficaram na casa dos avôs. Parecia que estava tudo bem. Ele inclusive a desejava naquela noite. Fazia tempo que sequer se abraçavam. Mas uma situação pueril detonou a briga.

Hoje, a briga reacendeu. Ele ficou chateado pela fisionomia mal humorada da esposa. O que é desta vez. Por que esta cara, perguntou. Ela respondeu. A altercação eclodiu. Ela queria que ele parasse de atormentar. Que sumisse da sua vida. Os gritos e as palavras ofensivas da mulher detonaram nele a ira. Socou o rosto dela. Ela apanhou a faca na cozinha e a cravou nas costas do marido. E só conseguiu jogar a arma branca no chão quando desferido o 14º golpe.

Há uma semana, a vida se transformou. Vive se escondendo. "Chega, amanhã eu vou me entregar...", disse a publicitária para o advogado, "não aguento mais ser foragida".

FORMAÇÃO PARA O BANHO

AO SOM ESTRIDENTE de "vamos rapaziada, formação para o banho" o agente de apoio batia à porta do quarto. Sinal para aqueles que estivessem *armados*, como muitas vezes ocorre quando um homem se desperta de um sonho bom, tivesse tempo de *acalmar-se*. Eram adolescentes privados de liberdade e cumprindo medida socioeducativa numa cidade do interior paulista. Adolescente acordar às cinco e meia da manhã sorrindo? Pouco provável. Numa unidade de internação não seria diferente. O banho, máximo de três minutos. Às sete horas, 64 adolescentes limpinhos e formados para o café, quando nos lares arrancar adolescente debaixo do chuveiro em menos de trinta minutos é verdadeira proeza para os pais.

Às sete e meia, nova formação. Agora para a sala de aula. Seis turmas. Ao visitar a sala de aula numa escola pública ou particular qualquer, poucos pais encontrarão jovens passivos, amando ter deixado a cama cedo e referenciando os professores. Na unidade de internação, o jovem não deixa de ser jovem. Reclama também.

"Que chatice. Professora, a senhora não tinha coisa melhor para fazer em casa... Dormir mais, ver tevê..."

"Sim, mas sei que vocês sofreriam muito se eu não estivesse aqui para dar aula."

A fala mostra que a professora é bem quista pela sala. E que os alunos se sentem numa boa para dizer que não gostam de aula. Se fosse mestre mais doutrinário – tradução para inseguro -, o menino teria sido arrancado da sala de aula e ouviria um sermão daqueles.

"Mas eu sou ladrão. Pra que vou querer estudar?"

"Para ter sempre segunda opção, na melhor das hipóteses. Vai que um dia você se cansa de roubar e queira mudar de vida. Para isso terá que ler, escrever e calcular."

"Eu não sou ladrão. Caí no 12," outro jovem toma a palavra.

"Um traficante não é pior que um ladrão. Ele também pode mudar, merece ser feliz."

"A professora só *ganhando nas ideias*," um terceiro adolescente brinca.

"É. Veja o exemplo do Robson..."

O Robson era o líder do grupo. Num time de futebol, o líder é o que marca mais gol. Robson *marcava* mais corpos. E com ele aconteceu o milagre da alfabetização. Há cinco meses na unidade, semana passada enviou a primeira carta escrita para a mãe. O trajeto foi acidentado. De início, quando a professora chamou Robson para a aula de reforço, ele rosnou: "Tá me *tirando* senhora?". A aula coincidia com as atividades esportivas. Todos batendo uma bola, e ele mofando na sala, com uma moça de jaleco branco, bonita, educada, mas um pé no saco em querer fazer que ele, na quinta série aos 17 anos, conseguisse escrever. Podia jogar a cadeira na cara dela. Seria *contido*, mas estaria livre da aula de reforço.

A professora aos poucos engrandecendo nele a vontade de se superar. "Droga, até um *noia* sabe escrever, e eu não", ele pensou. Irritou-se. E determinou que venceria. Quando a professora pegava em sua mão e fazia com que contornasse as letras, ele lembrou quando era criança. As condições objetivas da unidade de internação igualmente ajudaram. Bem diferentes da escola no *mundão*. Agora, tinha seis refeições por dia, tinha um sono sossegado e não com um pai alcoolizado xingando a mãe, tinha banho e higiene pessoal, e não humilhação diante dos coleguinhas por ir com piolho e cheirando a gambá. A sala de aula tinha apenas 11 alunos, e as duas professoras passam praticamente oito horas de exclusiva dedicação.

Ele duvidou de sua capacidade. Quantas vezes na trajetória escolar parentes, professores, diretores, colegas deixaram a entender que ele talvez tivesse um parafuso a menos, incapaz de aprender. Quando escreveu a primeira carta, o jovem musculoso, dentes estragados, assustador de classe média, que nunca demonstrava emoção, viu-se debulhado em lágrimas. Colegas entenderam o recado da dedicada professora de que a educação pode mudar a vida.

GERAÇÃO SEM LIMITES

ELE IA RECLAMANDO, falando sem parar.

"Isto não está certo", dizia, "no meu tempo tínhamos mais senso..."

"Sei", o jovem de cara emburrada procurava não fitar o idoso nos olhos.

"Sim, acredite você, não éramos tão impulsivos", controlando-se para não estourar diante da cara irônica do jovem procurou esfriar os ânimos e manter o diálogo o mais calmo possível. E continuava, "hoje, não. Parece que tudo é permitido. Regras, conveniências, tudo virou *démodé*".

O jovem ouviu mais meia dúzia de palavras e por fim zarpou. Queria liberdade. Estar longe das reprimendas do sabichão. Voou pra bem longe. Voltaria mais tarde.

O pai percebeu que tinha se excedido. Exausto, prometeu mais uma vez levar a sério o conselho dos compadres para não se importar com os jovens. Quando se lida com ser indefeso, que requer cuidado para não perecer, vai lá preocupar-se. Mas crescidos, deixe os marmanjos cuidarem de si, diziam.

"É, meu velho amigo. O que adianta queimar a pestana com os filhos? Se não acham utilidade no que a gente fala, eles não vão seguir. Simplesmente viram a cara e fazem o que lhes dá no juízo", outro proseava.

"Entendo...", com a cara de teimoso desentendimento.

"Ele não é criança. É adulto feito. O que nos resta é se conformar. Quando criança a gente ainda reina, ditando regras e normas. Quando eles crescem, passamos a ser amigos, na melhor das hipóteses. Devemos nos esforçar para tal. E amigos não impõem o que quer que seja ao outro. No máximo, dá conselho e torce para que ele os siga".

"Me inquieta é o perigo que corre ao se expor em plena luz do dia...", suspirou o mosquito-pai.

Os dois amigos mosquitos permaneceram conversando.

Longe, o jovem mosquito impetuoso e sedento, não só de liberdade, voa para onde sabe que encontrará farta fonte para saciar a necessidade de sangue. Poderia adentrar em qualquer dos centros. Na Direção? Nem pensar. Fugia das papeladas, das portarias, do livro de ponto. Ficava tonto só em ouvir o zunido de carimbadas e juntadas. Ou seriam *juntadas e carimbadas*?

Sobrava a sala dos professores. Estivera lá outras vezes. Inclusive saboreou as pernas ornadas por vestidinho. Pena que a maioria das fêmeas tenha o péssimo gosto de se enfiarem nas calças. Há os braços de fora, mas estes sempre mais arriscados. Para sua sorte, o calor insuportável do verão força uma ou outra a deixar a feminilidade extravasar, vindo de vestido. E quando o pano do vestido subia... pronto, ele atacava, cravando os dentes nas suculentas carnes.

Para seu azar, tinha um barbudo no meio das encantadoras mulheres da Escola de Formação e Capacitação. E este barbudo resmungava como o ranzinza mosquito-pai.

"Esses mosquitos de hoje estão sem vergonha. Quando eu era pequeno, só atacavam à noite. Apareciam quando as luzes se apagavam e íamos dormir. E agora esta geração sem limites! Não esperam a escuridão da noite. Agem em plena luz do dia. O mundo está perdido".

O que motivava o jovem trabalhar durante o dia era o desejo de aventuras. Além do mais, a concorrência era menor, visto que o hábito de sugar sangue ainda predominava à noite para a maioria dos mosquitos. Por isso não dava ouvidos nem ao barbudo nem ao mosquito-pai.

O mosquito jovem sabia que chatos se achavam em todo lugar. E não seria por eles que pararia de saborear as belas pernas. De repente, uma mão surgiu e mal teve tempo de pestanejar... Viu-se esmagado. Era uma das vestidas de saia que lhe ceifava a vida.

GRAFITE NA QUEBRADA

OLHAVA PARA AS grandes muralhas. Na quadra poliesportiva rolava o maior jogo de futebol, e ele ali, parado. "A cadeia tá pesando, né?", pergunta lançada por um adolescente que passava. "Nada, tô de boa", e continuou olhando o muro. Sim, tinha vezes que queria escalar a muralha, e cair no mundão. Sim, tinha dias que a *cadeia pesava*.

Quando respondeu que *estava de boa*, dizia a verdade. "O conclusivo dele já subiu. No máximo duas semanas pode cantar a liberdade, não é?", disse o adolescente ao lado que se aquecia para entrar na partida. No que o adolescente limitou-se a acenar afirmativamente. Dependia do Juiz. Estava fazendo sua parte. Assistia às aulas. Participava das atividades. Até ele custava a acreditar na mudança de comportamento que tivera desde o dia da sentença.

Os dois primeiros meses foram difíceis. Conversando com os colegas, dizia: "vou puxar minha cota de boa. Depois, no mundão, volto pra correria". Na cabeça dele havia a intenção de retornar aos assaltos à mão armada. A franqueza quase lhe complicou a vida num dos atendimentos técnicos. "Olha, eu nasci para ser bandido. É o que sei fazer. Não tenho conserto. Queria até ser diferente, mas não dá. Meu lance é a correria. Dá adrenalina. Agora, a senhora pode ficar sossegada. Não vou criar problemas na unidade". Dentro do quarto, bateu o arrependimento. "Eu e minha boca grande. E se ela me f... . Vai que escreve e manda pro juiz que eu sou estruturado no crime. Tomara que não dê uma de Zé Povinho".

Hoje, a parede à sua frente trazia outra preocupação. Longe de querer subir e fugir. O que via na parede é a próxima tela de grafite imaginária. Semana que vem ele participará de concurso de grafite lá em Sampa. "Vai ser o maior barato", disse para si empolgado.

Lembrou da primeira vez que viu o professor. O formado em Artes Plásticas pela USP, lecionando em faculdades, e conduzindo oficina para grafiteiros na periferia, tinha cabelos longos, preto e liso, além da barba farta. Os adolescentes o chamavam de Cristo. O adolescente não gostou do mestre porque se encaixava no rótulo de *boy*: bonito, gentil e de classe social que considerava acima da sua. Mas de todas as oficinas, o jovem se identificava mais com a de pintura. Desde criança adorava desenhar.

Proximidade causa milagre? Às vezes. O adolescente resmungão começou a gostar do professor. "O cara é *sangue bom*", chegou a confessar depois da quinta semana de aula. A expressão anulava rancores. O adolescente passou a respeitar o mestre. "O cara sai do conforto pra vir pra esse fim de mundo e ensinar os manos a grafitar. Só por isso merece minha consideração. Eu não perderia meu tempo assim", pensou.

À medida que recebia elogios do mestre pela produção nas telas, notava-se melhora significativa do jovem na sala de aula, na convivência com os funcionários da unidade ou dentro dos quartos. O pensamento outrora convicto de sair e barbarizar no mundão parecia arrefecer-se. A técnica Grafite melhorava a cada dia. O adolescente passou a visualizar a arte como alternativa à vida infracional. "Olha, se você quiser, pode ser professor de grafite. Você tem talento", incentivou o mestre. "Tá me tirando?", o jovem desacreditava. "Você gosta da arte, certo? Por que não incentivar Grafite na quebrada para os manos?", o mestre questionou. "Claro que eu gostaria", respondeu. "Se você acreditar no teu potencial já é meio caminho andado?".

Embora as palavras do professor o animassem, o jovem ainda se mantinha cético. "Vocês falam isso só da boca pra fora. Da primeira vez que fui desinternado, ninguém lembrou de mim". O mestre agachado, pincelando o rosto de uma mulher, respondeu: "Desta vez vai ser diferente. Acredito que você se lembrará de si, né?". "O quê?", o aluno ficou confuso. "O pai não deve carregar o filho no colo eternamente. Sua tarefa primeira é ensinar o filho a andar sozinho. Eu, na Fundação Casa, estou te convidando para a oficina da prefeitura, pra fazer da arte teu ganha-pão. Depende apenas de você. Precisa aceitar os desafios e encarar o serviço. Quer arriscar?", desafiou.

"Topo", respondeu o garoto.

GUERREIRO

A JORNALISTA FUÇAVA no dicionário. Estava à cata de justificativa para a palavra escolhida como o título da reportagem. O propósito é trazer à tona o significado de guerreiro que ela acredita que hoje em dia a juventude concede. Guerreiro sem o sentido bélico, de matança, de Israel e palestinos. Mas, sim, de buscar vencer dificuldades, sem precisar matar ou derramar sangue, para atingir uma meta. Debruçava-se sobre uma figura eleita para vestir a capa de guerreiro. Era o ex-colega de trabalho e que legou uma experiência de vida empolgante. O título vinha Guerreiro: do lixo ao luxo da educação.

A empolgação da jornalista contava com a adesão do redator chefe e do pessoal da redação do jornal *Fazendo Hora*. Na sala, a jornalista vidrada na tela do computador, teclava as primeiras palavras: "hoje a história é contada, mas o herói surge bem antes, apareceu há dois anos..."

Magro, estatura mediana, moreno. Quando criança sonhava romper correntes da condição de classe. Num sistema neoliberal que prega que todos são iguais e podem chegar lá, intuía ele que *lá* por enquanto chegavam bem poucos, quase os mesmos. Sendo as vagas de uma vida confortável ou dignas menores que a procura. Nada anormal diante da repartição abissal de riqueza forjada já quando das capitanias hereditárias, passando pelos senhores de engenhos e caindo nas multinacionais. A classe A abocanhando mais de 50% da riqueza do PIB. As demais disputando o que sobra. Classe A menor que 10% de uma nação de mais de 191 milhões de cidadãos. A massa é convencida por um discurso liberal que o fracasso é exclusivamente culpa dela.

A jornalista se mexia na cadeira. Os dedos deslizavam nas teclas. Estava animada.

Há esperança. Apesar de bandeiras ideológicas opostas, FHC e Lula fizeram verdadeiras revoluções no campo social. Tomara que nos anos que venham tenha-se mais presidentes que tiveram portas fechadas, sentiram o gosto da exclusão, da ameaça de morte ou exílio. Essas pessoas sentem na pele as dificuldades e têm coragem para dizer para a classe A "menos, menos egoístas gulosos. Agora é a vez de a maioria ter acesso digno ao bolo que ela ajudou a fazer."

O rapaz veio de família humilde? É. Tinha vontade imbatível. Na condição de coletor de lixo, contratado pelo município, nutriu o sonho de continuar os estudos. Correu atrás. Vestibular para faculdade estadual. Na sala encontraria nenhum jovem dentre as meninas e meninos de classe média que tivesse trabalhado antes. Entraram na faculdade com 18 anos após um ano de cursinho ou de estudar em colégio particular. De escola pública, que tinha como biblioteca a sala feia, mofada, entulhando livros, só ele vinha. Ajudou a transformar a biblioteca da escola estadual num espaço agradável.

Passou na faculdade. Que alegria. A mãe desejaria profissão mais conhecida, advogado, médico, engenheiro. Respeitava a escolha do filho. A ovação foi geral quando, na Colação de grau em Biblioteconomia, veio a lume projeto dele aprovado por agências de fomento para recuperar oito bibliotecas.

Formado, veio para o acervo que traduz décadas de jornalismo. Fez o que pôde. E muito do que se encontra em pesquisa atualmente no jornal, deve-se à inovação iniciada por ele. Tornou mais operacionais as formas de catalogação, facilitando consultas. Seis meses atrás, fora selecionado num concurso público para ser bibliotecário numa universidade estadual. Deixou a equipe com o coração partido. Contudo, era para o que havia estudado. Embora o curso de biblioteconomia seja amplo, podendo o profissional inserir-se em outras esferas de pesquisa e documentação, a biblioteca era o sonho por ele perseguido.

As dores no pescoço e o incômodo nas costas fizeram a jornalista parar de escrever. Havia concluído oito parágrafos. Voltaria a escutar a entrevista que fizera com o Guerreiro. Amanhã retomaria à escrita.

GUGA

A MENINA DE SEIS anos, a caçula, carrega o Guga no colo. Levaria para o quarto da irmã. De repente, o gato começa ter crises. A irmã de vinte anos, universitária, pede para levar o gato para o quintal. Na cozinha, o gato tem acesso de miados altos, como se estivesse engasgado. O pai ressabiado o enxota para o quintal, com medo que vomitasse no chão da cozinha.

No quintal, os altos miados não cessam. Havia algo de errado. Guga deita-se, estirando patas e cabeça. Forte contração faz com que defeque e urine. "Mãe, está acontecendo algo de errado", desespera-se a universitária, quando nota o gato estendido no chão mal conseguindo mover a cabeça.

"Liga para a veterinária", a mãe mandou.

Por que a veterinária? Primeiro, o gato é velho frequentador. Há dois anos vem comendo ração especial devido a complicações urinárias. Duas vezes esteve internado. Mas durante meses apresentara quadro estável.

Sexta-feira agitada. Mãe e filha levam o gato para clínica. Para pasmo dos veterinários, o problema se apresentava insolúvel. Sequer diagnosticaram a causa. Encaminhou-se para radiografia. Temiam que uma pancada houvesse provocado o espasmo. Soou até a sentença que pudesse ficar paralítico. A radiografia mostra que não há fratura.

Parte-se para a hipótese de envenenamento.

"Mas como é possível? De uma hora para outra, chegar num quadro drástico", mergulhados na dúvida, os veterinários coçavam a cabeça.

Por volta das 18 h, o telefone toca. A veterinária tem más notícias. Foram pegar o gato, e na volta para casa traziam a dolorosa certeza da morte iminente. A universitária, há nove anos mãe do Guga, não desistiria facilmente. Esquentaram água, fizeram compressas, e o agasalharam o máximo. A intenção era fazer frente ao intenso gelo que ia tomando o corpo do gato.

Na madrugada, o bichano faleceu. A dor intensa, opressora. Nem que se quisesse poderia resumi-la em palavras. Dia 4 de julho de 2009 é o de sua morte.

Guga chegou a casa no ano de 2000. O nome veio em homenagem ao tenista que fazia sucesso no momento. A universitária então tinha 11 anos incompletos, e queria muito um gato. O pai a levou no Centro de Zoonoses em

São José dos Campos. Lá, o mais mirrado, o mais quietinho, foi escolhido. Em casa, ele chegou como indigente. Trazia no lombo várias feridas. Mãe e filha lhe curaram as chagas. O leite e remédio o fizeram crescer forte e saudável.

Apesar da natural agitação quando jovem, no geral era um gato super caseiro e calmo. Ora metido no armário entre as calcinhas das meninas, ora no sofá, assistindo televisão. Os homens da casa eram seus algozes. O perturbavam, o sacudiam, o perseguiam, mas dentro da medida tolerada pelas mulheres. Depois de castrado, a calma se acentuou. E raro seria não encontrar o bichano dormindo na cama ou em qualquer outro local.

Na Quinta das Flores seria o enterro do Guga, graças à boa ação da proprietária, amiga da família. Não porque se trata de uma mansão. E sim porque há espaço suficiente para enterrar um gato maior. No quintal da casa há um *cemitério* de onde jazem dois gatos e um coelho. Nada melhor que estar junto dos pares e contar com local com árvores. O pai cavou a cova.

"Vamos ver o Guga pela última vez", pediu a mãe.

A caçula ao passar a mão no pelo do Guga soltou choro sentido. Ora, desde que ela nasceu conhece o Guga. Fosse abraçada no sofá, na cama do gato, ou levando arranhão ou perseguindo-o por debaixo da mesa. Foi como um irmão. As várias fotos dão provas da ligação.

Quando depositou o gato na cova, o pai pediu desculpas ao Guga por tudo, desejando que descansasse em paz e ficasse bem onde estivesse.

HORAS EXTRAORDINÁRIAS

IA DE UM LADO para o outro da sala. Estava agitado depois que recebera o telefonema do colega parlamentar. Precisa relaxar. Na sua idade, tensão podia ser fatal. Pegou a garrafa de vinho tinto seco. Caminhou para a cozinha. Achou o abridor. A rolha saiu numa boa. A alongada e arredonda taça de cristal recebia o líquido vermelho. Pegou a tábua de frios. Na geladeira, a muçarela e mortadela sorriram. Tomate, alface vinham se juntar. Para dar o sabor, azeite de oliva, orégano e limão.

Todos os ingredientes à mesa, ele fatiou em pequenas tiras a muçarela e a mortadela em forma de tijolo. Na cabeça, a preocupação mantinha briga feia com o prazer de saborear o vinho. "Não. O que vai ser agora? Uma perda de quase 40% nos rendimentos?", vocifera a preocupação enquanto o parlamentar levava a tira de muçarela à boca. "Mas agora os tempos são outros. Você fez de tudo para brecar a perda. Contenha-se. Mais vale perder 40% do que 100%. Ainda te restam 60%", o prazer procurou animar.

O que acontece é que o parlamentar padece de uma situação que muitos trabalhadores já sofreram ou sofrem. Devido ao desequilíbrio nas contas ou padrão de vida incompatível com o salário em carteira, o trabalhador enxerga na hora extra a tábua de salvação para as tormentas financeiras. E se nas primeiras vezes o dinheiro a mais é abençoado por que vem e ajuda em muito a fechar as contas do lar no fim do mês, passado certo tempo nesta situação a renda extra tornar-se amaldiçoada, escravizando.

A corrupção é passível de se instalar. Inventam-se horas extras. Durante as horas regulares de trabalho o corpo pode amolecer, objetivando não finalizar o trabalho no tempo previsto e assim justificar o expediente extraordinário.

Em muitas empresas, a inconveniente situação rapidamente é extirpada. Depende apenas da determinação do patrão, do dono do negócio. Resta ao trabalhador se conformar. Ir para o SPC ou Serasa. Uns saem do emprego em busca de renda mais de acordo com os gastos. Nem vamos citar os casos malsucedidos dos que se sentindo encurralados com a perda do poder de compra "extra", desconta a raiva na família ou se punem entregando-se ao álcool.

No caso do parlamentar, o patrão, que é o povo, muitas vezes não é tão pontual. Longe de ser por falta de vontade. A engrenagem jurídico-administrativa é que mina parte das iniciativas para a moralização pública. Para furar a grossa camada repelente de corrupção há que ter olhos abertos, acompanhado de atos precisos.

Um grupo determinado conseguiu esta proeza. E na câmara estadual cobrou providências. Uma delas é a eliminação gradual da hora extraordinária lançada por parlamentares. O representante eleito justifica que o tempo não dá para concluir a votação. Mas o grupo percebeu que durante as horas regulares de sessão havia muito papo pro ar, idas e vindas da cantina; mostrando visível desinteresse pela matéria a ser legislada. O que levou à seguinte indignação: se durante as horas regulares não se dão ao trabalho de votar as leis, por que o fazem no expediente extra?

Houve troca de acusações, injúrias, ofensas, e até ameaças ao grupo xereta. Contudo, não teve jeito. A opinião pública, esclarecida pelo grupo revolucionário, representada por escolas, sindicatos se reuniu à porta da assembleia e a votação pendeu contra os que lucravam com o expediente de má fé. Hoje, não há mais hora extra.

Alegre pelo vinho tomado e pela muçarela saboreada, após uma hora de deleite, chamou a família e comentou sobre os gastos. A mesada dos quatro filhos seria reduzida. As compras do supermercado teriam que sofrer sério ajuste. Entre outros detalhes mais.

Pela atitude tomada, é fácil notar que o parlamentar é pessoa de caráter. Em vez de culpar ou se rebelar contra o povo, ajusta-se às novas tendências.

ÍDOLO

AS MÃOS ESTAVAM atarefadas em deslizar pelas pernas macias o creme de óleo de amêndoas. Após o banho quente, o complemento incluía, além do hidratante, a escova nos cabelos e mil outros pequenos detalhes tão afeitos à vaidade feminina. A porta do banheiro da suíte estava aberta para ouvir a televisão do quarto de casal.

"O cantor Michael Jackson faleceu devido a uma parada cardíaca...", a voz do apresentador do jornal das oito a despertou de preocupações consigo mesma. Ela correu para o quarto como um torpedo. Estava morto o ídolo do tempo em que era menina. Ficou pasma da coincidência. Hoje, na hora do almoço, conversando com uma colega do escritório, tocara no nome do cantor. Devido à rádio que tocava no momento uma música da década de 70.

"Essa é do tempo da brilhantina", puxou conversa.

"É, e eu curti", comenta a outra.

"Embora fosse minha época, pois sou de 69, não cheguei a aproveitar este tempo. Impossível ir para discoteca com menos de oito anos de idade", riram. "Agora peguei o Michael Jacson no tempo do Thriller, em 1984. Fazia sucesso", disse para amiga.

Ela ali diante do televisor, ouvindo que o Michael havia morrido. Se o acontecimento fosse há dez anos, teria chorado, se descabelado. Nunca fora em shows, mesmo porque o cantor raramente veio ao Brasil. Não por falta de vontade. É que inexistiam chances à época de ela ir a qualquer cidade do mundo na qual o cantor estivesse se apresentando. Era fã comum. Comprara disco, fita e, recentemente, CD e DVD para apreciar o músico.

Quando o ídolo morre é dureza. A mídia ajuda a aguçar o sentimento de tristeza, de perda. Imagens mostrando este ou aquele detalhe para recordar os momentos áureos do artista. Mesmo os que pouco davam trela para o sujeito à época, ficam sensibilizados com a exposição da trajetória de vida do famoso. Para os fãs legítimos, o choro é inevitável. Na hora que chega aos ouvidos a morte do ídolo, a pessoa fica baqueada, com falta de rumo momentâneo. Assemelha-se à perda súbita do emprego ou da morte inesperada de um parente.

Às vezes o impacto não ocorre de imediato. Ela se recorda do acontecimento envolvendo os Mamonas Assassinas e Renato Russo em 1996. Era a primeira vez que ídolos seus morriam. Sim, Airton Senna foi antes, mas ela nunca gostou muito de Fórmula 1. Na verdade era a primeira vez que a morte se apresentava tão de perto. Estava na faculdade. Comia um lanche na cantina. Na tevê, a reportagem. E os colegas vidrados na tela. Com a indiferença de céticos, uns zombavam: "é jogada de marketing", diziam, "onde já se viu dá tanta importância para artista a ponto de virar comoção nacional enquanto nas favelas morrem pilhas de seres humanos todos os dias". Os fãs, por sua vez, ficavam silenciosos, absorvendo cada gota de notícias e em estado comovente.

Hoje, ela estava sozinha. O marido ainda no serviço. E a obrigação de tratar das duas crianças. Quando por fim os filhos estavam arranjados, banho tomado e alimentados, ela pôde sentar-se no sofá. A mão tateava entre vários DVD em busca do DVD do Michael. Leu a resenha na contracapa. Mas devolveu o DVD à estante.

Ouviria o DVD quem sabe outro dia. Resolveu dar espaço à televisão. Seria certeiro que apareceriam imagens do músico desde o tempo do *The Jackson Five*, quando cantando com os irmãos maiores, até as últimas crises de saúde e de personalidade. Destaque para o dia que apareceu com o filho bebê na janela do prédio. Ela sofria pela alma atormentada que acreditava ter o músico, querendo se destacar numa sociedade que por décadas colocara o negro como cidadão de segunda classe. As tentativas de afinar o nariz e europeizar o rosto teriam sido fruto danoso do *American Way*?

O que importa é que ele veio, cantou, fez gerações se apaixonar por seu estilo, e agora sai da vida como um artista sai do palco.

INFLUENZA A (H1N1)

A HUMANIDADE VOLTA e meia debate-se com uma epidemia. Através dos tempos, a guerra travada mostra-se impiedosa. Na Idade Média, a peste dizima milhões de crianças, velhos, adultos. Ao longo dos séculos, curandeiros e profetas empenharam-se para abrandar os duros açoites. O advento da ciência biológica fornece escudo para a humanidade. Cada novo vírus, o ser humano responde com inventividade. Aparentemente não somos vulneráveis como os antepassados. Contudo, descuidar jamais.

No inverno de 2009, o Brasil vê chegar o vírus da gripe suína em seu território. Originalmente flanou pelos Estados Unidos e México. Os danos são visíveis. As relações humanas sofrem o impacto. "Não basta a gente ficar com o corpo todo doído", revolta-se um paulistano "agora o medo vem até do cumprimento, do chegar perto dos amigos". O outro acrescentou, "E tomara que não tenhamos que meter a máscara no rosto e sair com ela no meio da rua, para o trabalho, pra balada". Esse diálogo vindo de dois programadores de computador num restaurante da Alameda Santos é apenas um dos milhares que traduzem a incipiente inquietação do paulistano diante da ameaça da Influenza A (H1N1).

O ser humano vê-se frustrado no que tem mais de original: a interação social. Incomoda-se com a ameaça à capacidade de dialogar, do gosto por ouvir e soltar uma boa gargalhada. Ou da epidemia vedar o prazer de brincar, zoar, contar piadas, sorrir da própria miséria ou da alheia. "Já pensou eu sem poder te zoar quando o Timão levar uma lavada de 3x0 do meu Palestra", disse o programador.

A simples perspectiva de ter impedida a capacidade para curtir a relação de camaradagem deixaria muita gente triste. Certo?

Menos o antissocial.

A princípio, ela, uma antissocial típica, temia a gripe suína porque simplesmente deve-se temer um dano orgânico qualquer. Aquilo de ficar com dores pelo corpo, nariz escorrendo e peito catarrento é o fim do mundo. O nariz de tanto assuar vira pimentão. Olhos lacrimosos. Xiii, que coisa chata. Certo dia, a amiga – porque até o antissocial tem amigos, por incrível que pareça – chegou resfriada. Ela ia ao seu encontro, quando a outra sinalizou.

"É melhor você ficar afastada. Não quero passar gripe."

"Ah," disse sem jeito, pois realmente estava acostumada a cumprimentá-la.

Sentiu-se incomodada pelo gesto que a amiga fez para ela se afastar no momento. Todavia, dali a três horas em sua cabeça brotou pensamento algo original, o qual deixaria o Marques de Sade enrubescido. "Já pensou se a maioria das pessoas pegasse a gripe ou cultivasse o medo de contraí-la? Aí todas com mascaras, ou no mínimo mantendo distância... Eu não precisaria ouvir mais risadas bobas nem beijar nas bochechas que não estou a fim de tocar".

As ideias iam saltando. O romancista que lesse o que ia ao cérebro da moça teria material para bater a autora de Harry Porter em profusão de situações e sentimentos. A mulher estava farta do que entendia como entediante obrigação de cumprimentar, de rir, de saudar as pessoas onde trabalhava.

"Por que não nasci em Londres? Lá você pode passar meses sem sorrir feito idiota nem dar abraços ou beijo no rosto. Mesmo assim é visto como educado. Aqui você leva o rótulo de metido à besta se opta por postura mais séria. Adora-se o bobo alegre. Você morou em Londres, entende o que digo, né?", proseava ao lado da secretária de saneamento.

"Sim, entendo. Cada povo com suas manias. Apesar de eu ser reservada, de às vezes xingar todo mundo, de querer ficar no meu canto, eu jamais desejaria deixar de ser brasileira. E não é ufanismo. Tá na minha carne querer rir, brincar. Do contrário, eu seria deprimida", disse, sabendo que as palavras não era muito o que a amiga doutora ansiava ouvir.

INSTRUTORA

"QUANTO?", PERGUNTA O rapaz com a bomba na mão.

"Só vinte. Gasolina, claro", sorriu a instrutora de autoescola.

O dinheiro desta vez veio da mão do passageiro. Na direção do Palio, estava o aluno, trêmulo é bem verdade, mas fazendo de tudo para não dar na vista.

Abastecido o carro, a instrutora deu o sinal para partida. Bem que o aluno quis sair rápido ou no tempo habitual. O problema foi a embreagem, o acelerador, tudo. E o tranco foi inevitável. O carro parou.

"Calma", a instrutora o anima,

"Sim", nitidamente tenso.

"Agora desliga o carro. Ponha em ponto-morto. Ligue o carro. O pé na embreagem e no freio. Não no acelerador", ia falando.

"Sim", e o aluno se esforça para seguir a ordem.

Aprender a dirigir é prova dura. Instruir por sua vez não é nenhum refresco. Na autoescola, tem-se o ápice da relação professor-aluno. O professor além de cavar uma atmosfera legal para o aluno entender o domínio do carro, tem que evitar o prejuízo à autoescola. Que prejuízo? Primeiro, o danificar a embreagem, freios, câmbios e demais apetrechos do veículo suscetíveis à falta de destreza do iniciante, além de uma eventual batida.

Deixaram o posto de gasolina. Seguem avenida acima. Os motoristas *Asas do asfalto*, que gostariam de pista exclusiva, são os primeiros a gritar quando notam a barbeiragem alheia, e a se zangarem quando tem a atenção chamada pelas próprias faltas graves no trânsito. Corriqueiramente, são desesperados e malcriados. Quando se defrontam com um *lento* aprendiz, metem a mão na buzina.

"Quer aparecer, ponha uma melancia na cabeça", responde a instrutora. "Ora, não respeitam nem quem está começando. Que loucura é esta?".

As aulas levaram mais tempo que previsto. Desde o início ele disse que era aluno difícil, que havia tentado tirar a carta outras vezes e em todas tinha sido reprovado. Observando o aluno mais detidamente ela achou algo de errado. Ora, ele conhecia as normas do trânsito e tinha domínio do carro numa reta, passava marchas com desenvoltura. Algo estava errado. Algo o fazia travar em alguns momentos. Destaque para a rampa.

Não precisou recorrer a Freud para achar traumas, provavelmente ocorridos na lida com outros instrutores. Ela bem sabia que a estupidez de alguns colegas de profissão podia gerar mais estragos que benefícios à vida do aluno.

Alguns vestígios contribuíram para ela conhecer os fatos. Destaque para o elogio.

"Agradeço por sua paciência. Nunca pensei que encontraria instrutor educado", disse ele certa vez quando numa barbeiragem e estando à espera da reprimenda apenas recebeu orientações seguras.

"Se eu humilhasse quem está aprendendo seria prova de estupidez", disse ela, embora tivesse realmente se segurado para não gritar devido à barbeiragem dele.

O aluno não era um jovem de 18 anos. Antes, um homem de 36. Podiam-se ver, porém, as apreensões de um jovem estampadas nele. Ela aprimorou seu estilo. Podia ir para exame com 20 aulas, mas ele quis fazer mais 10 para garantir.

Na terça-feira, dia do exame, a apreensão o fazia suar. A confiança, contudo, que ela depositou no dia anterior, surtia o efeito desejado. Ele acreditou que podia. Passou nos exames. Hoje, com 46, nenhuma multa, apenas saudade da instrutora que foi profissional, tolerante e que lhe deu gosto por dirigir.

IRRITADIÇA

SETE DA MANHÃ. O casal desce do coletivo. Em compasso com a multidão, segue o trajeto numa dessas avenidas movimentadas em São Paulo. Casal amigo, colegas de trabalho. Nada mais. Apesar do salto plataforma, ela consegue esquivar-se das irregularidades na calçada. Atualmente a moda para enfrentar o dia na empresa é bem flexível. Fica mais ao gosto do trabalhador do que em função de normas. Desde que mantido o mínimo de compostura. A vestimenta do casal é de estilo mais tradicional. Apesar de ser relativamente jovem, ele usa terno e gravata e ela um tailleur.

Nada de pressa no andar. Falta meia hora no mínimo para entrar no serviço. No caminho, um entregador de panfleto publicitário de clínica odontológica aborda o casal. "Patrão, esta é imperdível", disse para o rapaz engravatado. "A secretária também merece sorriso lindo... Bom dia", o entregador buscou lisonjear. O casal ficou meio sem jeito. Ele gostou de ser chamado de patrão. Embora fossem colegas, na empresa a moça, secretária executiva, era sua superiora imediata.

A ela é que o comentário não agradou. Nada contra o colega de trabalho ser chefe. Se fosse, adoraria. Era mais gentil, atencioso. O que lhe vinha enfezando era o hábito de ser chamada de secretária. No restaurante, se ele estivesse ao seu lado, batata. Nem precisava o garçom, proprietário ou clientes homens e mulheres abrirem a boca, as caras expressavam a sentença machista. Como se ela não pudesse ser a chefe e ele o empregado.

O inusitado estava longe de ser exclusividade do amigo. Bastava estar ao lado de homem de mais idade. Fosse acompanhando o chefe em visita à rede de assistência técnica. Talvez por ter vinte e seis anos com carinha de 21? Pode ser. Vai ver por ficar a maior parte do tempo com homens mais velhos, elegantes, apurados. Seria culpa da roupa que ela vestia? Nas revistas femininas onde as mulheres chefes, que mandavam em batalhões de homens, exibiam-se, a roupa que usavam nada de diferente tinha com as que ela trajava.

A crise bateu. Por um tempo, quis deixar de ser vista ao lado de homens maduros. Do patrão não podia fugir, mas dos demais sim. Evitou o amigo de ida e vinda do trabalho. Achou que podia ouvir os jovens, os de sua idade. Atrás deles foi. No restaurante, ouvia sobre as baladas, as paqueras, os *ficar*. A esticada para bares foi inevitável numa ou noutra noite de sábado. Lá, mais baladas, paqueras, ficar. A cerveja gelada regando cada assunto *cabeça*. As horas custavam a passar, mas enfim chegava o momento de ir para casa. Bebendo pouco, tinha que dar carona para galera mamada. E tome mais papo *cabeça* até em casa, isto quando não se via obrigada assistir pelo retrovisor um casal eventual, não necessariamente mulher e homem, trocando beijos, se entregando no banco traseiro. O álcool quebra as amarras.

Palavrões, as falas *nada a ver*, o tédio, a falta de rumo, o imediatismo de modo algum é sinônimo de juventude. Há jovens maduros, esbanjando bom-senso, ótima companhia, pensou ela. Infelizmente, os jovens que a rodeavam eram *descolados*. A recíproca é verdadeira em se tratando de homens adultos: nem sempre são sensatos. Há muitos asquerosos, que não agregam valor, cujo sonho de consumo é ser considerado descolado. Insatisfeitos com a idade, com o casamento, com a carreira, com o dinheiro que os priva de consumir este ou aquele desejo mais excêntrico ou alcançar padrão acima da classe social a qual está inserido.

"Sabe de uma coisa? Desencana que a vida engana", disse ela para si. Ia assumir o tailleur ou qualquer estilo que curtisse. Se o mundo lhe chamasse de secretária que importava? Ela é quem mandava. Não ia abrir mão da boa companhia de seu ótimo amigo, ainda que engravatado, apenas para fugir ao rótulo de secretária.

ISOLADO

FECHOU A PORTA do escritório. Desceu a avenida. Morando próximo ao trabalho, tinha o privilégio de não precisar montar no ônibus ou metrô. De quebra fazia a caminhada recomendada pelo médico. Vencidos seis quarteirões, adentrou na padoca. "Olá, garoto", brincou com o balconista. "Olá, vai uma loira estupidamente gelada?", devolveu o garoto. "Nada de loira estúpida comigo. Mas se for educadamente gelada, vai". O balconista curtia o estilo do senhor: nunca para baixo, sempre trazendo um dito divertido.

Durante a ingestão da bebida, ia injetando no corpo quase septuagenário um cadinho de ânimo. Aposentado, vivia como profissional liberal para completar a renda. Filhos formados, para que continuar trabalhando? "Se eu paro de vez seria como deixar de respirar". Gostava de ser produtivo. Grana a mais ajudava, mas não era a razão maior.

O patrimônio que havia acumulado era relativamente frutífero. Era classe média. Nos últimos três anos, contudo, vivia numa pensão no centro da cidade. Motivo? Havia se separado da esposa com a qual levou trinta anos de casado. A casa naturalmente ficou para a ex-companheira, que vivia na companhia da filha caçula. Os três outros filhos haviam se formado; casados, constituíram novos lares.

O tormento desse aposentado nada tinha a ver com a separação. Nem tampouco com falta de mulher. Atualmente, saía com uma mulher trinta anos mais jovem. Antes dessa relação mais séria, houve outras, menos comprometedoras, mas não desprovidas do devido tempero juvenil. A preferência dele é por mulher mais jovem.

O espinho no sapato estava no âmbito da saúde. Sofria de hemorroidas. Causas? Nem os médicos chegavam a um consenso. De prático, a grande barriga por si só exibia a disfunção. Havia se submetido a processo cirúrgico para diminuir o estômago. A barriga amainou, mas ainda impressionava.

Na pensão, dentro do quarto destinado a ele, durante boa parte da noite irrompiam estouros. Pobre do infeliz pensionista que tivesse a má sorte de dormir no quarto contíguo. Teria que suportar a noite inteira os peidos nada comedidos caso tivesse sono leve. Embrulharia o estômago se calhasse de fazer um lanche ao som nada delicado. A situação era de estressar. Por causa disso o aposentado se mantinha isolado. Ora, era o mais conveniente para ele que se sabia xingado por palavrões os mais horrendos. Poucos chegavam a bater à sua porta e dizer que estavam incomodados com os rojões de Festa Junina fora de época. A maioria polidamente pressionava o locador para lhes arranjar rápido possível quarto mais afastado do dele.

Por razões óbvias a rotatividade era rotina no referido quarto contíguo.

Um pouco por isso o desquitado pensava duas vezes antes de aceitar o convite para juntar os trapos com a moça que vinha namorando há quatro meses. Ele podia alugar casa em bairro mais afastado do centro, uma acolhedora morada. Mas, e o medo de ser destratado pela moça? Será que ela suportaria o excesso de pum involuntário que o aposentado solta noite adentro? Teria ela paixão suficiente para aplainar a esperada irritação face à aberração?

Nesse pé a situação ia seguindo. Ele tentando adiar relação mais séria. A moça querendo fomentá-la. "Acho que você só quer brincar comigo. Só me quer para transar e pronto. Nada de relação séria", encosta ele na parede. "Claro que não", ele se defende. "Então por que não me assume?", ela explodiu. No calor do momento, sabendo que a conversa dela era para se decidir a morar junto, ele desabafou: "Até que ponto você aceitaria um cara que peida a noite inteira e que sofre de hemorroidas?". Ela ri, pensando que ele tentava animá-la. Com a expressão fechada no rosto do aposentado, notou que nada tinha de engraçado.

"Te amo", respondeu a moça, "e ainda acho que o amor vence qualquer situação dolorosa, inclusive o mal-estar que o peido possa provocar". Abraçaram-se.

KAAMOS

DESILUSÃO AMORASA É fogo. Faz a pessoa agir de modo completamente diferente do que faria no estado de espírito natural. Ela estava decidida a mandar ele embora. Desta vez, reconciliação traduziria cansaço para ambos os lados. Que ele saísse de sua vida. Voltasse para a pensão de onde veio há dois anos. Foi o que ele fez. Apesar de estar numa melhor condição financeira. Podia alugar flat ou comprar apartamento caso quisesse.

Nutrido pela dor, quis sumir da cidade. Deixaria a Editora por duas semanas, passando o comando a um ou dois funcionários.

Entrou na agência de viajem. Nada do tradicional roteiro. Optou pela Finlândia. A estada seria de duas semanas. Se perguntassem a ele por que esse itinerário, não saberia responder. "Talvez por causa de ser a terra de Papai Noel", forçou uma risada.

No Domingo, pegou o avião. Viagem tranquila. Que legal cruzar o oceano. O sofrimento causado pela ausência da ex servia para ignorar o medo de avião. Na aeronave, notara o contraste da sua pele morena diante do loiro da maioria dos passageiros. Boa parte deles, finlandeses. Seria passear na obviedade dizer que ele tinha um fraco por loira. A ex é loira. Bem, não tão loira como uma finlandesa.

Desceu na capital. Lá permaneceu uma semana. Não queria ficar na Helsínquia. Estudou roteiro que tomaria. Norte do país. E pra lá seguiu. Fotógrafo amador, o editor usou e abusou de sua câmera. Quantas fotos por dia? Na casa das dezenas. A sorte é que estava no verão. Primeiro, porque a temperatura fica acima de zero, o que ajuda muito a um brasileiro curtido pelo sol tolerar o clima. Segundo, a beleza de ver o sol não se pôr. Quando, no Brasil, poderia ver o sol à meia noite?

No hotel em que ele estava hospedado a companhia era agradável, embora que as relações eram muito distanciadas. Pessoas adultas em viagens de negócios ou casais que estavam de férias. A aventura sorriu quando por acaso o editor encontrou uma moça alojada no albergue da Juventude. Trocaram impressões sobre o gosto comum de fotografar. Ela é russa, trabalhando para agência de publicidade. Estava ali por incumbência profissional. Fotografias para propaganda de agências de turismo.

"Que bonito, o sol da meia noite", ele comentou.

"Espere até conhecer o Kaamos", ela rebateu.

"Quê?"

"É quando o sol permanece abaixo da linha do horizonte durante uns 50 dias. Esse fenômeno leva o nome de Kaamos", ela incorporou o papel de guia turístico.

Estando a serviço, ela tinha prazo para retornar em quinze dias. O País era rota conhecida da publicitária. O rapaz lucrou ao se manter ao seu lado. O editor conheceu local diverso, descobriu detalhe, desvendou mistérios, inclusive das renas vermelhas. Impossível ter um quinto dessa aventura se não estivesse ao lado dela. Embora russa, a fisionomia se via bem-adaptada na cultura finlandesa. Loira, alta, magra. O diferencial que agradou ao editor foi o sorriso dela, quente e acolhedor, tão à moda ao gosto do brasileiro.

Como explicar o envolvimento rápido? Culpa da mágoa pela perda da mulher com quem viveu durante dois anos? E a russa estava desimpedida? Sim. O contato com o brasileiro a agradou em muito.

"Vou ficar mais tempo na Finlândia," disse ele, se você quiser viver ao meu lado?

De início ela ficou sem saber o que dizer. Daria certo o relacionamento? Tinha dúvidas.

Resolveu dar-se esta chance.

LAVANDO A ALMA

BEIJOU AS ANJINHAS na cama. A chave do carro na mão. Na garagem, nem precisou desarmar o alarme do veículo. A saída do prédio da Avenida Brigadeiro requeria mais atenção. Primeiro, devido à rampa da garagem que dá acesso para avenida. Segundo, na calçada há pedestres, trabalhadores que andam apressados.

No aparelho de CD, ouvia *O Último Solo* de Renato Russo, obra que intercala italiano e inglês. Gostava da musicalidade deste artista morto em 1996. Em público, ela escondia este gosto, principalmente no circuito pseudossofisticado que procurava pertencer. Apreciava este CD de Renato Russo por causa das músicas em italiano. Sendo ela descendente de italiano, desnecessário dizer que tinha uma queda pela língua de Dante Alighieri.

Tormento natural para o paulistano médio, o trânsito para ela quase em nada a atrapalhava. De quebra, dava para ouvir o CD inteiro antes de chegar ao trabalho.

Chegou ao estacionamento da empresa. Acionou o alarme do Citroën. Caminha pelas alamedas. O paletozinho preto harmonizando com a calça jeans. A camisa branca de manga longa tem um laço vermelho rodeando a cintura. Esse laço vermelho ao centro da barriga ficaria sem sentido se nos lábios atraentes não se encontrasse um batom de idêntica tonalidade.

Cumprimentou a equipe da secretaria. Abriu a porta da sua sala. "Ah, de volta à selvageria", ela brincou consigo ao ver a pilha de papéis ansiosos para receber de suas delicadas mãozinhas a chancela para que tramitassem nas esferas devidas. "Eis o custo de meu pão", ainda arriscaria um trocadilho bíblico se realmente fosse discípula de Machado de Assis.

Sentou-se e afundou-se na papelada. Claro que o computador arrancava porção de sua atenção. Além do computador e da papelada, havia o elemento humano. Este mais ruidoso. Volta e meia, a sala era tomada pelos ansiosos subordinados solicitando opinião e determinação para esta ou aquela ação. É chefa, e como chefa quem a poderia acusar de maquiavélica? Também na árida seara *manda-obedece* fica difícil deixar o anjo de candura que existe dentro dela dominar o trabalho.

Mãe zelosa, ela esperava uma brecha para poder ligar e conferir como estavam as pimpolhas. A babá e o marido ajudavam em muito na tarefa de criar.

Hoje, executaria tarefa que mais lhe apetecia: dar aula. Ela havia sugerido lecionar a palestra *COMO A VIOÊNCIA DA METRÓPOLE NOS FAZ PERDER O MELHOR DAS RELAÇÕES SOCIAIS*. Mesmo os mais céticos, diante de sua aula, quedaram boquiabertos. Ela se transformou dentro da sala de aula. Quem diria que uma pessoa tão distante, tão isolada, tão nada a ver, segundo opositores, fosse tão tranquila, tão receptiva, tão contagiante em sala de aula?

O clima empolgante encerrou-se quando ela soltou uma gostosa risada que contagiou o grupo de estudo. As faces e os olhos dos presentes gritavam espontaneidade. Pena que o que é bom dura pouco. Uma hora e meia de sua palestra passou tão rápido, como fração de segundos.

Quando ela estava de volta ao escritório, a equipe da secretaria pôde surpreender um sorriso bailando em seus adoráveis lábios, a fronte mais serena. "O que aconteceu? Será que ela viu passarinho verde?", murmuraram. Ela, dentro da sala, sentada na cadeira, sorria para si. Risada gostosa como deu hoje na sala de aula só quando ao lado das filhas. O prazer de dar aula podia ser comparado, segundo ela, apenas ao delicioso exercício de lavar louça.

O quê? Uma neo-*yuppie* adorando lavar louça? É. Gostava das filhas à barra da calça, falando, brincando. Pena que esses raros momentos se davam nos fins de semana e feriados. Quando jogava água e sabão nos pratos, copos, talheres, parecia mais estar lavando a alma que executando algo irritante. O que mais desejava? Dedicar-se ao lar e aos filhos. Pena que o rumo profissional contestador que tomou vedava essa possibilidade.

Quem sabe na próxima encarnação?

LEITE PROIBIDO

A UNIDADE ESTAVA tranquila. Os adolescentes haviam terminado a última atividade por volta das 21h30. Houve a formação. A temperatura amena contribuiria para o sono mais tranquilo no início de outono. Os funcionários acompanhavam os jovens. "Senhora, faltou coberta", lembrou o mirrado adolescente de treze anos que havia chegado à unidade de internação mais mirrado ainda, sugado pelo craque. "Tem razão. Esqueci", bateu a mão na testa para mostrar que havia esquecido. Correu ao almoxarifado. Catou a peça requerida. Voltou às pressas e a entregou ao jovem, que já estava dentro do quarto com os três companheiros.

Unidade socioeducativa sossegada significa dizer que estaria adormecida a trama para tentar fuga ou aprontar irregularidade.

_ "Mas eles parecem tão bem aqui. Estudam, praticam esporte e ficam longe da droga e do abandono", uma professora da rede pública magoada com a ideia sequer de haver necessidade de fuga.

_ "Basta estar preso para que se queira a liberdade", sentencia o agente de segurança, "No fundo todos se acham injustiçados. É instinto. Nossa parte é impedir. Oferecer atividades, conselhos, acolhimento, mas nunca descuidar", finalizou.

Bastou dar 22 horas para a agente de apoio técnico, que deu o cobertor para o menino, voar do pátio. Era jovem mãe. Os seios estavam cheios. Subiu para a copa. Como havia passado o horário de janta, o recinto vazio oferecia privacidade para retirada do leite em excesso e armazenagem na garrafinha. O leite serviria ao bebê de cinco meses que estava em casa com o pai.

Concluída a dolorida tarefa, não tão dolorida quanto amamentar, a jovem mãe desceu para o pátio. Foi direto para o almoxarifado. Arrumaria as cuecas, os calções e camisetas que os adolescentes trocariam após o banho assim que despertassem às seis horas da manhã. Banho, roupas cheirosas e desjejum caprichado dariam coragem para enfrentar cinco horas de aula.

Na penumbra, o ladrão se esconde. Abriu a porta da geladeira e furtivamente pegou um sanduíche e a garrafinha para não comer o pão a seco. Achou o gosto ruim. Acostumado a molhar a garganta quando devorava pão, foi até onde pode. "Chega, este troço é muito ruim". Largou a garrafinha pela metade. Voltou ao seu posto.

O hábito de se apropriar indevidamente do que é do outro é odioso na opinião do lesado. "Ainda vou colocar purgante só pro infeliz passar o dia inteiro gemendo no banheiro", gritou o dono do lanche sequestrado. Marmitas, refrigerantes, tudo que estivesse na geladeira era alvo. "Pô, roubar leite de criança já é demais", uma agente de segurança se indignou.

Na sala estava o culpado. Admitir que foi ele? Faltava coragem. Um pouco por medo de sofrer censura. Imagine colega de serviço beber leite de uma funcionária mãe e deixar o filho privado? Nem que a vaca tossisse o camarada confessaria. Outro tanto, porque se o sujeito admitisse a culpa publicamente, teria que deixar de comer o que não é seu. Sofreu só em pensar em ficar com fome nas noites longa na unidade.

Como humano que é, ficou sem graça pelo ato e cobrou de si mais atenção para nunca incorrer na confusão.

Quanto a pegar as coisas alheias, crê que a comida deve ser dividida. E que ele está trabalhando. E que pegar um pedaço de pão e matar a fome não é crime. Infelizmente tem, como toda pessoa que pratica o crime, a certeza da inocência.

"Esta pessoa ainda trabalha numa medida socioeducativa. O que pode ensinar aos adolescentes? Nada de bom", mais uma funcionaria critica.

"Na verdade, pouco tem a ver estar dentro de uma unidade de internação. Numa empresa, numa fábrica, numa escola é possível haver aquele que se apropria do que não é seu", brandiu uma voz moderada. "O negócio é vigiar, pois o ladrão nunca desiste".

MADURO

"DESTA ÁGUA NUNCA beberei", disse ela.

"Tem certeza?", insinuou a outra.

"Toda do mundo. Imagina? Eu com um aluno? Vamos mudar de assunto", insistiu.

A discussão girava em torno de uma colega de serviço, 33 anos, grávida de um rapazote de 17. A diferença de idade gritante. "Mas e o amor não conta", ainda buscou persuadir a amiga. "Pode até ser", resmungou. Ela acreditava em primeiro lugar no amor e depois vinham as convenções. Embora que uma mulher engravidar-se de um garoto fosse muito para a cabeça. Soava como irracionalidade pura.

A diferença de idade era complicada, em sua opinião. Um casal para ser saudável tinha que ter ao menos uns cinco anos de diferença. Sendo da mesma geração, teriam perspectivas em comum. Um ensinaria ao outro a guiar-se, quer orientados pelos pais, quer orientando os próprios filhos. A experiência autoritária da idade avançada de um não se imporia sobre o outro.

O aspecto físico falava alto, igualmente. Uma careta pinta os lábios quando perguntam se ela se envolveria com pessoa mais velha, por exemplo, uns vinte anos a mais. Nutria repulsa. Tudo bem que as mulheres sonham com um Richard Gere ou outro cinquentão para namorado mais velho. Mas a realidade mostrava homens cujo físico só lhe trazia decepção.

O que diriam as amigas agora? Ela, vinte e sete anos, professora de cursinho, namorando um homem de 68 anos. Iriam descobrir. Quanto mais que ela não é adepta a mentir ou ocultar a verdade.

Casou-se cedo. Antes de completar vinte anos, ainda universitária, encontrou o que seria a alma gêmea no barzinho da faculdade. Aluno do último ano de odontologia. Começara a namorar. Mês e meio depois da colação de grau dele, eles se casaram. Ano seguinte, veio o único filho. Bem jovens, bem sonhadores, bem mimados. Brigas sacudiam a relação amorosa. A separação de corpos veio. A criança é que sofre, vendo os pais divididos. Embora que no caso do garotinho, era até melhor do que ouvir o choro da mãe e os socos na mesa do pai, além dos xingamentos recíprocos.

O novo namorado mais parecia seu avô. Conheceram-se num jantar de formatura. Ele aposentado, embora insista na condição de gerente-consultor de multinacional. Ótimo salário. Seria detalhe. O que conta é o carinho, o papo, o acolhimento. Devo estar bem carente, disse para si. Do contrário, como explicar não sentir repulsa pelas mãos enrugadas alisando as suas. O papo dele colou. Quando viu, beijavam-se no carro.

Por mais que procurasse uma explicação, frustrava-se. Conformou-se que há acontecimentos que não se explicam. Nada nele lhe atraía. Pior, o aspecto sexagenário afugentava. Suspeitava que ele estivesse na época *caída* do macho. Espanto quando se amaram. Tanta devoção, carinhos, dedicação, prazer que ele proporcionava. O dentista era lindo, fazia musculação e lutava artes marciais. A falha dele era perseguir um prazer individualista. O senhor, quase vovô, não. Era mais duradoura sua *devoção*. Uma satisfação ainda não experimentada com o dentista nem com nenhum outro namorado a prendia ao gerente.

Difícil seria apresentá-lo socialmente. "Ele é rico?", tipo de interrogação quando não verbalizada, sentida nos olhos inquiridores de quem os visse de mãos dadas, nas raras vezes que se permitiam essa liberdade. O gerente não é um poço de delicadeza e sensibilidade. Momentos há que um coice de cavalo seria mais gentil. Contudo, cativou o coração da moça e conquistou o filho de seis anos, que inclusive o chamava de pai, demonstrando que queria estar ao lado de alguém que o amasse e não brigasse com sua mãe.

"Por que eu gosto dele apesar da idade e de um aspecto que não é sonho de consumo? Será amor? Talvez por ser *maduro*?", ela se debate com o espinho que a impede de ser 100% feliz.

MAMANDO ÁGUA

SAÚDE É COISA séria. Louva-se qualquer atitude em prol de comportamento mais ajustado às necessidades de um corpo saudável. Livrar-se de carnes, manteigas, gorduras em excesso é o ideal. Álcool nem se fala. Já que para muitos é impossível abandonar o prazer de bebericar nos fins de semana a cerva ou caipirinha, recomenda-se moderação. Prazer regrado é prazer duradouro, que não gera dor de cabeça.

Dieta traduz o salutar meio de evitar excessos.

O corpo precisa de movimento. Nada de restringi-lo ao balanço do ônibus ou metrô. O exercício físico é calcanhar de Aquiles. Persuadidas por programa de TV visto na noite passada onde o médico recomenda a caminhada, algumas pessoas colocam o tênis nos pés e indumentárias e saem a campo. O fôlego dura tempo, talvez seis meses. Depois some. Param de andar tão impulsivamente como começaram. Quem aguenta duas horas de andanças e depois ter que enfrentar a limpeza da casa, o almoço por fazer, as mil pequenas obrigações do lar que calham de aparecer no fim de semana?

Alternativa é caminhar na ida e vinda ao trabalho. Daí se acerta dois alvos com um golpe só: poupa combustível e se ganha em forma. Se não der para ir para o trabalho, deixar o carro na garagem quando se for à padaria, ajuda.

Ela olhava todos os meios de manter a forma. E nada lhe atraía. Sorte que é esbelta e não fuma. Tampouco ingere álcool em demasia. Apesar de arredia a dietas e exercícios físicos regulares, é pessoa que incentiva os amigos a persistir na luta pela busca ou conservação da saúde.

Uma moda recente – pelo menos que ela vem notando – a perturba. A mania das garrafinhas de água à boca por este ou aquele que leva a sério a necessidade de se ingerir sabe lá quantos litros de água/dia. No trabalho mesmo, ela se depara com dois. Antes eram quatro indivíduos. Um pulou fora da dieta tão ligeiro quanto entrou. Outro pediu as contas para migrar para melhor oportunidade, portanto, não se sabe se a dieta continua.

Dos remanescentes, um homem e uma mulher. Onde quer que eles estejam a garrafinha lá se encontra. Como fumantes compulsivos da década de oitenta que na hora de ir ao banheiro ou fazer amor tinham o cigarro entre as pontas dos dedos, eles levam a garrafinha à boca, bebem um golinho e retornam a dita cuja para a mesa. Tem vez que a repetição é tão intensa que parece competir com o ato de respirar.

"Você está fazendo tratamento?", ela sem se conter pergunta.

"Por quê?", a bebedora questionou.

"Por causa de ter que tomar tanta água", completou a amiga.

"Não. São os dois litros necessários por dia que cada pessoa deve beber", responde.

"Ah, certo.", ela queria perguntar mais. Achou por bem mudar de assunto.

"Você não bebe? Olha que nosso corpo necessita...", a amiga sentencia.

"Acho que bebo. Nunca contei. Quando tenho sede, vou e tomo", respondeu.

"Aí que está o problema. Não podemos beber somente quando estamos com sede. Devemos criar o hábito de ingerir dois litros ou mais por dia. A sede apenas indica quando a situação está extrema, quando já estamos desidratados. A quantidade regular, que todos tomam, é insuficiente para hidratação, além de nos deixar vulneráveis às doenças outras."

"Entendi", disse. Claro que o *entendi* foi pura convenção.

Havia entendido o raciocínio, mas não engolido a norma. Sequer a seguiria. Imagina passar a andar com a garrafinha debaixo do braço para cima e para baixo, mamando água de minuto a minuto? E fazendo o barulho horrendo como se estivesse chupando mamadeira. "Tô fora", disse para si.

MÃOS CALEJADAS

NEM NOVE HORAS da manhã. O calor insuportável de fevereiro perturba os engravatados, as professoras, vendedores, artistas, multidão que fervilha na capital paulista. Muitos se armam de ventiladores, ar condicionados. Quem pode circula com mais frequência pelos corredores da empresa. As mulheres gozam de maior flexibilidade no trajar. Vestidinhos de alça, calças de pano mais leve. Embora tenha a moda da calça jeans no meio das nádegas por homens ousados, o comum da vestimenta masculina é tradicional. Os que fazem caretas para o terno e gravata, quase não percebem que andar de jeans é tão pior, ou mais, devido o pano rústico, pesado, retendo mais calor.

Há profissionais que sofrem mais no calor. Profissões existem que padecem nas quatro estações. O pedreiro é uma dessas. No verão, precisa dizer? No inverno, tendo que meter a mão na massa, mexer com água gelada, e peitar o vento frio sem poder se esconder numa sala quentinha, com chazinho. O outono e primavera pouco refrescam. Frio no começo da manhã. Logo que o cimento, a terra e água viram massa, e a marreta começa socar a parede, o calor emerge do esforço bruto.

Nove horas e dez minutos. O pedreiro depositou a marreta no chão. Ia ao banheiro. No caminho, circula no meio de pessoas que participam de reunião para discutir novas estratégias para lidar com velhos dilemas da instituição onde exercem cargo de chefia. Há pessoas que esbanjam verdadeira aversão a obras, reformas. "A casa fica uma poeira só. Não venço passar pano no chão... Só depois da reforma terminada que terei sossego", reclamação feita por dona de casa quando tem um pedreiro em casa. Na empresa, os funcionários nutrem incômodo similar diante do barulho ensurdecedor, da poeira levantando.

Pedreiros pouco ligam para gente circulando. Exceto os que usam linguagem vulgar, e tomam advertência do chefe. Nota-se que os chefes chamam atenção quando os *patrões* estão por perto. Pior é quando pedreiro carente cisma com *patroa* –aqui é sinônimo para pessoa de classe alta –, e se atreve a usar cantadas inconvenientes. O gerente da obra responde pelos subordinados. Logo, exige que o homem camufle os instintos ou será mandado embora.

O que vai ao pensamento não se amordaça. "Aquela coroa gostosa, pele de seda... Ah, se minhas mãos calejadas tocassem sua...", um rapaz fala baixinho a um senhor de cabelos grisalhos. O senhor pouca atenção dá. A fantasia de ter uma *patroa* é comum. Ele superou a fase. Experiente, sabe que muitas devotam verdadeiro horror, desprezo, quase asco. Há uma ou outra mais liberal cuja fantasia permite que o pedreiro a visite no quarto à noite, ainda que seja num mero sonho vaporoso.

Fantasia é bom, mas não enchem barriga. A obra deve ser concluída. O suor escorrendo. A fétida catinga do trabalho bruto exalado pelos poros dos corpos massacrados, castigados. Carregam tábuas, pedras, sacos de cimento, cal. Diferente do passado, hoje, para virar a massa conta-se com a ajuda de máquinas. Ainda assim as intempéries da profissão persistem: as mãos calejadas, carcomidas pelo cimento, o tijolo que escapa e acerta os dedos. A segurança do trabalho evoluiu, protegendo-os. Cabe à empresa acatar o que a lei exige. Muitas não o fazem. Ainda que se faça, o trabalho melhora um tanto, não tudo. De resto, deve-se ter força, resistência.

Centenas de especialidades surgem num século. Outras tantas desaparecem. A construção civil atravessa os tempos imemoriais. Pois é preciso morar, habitar a empresa, ser tratado no hospital, atravessar viadutos. O pedreiro, pouco idealizado, zombado, detonado pelas condições de trabalho, às vezes tendo as entranhas dissolvidas pela pinga, é personagem principal. O árduo labor ao longo do dia mostra quem é que realmente edifica *concretamente* um país.

Acima de um Niemeyer está o pedreiro. Pena que algumas pessoas levam tempo para ver o óbvio, isto quando chegam a vê-lo.

MÃOS TRÊMULAS?

LIGOU O CARRO a álcool para ir esquentando. Havia apanhado as chaves em cima da mesa, o celular e bip. Despediu-se de quem estava na casa, e rumou para o hospital. Mais um dia de cirurgia, dia de labuta.

Para este descendente de japonês a labuta é sinônimo de respirar. Desde cedo, lá pelos seus oito ou nove anos adorava levantar cedo com o avô e ir para a roça. Tudo bem que um dia ou outro, o corpo mais cansado, seria complicado encontrar riso de satisfação. Na maioria das vezes, porém, passado o gelo da manhã, a rotina ia tomando rumo e sacudindo a preguiça. Doce recordação das férias. Era doce mesmo. Adorava laranja, manga, uvas, pêssegos cultivados e vendidos por seu avô nos mercadinhos da cidade.

De volta à cidade, terminada as férias, a energia voltava-se à família e à escola. Pela dedicação que os pais voltavam ao trabalho, o rapazinho encontrou nos estudos maneira de lhes mostrar reconhecimento. "Estudar é como trabalhar. A diferença é que o salário vem bem mais tarde", esta fala dita pelos pais lhe animava ainda mais.

Dos irmãos, foi o único que seguiu carreira que demandava mais empenho, muitas horas debruçadas sobre os livros. Quis ser médico.

Quando se deu conta estava como plantonista. Diante de si, as primeiras complicações. A medicina é arte garimpada a cada dia no turbilhão de dificuldades. A diferença de renda, que cria o exército de pobres é apenas uma delas. Na residência, no hospital-escola, visualizou a multidão privada das benesses. Soube desde cedo que somente os bem capitalizados ganham acesso ao atendimento rápido e preciso. Não por má vontade dos médicos, mas por falta de hospitais e da demanda sempre maior que a oferta nos ambientes públicos.

Pelo fato de viver no interior do Estado mais rico do país, apesar de algumas contradições, as condições objetivas nunca lhe soou tão penosas. O que complica mesmo é o lidar com o corpo. E cada um com sua capacidade. Uns mais resistentes que outros. Devido à alimentação, à genética? Pode ser. A idade do corpo conta. Uma cirurgia no corpo jovem que cicatriza rápido. Nos mais idosos, nem tanto.

Ao longo da carreira médica, as experiências se somando. De repente, surgem inovações, derivadas de árdua pesquisa, que permitem a solução de problemas ou deficiências insolúveis décadas antes. Mais pessoas passam a viver mais saudáveis, ou por mais tempo.

O tempo traz marcas. Muito assistiu. Muito sofreu. Se pudesse, faria tudo de novo, evitando, claro, esta ou aquela ação. Todavia, a medicina ele não abandonaria. Milionário não se tornou. Tampouco pensou em ser. Seguia o exemplo dos antepassados que vieram do Japão para ganhar uma vida em solo brasileiro. Construíra também uma carreira, através da qual garantia a vida, a saúde de muitos.

O que o preocupa? As mãos trêmulas? Certa vez ouviu que quando as mãos tremerem é sinal de parar, que o cirurgião deve aposentar-se. Faz sentido. Como faria sentido se retirar do centro cirúrgico se a visão falhar ou sumir.

No hospital, seguiu para o consultório. A cirurgia será 11h30. Tem quase uma hora e pode resolver assuntos pendentes. Mexeu em receitas, em prontuários. Atendeu dois telefonemas. E por fim seguiu para o centro cirúrgico.

Na entrada do centro, a equipe eficiente tinha feito seu trabalho. O paciente anestesiado. O segredo de uma boa cirurgia é a equipe, pois desde criança sabia que homem algum é autossuficiente a ponto de não depender de ajuda. Mãos trêmulas? A inquietação voltou como que procurando a resposta. "Quando as minhas estiverem assim, será hora de me despedir do bisturi com a certeza do dever cumprido".

E se voltando ao paciente, fez seu melhor.

MARRONZINHO

DEPARAR-SE COM UM guarda de trânsito raramente é situação confortável para o motorista. A imagem da autoridade associa-se a pendências. O velocímetro que registra acima do limite, uma vez que o pezinho de chumbo carece de controle. Os pneus carecas. O escapamento abusando na liberação de CO_2. O prazo expirado do extintor de incêndio. O seguro obrigatório atrasado. As multas não quitadas. Desnecessário incluir a carteira de habilitação vencida.

Quantos aos que sequer possuem a CNH e vivem na ilegalidade ao conduzir veículo? Nem vale mencionar o pavor. Um pouco por ter virado descaramento. Quem vai contra a lei acredita que está certo. Difícil admitir a falha, e quando consegue é para se fazer de vítima.

O mais inusitado é pessoa que diante de um guarda sente-se sortuda. Pode achar-se segura, que o Estado presente na pele do policial a protege de eventual insanidade e falta de limite de um motorista imprudente. É possível ter alegria, a corda do coração vibrada de maneira mais intensa, na presença de um guarda?

Sim.

Num cruzamento desalmado, entre tantos outros da Capital paulista, um acontecimento atrai quem possui olhar terno. O objeto de admiração longe está do estúpido motorista que enfia o carro na frente dos demais em busca da ilusão de vencer a morosidade do trânsito. Sequer dos motoqueiros quebradores de retrovisor, arranhadores de carros em busca de passagem. O que arranca admiração é a animação de um guarda conduzindo o fluxo do trânsito. Sorri, deseja bom dia, acena incentivando aos motoristas a uma perspectiva mais feliz no dia que se inicia.

Nem todos reconhecem esse desvelo. Há quem inclusive classifique como ridículo, reduzindo o entusiasmo a um bobo querendo atenção. Por que o sujeito está alegre se ele ganha ninharia, além de executar atividade repetitiva, sem criatividade?

Na plateia há pessoas que o adoram. Destaque para a psicóloga que atua com crianças carentes em abrigo. Ela devota parte do dia a escutar e orientar os destituídos de figuras maternas e paternas que os direcionem. Que sentimento causa nela o guarda? Esperança. Basta saber que nem todo médico cardiologista deixa de fumar, comer gordura e, pior, manter formas de agredir o próprio coração. Logo, ser psicólogo não a livra de conflitos existenciais. Como, por exemplo, um tédio, uma paixão que não deu certo, crise de pais e filhos. A carreira que encurrala, parecendo menos promissora, mas cujas garras prendem-na a ponto de impedir visualizar escapatória.

Quando viu o guarda pela primeira vez notou somente um uniforme contendo um corpo. As condições do carro estavam de acordo com a lei. Ela exibia a indiferença dos que nada devem, portanto, nada temem.

Alma evoluída, ela por vezes proferia palavrões diante da lentidão no trânsito. Depois de bater no volante para dar vazão a raiva, fixou o olhar mais atento na pessoa do guarda. Lá estava ele, sorrindo, animando. Ela o achou tantã, e ia o ridicularizar, mas olhando para os lados ouviu tantas bocas vociferando humilhações, que ficou envergonhada em juntar-se ao coro. "O que o trânsito estava fazendo comigo? Mais um mero ser deplorável", pensou.

No dia seguinte, o dito guarda não estava. Tinha outro em seu lugar. Cara de poucos amigos, não muito para brincadeira. Diferente do entusiasta, que motorista arriscaria lhe tratar sem respeito? Um grosseiro sabe reconhecer outro grosseiro pior, e por isso o teme.

Que satisfação quando ela encontrava o guarda animado no cruzamento tumultuado. O dia rendia melhor. A empolgação do policial enche o tanque de esperança da moça. É combustível suficiente para valorizar a vida.

MAU CONSELHO

O OFICIAL DE JUSTIÇA entrou na loja, acompanhado de um perito. Os poucos funcionários que restavam nenhum comentário trocaram até que a averiguação do patrimônio tivesse sido concluída. A ação visa lacrar os bens, insumos e o que formava a Casa de Materiais de Construção. Cena lamentosa, mas algo corriqueiro aos olhos de quem assiste. Fossem duas semanas atrás, as pessoas estariam em polvorosa. Na ocasião, foram os peritos contábeis que vieram para levantar a situação do caixa da empresa. Decretada a falência, pouca alternativa sobrava a não ser registrar o valor do ativo e passivo.

O patrão acompanha o ritual que concluirá a perda do patrimônio arduamente conquistado durante mais de quinze anos. Lembra-se como se hoje fosse a primeira vez que entrara numa loja sua. Era um terreno bem afastado do centro. Área mal valorizada. Que louco se arriscaria por aquelas bandas? Como um profeta para os negócios, visualizou os dias de fortuna que viriam. O bairro estava começando. As casas erguiam-se. A casa de material de construção trouxe retorno antes do esperado.

A grana serviu para florir a existência calejada. Aos doze anos, começou a trabalhar com o pai como ajudante de pedreiro. A instrução formal ficaria prejudicada. Concluíra a sexta série. A matemática fundamental bastou para o êxito na profissão. Aos dezenove anos, passa a ser funcionário numa casa de material de construção. Trabalhar com o pai ajudou. Mas sua ambição estava longe de ser pedreiro. Queria vender. Como vendedor atuou na primeira empresa. Acumulara um patrimônio considerável.

Podia ser sócio do antigo patrão. Mas resolveu sair a campo. Construir algo seu. Em meados da década de oitenta, um bairro novo na cidade dava sinal de ser o Eldorado futuro. Migrou para lá. Comprou um amplo terreno na avenida. E nem os assaltos nem a poeira do bairro que ainda não era asfaltado o fizeram desviar do propósito de prosperar. Afinal, os assaltantes um dia perderiam o trono na medida em que o bairro fosse urbanizando. A poeira sumiria quando as ruas fossem asfaltadas. Em pouco tempo, as ruas e avenidas ganharam o asfalto. Os assaltantes sumiram? Não, apenas o bairro atingiu o *nível aceitável* de assaltos.

Cresceu e prosperou tão rápido que quando se percebeu tinha triplicado o patrimônio. Os negócios estavam em terreno fértil. Construir e reformar estão no sangue da maior parte das famílias, seja por necessidade, seja por uma questão de vaidade.

A perdição veio de uma falha pessoal. Tinha o coração grande. Colegas e ex-funcionários não poucos compravam fiado. A conta crescia. Todavia, o golpe de misericórdia recebeu quando seguindo um mau conselho resolveu arriscar como fizera no passado. Compraria um grande galpão num bairro que estava por se iniciar. Nem sempre o raio da felicidade caia no mesmo lugar. O que deu certo uma década antes, hoje trouxe azar.

Toda explicação, por mais artificial que parece, é suficiente para explicar o sucesso. Um 'ele tem tino para os negócios' é o bastante. O fracasso é mais complicado. Quem é que quer ser considerado o causador da própria ruína? Deixado o ego de lado, o fracasso pode ter a mesma fórmula que o rival sucesso, a de que 'ele não tem tino pros negócios'.

As forças faltavam. No escritório da empresa, ele rumina pensamentos. Amanhã a empresa estaria nas mãos de terceiros. Perdera a chácara, a casa em Caraguá. Teve sorte de a casa onde reside com a família ter sobrado. A família agradece. Ficar sem teto é complicado. De repente, um senhor bate à porta. É seu ex-patrão. Após o abraço sentido e que revigorou as forças, o senhor de cabelos grisalhos disse-lhe: "sua vaga está te esperando, se você a quiser".

Claro que queria. Tinha uma família a sustentar. Tinha só cinquenta anos. Daria a volta por cima.

METROSSEXUAL

O TELEFONE TOCA. A assistente do salão de beleza atende.

"Boa tarde, salão *Slave Hair*. Em que posso ajudar?", a moça pergunta.

"Olá. Gostaria de confirmar hora", responde o homem do outro lado da linha.

"O Sr. é...?"

"Sim. Eu mesmo. Liguei ontem e marquei hora para hoje", diz.

"Está confirmada. Às dezesseis horas", diz, após consultar a agenda.

O telefone estava no gancho quando o homem saiu de casa após despedir-se da mulher e das filhas.

No salão, as mãos mergulham na vasilha com água antes de serem submetidas a delicado processo de limpeza e pintura. Os pés estariam livres. Semana passada a lixa retirou a pele morta da planta dos pés e as unhas, depois de higienizadas, ganharam uma corzinha básica. Unhas das mãos aparadas, pintadas, seria a vez do cabelo. Lavar com xampu, enxaguar bem e creme para revitalizar. Nunca tingiu os cabelos, mas busca conservar vigor dos fios, nutrindo-os com os produtos indicados pela personal hair.

Cabelos de molho, e o homem fitando o teto do salão. Pouco se comunica com as mulheres ao redor. Se fosse mais comunicativo, se tivesse o estilo da maioria das mulheres, o tempo passaria voando. "Nota-se que você não é gay", disse a queima roupa certa vez uma mulher ao lado, com mãos igualmente mergulhadas na baciazinha com água norma. "A gente distingue bem. O homem que é homem fica na dele quando está em território feminino. O homossexual, se não for enrustido, fala pelos cotovelos", acrescentou.

Na época, gostou do comentário. Esclareceu que ele era metrossexual, que tinha preocupação mais acentuada com a aparência, despendendo tempo e dinheiro além da média masculina. Longe de ser gay enrustido, que camuflara os instintos, que arrumou esposa e filhos para disfarçar. Adorava o sexo feminino.

Nem sempre foi assim. Apesar de ter nascido numa família rica e liberal de Matogrosso, a preocupação com a limpeza do rosto, o gel no cabelo, os perfumes e desodorantes, o lápis para sobrancelhas destoam do clima mais conservador da região. A sorte é que teve namorada e era tido como boa praça na opinião dos camaradas. Até montou cavalo bravo na adolescência.

Escolheu arquitetura. Bauru seria o destino. Na república, a dedicação com a beleza soou como obsessão para uns e veadice para outros. "Na hora de apresentar um projeto a um cliente é bom ter as unhas asseadas", mais de um professor recomenda este procedimento para os estagiários de arquitetura. Ele se viu recompensado pelo detalhe técnico.

Formou-se em arquitetura. Inúmeras cidadezinhas de Matogrosso contam com as fachadas da entrada para a cidade ou chafariz e praças assinadas por este metrossexual. Superou a faculdade com êxito.

A vida a dois foi um tanto complicada. A mulher levou tempo para acostumar-se com um homem que gastava mais horas se embelezando do que ela própria. Óbvio que por mais que a convivência aumente certas críticas persistem, destaque para quando esposa está aborrecida com o parceiro. "Parece que vai a um baile", "Ah, vamos esperar o seu pai, o príncipe encantado, sair do banheiro" são algumas alfinetadas corriqueiras.

A esposa o ama e sabe que é homem 100%. O estilo metrossexual serve para fornecer fogo à batalha mais ou menos aceitável num casal, e que quando acentuada pode levar à morte ou separação. A natureza beligerante é o espinho do casamento.

Felicidade é quando a mulher traz para o marido o desodorante, o sabonete, o gel encomendados da rede de cosmético tipo Avon, Natura.

MODELO

O CONVITE VEIO na hora em que mais precisava. O fotógrafo ligou e explicou sobre o projeto. Soou legal. O cachê não seria lá estas coisas. Do jeito que estava na secura, de pronto aceitou. Mesmo que nestes últimos tempos a grana tardava a entrar, a moça mostrava consideração pela agência na qual realizou o primeiro trabalho como modelo profissional.

A sintonia entre eles era boa. A agência não a importunava com pedidos que desgostasse: por exemplo, enveredar para o terreno da pornografia. Nada contra quem faz o trabalho, mas ela não estava preparada e nem queria *precisar* estar.

A sessão de fotos seria na praia. Não curtia muito trabalhar na praia. A areia grudando no corpo. Isso de banana a milanesa é dose. O sol refletia na lente da câmera, nos olhos escuros do fotógrafo e incidia nos olhos dela, detonando a pose. Durante a sessão, que tormento.

O legal vinha depois. Teve trabalhos na praia dignos de tirar o chapéu. Hoje, estaria posando para mostrar uma coleção moda praia. Tentava seguir o conselho cansativo do fotógrafo para relaxar. "Se fosse você que estivesse deitada de biquíni nesta área quente, queria ver se ia relaxar", respondeu atravessado. Depois desencanou e sorriu para o cara. Sabia que fazia parte do *script* o fotógrafo pedir para que a modelo relaxasse.

As fotos foram de todas as posições imagináveis no decoro de um desfile de moda. Vestidinhos rosa, branco, preto e marrom. Tamanhos variados. Dezenas de biquínis. Ainda bem que fio dental estava fora da parada. O momento em que mais relaxou de verdade veio com o crepúsculo, quando faltava pouco para as 20h. Ela ia de canga florida, sandálias rasteiras, finas, passeando próximo ao quebra-mar. Os cabelos loiros, a pele amorenada e o caminhar de uma madona.

Não foi de estranhar que das várias fotos que fizera, esta última deixou os figurões da moda em Milão boquiabertos. Diante do primeiro contrato bem-sucedido internacional, o consórcio de moda praia não foi murrinha e chamou a modelo e fotógrafo para assinar mais um ano de trabalho.

Voltando dez anos atrás, veríamos a menina de 13 anos diante do espelho provando roupas durante horas. Sim, gostava de ir para escola. Mas é das que se produziam. Na escola, ficava na turma das mimadas. A futilidade estava longe dela. Só a vaidade é que lhe perseguia. E a menina de lindos olhos e rosto encantado que gerava tantos admiradores como inimigos, ia seguindo a vida.

Num concurso interno de *Miss Escola*, ela ganhou. Um fotógrafo designado pela Casa de Cultura da prefeitura registrara o evento. O rapaz quedou meio petrificado com a beleza estonteante e precoce. Os pais da adolescente se tivessem visto a quantidade espetacular de fotos que o profissional tirou da menina, em detrimento das demais alunas, teria pensado ser um tarado de plantão. E olha que a menina ainda nem tinha sido declarada vencedora do concurso.

O fotógrafo, embora ligado a Casa de Cultural, como bom profissional, circulava. Mostrou o material numa agência. Essa teve os olhos crescidos: "Que menina linda. O quê? Me engana? Você achou essa beldade numa escola pública de periferia?", ia o responsável questionando o fotógrafo.

Se aos treze anos de idade era vaidosa, aos seis não menos. Volta e meia estava com os sapatos da mãe ou da irmã mais velha enfiados nos pés e fazendo pose para o espelho. Claro, muito desse comportamento era repetição do que via as mulheres da casa fazer e outro tanto captado das novelas e filmes da TV.

Houve crises familiares, tensões entre pais e filha. A moça nunca foi rebelde. Obedecia aos pais, porque os amava. Nada de vida desregrada. Tinha excelentes notas na escola e raramente cabulava aula. Fez faculdade de educação física, mas nunca exerceu. Foi convidada para ser modelo profissional, aos 18 anos.

■

MORDE-A-FRONHA

O AGENTE ADMINISTRATIVO da prefeitura ia de volta para casa. No ônibus, sentado na confortável poltrona, apanhara os óculos dentro da mala de mão depositada debaixo do assento. Saia da capital paulista com destino à querida Osasco. Vencer a semana estafante tinha como prêmio o descanso familiar. O mar de carros e o trânsito parado nem o incomodavam mais. Pelo menos não hoje. Ia mergulhado na leitura para o concurso da SEFAZ dali a um mês. Que ótimo, a empresa de fretado tomou vergonha na cara e colocou carros novos na praça, com luz decente. Poderia ler sem sofrerem os olhos. Diante de si, o árduo livro que servia de itinerário para as Finanças Públicas, da criação do CMN e BC.

Ao redor, bocas batendo. Assuntos variados. Muitas pessoas, claro, cairiam no cochilo quando o ônibus tomasse velocidade. Para certos dorminhocos o movimento retilíneo do veículo na estrada aprazia semelhante a embalos de mãe carinhosa no berço. Os mais moídos pela agitação de sexta-feira no trabalho, literalmente apagavam logo se sentassem na poltrona. Prova viva estava ao lado do agente administrativo: um sujeito entregue a sono solto. A jaqueta em cima dele simulava cobertor, procurando garantir a maior comodidade possível.

As conversas no ônibus resultam de uma multiplicidade de fatores. A começar pelo tempo de duração da viagem. Há temas que se satisfazem com dez minutos, ao passo que duas horas seriam insuficientes para outros. Empatia é fator número dois. Se o sujeito ao lado traz fisionomia de poucos amigos, raramente a conversa passará de cumprimento formal, boa-tarde, bom-dia, quando muito.

O estado de espírito, por fim, é terceiro na lista dos fatores. É o mais complicado. O estado de espírito pode bloquear a fala, ou fazer com que o sujeito desate a falar sem parar. Ainda no estado de espírito haverá assuntos mais ou menos previsíveis. Quem está amando, falará sobre o amor. Quem se viu frustrado por uma bronca no serviço, prejuízo nos negócios e perda na paixão, provável que risinhos e entusiasmo estejam ausentes na conversa.

Futebol, religião, relacionamento afetivo, emprego são temas quase sempre em pauta. Piadas sexistas não ficam atrás. Justamente as piadas assim que turbam a atenção do agente administrativo diante do livro que tem à mão. Dois ou três homens falavam de um terceiro *colega*, que por sinal está ausente.

"Não sei não. Aquele jeitinho. Tem 48 anos e nunca foi casado nem tem namorada. Ninguém me tira da cabeça que é morde-a-fronha", o mais atirado insinuava.

"Pode ser...", o colega não duvidava, mas queria mais detalhes.

"O cabelinho a chapinha, com rabo de cavalo?", vai completando traços que acredita ser da homossexualidade.

"Ele fala que São Paulo só tem barangas, por isso não encontrou namorada", disse outra voz.

"Mas é boa gente. Foi na minha casa e resolveu um problema elétrico", um elogio para compensar a maledicência.

O agente administrativo se incomodava não muito pelo estardalhaço que faziam para destratar o colega ausente. O que perturbava era ouvir duas existências se perderem, desperdiçando o precioso tempo em falar mal do semelhante. Sim, o sujeito ausente podia estar no armário, camuflando as inclinações. Todavia, com amigos bobos como esses, não fica difícil adivinhar a razão para se entrar no armário e lá esconder o esqueleto. Era uma forma de lutar para se manter são diante de mentes medíocres.

"Será que estão insatisfeitos com a própria vida afetiva e para não darem o braço a torcer buscam achar defeito no outro, como maneira de dissimular os próprios?", desabafara pela segunda vez. Fechou o livro. Realmente hoje a concentração teimava em se ausentar.

MORRE OUTRA FANTASIA

A TRAJETÓRIA DO homem que adentra ao hospital para fazer cirurgia é bem parecida com a de milhares. Quando garoto suspirava com as primeiras idealizações do sexo feminino. Tudo tão de repente. Um ano antes, aos treze, achava menina uma chatice. Estar perto delas o deixava incomodado, irritado não poucas vezes.

Longe, que maravilha, elas eram anjos. De preferência se de shortinho, camiseta adivinhando os lindos seios. À distância, sozinho ou com os colegas de futebol, que aperto no peito ver a garota desfilar na rua. Raras tinham um papo legal, maduro. Por muito tempo acreditou que se a mulher for bonita, quanto menos ela falar melhor. Nunca confidenciaria uma barbárie dessas na frente de uma garota. Temeu sofrer retaliação feminina.

Quantas fantasias diante do sexo oposto que caem por terra quando da aproximação, no namoro ou casório. Ele acha que a culpa é da mulher. A mulher o culparia. A culpa, se existir, é da natureza humana exigente, fantasiosa, querendo prender o fugidio ar platônico na Gomorra animalesca dos instintos.

Pelos vinte e poucos anos, dezenas de revistas de mulheres nuas abarrotando o guarda-roupa. Que errôneo idealizar corpos pelas fotos estereotipadas. Nada incomum para o estudante de engenharia, vivendo em república, a léguas de distância do pai e da mãe.

Começou a namorar e ainda mantinha-se relutante em se desfazer do montão de revista, quando o cunhado ironizou "ele conta com um arsenal espetacular". A namorada era liberal, e desde muito convivia com as similares manias do irmão. Deu pouca importância.

A namorada era tão igual ao que a fantasia do rapaz demandava. Lutara como um tártaro para conquistar a moça. Uma batalha ferrenha contra concorrentes declarados ou velados. Daria inveja a Romeu e Julieta. O prêmio compensou. Ela linda, branquinha, seio de leite. Ele moreno. Uma mistura de raças.

As primeiras brigas serviram para abalar. Mas o que detonou de vez idealização foi comparecer ao hospital e ver a linda namorada internada necessitar da *comadre*. O sogro dizendo: "é nessa hora que a gente sabe se ama a mulher que tem". Baqueou. Uma coisa é saber que todos vão ao banheiro, que se é frágil. Outra situação é estar diante da fragilidade escancarada, pouco cheirosa. "Se desde criança mamãe tivesse ido ao banheiro de porta aberta, sem tanto pudor, sem tanto disfarce, talvez esse mal-estar não me aporrinhasse", pensou, ao descer do quarto do hospital procurando desesperadamente um bar, uma gelada.

Superou. Aceitaria estar com a mulher que ama na saúde e na *doença*. Havia sepultado a primeira fantasia em relação às mulheres.

Hoje, está prestes a enterrar outra. Não sem dor. E que dor. Após a cirurgia, teve problemas em urinar. Ia e vinha do banheiro. Nada. Que sofrimento. O pior é que parecia que ele ia estourar por dentro de tanta vontade. Aí chegou a enfermeira. Nem vou entrar no clichê que era linda, que bulia com os instintos. Seria óbvio. A dor minou qualquer investida do Id. O instinto era conseguir urinar.

Que vergonha quando ela pegou no pênis. A vergonha cederia. No lugar, a dor. E quando a agulha entrou na uretra? Gemeu com força, e não foi de prazer. Por fim, a experiente enfermeira soube administrar o recurso e possibilitar a urina ser liberada. "Olha, quase um litro", ela apontou para o saco com xixi. "Você devia estar sofrendo muito", disse ela.

Naquele estado de nudez, o membro caído, ele não sabia se ria de vergonha diante duma mulher ou de contentamento pelo alívio na bexiga. A ideia de uma enfermeira passiva, como nas revistas *desavergonhadas* que lia na juventude, já era. Morre outra fantasia.

MUDANÇA DE RUMO

OS CARROS BUSCAM lugar para estacionar. Manobristas alucinados, gesticulando, indicando o espaço disputado. "Pra cá! Assim... Calma! Agora dá a ré...", o manobrista ia buscando encaixar a fileira de veículos. Quem o vê pela primeira vez jura que se trata de pessoa de mal com a vida ou recém-chegada a este serviço. Nada mais errado. "É meu estilo. A gente deve mostrar um estilo sério. Aí ninguém bota banca", confidencia para um amigo.

As portas do Peugeot, Passat, Ford e Gol abriram-se quase simultaneamente. A turma de amigas saiu. Fazia tempo que não se reuniam. Um *Happy Hour* na choperia-bar Brahma foi alternativa para compensar o jejum. O local? Na esquina da Avenida São João, ponto consagrado por Caetano Veloso. O refrão *alguma-coisa-acontece-no-meu-coração-só-quando-cruzo-a-ipiranga-com-a-avenida-são-joão* volta e meia é entoado num ou noutro grupo de amigos durante a farra.

A roda é composta somente por mulheres. Declarado clube da Luluzinha, diria uma participante. São colegas de profissão, proprietárias de três salões de beleza imponentes da capital paulista. Como se conheceram? O encontro resultou de palestra assistida no SEBRAE sobre cooperativismo. Em 2006 montaram a cooperativa. De início, a cooperativa tinha a intenção de se limitar à divulgação dos salões. Colheram excelentes resultados e foram além. Hoje, existe uma Escola de Formação para os profissionais de beleza da cidade de São Paulo. Padronização do atendimento, conhecimento de normas da Fiscalização Sanitária e cursos oferecendo técnicas inovadoras para os salões que participam da cooperativa são apenas alguns dos bons resultados colhidos.

"Trabalhar em conjunto é muito melhor. Não só por que na hora do sufoco a gente tem um braço forte para nos socorrer, mas, sobretudo, porque podemos nos capacitar para fazer render muito mais os limitados recursos individuais", disse a diretora da Escola de Formação. Pessoa frágil, supersimpática, gentil, mas detentora de uma garra e determinação que a torna uma verdadeira leoa à frente do empreendimento.

Essas mulheres batalhadoras são a nova safra do sexo feminino, fruto da geração *TV Mulher dos anos 80*. O homem que tratar com elas deverá ter tato, ou pelo menos simular postura acolhedora. Apesar de algumas serem bem educadas, carregam no coração o combate a qualquer resquício machista. As mulheres sentadas à mesa de bar são gestoras em sua maioria. Têm homens sob suas ordens. Que satisfação tem a mulher ao mandar nos antigos algozes de suas avós, bisavós, tataravós?

Mas a história sempre tem dois lados. Haverá com certeza avós, vivas ou já lá no além, que encarem esta trajetória pouco vantajosa. "Não posso ficar com meus filhos? Devo passar o dia todo ausente de casa e ver meus filhos criados ao Deus dará? Além de pari, tenho que levantar parede e trocar o óleo do carro? Amassada no metrô, trem ou ônibus apinhando de gente? Ou enfiada no carro presa no trânsito infernal? Que diacho de vantagem é esta?", foi o desabafo ouvido por uma das mulheres ali da boca de sua avó meses atrás.

"Cada posição tem vantagens e desvantagens, e nem é preciso ser perita em Kama Sutra para saber", comenta uma das mulheres já no quarto copo.

"A sociedade é uma engrenagem", emenda a diretora da cooperativa, "e é nosso dever enquanto mulher mudar o rumo dessa máquina. Devemos fazer o que for possível para melhorar as relações entre homens e mulheres. Se eu combato o machismo, nem por isso sou feminista. Os extremos só causam dor e mágoa para a humanidade".

"Afinal, se com eles ruim, pior sem eles. Eu não quero virar hermafrodita...", disse a secretária, no que todas riram gostosamente.

Dos goles tomados, além de desabafo, e descontração, também saiu uma iniciativa social. "Então tá, vamos recolher todas as sobras de cabelos e ver quanto custa transformar em perucas. Assim, doaremos para as pessoas carecas devido à quimioterapia".

MULHER SOZINHA

CAMINHA. ADENTRA NA livraria. Volume à mão. Que bom, cadeiras e poltronas disponíveis. Folheando The American Diplomacy, do ex-secretário de estado americano, procura esquecer a imagem registrada na cabeça. Para muitos, quando se sai do ganha-pão, por mais que se queira, não consegue libertar-se das amarras laborais. Papéis, documentos para despachar, cálculos para lucrar ou prejuízos evitar.

As imagens registradas vinham de uma colega de trabalho. Roupa provocante. Camisa de seda preta, com alcinha, realçava os sedosos seios. Como sabe que eram sedosos? Imaginara diante do volume, do biquinho roçando o pano. Confuso. Antes, por meses, sequer a notara. Era colega no departamento que ele recentemente chegou. Conhecia desde o ano passado. Aquela história que *via a pessoa, mas não a enxergava*.

A imagem que perturba surge no início do expediente. Que diacho. Hoje a jovem senhora estava mais *sensível*? Ele não se lembra dela tão manhosa, sensual, insinuante. Cada riso, cada gesto, e sentava-se na cadeira de pernas cruzadas, e apoiava-se na mesa dele. Que horror! Sentiu a desconcertante atração quando ela se aproximou para analisarem o computador defeituoso. Proximidade perturbadora. Por que estava tão apetitosa? Meneou a cabeça, como se lamentasse a indiscrição vadia, o desejo proibido, a observação libidinosa.

Que culpa tinha pelo sentimento de afeição? Nada rolaria. Sequer tentaria. Ele é casado, e bem casado. Mulher, filhos, casa, bichano, quintal, varanda, área verde para passear no fim de semana, sogra que mantém distância perfeita, sogro voluntário diante das encrencas nos eletroeletrônicos em pane. Que mais queria? Nada. Trairia a mulher? Jamais. O desejo que atravessa a corrente sanguínea e irriga o cérebro é da ordem natural, como a provocada por uma cena apimentada de casal fazendo amor num filme.

Há desejos pouco consistentes. Esse é um. Saborear a imagem sensual da colega de trabalho é fugaz. Ele evita. Na rua, no ônibus, quando caminha pela rua, se permite deleitar no rebolado desta ou daquela potranca. Não no trabalho. Não no templo sagrado do salário.

Saber que é mulher sozinha perturba. O adjetivo é tão convidativo. Claro, desde que a mulher seja atraente. Do contrário, "nasceu sem sorte, tadinha, ninguém a quis". O adjetivo *sozinha* também pode soar como se fosse mulher liberada, à disposição. Basta um estalo, um sorriso, um convite, mesmo uma tênue insinuação para que o sujeito julgue-se no direito de bater à porta da mulher sozinha.

Lembrou-se do endereço particular dela. Estava na agenda, por quê? Em função do trabalho. Mês e meio atrás, o jovem senhor tomara nota do lugar para que ele e o motorista da empresa pegassem a colega em casa. Economizaria tempo na visita a trabalho ao secretário estadual de finanças.

Ela mora no Butantã. Tão perto. Pegaria um taxi ou ônibus e chegaria ao apartamento. O que estava pensando? Havia bebido? Uma mulher sozinha é digna de respeito. Além de tudo, é amiga de trabalho. Não que ligasse para a fofoca da turma do trabalho quando da descoberta de relação extraconjugal por aí na vizinhança ou em qualquer outro lugar, mas acharia extremamente incômodo um caso no serviço.

Tinha certeza que amanhã esta excitação importuna murcharia.

Levantou-se da poltrona decidido a pôr fim naquela bobeira. Tomaria o caminho de casa. Lá chegando, jogaria dominó com a caçulinha, zoaria com a aborrecente – sem deixar de dizer que é brincadeira e jurar que a amava. Tomaria um banho e, por volta das vinte e duas horas, beijaria a esposa e...

NA RUA

QUASE SEIS HORAS da tarde. O clima chuvoso. A uma quadra do edifício Copan. O garoto negro ajeita o papelão que serve como colchão. A cama é a própria calçada. Retira a coberta do imundo saco plástico encostado na parede. Deita-se. O corpo pede descanso. Havia olhado carro a tarde inteira. O cochilo consumirá duas, três horas, caso todas as condições forem satisfatórias.

Em torno dele, a população sobe e desce. Horário de pico. Saída do serviço. As lojas cerrando as portas. Homens engravatados. Homens despojados. Camelôs. Universitários que voltam da faculdade pública após o dia fatigante de estudo integral. E os que vão para universidades particulares enfrentar três horas de estudos num curso noturno.

Os que passam por ali pouco se perguntam sobre o menino debaixo da coberta esfarrapada. De onde vem? Cadê os pais? Por que a prefeitura permite essa condição indigna? Nada. Todos ocupados com o próprio umbigo. É tarefa hercúlea ganhar o pão de cada dia. "Se eu parar pra ajudar, o moleque vai me explorar. Além do mais, são dezenas deles. Já faço minha parte pra sociedade quando levanto cedo e tenho que aturar o ônibus lotado, o metrô desumano e o patrão filha da p... .", pensamento que perturba este ou aquele mais sensibilizado.

A maioria dos transeuntes sequer o nota. Muitos se esforçam em fingir que o garoto jogado na calçada é miragem. Os excêntricos acreditam que faz parte da paisagem urbana: "Que estranho seria uma cidade sem bandidos, sem mendigos, sem prostitutas, sem a escória que alimenta o temor imaginário do cidadão médio".

Às nove e meia da noite, o garoto desperta. Recolheu o cobertor, dobrou-o e o enfiou no saco, depois foi a vez do papelão. O destino do garoto seria a área da República onde há barzinhos e pizzarias. Trabalharia como vigia de carro.

Passou na padosa, pediu pão com presunto e queijo e coca-cola. Pagou e saiu. Nem sempre pagava o que pedia. Para tanto, o lanche pedido tinha que ser mais modesto: pão com manteiga e café com leite. E, claro, precisava ter o consentimento do dono da padaria antes de comer.

Lá pra meia noite, enquanto ele vigiava carros, outro garoto surgiu. A garoa tornava o frio mais castigante em meados de agosto de 2009. O recém-chegado era vendedor de crack. Buscava noias a quem passar a mercadoria. O garoto negro o conhecia muito bem. Papearam bastante. O craqueiro, vendo que não conseguia passar o produto, levantou-se da calçada num impulso e disse que ia dar um rolê. O *olhador de carro*, mais forte, embora que mergulhado em similar miséria social, ficou meio triste com o aspecto do craqueiro, que praticamente era pele e osso. As orelhas fundas em torno dos olhos. O olhar perdido. As palavras sem nexo. Detonado pelo crack? Como negar. O *olhador de carros* correu para pegar as moedas de R$ 1,00 do cliente que saia.

De repente, um Gol estacionou e dois caras saíram, acenando para o garoto craqueiro. Este não vacilou. Deu no pinote. Os caras entraram apressados no carro e foram atrás do pivete. Nem precisa de bola de cristal para saber que o craqueiro via-se perseguido. Devia grana e o prazo tinha acabado. Os caras não perdoam. Matam. E por que matam? Para servir de exemplo para os outros que igualmente lhes devem.

O garoto permaneceu firme. Três da manhã. Os últimos carros que se comprometeu a olhar partiram. Ele seguiu para próximo do edifício Copan. Quanto tempo estava na rua? Mais de dois anos. Saiu da casa dos pais. Lar complicado. Baixaria rolando solta além das surras. A feiura das casas e os carinhas metidos a bandidos deixavam o bairro muito menos atrativo quando comparado à região do centro da cidade. As ruas do centro são mais acolhedoras.

Nunca morreu de amor pela escola, mas gostaria de voltar a estudar. Albergue era bom para tomar banho, ganhar coberta, e só. De resto, se sentia humilhado. Ainda que houvesse encontrado nos albergues profissionais *sangue bom*, que tinham carinho por ele, preferia a rua.

Sonhava em poder alugar um quartinho. Um dia conseguiria. Tem doze anos de idade.

NA SAPUCAÍ

"É COMO ASSISTIR futebol no Maracanã. Se pela televisão o que importa é o time ganhar, não tem comparação a emoção quando se está na arquibancada", a moça da clínica apresenta versão da experiência que teve em desfilar no sambódromo. Gastou um ano com muita luta. Ensaios, dedicação. E a grana? Teve que diminuir idas a barzinhos, cinema. Dureza economizar. Baixar as idas ao salão de beleza, loja de roupa. Tudo para alcançar o sonho.

Seguindo o exemplo das colegas que trabalham na clínica médica, no dia do desfile da mais jovem e espevitada da turma, a sexagenária parou para assistir quando a escola de samba adentrou na passarela. Uma multidão. Três mil integrantes. O marido, ao lado dela no sofá, ia dizendo "vai ser difícil a garota aparecer". Para o marido, a TV foca mais em artistas, cantores, personalidades. Se ainda fosse madrinha de bateria, brincou ele.

A moça estava no alto de um carro alegórico. Por que a TV gastou muito tempo em focar a ilustre desconhecida? Vai saber. O marido septuagenário pouco desgostou. Um mulherão. A fantasia tropical que a ornava realça as coxas bem delineadas, barriguinha lisa, braços nutridos e roliços, sem sinal de gordura em excesso. Rostinho inocente para piorar. Três ou quatro minutos intermitentes que serviram para dilatar imaginação e veias do septuagenário. Levantou e foi beber água, fugir da imagem perturbadora. Gostava da mulher. Ficava sem graça sempre que uma mulher outra o excitava. Considerava traição.

A sexagenária depois da narração da musa do carnaval da clínica teve um que de irritação. Por que somente a menina podia desfilar? Nada a impedia, ela, a mais idosa, de sambar na avenida. Quando jovem três anos frequentou o Tênis Clube na cidade natal. De lá pra cá, cessou. Desfile de carnaval presenciara uma vez. Moradora da Vila Maria, calhou de aceitar o convite. Compareceu. Na ocasião, teve muito sono e incômodo. Evitou os próximos convites.

Inculcou. Desfilaria. Correu atrás do sonho. Que a chamassem ridícula. O carnaval é democracia pura. Recusaria sair nas baianas. Embora se esquivasse dum estilo Dercy Gonçalves, escolheria fantasia mais solta, menos pano, mais livre, menos peso. A grana deu pouco trabalho. Tinha hábitos mais econômicos e situação financeira melhor que a jovem. A confirmação que sairia na escola da escolha chegou. Passou a ensaiar mais.

Na clínica, a opinião se dividia. Os elogios declarados. As críticas sussurradas. "Isso mesmo. Tem que ir lá, mostrar que carnaval não tem idade", uma se empolgava. "Pensou se cai e quebra o fêmur. Minha avó vive até hoje em cima da cama", outra se preocupava.

À entrada da apoteose, a sexagenária ficou um tanto deslocada, sem chão. As mais jovens eram mimadas. Ela quase evitada. Procurou focar as pessoas comuns. Olhares de estranhamento quase a petrificaram nos primeiros dez minutos de samba. Depois, adrenalina pura. "Me sinto como se estivesse com 30 anos", disse ela a uma mulher ao lado, após vencer 40 minutos de samba no pé. O comentário nada tinha em se mostrar *para cima*. Realmente a bateria detinha o poder de contagiar. O feitiço do tambor que rejuvenescia o corpo que não parava de se mexer. O coração parecendo sair pela boca. A animação a consumindo e nutrindo a um só tempo. "Todos deviam experimentar esta aventura ao menos uma vez na vida. Aí se pode dizer que viveu de verdade", a senhora diria a amigas quando de volta ao trabalho.

Na arquibancada o marido coruja. Carne fraca. Por momentos teve a visão nublada por uma ou outra *boazuda*. Rapidamente voltou a pousar o olhar no seu amor.

NO METRÔ II

NALGUMA RUA DE Santana, a mãe puxou a coberta de cima dele. "Levanta", berrou pela quarta vez. De súbito, ele saltou da cama e ficou de pé. Correu para o banheiro para lavar o rosto e escovar os dentes. Se não se erguesse no impulso, a preguiça o faria se atrasar de novo. No período de experiência, é muito arriscado chegar atrasado pela segunda vez. Da primeira vez, culpou o metrô.

Num apartamento da Mooca, ela havia se despertado faz algum tempo. À porta do banheiro, ouvindo a água que caía torrencialmente, a mãe bateu e avisou: "o café está pronto". "Tá, já tô indo", respondeu a moça. Similar a um comercial de TV, desligou o chuveiro, pegou da toalha e ia saindo do boxe como gata manhosa, quando levou um susto ao escorregar, quase caindo. O susto em nada desfez a altivez. Penteou o cabelo.

Dentro do terno e ajeitando a gravata, o rapaz fazia micagem diante do espelho. Pegou da colônia e se borrifou à vontade, sem exagero. Tendência metrossexual? Vai lá. Contudo, a preguiça o limitava ao asseio mais prático. Correu para a porta, não sem antes aplicar uma beijoca grudenta nas faces da mãe. "Papai deve ter pirado na batatinha. Deixar um mulherão desses dando sopa por aí", disse para a mãe e saiu. Fazia alusão à separação dos pais. "Bobo", respondeu a mãe. Gostava de elogio vindo do filho.

A moça seguia mais à vontade dentro da calça colante creme. Nem precisava do cós baixo para atiçar a libido masculina. Loira, cabelos longos, não mais que 1,65 m de altura, bem feita de carnes. Bom gosto no vestir. Evitando formalidade excessiva. Nem o emprego exigia. Acostumara-se a ouvir elogios. "Olhos de amêndoas torturantes", caso o sujeito fosse romântico. "Corpão de mulher e cara de menina", caso fosse mulherengo.

Ambos correram para a estação de metrô mais próxima. Ambos odiavam ônibus, "aquilo dá ânsia, as curvas, o ficar parando no sinal", diria a moça. Da parte dele, praticidade é que pesava, "me deixa na porta do trampo". Na Estação da Sé, ela faz baldeação. Que loucura. Multidão feroz. Educação é artigo de luxo quando as condições objetivas são péssimas. "Pegar metrô da Sé para o Paraíso devia ser considerado modalidade esportiva tipo vale tudo", o rapaz brincou certa vez.

A multidão esmagaria a moça, se o corpo ágil do rapaz não a protegesse. "Obrigada", ela procurou se recompor do susto. Podia ter caído no chão e ser pisoteada. "Não há de quê. O metrô só vai melhorar se a gente pegar o Governador e Prefeito e os enfiar aqui nesse horário. Aí vão tomar vergonha na cara e dar condições decentes para o povo, do qual eles se lembram quando vem com a cara de santa puta pedir votos", argumentou o rapaz. Ela estranhou o desabafo, tão acostumada a ouvir xingos tipo "esses animais não respeitam ninguém, pensam que estão no curral". Ele se livrou do senso comum. Isso a fez admirá-lo.

O papo rolou. O feito heroico pesou? Claro. Ela se viu mais e mais absorvida em tudo que ele falava. De repente, esquisito, uma vontade de tocar na boca dele. "O que tá acontecendo comigo", ela se irritou. Nada a ver com o período fértil. Quantas vezes ela estivera nele e nem por isso se atirou nos braços do primeiro que viu à frente.

Ao descerem na estação Paraíso, ele ficou sem graça diante da atrativa moça, que seguia à sua frente. Balançou a cabeça, "o que eu tô fazendo?". Na estação Brigadeiro, deram-se as mãos. Rolou a química. Na Consolação, ele a puxou para a pilastra, saindo da reta da multidão que invadia a Avenida Paulista. Lá, o casal entregava-se aos beijos ardentes. "Me desculpa", ele procurou se justificar pelo impulso. "Nada. Eu também gostei. E mais... Nem sei explicar".

Que coincidência. Trabalhavam na Paulista, bem perto um do outro. Ela, vendedora numa livraria. Ele, bancário. Seria o segundo dia de atraso dele no emprego. Ela, sempre pontual, receberia chamadas no celular. Era o pessoal preocupado, temendo acidente.

O casal se apartou. Rumo ao serviço. Trocaram, antes, telefones e juras de que se encontrariam na hora do almoço.

NOSSA MÚSICA

AJUDOU A MÃE o dia inteiro. Conseguiu relaxar. Enquanto fazia a arrumação, varria o quintal, tirava o pó dos móveis, o pensamento nele dava um tempo. Exaurida, foi para debaixo do chuveiro. A bucha a ensaboando, a lembrança de que ele a tocava. Descuido. O xampu na cabeça e as mãos massageando, pareciam as dele fazendo cafuné. Pegou a toalha. Enxugou-se.

Na sala de estar, após ter lanchado com a mãe, ligou a TV. A novela reprisada. Como não queria ver filme, e sim descansar, seguiu assistindo. Além do mais a mãe acompanhava a novela regularmente. Cochilou no sofá. Minutos voaram. Acordou. Uma linda melodia. Era o par romântico que se encontrava numa alameda e por causa do acontecimento rolava a música de fundo. A cena é lugar-comum em novelas ou filmes. Provoca na garota os olhos rasos d'água. A música fazia recordar dois anos atrás. A música que ela e o namorado elegeram como "nossa música".

"Estranho, né? A gente escolhe uma música para marcar um acontecimento. E a do namoro é a que mexe mais", disse uma vez a certa amiga.

"É. Eu tenho cinco músicas de namoro. Foram cinco namorados que me marcaram," respondeu a amiga.

"Sério? É possível ter cinco músicas que mexa contigo? Não tem uma preferida?"

"Até que eu queria. Ficaria mais prático. Posso parecer vulgar, mas eu os amei. Por exemplo, *Tudo Mal Tudo Mal* me lembra de um cara meio doido, esquisito, que parece nunca ter visto ou tocado numa mulher antes de mim, mas que era super sensível, compreensível, ideias super acima da média dos garotos."

"E acabou? Parece um cara ideal. Sem muita experiência anterior e *quente*", a menina questionou.

"Te falei que era esquisito. Estudava muita matemática, física. Não me levava para cinema nem pra lugar algum. Cansei. Aí, encontrei um estilo cafajeste, que fazia a pose de esperto para se defender da timidez."

"Então?"

"Ah, o cara deu em cima de minha amiga, pode? Se empolgou ao vencer a timidez."

Da conversa, ficou a certeza que música representava momento especial. Ela sacudiu a cabeça. Levantou-se do sofá e foi até a cozinha pegar copo de leite com chocolate em pó. Animada, correu para o quarto. Trancou-se. Pegou o disco do Capital Inicial. Era maio de 1988, e Independência estava no auge. Enquanto o som rolava, ela pegou a fita cassete que o ex-namorado havia gravado um pedido de desculpa para lhe presentear no início do mês de abril.

A garota de 19 anos ouvia o trecho em que ele afirmava sofrer pelo fracasso do relacionamento. Quando ele disse que ela era especial e que torcia que fosse feliz, ela chorou. "Descobrir quem foi que errou, descobrir o que se passou...", ele terminou cantando o trecho do LP de 1986 de Dinho Ouro Preto.

Abriu a porta, subiu para as escadas para o piso superior do sobradinho. Na orelha ia o walkman. No parapeito, olhava a laje da casa vizinha. Ele morou lá. Quando a tristeza acabará? Além do mais, ela tinha namorado. Tão diferente do ex que passava o dia inteiro se masturbando em cima das apostilhas do curso preparatório para oficial da Marinha e que só a procurava à noite, no portão de casa. No fim de semana ia para Barra da Tijuca, com a desculpa de ser garçom num Clube durante o dia e que por causa da distância se recusava voltar para casa no sábado, a não ser no domingo à noite. Trocando em miúdos, lhe deixava sozinha, e carente.

A *nossa música* com o namorado atual se recusava a surgir. Seria sinal que não estava apaixonada? Pior, que estava ligada ainda no ex? Num ato de desespero, ela quebrou a fita do Capital Inicial, quando a tormentosa ex *nossa música* ia tocar novamente.

NOSSOS IRMÃOZINHOS

ELA PASSOU POR. Para ser gentil, ele ofereceu parte do lanche. Pão de forma, maionese, catchup, tomate, salsichas, queijo. Espécie de lanche-janta. Vivia em república. Sorrindo, ela rejeitou.

"Não obrigada", ela sorriu e ia indo embora, quando ele insistiu.

"Gosta de queijo?"

"Não muito. Antigamente sim. Hoje, vivo evitando".

"Será que é uma dessas doidas por dieta?" o rapaz se inculcou. "Mas por quê? Afinal tem um corpo de dar água na boca", quanto a esta última observação, ele próprio achou nada a ver. O que fazer? Tinha vez que não conseguia frear o pensamento

Após se debater entre a pressa de partir e o papo bom que se imiscuía sorrateiramente entre os dois, ela relaxou. Para ele, mais que bom. O rapaz mantinha a todo o custo a chama do diálogo.

"E salsichas?"

"Não como carne de espécie alguma".

A sentença categórica da moça o balançou. Sim, vegetariana.

"Olha, que diferente! Como consegue ficar sem?"

"É tudo questão de hábito. Aprendemos a gostar. Veja as crianças. Quando pequenas, que dificuldade para comer carne. De tanto doutrinadas, acaba o estômago adaptado, a náusea some e passam a acreditar que a ingestão de carne é natural".

"E não é?"

"Claro que não... – o tom firme, embora estivesse aparentemente tranquila. – É imposição. Não precisamos. Os mitos que rondam a justificativa em ingerir carne morta são o que são: meros mitos. Falácia. Nas frutas, nos legumes, nos vegetais encontramos alimentos iguais ou superiores em calorias, vitaminas e benefícios que a carne possa trazer".

"Entendo – a inclinação contestadora da moça causava no rapaz um misto de encanto e autocrítica. – Eu queria ser independente. Acho que um dia vamos evoluir".

"Temos que começar a fazer nossa parte. Estou numa idade que não espero que todos sigam o que eu imagino ser o correto. Mas faço meu melhor".

"Legal".

Havia por completo interrompido o lanche pela metade. A moça, embora dialogasse de modo sério, de forma tão centrada, involuntariamente exercia uma atração nele. O rapaz, sozinho na cantina ao lado dela, queria poder tocá-la. Os motivos iam muito além do decote da blusa e da calça de coz baixo exibindo cintura delgada e harmoniosa. Francamente, estava se identificando com a contestadora.

Os ideais que ela versava deixavam o rapaz acabrunhado.

À medida que a moça de trinta anos ia falando, ele a tocava nas mãos apenas para dizer que *olha-acredito-que-você-tem-razão*. Ela sequer a retirou. Mantinha o assunto aceso. Ele sinceramente prestava atenção. E quando percebia que seus olhos estavam na cintura da moça, rapidamente os disciplinava para se centrar nos olhos da debatedora.

_ "Afinal, são nossos irmãozinhos. Que crueldade manter o bicho em cativeiro, depois arrancar-lhe o couro para o sapato, a carne para o prato. Imagina se nossa mãe fosse obrigada a dar os filhos para o abatedouro e ainda por cima ter o leite ordenhado para o consumo. Essa tortura é abominável para ser aplicada por gente que se diz justa. Somos justos com as pessoas. Mas com os mais fracos, os animais, somos impiedosos".

OBSERVADORA

SAIU DO EDIFÍCIO. Passos acelerados rumo à estação de Metrô na Avenida Paulista. Evita esbarrar nas pessoas ou forçar passagem. Toma cuidado ao se esquivar de apressados abrutalhados que possam derrubá-la. A afobação para chegar a casa gera milhares de cegos na capital paulista. Multidão embrutecida que só falta pisar em quem cruzar o caminho. A bela morena se diferenciava ao se questionar: "será que um dia será diferente?". Tinha pouco tempo também, e por isso seguia a multidão na escada rolante.

Apesar de estar na terceira semana que a Prefeitura meteu na cabeça de perturbar a vida dos trabalhadores que pegam o fretado, a bacharel em Administração de Empresa lutava para se adaptar. "E pensar que era só sair e pegar o ônibus do lado onde você trabalha", apontavam os colegas na empresa. Desnecessário dizer que a mudança a perturbou.

O ponto do fretado agora é na estação Parada Inglesa. A moça tinha que atravessar a cidade. A sorte é que dentro dela há uma áurea boa, dessa que não se apaga por causa de contratempos.

Quando viu, a estação de destino chegou. Desceu as escadarias. Quase 17h30. O fretado encostaria por volta das 17h45. Habituada a se sentar nas primeiras fileiras e escolher a poltrona da janela, logo se acharia comodamente instalada.

Corpo relaxado, a moça voltou ao estado natural. Era calma. Orientadores vocacionais afirmariam que a personalidade da jovem se enquadra em cheio com a atividade laboral sobre a qual se debruça. Trabalha na área de finanças. A recém-chegada na profissão carrega nos olhos o brilho da dedicação, próprio dos que gostam de solucionar problemas, elaborar projetos, tudo que melhore o serviço. É uma dessas poucas pessoas que gostam do que fazem.

A sua timidez causa empecilhos. Em função da personalidade mais observadora que expansiva, teme ser confundida como incapaz pela chefia ou colegas. Tomara que ela saiba que qualquer profissional talentoso teme ou temeu ser rechaçado. Até o Bill Gates diante da IBM.

Por ser reservada, aguçou o lado da observação. As pessoas a fascinavam. Gostava da cor da pele, tamanho, olhos, bocas, corpos, vestimentas e ideias que ouvia e sentia, ainda que se mantivesse distante da pessoa analisada. É como se mergulhasse noutra vida.

De repente, notou o rapaz que entrava no ônibus. Ele podia ter escolhido outra cadeira, mas sentou-se ao seu lado, após ter pedido licença. Ela acenou a cabeça afirmativamente e voltou ao seu mundo. Se pudesse ler o pensamento dele, descobriria que o que mexeu com ele foi o jeito dela de apreciar tranquilamente a paisagem pela janela. Há um ano, ela exercera tremenda atração. Qual a razão nele? Nem ele saberia explicar. Estaria muito além do flertar ou algo do gênero. Havia alguma coisa no silêncio e na reserva dela que o convidava.

O rapaz sacudiu a cabeça, procurando afastar o fascínio. Ano passado, havia tentado aproximação. Mesmo tipo de aproximação que ele dispensava a senhores, senhoras, garotas, garotos. Mas teve a nítida impressão de que a moça o evitava. "Entendo", disse consigo à época, "nem todo mundo tem que me achar simpático, achar meu papo legal, me aturar. Sim, pode haver os que sintam asco e vontade de se esquivar quando perto de mim."

Hoje, quase por acaso, estava do lado dela novamente. Abriu o livro. Não contando que ela sequer lhe dirigisse a palavra, leria durante a viagem. Quando, de repente, o papo rolou. De início, ele se espantou. Temia a qualquer hora levar uma cortada. Mas a moça estava receptiva. Sabe quando tudo que se fala a pessoa parece compreender? Ele se sentiu à vontade. Parecia confidente de longa data, quase um amigo do peito como na canção do Roberto Carlos. Realmente a admirou ainda mais. Legal ouvir os anseios, os traumas, os planos e projetos de vida que o outro nos compartilhar sem a gente esperar.

E se na próxima vez que ela o visse nem o cumprimentasse? "Que importa. O que rolou hoje já valeu por mil anos", disse para si.

OFICIAL DE JUSTIÇA

SÁBADO DE MANHÃ, ia de um canto a outro da casa. Na cozinha, via a água ferver. Havia lavado a garrafa térmica. Colocara três colheres de pó de café no coador de papel descartável. Água fervendo, ele caminhou para a sala. Em cima da mesa, apanhou o cartão de crédito Visa de dentro da carteira. "Que droga aconteceu se eu segui tão certinho o pagamento, parcelando em 12 vezes", e puxava pela memória a soma da conta. "A fatura era de R$ 450,00. Com o parcelamento, subiria para R$ 560,00. Mais a retirada de R$ 50,00".

"Deve ter algo errado", ia pensando. Contou as moedinhas e mais umas tantas da esposa. Dariam para o pão. Porque ficar sem pão no fim de semana seria um tormento.

Qual o motivo da dificuldade financeira? Gastar mais que arrecadar? Sim. A extorsão dos juros abusivos? Também.

Vinha melhorando. Depois de humilhações diante de gerentes, de bancários, de perseguição por empresas de cobrança, ele vem aparando as pendências. De primeiro, reduziu o cheque especial. Seis meses antes, bastava o salário cair, para ser absorvido pelo limite devedor do cheque especial e ainda ficar faltando. Solução: tomou empréstimo com a esposa e liquidou a dívida. Foge do cheque especial. A próxima meta é liquidar um dos dois cartões de crédito. Comprar só se for à vista. Matado o cartão, será a vez de degolar o consignado.

A batalha pode parecer fácil. Mas não é. Sofre na pele privações horrendas.

Na segunda-feira, de volta ao fórum. À mesa, cinco ordens de execução contra devedores. "Será dia cheio", disse, à medida que ia ajeitando as petições na pasta e seguia para onde o motorista o esperava.

Às cinco horas da tarde, no pátio de uma escola pública, uma mulher se descabelava. "Pelo amor de Deus, moço, vê se segura até semana que vem... Não faça isso. Aí estão todas as minhas economias", a professora de língua portuguesa se debulhava em lágrimas. Por pouco não se agarrou na barra da calça do oficial de justiça.

"Se estivesse na minha alçada eu deixaria. Mas se não faço isso sou punido", o oficial ainda procurava mostrar sensibilidade diante das amigas da professora transtornada. "Nós entendemos", era a resposta, quando não dita, concluída a partir dos acenos complacentes de cabeça. A professora se recompôs e assinou o papel demandado. O carro foi levado.

À noite, chegou exausto em casa. Entrou no banheiro. Um banho ia bem. Debaixo do chuveiro, ia pensando que na infância se identificara com Robin Hood, o herói que roubava dos ricos para dar para os pobres. Atualmente, sente-se na contramão dos sonhos infantis. Roubava dos pobres para dar aos ricos? Talvez estivesse exagerando. Estava confuso.

Com certeza sentia pena da professora que perdera o veículo. Teria ela que andar de ônibus e talvez abandonar algumas aulas, pois não daria conta de chegar a tempo em pontos tão distantes da periferia da cidade para lecionar para crianças marginalizadas.

Quantas cenas como essa lhe perturbavam os brios? Várias. Tinha momento em que sentia o peito oprimido. Pior é que não poderia abandonar emprego. Tantos anos na iniciativa privada, benefícios instáveis, com o patrão pagando o salário quando bem entendesse, e o grande pavor do desemprego rodeando. Tinha se decidido a passar num concurso público. Estudou para vários durante mais de quatro anos. Finalmente passara no concurso, ganhara estabilidade, podia planejar vida menos acidentada garantindo mais tranquilidade para si e família.

Logo agora veio esta dor de consciência.

Se tivesse condições de escolher outro ofício, sairia do Fórum. Nunca mais bateria na porta de inadimplentes. As mãos nunca empunhariam execuções de penhora contra pessoas em sua maioria oriunda da pobreza corrosiva.

■

OLIVETTI

EM 1989, O COMPUTADOR já fazia as primeiras aparições na vida dele. Inclusive ele estava matriculado no curso de MS-DOS básico numa escola de informática lá no centro da cidade. Porém, nos anúncios de emprego, o forte era saber datilografar, sendo recomendado apresentar o diploma de um curso como o da Escola Olivetti. Uma vaga de escriturário estaria de bom tamanho. Nesse passo, se escreveu no curso de datilógrafo na Avenida João Guilhermino. A puxada a pé era boa. Morava na Vila São Bento e nem sempre estava disposto a gastar o dinheiro que sua mãe dava para ir de ônibus.

Depois da aula, podia passear pelo Shopping do centro.

Agora que está quase terminando o curso de datilografia, começa sentir saudades. Não de enfiar os dedos entre as teclas e ficar com as unhas doloridas. Mas do ambiente. A professora, além de simpática, é tão prestativa. E o status? Pesa na roda de amigos. "Rapaz, você está no caminho certo. Eu também estudei no Curso da Olivetti", incentiva um advogado bem sucedido.

No princípio, *catar milho* é regra. Com o tempo e orientações, os dedos e as letras iam se conhecendo e a custa de muito sofrimento e determinação acabavam por se casarem. Cada dedo, de início, lutando para dominar cada trio de letras. Na mão esquerda, o dedo mínimo com aqz, o anular com wsx, o médio com edc, o indicador com rfv. Na direita, o mínimo pç;, o anular com ol., o médio com ik, e o indicador com ujm. Os polegares ficavam com o espaçamento.

Difícil acertar os dedos nas teclas corretamente. Imagina se o sádico do professor colocasse um anteparo, uma tela preta em cima das suas mãos para vedar a visão? Era justamente o diferencial. Sem contar a exigência do tempo. Para encurtar, devia bater as teclas, sem olhar para as mãos e com o tempo cronometrado. Afinal, o tempo costumava a ajudar ou impedir o aspirante a datilógrafo a conquistar a vaga de emprego.

O curso acabou.

Na Rua Sebastião Humel, conseguiu uma vaga de escriturário no escritório de advocacia. O título pomposo significava ajudante de serviço geral. Fosse por que o patrão queria uma moça e não um rapagão, fosse pela inabilidade comprovada no trato com a papelada, acabou dispensado ao término do prazo de experiência.

Passou no vestibular para a faculdade de Direito. Haveria tantos trabalhos a serem entregues. Tantos textos para datilografar. Em boa parte dos grupos que fizera parte, a tarefa de datilografar o material a ser entregue aos mestres ficava por conta dele. Logo descobriu monografias e teses.

Ainda na faculdade, entrou no mundo dos computadores. Primeiro, acessara o do escritório onde fazia estágio. Depois, o núcleo de informática da Universidade o atraia cada vez mais. Apesar de gostar da máquina de escrever, sem pestanejar a trocou pelo computador. Que coisa prática. Nada mais de digitar a mesma folha dezena de vezes. Nunca mais precisaria usar o branquinho para corrigir este ou aquele erro na folha. Uma grande ajuda, por sinal. Em vez de ter que datilografar tudo de novo por causa de uma ou outra palavra errada, com o computador bastava apagar e digitar a encrenqueira palavra.

Dos tempos de datilógrafo, conservaria a habilidade de digitar rápido, sem precisar olhar para as teclas, tão diferente da maioria dos que digitam com dois dedos, mais conhecidos como catadores de milho. Mesmo na época que imperava a máquina de escrever, eles existiam em abundância. Mas o computador lhes facilitou muito a vida.

O que sobrava da velha Escola Olivetti é a lembrança de uma época. O prazer que vinha da busca da perfeição em datilografar.

ONDE SE GANHA O PÃO, NÃO SE COME A CARNE?

IA DESCENDO AS escadas. Quase sete horas da noite. Hoje teve que se demorar mais dentro da reunião. Não que fosse rotina, mas enquanto funcionário no alto escalão do governo estadual, pior, na condição de diretor, estava implícito no cargo de confiança o horário flexível que o colocava tecnicamente à disposição da chefia imediata. A chefia imediata era nada mais que o Secretário de Fazenda do Estado.

"Não aceita mesmo uma carona?", o colega reforçou mais uma vez o convite para que ele entrasse no taxi. Não morava no mesmo bairro, mas era caminho.

"Nada. Tenho que passar pra comprar a lembrança de minha sogra."

"Então até amanhã."

"Valeu."

O presente da sogra seria comprado no shopping Paulista. Nada melhor que ir de metrô. Da Luz direto para o Paraíso. A baldeação. No metrô, ia ele pensando na expressão ouvida a semana retrasada pelo amigo irreverente na repartição. "Onde se ganha o pão, não se come a carne". Na verdade, a frase nem era para ele. Pegou o bonde andando. Na hora que entrou na conversa entre o amigo e a secretária administrativa, já no finzinho, é que ouviu a máxima.

A frase veio em cheio bulir com a vacilante fidelidade. Ainda que a frase parecesse inofensiva, um tanto original, mas inofensiva, o fato é que por todo este tempo ela o atormentaria. Ou pelo menos faria parte de seus pesadelos. Sim, o moço tem culpa no cartório. Uma assistente. Uma paixão de verão. Na verdade, foi no inverno para primavera. Ele se aproximou dela. A moça foi dando corda. Ou era imaginação dele? Bem, quando viu estava embrenhado na árdua conquista.

E conquista na repartição é a batalha incessante. Muita dissimulação, muita camuflagem. Palavras apenas ditas pelos olhos. Imagina se os dois forem casados? Choro no banheiro. Amassos enfurecidos num cantinho de uma sala afastada, no almoxarifado.

A aventura foi insana, e por isso não se culpa quem esteve no olho do furacão. Graças aos céus que tudo acabou bem. Ele viu a besteira que ia fazer em ter se envolvido com uma menina mais nova. Ela a de ter cedido ao mirrado-quatro-olhos-sem-graça, correndo o risco de perder o halterofilista que tinha em casa.

Por que acabou? Se fosse por ele claro que teria abandonado a família e seguido atrás daquela que acreditava ser a mulher perfeita. O fato é que hoje vivem de cara virada um para o outro, quase negligenciando a devida urbanidade no trabalho.

A frase do amigo irreverente o sacudiu. Teria *comido* a carne onde ganha o pão? Odiou a frase grotesca. Odiara mais ainda ter sido fraco e ter cedido à *tentação da carne*.

A frase o perturbou todo o fim de semana. A esposa pensou que fosse problema na arrecadação de impostos, a eterna questão que atormentava volta e meia o marido. Acostumara-se às reclamações de déficit na arrecadação a consumir dias e noites do parceiro, antes de o governo anunciar esta ou aquela medida para sanar as finanças públicas.

Optaram em dar um passeio. A Pinacoteca do Estado no sábado como destino. Em meio a tantas novidades históricas, ele foi sacudido por uma alegria fruto do insight. "Sim, onde se ganha o pão, a gente come a carne", raciocinava, "lá na repartição, o pessoal vive trazendo pão para o café da manhã, e me *dão*. A carne? Na festa de fim de ano, no tradicional almoço promovido lá mesmo, há carne, frango. Portanto, *comi a carne onde eu ganho o pão*", concluiu eufórico.

A nuvem negra sob sua cabeça sumiu. Havia solucionado a questão. A esposa, mesmo não sabendo do que se tratava, conseguiu ver a velha satisfação que a solução de um problema de trabalho trazia para o marido. Aproveitaram para valer o passeio.

ORKUT

IMPECÁVEL PRODUÇÃO PESSOAL para a noite de sexta-feira. Calça de lã marrom realçando quadris e pernas e tudo o que meninos acham que meninas não sabem que eles olham. Blusa preta de seda coberta com casaco de vison cor baunilha. Nos pés, bota preta de cano longo. "Tão sexy, tão patricinha", assoviaria um lobo escondido num dos postes da imensa floresta concretada.

Maquiagem e produção indumentária, contudo, escondem a carente personalidade. A moça, 27 anos, carecia de amor. Queria um namorado. Estaria quase enlouquecendo. A crise teve apogeu na véspera do dia dos namorados. "Desde os 14 anos que eu passo com alguém no dia dos namorados. Este será o primeiro sem...", reclamou para a mãe, com fala mista de irritação e autopiedade.

Logo no início do ano, a vida sofreu reviravolta. O relacionamento de dois anos terminou. Após eles viverem juntos num pequeno apartamento, o rapaz pediu a separação no primeiro dia de 2009. Que choque. Havia ele sinalizado duas ou três vezes anteriormente. Mas sempre sucumbia depois dum passeio, da ida ao restaurante, a um chalé no campo, coroada com boa noite de amor.

Decorridos quatro meses do fim da relação, ela se debatia contra o abandono. Antes tinha a esperança que o rapaz voltasse. Percebeu a solidão e se assustou. É pessoa que em cada relação se mete de cabeça, que vive o relacionamento de modo intenso.

O tormento não se restringia à base sentimental. À noite, no quarto, solitária, envolta nos lençóis, tinha o travesseiro como único companheiro. Situação que a desagradava. Queria gente de carne e osso para se enroscar. Queria sentir o calor dos braços, mãos, tórax. Beijo carinhoso no rosto ou nos sedentos lábios. Aspirar cheiro outro que não o próprio.

Na balada, o cara sorriu para ela. Conversaram. Ideias, preferências parecendo se encaixar perfeitamente. Por que ela cedeu de modo tão rápido? Seria a temperatura alta que fervia no corpo? Ou por necessitar de beijos? Na época do *ficar* institucionalizado nas festas de jovens e nos bailes da terceira idade, ela não precisa se policiar demasiado. Porém, é romântica.

No sábado de manhã, caiu das nuvens. Ligou o computador para vasculhar o *ficante* no Orkut. Não que desconfiasse dele. Era mero hábito. Então, a maldita surpresa veio. O sujeito tinha namorada. Ironia do destino ou não, ele pertencia à comunidade *Nunca Trairei*. "Miserável, como pôde?", gritou de indignação. O que mais doía nela, todavia, era ele estar numa comunidade que pregava a não traição, posando inclusive, todo sorridente, ao lado da garota que chamava de alma gêmea.

A mãe acabou de despertar e, depois de lavar o rosto, como de costume, foi para a mesa do café. A garota desligou o computador visando tomar café da manhã em companhia materna.

"Como foi a festa ontem?", perguntou a mãe.

"Era para ser boa", disse a filha, trazendo no rosto a fisionomia transtornada.

"Aconteceu algo de errado?", inquiriu preocupada.

"Nada. Conheci uma pessoa, que pensei que fosse homem de verdade, mas que hoje descobri ser moleque", soluçava de raiva.

"Hein...?", confusa.

"Fiquei com ele. Me fez acreditar que estava sozinho como eu. Hoje, quando vou ver o Orkut, descubro que tem relacionamento sério", à medida que falava a calma ia voltando.

A mãe procurou confortar. Nada adiantaria dizer que procurar pessoa séria numa festa, barzinho era surreal. Relacionamento pra valer nasce em ambiente de trabalho ou profissional ou mesmo na faculdade. Mas silenciou? Esperava que a filha se achasse, que tivesse sorte na vida. Persistiria nos conselhos, no papel de mãe. Nada de imposição. Que impor o quê?. Logo ela que pelejou com a própria mãe décadas atrás, hoje, não forçaria a filha a seguir uma cartilha.

■

OVO ANTROPOFÁGICO

NA SALA DOS professores havia uma algazarra. Nada de escândalo. Duas ou mais assanhadas riam às pregas soltas. Dia de reunião. Na parte da manhã, pelas dez e meia, apenas uma meia dúzia de sala de aula contava com poucas mães, pais ou responsáveis questionando notas e comportamentos ou simplesmente rabiscando a lista de presença para mostrar que ali estiveram como familiar cioso do dever de zelar pelos pimpolhos.

A sala dos professores cheia. Era reflexo de sala de aulas vazias e corredores abandonados. Muitos dos mestres que tinham outras escolas para comparecer aceleraram o passo. Dirigiam-se ao ponto de ônibus. Corriam para o estacionamento a fim de adentrar no carro. A turma que ficava tinha carga completa ou contava cinco aulas no período matutino. Exceção feita ao mestre de biologia. Naquela manhã, tinha três aulas, porém das 8h40 às 10h40 enfrentava duas *janelas*.

O professor de biologia lia a *Nature*. Treinava o inglês e deliciava-se com assuntos da área. Ao lado dele, as mulheres gargalhavam. Um catálogo de ovos da Páscoa circulava. Faltam poucos dias para o feriado. A algazarra ali tinha outro motivo que o frenesi feminino por chocolate. Era o formato do ovo. Uma variedade. Coelhos, cestas, lábios, e genitálias. Entusiastas dos sexy shop encarariam numa boa. O que destoa, segundo o professor de biologia, é que aquelas imagens apareçam na sala dos professores.

A escola é uma célula da sociedade. Portanto, contempla toda a contradição e diversidade. Os tarados e castos lado a lado. Os quietinhos e os escandalosos. Os exibicionistas e os reservados. Logo uma amostra de adeptos da sexy shop mania não faltaria. Pena que os que são mais atirados têm o inconveniente de querer que todos o imitem. Ao contrário dos calados, eles pouco toleram a diferença.

A professora de andar torto, estatura abaixo da média, e animada, é que trouxera o catálogo. A diretora participou, soltando gritinhos de consentimento. "Vai boba. Pega este aí... Faz uma surpresa para ele..." Essas palavras não vinham ao pé do ouvido. Antes soavam retumbantes no ar, procurando convencer a professora que hesitava em comprar o *ovo escandaloso*.

Outra assanhada encomendou o de desenho mais explícito. "Eu sempre quis morder... Era minha vontade. Certa vez fiz. Mas a relação quase acabou. Ele *magoou*", confessou a amiga para as colegas. A gargalhada contagiava. O professor de biologia metido na leitura era ser adaptado. Claro que sabia o que elas estavam falando, mas como se aperfeiçoara em ler em meio à gritaria, nada disso o perturbava. Quando ouvira a professora tecer comentário sobre a fantasia em devorar o órgão genital, lembrou-se de espécies onde a fêmea come o macho.

Ovo da Páscoa antropofágico? A simples pergunta para si fez o professor sorrir silenciosamente. Que estranho o relacionamento a dois. Num momento somos tão carnais, praticando atos tão abjetos que se não fossem pelas zonas erógenas responsáveis pelo prazer inenarrável só em pensar *nisso* daria nojo. Noutro instante, temos o amor casto, platônico, no qual se venera o amado como um anjo. Pegar na mão e beijar o rosto é o máximo que ousamos. Que oscilação! Numa hora, conserva-se o objeto de amor num pedestal, livre de perigo ou sacrifício; noutra, enlouquecidos, queremos lhe devorar as partes baixas.

Uma semana mais tarde, os ovos de Páscoa chegaram. A mulher levou seu quinhão para compartilhar com o marido, que, de sua parte, encomendara uma calcinha. As crianças em casa, que nada ouviram ou viram desse palavrório despudorado, estavam gratas ao coelho da Páscoa. Trazia os tão esperados *legítimos* ovinhos de chocolate.

PERCALÇO

MIGROU DO PARANÁ. Deixou para trás pais, familiares e amigos. O que a trazia a quilômetros de distância das origens? Espírito aventureiro? Sim. O desentendimento com os pais, com o rompimento momentâneo das relações, pesou igualmente. Ainda no quesito espírito aventureiro, se não fosse por ele, provável tivesse cursado jornalismo numa cidade mais próxima de casa.

Como é bom sair de casa com a sensação que se vai conquistar o mundo. Os universitários gozam desse sentimento como os aventureiros europeus que investiam na travessia do atlântico em busca da América do Norte e do Brasil séculos atrás. Queria ser jornalista. Quem sabe repórter de Televisão ou escrever num jornal.

Em 1987, na pauliceia desvairada, o trânsito ainda não amedrontava. O que impressionou a menina de 18 anos foram avenidas largas, arranha-céus, profusão de gente descendo e subindo as ruas e escadas do metrô. A tamanha admiração a animou. Quis devotar-se à cidade. Identificou-se. Identificação esta que cresceria com o tempo.

Hospedada em casa de parentes, o ideal é buscar meios de sobrevivência. O primeiro emprego foi numa agência de notícia. A universitária, por não fazer corpo mole no serviço, tinha tudo para se dar bem, se não fosse por um detalhe. Era muito bonita.

O diretor do jornal, 60 anos, viu-se perturbado pela beleza da moça. Antes dela, sempre se portou dignamente, nunca dando motivo para queixa de assédio sexual. Acometido por força violenta, viu-se na prática de ato horrendo. As pernas fortes e rosadas da universitária o perturbavam fosse durante o dia, fosse à noite ao lado da esposa.

O diretor a promoveu a cargo de confiança. A jovem, inexperiente, deixava de ser digitadora. Os jornalistas experientes adivinharam o estratagema. "O velho lobo quer fisgar a ovelhinha", o espirituoso alfinetou. "Também, com aquelas pernas! Até eu", falou o mais malicioso.

Faltando pouco para o fim do expediente, o diretor chamou a menina. Enquanto caminhava para a sala, ela temia, "será que não gostou do meu trabalho? Vai me mandar de volta para a digitação?". Queria manter-se na promoção. Quando chegou diante da secretária do chefe, a mulher a mirou de cima a baixo enquanto acionava o interfone para o diretor. "Pobre dessa", pensou a secretária. Embora o diretor não fosse de atacar funcionárias, a secretária bem sabia da preferência por jovenzinhas formosas.

A porta abriu. O diretor recepcionou a universitária. Dentro da sala, trancou a porta. "O que achou do primeiro dia de trabalho novo?", perguntou o chefe. "Ótimo", respondeu. Ele a fez sentar no amplo sofá. Os lábios dela o perturbavam. Quando conseguia desviar o olhar dos lábios, deitava-os nas coxas rosadas. O desatino. As calças arriadas, soluçando a frase *quero-que-você-seja-minha.*

A sem-vergonhice provocou violenta crise de choro na menina. Queria parar. Queria gritar na cara do velho tarado um bocado de nomes feios. Mas não conseguia deter o choro. Ela voltou para o setor chorando. A sorte é que encontrou um colega que a acolheu.

No dia seguinte, o chefe a chamou. Disse que se confundira. Ela não tinha perfil para crescer. Foi colocada de volta na digitação.

Amadureceu. Concluiu o curso de jornalismo. Entrou numa empresa estatal. O assédio sexual se repetiu. Como reprise, o novo diretor a chama na sala e se insinuou. Queria ser seu amante. Mexia nos cabelos viçosos da moça. Madura, desta vez não chorou. Ele passou um cheque em branco e disse para ela comprar vestido para o jantar.

Ela pegou o cheque. Foi para a sala da filha do diretor, que era funcionária da empresa. Esta repreendeu o pai. A jornalista soube enfrentar mais este percalço. Tempos depois o diretor perdeu o posto. Ela permaneceu no cargo.

PESQUISA

"PIOR QUE PARTIR é esvaziar as gavetas", disse o colega de laboratório. "É", ela suspirou, porém jurou a si mesma que não choraria mais. É a vida. "Calma, deixa que eu levo", outro amigo se adiantou, pegando a caixa contendo várias apostilas. Nas três caixas ia um mundo. Vários anos. Muito material naturalmente fora descartado. Nada de competir com uma biblioteca. Todavia, sobraria conteúdo para fazer uma excelente retrospectiva da trajetória na academia.

Dezoito anos incompletos adentra na Faculdade Estadual de Londrina. Biologia é o curso eleito. O entusiasmo do professor de biologia no terceiro ano do ensino médio soube transmitir a energia para impulsioná-la a fazer a escolha. Na oitava séria, sabia que seria área de ciências biológicas que se devotaria. Odontologia, farmácia, até fisioterapia dançou em sua cabeça enquanto passava pela adolescência.

No segundo semestre de curso foi convidada para estagiar. Era sem remuneração e exigia esforço sobre-humano. A dedicação rendeu bolsa-monitoria no ano seguinte. O dinheiro vinha como afirmação para os pais que estudar biologia tinha boas perspectivas, ao contrário do que se imaginava.

A universidade era tão intensa. A biblioteca, a lanchonete, a prosa com os colegas no pátio. E a atmosfera no laboratório? Maravilha incomparável. Nele era capaz de entrar numa manhã ensolarada de sábado e sair quando o sol estivesse no Japão.

Finalizado o curso, com seu currículo foi tranquilo adentrar no mestrado. Seis meses após a colação de grau, sentiu que a situação estava longe da imaginada durante a graduação. Ainda que com o auxílio de bolsa da CAPES, as agruras do mercado começavam a incomodar. E quando terminasse o mestrado? Teria que pegar aula. Por que não sobreviver de pesquisa? O mundo da pesquisa é nada tranquilo. A situação piora quando se trata de captar recursos para manter o pesquisador. Viver de pesquisa é dificílimo. Instituições de peso brigam por exíguos recursos. Dentre as que obtêm o dinheiro raramente contempla todos os demandantes.

Como manada os mestres são empurrados para as portas de cursinhos, faculdades particulares para manter o sonho da pesquisa. Ah, mesmo os que são agraciados com bolsas que exigem *dedicação exclusiva*, os valores muitas vezes forçam o pesquisador a lutar por complemento na renda, caso queira alcançar um nível de vida satisfatório de classe média. Não raro pai açougueiro ou padeiro é que possibilita o filho a viver de pesquisa.

Ela queria casar-se. Requeria remuneração mais estável. Depois de descabelar-se, teve que ceder. Concurso para Caixa Econômica. O que ganharia como funcionária seria duas vezes o que arrecada dando aula em duas ou três faculdades mais a bolsa pesquisa. Não que as faculdades paguem pouco, mas como há muitos professores disponíveis, raros os que contam com 24 aulas numa faculdade, o que daria carga horária digna de salário decente.

Passou no concurso. No banco, são 40 horas semanais. Impossível conciliar com o laboratório. Para complicar, a agência em que foi admitida é num município distante três horas da cidade natal.

Casou. Alugou morada. O duro é quando bate a nostalgia pela pesquisa. Está fazendo de tudo para voltar a dar aula na universidade. Sobra o período noturno. Ótimo. Dá para acumular. A rotina do banco esmaga. Chega a casa com o corpo moído, além da dupla jornada. Falta energia mesmo para entrar *online* no grupo de discussão, ler teses, enfim, atualizar-se.

Sorriu para os colegas de laboratório. "Para a rodoviária?", perguntou o taxista como para confirmar o pedido da ex-pesquisadora.

PEZINHOS

ELA CHEGOU EXAUSTA em casa. O dia na creche foi puxado. Destrancou a porta da sala. O colchonete dele estava na sala de estar. O rapaz havia arrumado as cobertas, dobrado o lençol e depositado em cima do sofá, antes de sair para a faculdade. Há três dias dormiam separados. Ela no quarto, e ele na sala.

Ela apanhou as cobertas do sofá e levou para o quarto. Cama e quarto estavam impecáveis. Como homem dá trabalho? Das vezes que brigam, ela se beneficia da ausência dele no quarto, pelo menos no quesito arrumação.

Na área de serviço, ligou a máquina de lavar roupa. A quantidade de roupa da semana tomaria uma hora para ser lavada. Ligada a máquina, a moça voltou para dentro da casa.

No banheiro, enquanto se despia para o banho, pensou na discussão de ontem. Na verdade, a discussão foi branda quando comparada a muitas outras. Desta vez, ela teve a iniciativa de meter nas malas as roupas e coisas dele para quando ele chegasse por volta das sete horas o despedisse de sua vida.

"O que é isso?", o rapaz se espantou ao ver as malas.

"É melhor que a gente se separe. Você não me tolera nem eu tampouco...", soluçou ela.

O que acontece diante da decisão da separação quando se ama? Raramente se materializa. Ou pelo menos toma mais tempo se adiando do que a pessoa gostaria. Num momento, o fim do relacionamento é evidente. Basta só o cônjuge aparecer para que as pernas vacilem, a voz embargue.

Ela sofria. Foi tão difícil a união. O rapaz se esforçou tanto na conquista que daria inveja ao próprio Romeo. Enfrentou a família, preconceitos e a indiferença dela. A moça se esquivara, pois não o considerava como pretendente no começo. Tanto insistiu que ela cedeu.

Após o banho mais atordoante que relaxante, a professorinha sacudiu a cabeça: "Por que ele teve que se transformar? Por que deixou de ser o que era?". Estava dentro do roupão. Pegou os apetrechos para fazer a higienização dos pés. No sofá, ouvia a música do Mauricio Matar, para amolecer os nervos, e animar o coração.

Ela estava acostumada a tratar os pés com carinho. Mesmo antes de conhecer o namorido. Depois que o relacionamento se firmou, e com o uso de frequentes elogios para os pezinhos que o rapaz rotulava de pés Cinderela, ela passou a ter uma tensão especial para esta parte do corpo.

O elogio veio já na primeira noite em que passaram juntos.

"Que lindo são eles," disse o rapaz quando ela colocou o pé em cima de sua perna.

"Vai dizer que é fissurado por pés?", ela ironizou.

"Nada. Pelo contrário. Os pés, embora importantes, para mim sempre me deram certo desconforto."

"Por quê?", perguntou meio inculcada.

"Sei lá. Talvez porque quando vejo os pés me lembro de pessoas mortas, com jornal no corpo e pés para fora."

"Que horror!", ela fez uma careta.

"Contigo é diferente. Pela primeira vez achei pés lindos. Também olha só isso!" Ele segurou os pés dela e começou a acariciar. "O formato, tão redondinho, tão delicadinho, tão..." Nem deu tempo de terminar a frase. Ela o puxou para si. Namoraram.

Ela percebeu o adiantado das horas. Levantou. Enxugou os pés. Daqui a pouco ele chega. Que fazer? Manter ele dormindo na sala ou acariciando seus pés?

PIRATARIA

NA SALA DE, esparramados pelo sofá e poltronas, seis pessoas tomam café. Após jantar divino, a anfitriã, ela mesma, ia com a bandeja servindo o digestivo. A casa era da família do namorado da filha. O jantar é para celebrar o noivado. O pai, engenheiro elétrico, empregado numa grande construtora, queria que esse momento fosse adiado. Apesar de ter 22 anos, para o pai a filha ainda é uma criança.

Um ano e meio de namoro. Casamento marcado para o fim de 2009. Sobrava menos de quatro meses. "Como passa rápido o tempo", engenheiro pensava com seus botões. E o futuro genro? Gente boa. Embora caladão, esquivo e pouco social, é boa pessoa. "Até nisso você teve sorte. Ele é calado e você é mudo. Par perfeito", brincava a esposa, abismada da coincidência entre genro e sogro.

A família classe média alta. Abastada. No popular, rica. O pai do genro, além do tino para os negócios, teve sorte. Metido no ramo de informática, trabalhava para uma empresa japonesa sediada nos Estados Unidos, com filiais em quase todos os países.

Se pudesse apontar comportamento pouco agradável no genro seria a prática da pirataria. Pior, a má influência sobre a filha. O genro é pequeno empresário, embora viva mais da ajuda do pai que dos lucros próprios. Vendo-se no papel de empresário, arroga-se o direito de criticar o governo. Destaque para o incentivo para sonegar impostos ou comprar produtos pirateados. Nunca ouvira o genro tocar no assunto, mas a filha fazia questão de mencionar de que fonte bebia as ideias. "O governo arrecada tanto e para quê? Veja a pouca qualidade dos serviços públicos", a filha de volta e meia soltava uma dessas.

Das primeiras vezes, o pai ficou boquiaberto. O que estaria acontecendo com a filha? Nunca se preocupara com economia, quanto mais com o governo. Mimada, limitava-se com a própria vaidade. Protótipo da patricinha de Beverly Hills.

Meses ouvindo a ladainha, o pai se incomodou.

_"Você quer consertar algo errado com outro pior. Se há corrupção no governo, devemos lutar para que acabe... Sei que à primeira vista é fácil e prático lutar pelo conforto individual à custa do benefício social. Pense em longo prazo, quando todos só se importarem consigo. O prejuízo será geral, inclusive para o corrupto de hoje", o pai argumentou.

"O que importa?", a filha perguntou, "no mundo sempre houve os espertos".

"O quê?", o pai ficou atônito.

"Ele me disse que é assim... Para ser rico tem que ser mais esperto que o governo ladrão e o povo tonto?", enquanto ela falava, via o corpo tremer e as mãos soarem frio.

"Compensa ser baixo a este ponto?", rebateu o pai.

"É por isso que você não subiu na vida...", quis brecar mas já era tarde.

"Lembre-se que este cara que não subiu na vida te alimentou, te educou e nunca te abandonou, sem precisar roubar. Que teve que desistir de sonhos porque queria uma família...," com a voz embargada o engenheiro levantou-se e deixou a filha falando sozinha.

"Crise de gerações", murmurou ele enquanto caminhava para o escritório em casa.

A filha havia virado a cabeça. O sogro a levou para os Estados Unidos, para conhecer a Disney. A mansão e a rotina e as facilidades que o dinheiro proporciona dava a filha a ideia de que vale tudo para manter aquele padrão.

O velho engenheiro entendia muito bem o que se passava. Leitor assíduo de pessoas que fizeram do poder a grande meta de vida ele sabia que para certas pessoas é preferida a morte que estar por baixo. Ficar sem a picanha, sem o shopping, sem a viagem para a Europa, o carro novo. Mas ele ainda acreditava que se podia ter aquilo tudo sem precisar ceder à corrupção ou pirataria.

PLANALTO CENTRAL

SEMANA PASSADA UM arquiteto de Ribeirão Preto, SP, me passou e-mail no qual trazia acolhedor elogio. "Cara, eu já te admirava no tempo de movimento estudantil... Tua sinceridade e convicção mobilizando os estudantes. Tua paciência para céticos como eu era tão diferenciada, tão tocante, que, por ti, por um momento, quase eu levei fé no movimento estudantil. Ontem, abro o jornal e quem eu vejo? Fiquei pasmo como você escreve bem. Olha, naquele tempo eu não admitiria, mas eu tinha uma tremenda inveja de ti, da tua popularidade, da confiança que as pessoas depositavam em tuas palavras quando você subia na mesa no meio do campus e conclamava a galera para se unir. Olha, fé na tua batalha, e continue assim."

Impossível não sentir o ego inflado, lá nas nuvens, ao receber prova de admiração como esta. E mais vindo de uma pessoa que eu jamais pensaria que fosse capaz. Imagina se ele soubesse que à época eu também nutri inveja diante dele. Não se trata aqui de rasgar seda, de pagar elogio com elogio. Em 1995, o cara era o mais popular com as garotas. Por quê? Era bonito pra Diabo. Eu nem encano mais com as desigualdades pessoais, estou no estágio de acreditar na Teoria da Vantagem Comparativa, a qual diz que um indivíduo ou país tem o que os outros não têm e, por meio da troca, satisfaria a parte que lhe falta. A qualidade em excesso gera excedente, do qual o sujeito ou país lança mão para obter, através de troca no mercado, o elemento de que carece.

"A mulher burra, que é muito gostosa, pode posar na Playboy e ganhar tão bem quanto uma inteligente engenheira feia", um estudante de economia certa vez me deu este exemplo lá no Congresso da UNE no Rio de Janeiro.

Por eu ser sensível, discordo do grosseiro exemplo do estudante de economia. Todavia, sobre a *vantagem comparativa* já tive a prova dos nove. Certa vez uma namorada minha disse na lata: "Olha, você não é bonito. Pode até afastar as meninas. Mas quem vencer os preconceitos, vai ficar de queixo caído com tua sensibilidade e inteligência. Você é muito mais homem do que os carinhas com rosto de Bradt Pitt". Que sinceridade dela, não acha? Ainda bem que não sou traumatizado. Desde moleque fui acostumado a ser chamado de feio.

Imagina se eu confessasse para meu amigo sobre a alucinação que eu tive no Congresso da UNE em 1995, lá em Brasília. Ele estava na plateia, o que era raro. Preferia fazer turismo, e sempre acompanhado por duas ou três belas gatas a seus pés. Eu? Quase sem dormir. Correndo atrás de passar proposta, de persuadir, de ter coro para as ideias que iam ser lançadas em Plenária no dia seguinte. Sem contar a neurose para tentar eleger, como nova diretoria da UNE, a chapa na qual estavam nossos delegados.

Enjoado diante de tanta manipulação, falsidade, mentira, por instantes passou na minha cabeça mandar dez mil estudantes, PT e Pc do B tomar no C... E descer do palco, correr para meu amigo estudante de arquitetura, e juntos irmos atrás das garotas do Planalto Central. E por que não fiz? Porque eu tinha fé no movimento, eu tinha esperança que os alunos unidos fossem mais do que meros fantoches enclausurados na *Torre de Marfim* por quatro ou cinco anos e depois cuspidos no mercado de trabalho para reproduzir a engrenagem viciada que criticavam em sala de aula. Eu era sonhador. Se eu estou arrependido da luta no movimento? Não. Faria tudo de novo. Afinal de contas na vida sempre haverá otários, e eu era um.

Onde estará meu amigo? Disse que se casou e está tocando projetos na área de paisagismo. Quem sabe eu escreva uma crônica em homenagem a ele. Inventar uma passagem para fortalecer a teoria das *Vantagens Comparativas Como Esteio Para O Cooperativismo*. Me lembro numa festa em Jaboticabal promovida pelo DCE. Pra variar eu estava sem garota. Ele me chamou para roda de amigos e graças a ele (talvez) uma estudante de biologia curtiu meu papo e eu passei momentos legais ao lado dela. Claro, nem deu tempo de um beijo. Afinal, às seis da manhã eu tinha uma reunião política... e não podia me atrasar.

PODIA SER PIOR

"O QUE ESTÁ fazendo ainda aí imprestável", a esposa gritou.

"Ah", respondeu ele sem saber muito bem o que acontecia.

"Levanta dessa poltrona... Esqueceu do compromisso com as meninas...", ela batia com o pé direito no chão, sinal de quem quer ser obedecido o mais rápido na ordem dada.

"Já vou", ele ergueu-se de pronto.

Casa estranha. Mais espaçosa. Arrumação dos móveis. Móveis havia que nunca tinha visto. A começar pela poltrona.

"Onde elas estão", perguntou ele.

"Onde mais senão no carro esperando ansiosas pelo pai irresponsável", trovejou.

"Ah, sim, claro", seguiu a direção da porta. Sem saber onde estava, tinha certeza que a porta seria a salvação. Livrá-lo-ia da estridente voz da doutoranda em Violência contra Mulher.

À direita do corredor havia escadaria que desembocava no piso inferior. Nem hesitou. A cara suplicante dele fez com que a babá avançasse em socorro: "senhor, as meninas estão no carro". "Você vai conosco?", disse ele. "Não, eu só sigo a senhora. Hoje fico para agendar detalhes. Ela vai a um lançamento de livro e eu ficarei com as crianças. O senhor fica sempre escrevendo, né?" a babá adiantou os detalhes. Sim, pelos menos ainda era escritor. Sim, a babá é de uso exclusive da senhora.

Na cara dura ele perguntou onde estava o carro e como chegava lá. A babá o levou até o veículo. Era o Peugeot? E as duas cadeirinhas estavam atrás. Ah, a imagem veio elucidar tudo. Estava casado com a senhora Toda Poderosa e era o pai das duas filhas. E tinha autorização para guiar o carro dela.

Entrou no carro. As crianças eram tão gentis, tão educadas, tão humanas, que o malicioso pensamento passou pela cabeça "será que foram trocadas na maternidade. Vai ver que os genes são 100 por cento do pai". Ainda rindo do pensamento, engatou a primeira e foi para a rua. Que legal, estava na sua cidade. Logo, guiar seria água com açúcar. Levou as meninas para o parquinho do Shopping. E piscina de bolinha, e carrinho, e aviãozinho, e minhocão. A diversão ótima. As meninas assim que lá chegaram estranharam. Se fossem adolescentes jurariam que o pai havia bebido. Mas como criança gosta mesmo é de brincar estavam nem aí para alucinação paterna.

O celular tocou. A mulher ligou para perguntar como tinha sido o ballet. Se as crianças tinham se saído bem. "O quê?", ele empalideceu. "Ballet, que ballet?", ainda procurou saber. A irritação da moça era tanta que ele achou por bem desligar. "Que se dane o ballet e você também". Voltou a olhar as meninas. Que diversão. Pensou se a mãe as fazia sofrer. Nada. Era feminista. A implicância dela era com homens. Gostava de sexo, e de beijos. Nisso se parecia com uma mulher normal. De resto, queria pisar no macho. Vai entender? Os estudos subiram a cabeça. Tomou para si as injustiças que certas mulheres viveram. Quer espezinhar qualquer macho que atravesse seu caminho, tão igual às guerras santas, balbucia o marido.

Temia chegar a casa. Tinha que voltar, pois escurecia. Quase na entrada do portão da casa, despertou do sonho. Ufa! Estava de volta ao quarto. Salvo. Livre da poderiks. Na segunda-feira quando visse a moça que alegria não teria. Que ela lhe tratasse com aspereza, de modo rude, sem educação. "Podia ser pior, eu poderia ser o marido dela", ele se alegraria diante desta abençoada certeza.

POODLE

LEVAVA A FILHA para passear. A criança pedalava o triciclo. Ao lado, a esposa. Ora de mãos dadas. Ora o zelo materno mais para a criança. Ia tudo bem. Dariam a volta no quarteirão. Pode parecer monótono para muita gente ver a mesma paisagem. Embebido de algum ar filosófico, o marido enxergava no percurso um ou outro detalhe que despertava a curiosidade.

De repente, a pintura do feliz passeio em família sofre um arranhão. Na ótica dele, claro. A filha para. O carinho diante da loja de animais de estimação. Ração, osso, inclusive banho e tosa. A grande gaiola exibe filhotes de cachorro. Tão fofinhos, bonitinhos, a filha empolgava-se. O pai procurou ignorar. Fingir nem estar prestando atenção. Buscava retomar o passeio. Espernear por doces ou embirrar quando a mãe negava levar um DVD de desenho, a filha eventualmente lançava a mão. "Ainda bem que nunca cismou em relação a bicho de estimação", pensou ele.

O pai tem arrepios ao pensar em ter animal em casa. Os pastores alemães ou outra raça feroz que o amedrontaram no tempo de criança não podem carregar a culpa inclusive. O trauma vai além. Fezes espalhadas, empesteando tudo. Se possível mudava o trajeto para evitar casas abarrotadas de cães, com fedor insuportável. E os infernais latidos? Odiava a ideia de um animal de estimação perturbar o sossego do seu lar, mesmo o tal poodle,

Em casa, a mãe veio com conversa mole. "As mulheres e suas manobras", sorriu. Ela falava das *vantagens* de um animalzinho. O pai conteve a frase: *só se for para os fabricantes de ração e donos de pet shopping.* "Para a formação da criança é ideal. Se desde cedo cuidam do indefeso, crescem amando mais o próximo". "De mim ninguém cuida, brincou ele." Sabia que perderia a discussão. Nem contra-argumentou. Que pai seria capaz de negar a filha um *indefeso* cãozinho? A filha mais velha se animou, dizendo que ajudaria a limpar a sujeira, levar para passear.

"Sei", resmungou o pai entre dentes, descrente da menina que só depois de um parto arrumava a própria cama.

"Mas vou mesmo", respondeu a jovem de 13 anos irritada.

"Não disse nada", o pai defendeu-se.

A mãe interveio. Se a filha mais velha não fizesse, ela faria. A conversa ficou nesse pé.

O pai nada faria para facilitar. Mudou o caminho habitual do passeio de sábado de manhã, evitando passar diante do pet shopping. "Só para não aguçar o desejo", ele pensou. Pobre ingênuo. A mãe e as filhas conspiravam. Numa dessas tardes, chegando do trabalho, o pai se deparou com aquela coisinha, cambaleando pelo chão da cozinha. As duas filhas derretidas atrás da criaturinha. "Papai, vem ver o Guga", dizia a menorzinha. Que pai não se sensibilizaria? "Tomara que não dê trabalho. Nem mije no sofá", disse a queima roupa. No banho, se arrependeu, "droga, por que eu sou tão egoísta. Eu detesto bicho, mas elas amam".

Na hora da janta, o pai arriscou brincadeira forçada com o bichano. Tudo para aumentar mais ainda a alegria da filha.

Profecia cumprida meses depois. As filhas não tiravam a merda do cão, a não ser que se pedisse um milhão de vezes. O nariz dele se incomodava mais, por isso acabava limpando. Ganha um doce se adivinhar quem acabou levando o cão para o passeio, para fazer as necessidades e tomar um ar?

PREFEITO

"NUNCA VAI AGRADAR a todos", recordou a frase do padrinho político. Dez anos antes, lutaria contra esse chavão, que o irritava profundamente. À época, acreditava que o governante tinha a obrigação de *agradar a todos*, que as ações tomadas no gabinete beneficiassem a totalidade dos cidadãos. Se assim não fosse, seria um malogro, uma manipulação, atitude de classe dominante que meramente busca se perpetuar no poder.

A convicção era tão arraigada que o levou a pôr a cara à tapa e disputar a prefeitura da cidade. Antes, artista renomado e querido na cidade, levava a vida que boa parte dos mortais comuns gostaria. Ganhava relativamente bem para executar projetos arquitetônicos e paisagísticos. As aulas na faculdade comiam tempo, mas sequer atrapalhavam a inspiração.

"Tem uma hora na vida que se o homem ainda não cometeu uma burrada, faz a primeira", disse para si rindo, dando mostra do esgotamento diante da tamanha tarefa que é lidar com a coisa pública.

A perturbação estava longe de vir de áreas como educação, saúde, transportes ou segurança, áreas gargalos. O problema vinha do terreno que mais tinha tato. Sabendo das severas depredações sofridas em pontos da cidade, quis intervir. Dezenas de milhares de metros quadrados sitiados por ambulantes ilegais, traficantes de entorpecentes e exploradores do sexo. As condições de higienização calamitosas. A prefeitura, por meio de agentes, pouco podia intervir, pois os *chefões* do local queriam manter a situação para afastar o cidadão comum e a polícia.

Foi uma luta.

Varreu o comércio ilegal e intimidou vândalos e bandidos com ações legais. No lugar de terrenos baldios, criou praças. Casarão abandonado, sede do crime, foi restaurado e virou casa de cultura.

Fervoroso socialista, ele peitou a especulação imobiliária. Desapropriou vasta área e promoveu a criação de mais de vinte mil casas populares dignas para se morar.

Criminosos ricos e pobres vociferaram palavrões e ameaças de morte. O prefeito, que acredita em reencarnação, foi à televisão e leu carta ameaçadora recebida em sua residência. "Isto é para mostrar que embora eu não queira morrer, pois gosto da vida, não vou ceder à chantagem de bandidos. Se a morte é o preço que tenho que pagar então que seja. Eu é que não vou deixar meu povo padecer nas mãos de ordinários que me ameaçam ou amedrontam meus familiares". A popularidade foi às alturas. Reelegeu-se.

Em contrapartida, falta tempo para projeto artístico. Esquecera como é lecionar. Todo santo dia, melhor, todo santo momento havia demanda. É o posto de saúde que pede para ser inaugurado. Protestos na rua x por falta de saneamento. Esta ou aquela solenidade. As idas ao partido para amarrar apoio político. Opositores e correligionários tinham ao menos uma coisa em comum: não lhe deixavam quieto um segundo. A residência virou extensão do gabinete. Nem os filhos e a esposa arriscavam contar com a presença do pai e do marido em atividades corriqueiras. "É homem público, vive para a população", de vez em quando a mãe consolava os filhos que sentiam a ausência paterna.

Os assessores? Contava com vários, sem mencionar a base governista na Câmara e os secretários. Contudo, nunca em número suficiente para arrancar das costas o fardo de estar presente em situações que é necessário mostrar a cara, e que ser representado por um assessor soaria ofensivo.

Levantou-se. Apagou as luzes do gabinete. Era 21 horas. Ia para casa descansar. Amanhã, às sete horas estaria de volta. "Toda profissão conta com pilantras. A política não seria diferente. Mas graças a pessoas como você eu posso acreditar que o Brasil é país decente, que tem jeito" Ele recordou emocionado da fala de uma senhora de 85 anos na fila do posto de saúde na época da inauguração.

QUE GARRA!

O LAVRADOR DEIXAVA a terra que por uma década tentara livrar das garras do grande latifúndio. Terra que fora do pai dele, do pai do pai dele e do pai do avô. Do dinheiro ganho, optou como destino o Rio de Janeiro. Por quê? Havia parentes lá e isso facilitava um bocado qualquer retirante se achegar em solo estranho, que apesar de chamado maravilhoso, na vida das ruas, esquinas, vilas, favelas, os braços são bem menos acolhedores que os do Cristo Redentor.

Parentes indicaram o bairro de Santa Cruz. Na década de 70, esta área afastada do centro, tinha aspecto mais familiar para o ex-lavrador, tão diferente das casas e apartamentos que ornavam a chamada zona Sul carioca.

Apesar de ter vendido a fazenda na Paraíba por preços aquém, em Santa Cruz pode comprar terreno que para os padrões médios da população urbana brasileira seria uma dádiva. Cerca de 600 m2. Para o homem de trinta e poucos anos foi fácil encontrar jovem carioca casadoura. Casou-se com uma garota de 15 anos. Vieram duas filhas e um rapaz.

Todos os filhos trouxeram orgulho. O rapaz se enveredou pela construção civil. A primogênita abraçou o magistério. A caçula queria casar. Com dezesseis anos, casou-se com um empresário, cliente do pai dela, que na época já tinha casa de material de construção. A receita do comércio era parca. Suficiente para manter a família e educar os filhos sem supérfluos.

Através do casamento, a moça pôde migrar para o circuito zona sul e passou a conviver com a classe média. A família do empresário residia no Leme. Certa vez acompanhava uma festa de crianças junto de uma amiga que, como ela, era mãe jovem. No local, o fotógrafo registrava mães e filhos em poses que privilegiava a harmonia materna. Ela adorou. As fotos foram parar numa agência respeitada para prévia confecção de álbum. As fotos da filha do paraibano foram as mais marcantes. Tanto que o produtor ligou na semana seguinte para a moça e ofereceu convite para posar como modelo em publicações deste gênero.

Graças ao apoio de amigas e familiares do marido, ela aceitou. O sucesso veio a galope. Revistas femininas e de moda sucederam e a convidarem para posar. Seria um conto de fada, não fosse o forte quinhão de perseverança e dedicação doado pela jovem. Ela ganhou nome. Até atuar em novelas constou do trajeto artístico.

Aos 18 anos, o moreno do corpo desta jovem virou um dos símbolos da sensualidade da mulher carioca, ou pelo menos dos corpos disputados pelas lentes de fotógrafos de revistas que exploram ou incentivam a exibição da pele nua ou seminua e de rostos que cativam.

Quem trocasse um dedo de prosa com ela veria a simplicidade na máxima manifestação. Contudo, a foto mostrava um lado bem diferente: uma fisionomia e pose de jovem decidida, imponente, que tinha o mundo sob os pés. E, claro, a voluptuosidade de tirar o fôlego de homens e incentivar a malhação e dieta de mulheres.

Infelizmente, o casamento terminou. O assédio do público e mídia provocou insegurança no marido? Desgaste em função da metamorfose de dona de casa a estrela de TV? Ou simplesmente o amor acabou tão inesperado como surgiu há seis anos?

Na entrevista dada a uma rede de televisão nacional, falava ela sobre a carreira. Quem influenciou sua carreira? pergunta o jornalista, esperando ouvir nomes de pessoa famosa. Meu pai, respondeu ela na maior tranquilidade. Que garra! Ele que saiu do sertão da Paraíba, que chegou ao Rio como retirante, que batalhou na pequena vendinha e que criou e educou os filhos. Ele me deu a oportunidade de ser a pessoa que sou. A partir desse repertório, ficou mais fácil para ser bem-sucedida na oportunidade que eu tive no meio artístico. Educação esta que levo para dentro de casa na relação com meus filhos e marido.

QUE MULHER DANADA

"A SENHORA NÃO tem o que fazer em casa?", resmungou o parlamentar irritado. A líder do *Movimento Cobra Deles* retrucou, "em casa, a roupa e a louça estão lavadas. Como cidadã eu quero ajudar a lavar a sujeira que possa haver nesta Assembleia Legislativa". O bate-boca terminou por aí? Nada. Cada adulto quer ter a última palavra, o grito mais forte, ou o silêncio mais cortante. O deputado revidou, esperneou. Inútil. O nome estava na lista dos faltosos nas plenárias.

Depois do embate, na sala do Movimento Cobra Deles, a inconveniente pergunta se *compensava levar a luta avante* a sacudia. A frase 'não tem o que fazer em casa' estava longe de ser a primeira vez tampouco a última que ouvira. Represália gritada por quem se incomoda quando ela investiga sentenças dúbias, contas mal explicadas, discursos improvisados, manobras escancaradas.

Hoje está mais tranquila. Dez anos antes, houve conflito no próprio lar. O marido pouco entendia a necessidade de ela meter-se com movimento político. "Nunca soube que você quisesse ser política", disse ele. Ela se ofendera. Não queria ser política, não no sentido de vereadora, parlamentar, prefeito. Queria cobrar responsabilidade.

Anos observando reclamações e piadas diante de atitudes impróprias de parlamentares, resolvera transformar a indignação em ação. Quis transpor o degrau onde milhões de brasileiros estacionam: meramente reclamar, reclamar e reclamar e depois ir assistir a novela, embriagar-se ou falar palavrão ao ver a partida de futebol.

Sair da rotina é sacrifício. Organizar o Movimento foi o menor dos tormentos. O maior é enfrentar-se. Ouvir chacotas do tipo: 'quando que você vai sair candidata', 'o movimento não te paga nada' ou, 'ah, vai dizer que não quer um cargozinho na prefeitura'. Meter-se com parlamentares, frequentar a Assembleia traduz para a média das pessoas que é visando morder benefícios.

"Quando seremos ciosos de nosso dever. Um parlamentar vai trabalhar se tiver o povo fiscalizando. Se não houver gente fiscalizando o trabalho, ele trará benefício meramente para si", ela se indigna.

Como jogador desanimado, que pensa duas vezes antes de correr atrás da bola, a canseira lhe pesa. "Por que as pessoas desconhecem a responsabilidade que é viver em sociedade? Por que não fiscalizam os parlamentares?" Por que fiscalizar justamente o legislativo que já está tão massacrado pela mídia? Simples: o legislativo é palco do povo. Ele, se bem estruturado, controla o Executivo e encaminhar leis socialmente mais dignas para o Judiciário. É o poder mais importante, pois serve a maioria e não só aos amigos da meia dúzia que acham que ainda vivem na idade média em pleno século 21. Legítima a participação popular.

Hoje há um desvio. O parlamentar entra no gabinete e se acha dono do cargo e não um funcionário, um servidor público. Muitos por serem ignorantes, outros por safadeza insistem em virar a cara para o povo tão logo ganhe o pleito. De desabafos que a motivaram a lutar, ainda que o marido, a família, as ameaças de parlamentares venham tornar o caminho íngreme.

Quem sabe um dia ela será milhões. As donas de casa, os médicos, os garis, estudantes, os católicos, os seguidores de candomblé, todos se mobilizando nos bairros, nas ruas. O Brasil será gigante quando 193 milhões ditar o que devem fazer o presidente e deputados, e não o contrário. Imagina se o trabalhador dissesse para o patrão que os mais de 50% de ausência têm justificado. Um dia o parlamentar mudará. Mas antes o povo tem que mudar primeiro. "Parlamentar é o reflexo do povo", era o que a fazia seguir em frente, erguendo a bandeira, como Joana D'Arc.

QUEIMADA

ATENDIA AO TELEFONE com o ombro, enquanto as mãos lavavam a louça. O menino brinca com os botões do fogão. Com a advertência da mãe, ele embirrou e correu para sala para assistir TV. Estava atrasada a dona de casa. Daqui a pouco teria que buscar na escola os filhos de oito e dez anos. Ia cozinhar a carne com batata. Bastou acender a boca do fogão, um clarão veio ao encontro. No reflexo, pôs a mão no rosto, tampando os olhos e recuando para trás.

O filho, vendo a mãe em chamas, gritou o quanto pôde. Noções de primeiros socorros fizeram com que ela se atirasse no sofá e se enrolasse na coberta que estava no assento. Abriu a porta para liberar o filho. Homens da oficina mecânica, do outro lado da rua, vendo a confusão, pegaram extintores de incêndio e invadiram a casa, lançando jatos na mulher.

Desmaiou.

Quando acordou estava no hospital. O corpo imobilizado pelas faixas, principalmente nos braços e rosto. A enfermeira se adiantou, "tudo bem?". A dona de casa meneou a cabeça na tentativa de responder. A resposta era para dizer que estava. Dali a pouco a quentura tomou o corpo. Incômodo nunca antes sentido. Muito pior do que as vezes que exagerava na exposição ao sol na praia de São Vicente quando era garota.

A enfermeira agiu rápido. Buscou a agulha e o frasquinho com substância rosada. A dona de casa se apoquentou ao ver a agulha. Fechou os olhos e sentiu a picada. "Calma, já vai passar?", disse a enfermeira.

Quando voltou a abrir os olhos parecia bem disposta. O tudo-bem da enfermeira, agora não mais a loirinha magra, mas a senhora corpulenta, encontrou ressonância. O corpo estava respondendo. No braço, o soro pingando. As ataduras estavam lá. Se a paciente tivesse tido consciência nesses quinze dias de UTI saberia que passou por duas cirurgias reparadoras e que as ataduras não eram as que ela usava da última vez que voltou do coma.

Os parentes foram aparecendo. Os filhos, claro, primeiro. A julgar pelas lágrimas dos pequenos, pensou ela, seu estado deveria estar bem deplorável. O sorriso no rosto que ela forçava através das ataduras tinha o único objetivo de abrandar a tristeza dos filhotes. Tinha plena ciência na benção que foi sobreviver. Podia estar no Além. Morta, deixaria as crias abandonadas no mundo. Se pudesse fazer o sinal da cruz, reforçaria de modo religioso o agradecimento pela sorte de permanecer viva.

Passados mês e meio depois da tragédia, ela recebeu alta do hospital. Havia se livrado de boa parta das ataduras. Exceto no rosto. Chegando a casa, a surpresa. O lar estava arrumado, pintado. Como? Deveria estar em cacos. Descobriu mais tarde que a vizinhança se uniu e ajudou o marido, técnico de áudio, a reformar a casa. Uns com a mão de obra; outros com o material de construção.

Que bom estar dentro de casa. Após meses, livrou-se por completo das ataduras. Se ela agradecia a possibilidade de estar viva e em condições de tocar a educação dos filhos, um detalhe a chatearia pelo resto da vida. No espelho, via que estrago o fogo fizera na pele. Deformados estavam os braços, parte da clavícula e o lado direto do rosto. Se a própria imagem a chocava cada vez que calhava mirar-se no espelho do banheiro, imagina que impressão causaria nas pessoas.

Hoje, passados anos, a dona de casa está mais acostumada, ainda que nota o susto em pessoas que ela provoca ao cruzar o caminho na rua, no ônibus, na feira. No rosto delas há uma expressão mista de horror e pena. Na rua onde a dona de casa vive os meninos, pouco politicamente correto, chamam-na de senhora Queimada, quando aparece alguém procurando sua casa.

A vida continua, ela repete. A recordação do fatídico dia dói agora mais na alma que na pele, pelo motivo que ela não gosta de ser vista como bizarra, horripilante.

R$ 50,00

O ÔNIBUS ESPERAVA o semáforo esverdear. Muita gente em pé. O homem, sentado, olhava pela janela. No banco da frente um casal jovem nada convencional. Ele cabelo amarelo, o nariz inflamado à direta, típico de quem usou Pierce e teve contraindicações. Embora procurasse se deter na visão de pessoas no ponto de ônibus ou que circulavam por ali, e lojas bem-visitadas, era impossível ficar indiferente ao papo do casal à frente.

O casal, provavelmente meros amigos, nada tinha de convencional fossem nas roupas ou nas falas. Ou será que aquele comportamento era o convencional e ele, o observador, é que estava ficando passado? Pode ser.

Falavam de festas, de zoeira, de um montão de coisa que é tão empolgante no momento, mas que passado meia hora se perde no esquecimento.

Numa dessas tentativas de fugir da atração que o casal provocava nele, a visão se deparou no momento que a nota de R$ 50,00 caía do bolso da calça do transeunte. O rapaz estava de certo apressado, mas não correndo. Caso pudesse ser avisado, com certeza voltaria e apanharia a nota. O impulso do observador foi de bater no vidro da janela do coletivo, como se pudesse chamar a atenção do distraído. Tarde, o moço tinha sumido de vista.

A nota permaneceu lá. Duas ou três mulheres passaram por cima e sequer ligaram para apanhá-la. Nisso, dentro do coletivo, um rapaz de seus dezoito anos pede que o cobrador abra a porta. Consegue ir lá, e agarra a nota. Na maior cara de pau adentra no coletivo. À medida que volta para o assento, meteu os óculos escuros. Movido pela necessidade de manter o rosto anônimo visto que o caráter estava exposto? Quem sabe.

A ação rápida do rapaz contou com a lentidão do trânsito e, sobretudo, o dono do dinheiro não ter retornado. E o casal da frente, destaque para a menina, que fala pelos cotovelos, dizia que ela mesma teve vontade de ir. E que certa vez achou uma carteira. Caiu na besteira de ligar avisando o descuidado, preocupada com o possível transtorno que a falta dos documentos faria. Acabou sendo acusada de ter sumido com o dinheiro que estava lá. Desse dia em diante, jurou para si que pegaria o dinheiro e largaria a carteira onde estivesse, caso topasse com alguma mais uma vez.

O observador ficou meio frustrado. Não que visse no ato do garoto algo de tão horrendo. O que lhe perturbou foi a indiferença das pessoas, destaque para aquela que podia ter avisado o descuidado na hora do infortúnio. Enquanto o ônibus seguia pela avenida movimentada, na cabeça vinha imagem passada nalgum Fantástico da vida. O faxineiro que encontrou mala cheia de dinheiro e a entregou no guichê. Outro que encontrou carteira no banco da praça e telefonou e achou o dono. Histórias que, na mídia, mostravam que o brasileiro é povo confiável. Ou pelo menos que o mundo não está perdido.

Esquisito! A cena assistida contrastando com o ufanismo. À mente veio o interrogatório. "Será que somos todos assim? Que pouco nos lixamos pro outro? Que as provas de bom caráter é coisa rara? E que o grosso do dia a dia é esperar o descuido do semelhante para faturar em cima?"

O rapaz, ao lado da moça, ia atenuando a perda do descuidado. "Pelas roupas dele, não vai sentir falta do dinheiro". Será?

E o garoto que fez toda a manobra para apanhar o dinheiro? Possivelmente vinha do trabalho, a julgar pelo uniforme da casa de eletroeletrônico que vestia. Que grande serviço prestou a si? A inteligência e destreza unidas no esforço para apanhar o que não lhe pertencia. O observador meneou a cabeça, buscando fugir das lições de moral. "Tomara que não tome gosto por se aproveitar da fraqueza do semelhante", foi o que desejou ao rapaz. Ficou confuso: será que este seu pensamento também já está fora de moda?

∎

RAÇÃO INSOSSA

A INVEJA SERIA atributo exclusivamente humano? Ou as demais espécies a compartilham? No momento deve haver cientistas buscando provar, negar ou ser indiferente ao questionamento. E se a equivalência existir, que diferença faz? Um cético perguntaria. Ajudaria os donos de gato a repensar a forma de alimentá-lo? Quem sabe.

Numa casa qualquer de qualquer quarteirão da cidade de Campos do Jordão, o gato começa o dia. O homem da casa desperta cedo. Às seis horas da manhã, está esperando a água do café ferver. Enquanto isso vai ingerindo leite e pó amarelado contendo aveia, banana e pera. A bisnaguinha acompanha para evitar ânsia que o leite dá quando ingerido sozinho.

Deitado na caminha, o gato observa os movimento do sujeito. Os anos passaram. O gato bem sabia. Antes, nesta hora ele correria para a sala de estar e esperaria ansioso que o sujeito depositasse a ração na tigela. Se o bichano miava? Não, caso mulher e filha estivessem ainda ausentes, dormindo. Mais pelo medo do sujeito que compreensão pelo sono alheio. O sujeito abria a porta da cozinha e o alimento felino estava lá. O bichano corria e o devorava.

Vendo a diversidade do que os donos comiam nas refeições regulares ou nos lanchinhos esporádicos dava a sensação de falta para o bichano. Queria ter acesso à diversidade. Os cheiros pouco incomodavam. Frango bem temperado ou outra iguaria raramente fisgava o felino pelo nariz. Já as cores e tamanhos e formatos daquilo que os humanos levavam à boca, sim, fazia acionar um que de desânimo.

Nas festas de fim de ano, a situação complicava. O pernil, diferente dos cheiros habituais que nada nele provocava, tinha o poder de lhe arrastar. Duas vezes fora surpreendido em cima da pia, lambendo o caldo. Depois dos safanões, viu a vontade reduzir-se.

Gostaria de ser caçador. Tempos outros, o felino aventurou-se a apanhar passarinho. A inabilidade era tanta que os pássaros que conseguia prender entre os dentes eram os que caiam semimortos do ninho e, por ter a estúpida ideia de levar o agonizante para dentro de casa, a dona do felino lhe tomava a caça fácil e proferia impropérios. A irritação vinha da perda da caça ou da bronca da menina? Pouco importava. Ficava p... da vida.

Tentou bulir com as baratas. Certo dia soou elogio. "Que gato valente", disse a menina. "Ainda bem que o come-dorme se prestou a fazer algo útil", nem precisa dizer que vinha do chefe de casa. Elogio todo mundo adora receber. O gosto da barata ficou a desejar ao paladar apurado do felino. Parou de correr atrás dos insetos.

Quando as formigas cismavam de atacar a ração? Tinha que esperar o homem da casa se levantar e expulsá-las. Por essa e outras, ultimamente vem ele passando por um processo depressivo. Um desgostar da existência. Castrado e gordo, o pique para correr atrás das gatas se reduziu a usar a almofadinha da cama como parceira. Tudo bem, no tempo em que estava na ativa, arranhões, orelha sangrando, mordidas doloridas apresentavam a desvantagem da batalha de procriar.

Sacudiu a cabeça. "Que jeito?", disse consigo. Arrastou o pratinho de ração e mandando para dentro uns grãos, começara a mastigar. Os grãos iam indo para a boca como num processo automático, rotineiro. Bebericou a água, que o sujeito trocava regularmente. Olhou para o sujeito que passava a manteiga no pão trazido da padaria há pouco e pulou pela portinhola que dava para a garagem. No jardim, olhava pessoas e carros circularem. O número estava reduzindo às sete e meia. Dali a uma hora o barulho começaria. Avenida agitada.

Um resquício de ânimo o impulsionou a subir no telhado. De lá, tinha visão panorâmica. Entrou no forro do telhado e, saudosista das gatas que ali havia passado a noite tempos atrás, circulou pensativo.

REBANHO

DURANTE A PALESTRA, se o palestrante é naturalmente centro das atenções, com certeza não é o único. Embora os olhares estejam voltados a maior parte do tempo para o palco ou para quem lá na frente tem o microfone à mão a explanar com desenvoltura seja animadora ou cansativa, o fato é que na plateia há movimento que a torna viva, que a faz escapar da estática posição de mera ouvinte. Os murmurinhos, os cochichos, as risadinhas comedidas, as trocadas de olhares são sinais dessa vitalidade.

Risada na palestra? Longe daquela que o palestrante lança mão a fim de quebrar a formalidade, descontrair ou meramente dar susto no malandro que há um bom tempo ronca, quase depositando a cabeça no ombro do sujeito ao lado. A risada comedida, como o nome sugere, sequer perturbaria uma mosca, a não ser fosse ela extremamente melindrosa.

Passeando pela sala, vemos na plateia algo além da costumeira aglomeração em dupla, trio e quarteto. Há no fundão uma equipe de professores de educação básica. À frente da turminha, a diretora. Forte, corpulenta, e sorridente. As qualidades dessa pessoa são variadas. Gentil, educada. Realmente se preocupa com as pessoas. Solidária. Todos a veneram?

Não.

"Olha lá, os que vão atrás dela que nem rebanho", murmurou uma professora que embora pertencesse à referida escola, faz parte dos que se esquivavam em seguir a mestre.

"É... Você precisa ter muita paciência para ficar perto dela. Ela sabe tudo. A última palavra é a dela. A História se divide antes e depois que ela assumiu a direção", a outra amiga sorriu maliciosamente.

"E quem se esquiva do seu personalismo, acaba sendo visto como ovelha desgarrada, alguém que se deve vigiar, quando não perseguir", desabafa.

"Olha a Fulana do lado dela, sempre rindo, concordando com tudo?", murmurou a amiga.

"Também, quando a chefe esta fora, ela é que fica no comando", alfineta.

"Eu que sei... É unha e carne. Adora mandar... Precisa só de espaço... Quem sabe *colando* com a chefa ganha algum poder", falou.

A conversa ia seguindo comedidamente, significando que estava num nível de não ter sido chamada atenção pelo palestrante. Nem repreendida por colegas. Sabiam conversar sem importunar.

O palestrante falava de novas metodologias de educação social, visando assertividade no processo ensino-aprendizagem. "O foco é potencializar a natural alteridade do educador para que o aluno se mostre mais à vontade. Quanto mais o aluno confia no mestre mais é reforçado o canal da confiança que estabelece as condições básicas para o ensino. Evita que o aluno se aborreça. Promove a absorção de conhecimentos não meramente conteudista, mas o desenvolver ferramentas para a prática social", o mestre ia proseando.

O horário do intervalo para o café veio. Uma atitude corroborou com a opinião das duas amigas que destratavam o grupo, ao rotulá-lo de rebanho. A diretora levantou-se, no que a seguiu toda a tropa atrás. Na volta do café, o palestrante pediu para que as pessoas viessem mais para frente. "Não precisam ter medo de mim. Prometo. Não babo", riram todos.

Após o almoço, o palestrante da manhã cederá lugar para outro. E a turma da diretora migrou de volta para o fundão, porque ela tomou a iniciativa. O palestrante tocou numa questão incômoda: a relação de poder. No que a direção de escolas atrapalha com seu centralismo?

Na segunda-feira seguinte, as relações prosseguiram mais ou menos como era hábito. Cada qual assumindo seus postos, da mesma forma que acontece quando a luz elétrica falta e volta depois de duras horas.

■

RECEPÇÃO

ACOSTUMADO AO VOLANTE, hoje preteria. Ia ao banco do passageiro. Apesar do fingido sorriso nos lábios, a perturbação e as mãos nervosas se esfregando denunciavam situação desconfortável. A esposa, ao volante, busca distraí-lo. Chama atenção da filha caçula, sentada no cadeirão, para este ou aquele detalhe pueril. Arranca um ou outro riso descontraído do homem que é uma tensão só.

Próximo do hospital, o manobrista, o conhecido flanelinha, se aproxima do veículo e indica lugar que nem o marido ou a esposa viram antes. Por mais que se torça o nariz ao homem de fisionomia amassada pelo álcool, seria injustiça negar que há momentos que é realmente essencial seu apoio para enfiar o carro num espaço que não caberia uma cadeira de rodas.

Saiu do carro. Abriu a porta detrás para a filha pular fora. Agora esperavam a mamãe acionar o alarme para seguirem caminho. Entraram no hospital, redobrando o cuidado quando um carro dividiu com eles a estreita passagem, que por sinal é preferencial para os veículos que vêm buscar pacientes liberados. "Se formos atropelados, ao menos estamos na porta do hospital", a mulher brincou. Ele, casmurro, não resistiu e sorriu da vontade da esposa de alegrá-lo. Logo ela que não era chegada a gracinhas.

Na recepção, o inusitado. Nada a ver com o fato de ele se apresentar em público de tênis, moletom e camisa polo. Tão diferente da calça, camisa e gravata. Nos fins de semana, quando não está em serviço, adora moletom ou bermuda. "Só uso terno e gravata quando na luta. É minha armadura", dizia. Se seu médico gástrico não escolhesse este hospital para cirurgia, poderia chamar atenção ter um marmanjão, barba na cara, dividindo a sala de recepção com inúmeras grávidas. À luz da medicina, nada incomum. Todos são de carne e osso. E, de uma forma ou outra, passam pelo bisturi do mesmo jeito.

Por que estava pouco à vontade se na sala de recepção do hospital maternidade tinha muito com que se entreter? Mulheres que entravam com barrigão. Outras que saíam com o pimpolho nos braços. Nas primeiras, a leve tensão misturada com a esperançosa alegria. Nas segundas, a palidez e o esgotamento físico típico de quem não apenas passou por parto – natural ou cirúrgico – mas que teve já que amamentar e perder horas de sono. Os familiares as recebiam como se fossem princesas resgatadas de uma torre ou heroínas de guerra.

"Calma, tudo vai ficar bem. Não precisa ficar com medo?" disse mais uma vez a esposa, enquanto ele aguardava a hora de subir para o quarto A palavra medo surtiu o efeito de um analgésico. Ele se mexeu. Ergueu os ombros caídos. Tudo para mostrar que não era medo o que sentia. Como se pudesse se enganar.

Culpou a demora pela tensão. Já havia ido falar com a recepcionista. Posto a etiqueta de identificação no braço. E retornado ao banco de espera. A recepcionista havia avisado que o quarto ainda estava sendo desocupado, por isso demoraria um pouco.

O pior que não era a primeira cirurgia. Aos dezesseis anos, ficou internado no hospital no centro do Rio de Janeiro. O medo naquele tempo foi mais visível. Às portas do centro cirúrgico, quando viu a mesa e os médicos vestidos de azul, quis pular da maca e voltar para Bangu correndo. Foi sedado antes. Agora, passados vinte e quatro anos, não ficaria bem a mesma cena. Morrer, sim, mas com dignidade.

Beijou a filha e seguiu como um execrado pelo corredor do hospital rumo ao quarto. A contrição no rosto irritaria um condenado nalgum corredor da morte nos Estados Unidos.

A esposa vendo-se sozinha na recepção leu nos rostos das mulheres circundantes a divertida observação: "Homem é assim mesmo! Medroso por natureza. E nós que somos o sexo frágil? Imagina se tivessem filhos".

Seguiu com a filha caçula para casa.

RECITAL DE FORMATURA

NO AVIÃO, O rapaz evitou a leitura, costume habitual em viagens longas. O Destino? A cidade de Nova York. No ouvido do bacharel em composição erudita e violão, os fones traziam o *Prelúdio das Bachianas Brasileiras no. 4* do genial Heitor Villa-Lobos. Se tivesse de olhos abertos, pela janela da aeronave veria o tapete de nuvens mescladas com o crepúsculo. De olhos fechados, o que via eram imagens do antes, durante e depois do recital de formatura.

Antes.

A turma formada por quinze pessoas. Quatro rapazes nos primeiros violinos, quatro rapazes nos segundos violinos, dois rapazes nas violas, um rapaz e duas moças nos violoncelos e por fim os contrabaixos contando com uma moça e um rapaz. A empreitada musical começara há longa data, apenas do maestro ainda estar na pele de um jovem promissor.

Atuando como professor de música desde 1998, sabe que cada turma tem suas idiossincrasias. "Antes do talento, o artista deve ter energia suficiente para disciplinar o corpo e alma em busca da perfeição. Num trabalho em grupo, inexiste a perfeição se o artista não se sujeita ao ritmo da maioria. Claro, sobrará espaço para cada um se destacar no que faz, mas se houver a busca insana e egoísta de estar acima dos demais, o grupo murcha e o próprio artista tem o trabalho prejudicado", ensinava aos alunos.

Muito do que transmitia em sala de aula, no quesito autodisciplina, vai de encontro ao próprio desempenho como maestro. Evita pregar o que não segue.

Durante.

O anfiteatro da faculdade é o palco. Maestro sabatinado. Havia ocupado como violonista palco em diversas casas de espetáculos. Repertório erudito e popular em número de solo, tendo sido acompanhado por instrumentalistas da Banda Mantiqueira e da Orquestra Sinfônica do Estado de São Paulo. Inclusive compôs música para cinema e obras, como sexteto, quarteto e coral, destacando-se o Concerto Camaleão, obra para violão, clarineta e orquestra. Como regente, esteve à frente da Orquestra L'Estro

Armonico. Mesmo assim o suor o invadia a cada apresentação. Além de se concentrar na musicalidade, podia sentir em cada músico a tensão e a satisfação em manejar o instrumento.

A fisionomia do mestre os reconfortava. É o jovem do violino à esquerda, cujo instrumento desliza do pescoço devido ao suor do rosto, que destoa da nota e assustado, recebe, através do olhar, o apoio a-plateia-não-notou e você-pode-superar-o-nervosismo. Atravessaram pelas *Três Pequenas Peças* por J. Haydn. Os aplausos massagearam os ombros doloridos dos músicos. Entraram no *Divertimento KV 138* de W. Mozart. Os aplausos deram mais um gás. Após as *Cinco Peças do Álbum* para a juventude de P. Tchailkovski, o mestre volta-se para a plateia. As órbitas avermelhadas e a ires azul celeste, além do suor da testa, mostram a dedicação levada ao extremo. O ufanismo desperta-se ao som do Prelúdio de H. Villa-Lobos. A Catedral da Sé, do compositor brasileiro contemporâneo E. Villani-Cortês encerra a apresentação.

O maestro se despede. Nas salvas de palmas acaloradas, à semelhança do bebedor de cerveja que pede a saideira, o bravo ovacionado pela plateia mostra a satisfação que esta terá caso o mestre volte e a proporcione mais uma melodia. O maestro retorna. Fornece a canja. Sucesso. A ovação mais que duplicou.

Ao término, plateia e maestro se encontram. Tietes na pele de mãe, namorada e amigas o felicitam. Os amigos nem por isso são menos lisonjeiros. Brindasse o talento conquistado às duras penas.

O avião sofre leve trepidação. O maestro se assusta. "Vê lá Destino! Não vai me aprontar uma", ri para si, "ainda tenho muito que ensinar".

REVEZAMENTO

DUAS AMIGAS PROSEIAM. Onze horas de uma noite garoenta. O diálogo trata de rotina. Espécie de diário, rezando preocupações, inconvenientes, alegrias. Uma retrospectiva do dia que finda. Embora sem o interesse de impressionar, as impressões são narradas como foram sentidas. Ambas contam com menos de trinta anos. A primeira beirando 28. A segunda entrando nos vinte e seis.

Dividem um quarto de pensão na metrópole paulista. Rotina desvairada. A começar pelo aperto. Verdadeiro prodígio é viver duas mulheres em um espaço que caberia meia. A necessidade, professora habilidosa, sem pressa, ensina a sujeição aos mais exíguos ambientes, às mais perversas situações, às mais abjetas acomodações. Duas histórias semelhantes em certos traços. Excludentes em tantos outros.

A primeira que pisou na pensão foi a mais velha. Migrante de outro Estado, buscando melhores condições. Rolando de bairro em bairro, de cidade em cidade por causa de emprego, acabava optando por locais ideais, próximo da empresa. A relação parental ajudou a manter distância da família. A desculpa para todos os efeitos era a independência financeira.

A ruivinha era do subúrbio. Sair de um subúrbio de uma metrópole é uma viagem. A amiga de trabalho lhe convidou para morar juntas. A ruivinha ponderou: a distância da casa dos pais, que tomava ônibus, trem, metrô; a perda da paciência, do sono; o ganho de dor de cabeça, de ombros, das costas; e o assédio nas lotações. Pronto, optou em morar com a amiga. Ainda assim há milhões que suportam o trajeto. Por quê? Gostam de onde moram ou com quem moram. Tem raízes. E o centro da cidade parece hostil. A ruivinha nenhuma dessas desculpas tinha.

O lado afetivo pesou na escolha. Queria, ah, como queria sair da periferia. Anos sonhando. Começou a trabalhar aos dezessete anos numa empresa na altura da estação Santa Cecília. Sentira-se bem no lugar. Pessoas vestidas razoavelmente. Sem os pinguços infestando os bares, sem os traficantes rodando à solta com pistolas na cinta, sem o estigma de bairro violento, sem crianças seminuas, nariz escorrendo, coçando piolhos, andando descalças.

Na pensão elas se viram. Ambas têm namorados. Para dividir o espaço criaram procedimentos. Quando uma está com o namorado, a outra deve *passear*, às vezes gastando duas, três ou cinco horas perambulando pela rua, na lan house, bar, para que a companheira possa desfrutar das delícias e dissabores da relação amorosa. Quer maior sinal de desprendimento? Para criar esse ambiente de cumplicidade, solidariedade, as amigas antes devem contar com um respeito mútuo. É o que ocorre. O quarto delas é um primor. Boa parte dos homens da pensão gostaria de estar no quarto não apenas para desfrutar de um colo, mas sim apreciar a limpeza, asseio, a decoração que faz emergir do mais bruto a delicadeza do bom gosto.

A ruivinha igualmente parece estar tão distante de uma prazerosa relação parental quanto a mais velha. Fator que explica a maior cumplicidade. Uma para a outra sendo como mãe, irmã mais velha, avó cuidadosa, pai protetor, tios que quebram galhos. À medida que o tempo passa, e juntas permanecem, o relacionamento as confunde como irmãs, não mais como meras amigas.

Anestésico certeiro para livrar a grande multidão de solteiros que prolifera nos centros urbanos, nos quais a lógica parece favorecer que filhos, casamento, pais, mães sejam substituídos por relações casuais. Tristeza para um modelo de família, mas terreno fértil para que outros tantos ocupem posição.

"Mas nós vamos superar essa fase de revezamento", disse a moça para a mais velha. Esta acena com a cabeça: "até o fim deste mês aquela casa será nossa. Dois quartos..."

ROUPA BRANCA

"ONDE DESEJA IR?", o porteiro questiona. "Biblioteca", responde o interrogado. Estava acostumado à estranheza que causava no pessoal da guarita ao pedir entrada na faculdade sem ser professor, estudante ou convidado. A julgar pela gravata, deve ser boa gente, pensou o guarda diante do homem que preenchia o livro de visitas. Recebido o crachá, o visitante segue pelo campus.

Embora o guarda ensinasse o caminho, ou tentasse, o homem pouco entendeu o emaranhado entre-ali-sai-lá-passe-pelo-prédio-tal. Nem precisava. O campus é bem sinalizado. Placas indicam a reitoria, restaurante, banheiros, DCA, e, o que buscava, a biblioteca. A caminhada fazia bem. Olhava ao arredor, sorvendo cada detalhe. Sem pressa. Inexistia compromisso ou hora de retorno.

Universitários, funcionários, professores transitando. As moças eram a razão de ele sair da empresa e ir perder tempo na universidade.

É do tipo que vive para o trabalho. Feriados e fins de semana raramente larga a cadeira do escritório. Aproveita para por detalhes em ordem, aproveitando a calmaria que durante a semana seria impossível atingir. Exporta milho e derivados. As vendas parecem imunes a crises internacionais. Não é magnata. Vive bem, muito em função da mão fechada e habilidade nas finanças.

Passatempos existem aos milhares, convencionais ou estranhos. Os convencionais como jogos de azar, bares, o salão de beleza, butiques, jogos conectados. Sem esquecer o futebol. Ir para faculdade para ver universitárias usando roupa branca é do tipo *estranho*.

Quer reduzir a excentricidade à disfunção psíquica motivada por trauma? Satisfaz a explicação de ele ter tido namorada que trabalhava num boticário o qual exigia o uso de roupa branca? Um namoro conturbado, ela com ele por pena. Ele fisgado pela beleza. O namoro naturalmente acabou. Ela encerrando o caso.

Odeia lugar-comum chamado trauma? Descarte essa possibilidade. Namoradas não lhe faltaram depois. O que curtia quando via uma moça de branco? Prazer. Se pegar o perfil da estudante que desperta interesse, verá que é baixinha, nunca mais do que 1,70 cm, rotulada de come-quieto, songamonga, por pessoas invejosas, ao aparentar ar desprotegido, tímido, reservado. Às vezes variava, curtindo o tipo independente, atrevida, desde que não falasse palavrão e exibisse gestos vulgares.

Muito do que gostava era estereótipo. Nas visitas à faculdade, pouco papo puxava. Circulava no restaurante, na cantina. Papeava na fila do caixa ou se dividia o balcão da cantina na hora de lanchar. Na biblioteca, no corredor, em busca de livros na estante, ocasionalmente rolava prosa curta. E só. Logo apanhava o livro, da área de anatomia ou patologia e encaminhava-se para mesa. Deliciava-se com a leitura. Três ou quatro horas enclausurado na Torre de Marfim fazia tão bem aos seus nervos. Nada de cliente ligando, fiscais enchendo o saco, secretárias agitadas, relatórios urgentes, funcionários exigentes. Sentia-se como um fantasma: os celulares estavam desligados e na empresa ninguém sabia de seu paradeiro.

Passatempo permeado de voyeurismo. Quando emergia da densa leitura e calhava de encontrar uma moça linda, cabelos longos, andar macio, rosto delicado, mãos de fada, sorriso comedido, desfilando rumo ao balcão da bibliotecária, que delícia. A visão naquelas curvas achava um descanso secular. Imaginava-se ao lado dela, lá em casa, beijando-a, rindo, curtindo ou discutindo assuntos de medicina ou não.

O tempo é implacável. Quase seis horas da tarde. Levanta-se. Deixa o livro sobre a mesa. Agradece ao guarda na portaria. Volta para casa. Amanhã, estaria revigorado para combater no mercado de madeira. Por hoje, ia saboreando a imagem que colhera da menina no balcão da biblioteca.

RUMOS DA INTERNET

HAVIA DADO UMA caminhada pelo quarteirão. Fim de semana. Sábado. Abriu a porta de casa. Direto para o banheiro. Lavar o rosto. Depois de quase quarenta minutos caminhando, e numa manhã ensolarada, claro que o suor é inevitável. Toalha úmida deslizando em volta do pescoço para refrescar.

De volta para a sala de estar, pegou a pasta do *notebook*. Abriu-a. Ligou o aparelho. Colocou o *plug* da bateria no soquete da cozinha. Ainda bem que o fio é longo. Em seguida, o *mouse* e o fone de ouvidos são espetados no computador portátil. O *wireless* e o roteador permitem que a internet seja acessada de qualquer canto da casa.

Na cabeça, um pouco de nostalgia. De vez em quando, ele se pega admirando a capacidade da rede. E perguntas infalíveis saltam: como vivemos tanto tempo sem? Como viveríamos sem ela se acabasse? Nada de fatalismo. Ele sabe que a vida existiria – como existiu outrora – sem a rede.

É ótimo acessar a rede, ah, isto é. Abrir o site de música, ou assistir um vídeo. Ouvia a Lady Gaga. Não que fosse fã. Para dar um tempo do U2. Carregou o programa de desenho gráfico, *corel draw*.

Formado em desenho industrial em 1993 pela UEP de Bauru, teve que praticamente aprender a desenhar quando conheceu o Corel Draw, tamanha a diferença que sentiu em produzir no papel e na tela do computador. Antes, ele debruçava-se sobre a banqueta na faculdade ou em cima da que tinha no quarto. E os traçados saíam da ponta do lápis ou eram realçados pela caneta nanquim. A novidade lhe irritou no início. Tanto que fazia os desenhos no papel e só depois passava para o programa. Levou muito tempo para finalmente criar a partir do aplicativo.

Hoje, trabalha em casa fornecendo arte final para embalagens às empresas.

A internet ajuda. Pela webcam, ele fala com o gerente de uma empresa em Atlanta, EUA ou com o proprietário de uma agência de publicidade em Salvador, Bahia. Não é como se estivesse numa ligação telefônica. Vai além. O cara do outro lado pode inclusive dar palpite no traçado do desenho que o *designer* exibe na tela do computador. Através do e-mail, em arquivo anexado, envia a prova final do desenho para avaliação do cliente.

Antes da rede, quem trabalhasse em casa sentir-se-ia como um Robson Crusoé ilhado. Hoje, não. A internet é uma enorme empresa, de milhares de departamentos. Ontem mesmo baixou *como editorar um livro*. É como se tivesse vários professores à disposição, prontos para ajudar a solucionar um problema, desde que a pergunta seja feita corretamente no *Google*.

Paciência é a alma do negócio em tudo. Na internet não é diferente. Tudo parece estar pronto? Certo. Mas o que conta é menos achar o que procura, e sim aprender a dominar o que encontra, pensa o designer.

Na rede também tem muita porcaria. Pedofilia. Malandro enviando e-mails com as *fotos-que-tiramos-juntos* ou *aqui-está-o-comprovante-de-depósito* para você acessar e ter senhas capturadas. E muitos outros trambiques. Contudo, até nisso a educação que a rede proporciona faz a diferença. Ela ensina como escapar das armadilhas.

Os rumos da internet, quais serão? Ia refletindo ele. Seria complicado prever. O que importa é ir usando, aprendendo, socializando.

Foi à cozinha. Abriu a geladeira. Suco e um chocolate para despertar. De volta ao computador, pegaria firme no trabalho. "Chega de pensamentos", disse para si.

SALA DE AULA

PAROU NA FRENTE do portão. Saiu do Escort 96 cor azul. Abriu o portão e, voltando para dentro do veículo, foi deixar o carro no estacionamento da escola. O relógio do celular marcava sete e cinco. Após apanhar os diários de aula e trancar o carro, caminhou para a sala dos professores. Num canto, o mestre de matemática folheava a revista *Nova Escola*. Noutro, a professora de educação física proseava com a de língua portuguesa.

Depositou a pasta em cima da mesa. Como a quarta-feira era o único dia da semana que lecionava naquela escola, raramente deixava de se dirigir ao quadro de aviso. Queria ler as novidades. Havia as informações batidas. Tipo a quebra de braço entre governo e sindicato. O governo apresentando escola no rumo certo, enquanto o sindicato acusando de propaganda governamental enganosa. Havia notícias mais amenas? Sim. A Secretaria da Cultura anunciando a *Virada Paulista*. O convite para o chá de bebê da professora de geografia.

Antes de bater o sinal, as sete e dez, ele havia percorrido o corredor rumo à sala do 3º. B. No começo da primeira aula, era tranquilo subir as escadas do colégio. A alunada subia ao soar do segundo sinal, às sete e quinze.

Colocou a maleta em cima da carteira. Puxou a cadeira para sentar-se. Ficou de pé. Viu a quantidade de giz. Pegou o apagador e apagou o conteúdo da aula de química da noite passada. Ainda bem que a lousa não estava lotada. Prova que o professor de química começava a se esforçar em deixar a lousa limpa para a turma da manhã, conforme solicitado inúmeras vezes.

Mal terminou de escrever "Que teu dia seja ótimo" como forma de dizer bom dia para a turma, os primeiros adolescentes irromperam porta adentro. "Já professor?", o primeiro fala. "Relaxa professor. Deixa a turma chegar", somaram outras vozes. "O tempo voa", o mestre sorria.

Aulas de filosofia. Ano de 2009. A turma do EE Estevão Ferre. Apesar da inclinação filosófica e dedicação para preparar aulas, ele não tinha licenciatura na matéria. Ocupava a cadeira por contar das 160 horas de filosofia no currículo. Embora na lousa estivesse o objetivo da aula de hoje, todos sabiam de cor. Pelo menos o aluno que frequentava a disciplina regularmente. Era dia de seminário. O professor desenvolveu nos alunos a autodisciplina para leituras e construção de trabalho escrito. Da turma, o professor formava oito grupos. Cada grupo com tema diferenciado. Durante dois meses, toda semana era vez de um grupo tomar a rédea e apresentar o material.

Críticas? Muitas. "Espertalhão ele! Enquanto fica sentado, o aluno que se lasque para expor o material", um colega de trabalho o reprovava às escondidas. "O professor não quer escrever na lousa... vive nos enchendo com cópias de livros", soberba saída dessa ou daquela boca de aluno sentindo-se prejudicado.

O mestre nem aí com as críticas. Havia aprendido a técnica na renomada universidade estadual. Gostava de aplicar o conhecimento arduamente adquirido durante os cinco anos de curso integral.

A desenvoltura adquirida em sala de aula havia reduzido a frustração. No começo, cheio de boas intenções, aborrecia os alunos, exigindo acima de suas condições objetivas. Agora, maduro, sabia, que cada classe, cada aluno é único. Significa que o formato da aula para a turma do 3º. B do colégio Estevão Ferre seria diferente do 3º. B da Escola Edgar de Mello.

Longe de significar que para turma A seria dedicado e para B, acomodado. Existe forma de garantir o mínimo para ambos. Através desse mínimo cada indivíduo terá base suficiente para trilhar estágios mais altos, se assim determinar.

Sensibilizava-se diante das diferenças. Nesse colégio, filhos de classe média, almejando vaga na universidade. Na turma da periferia, adolescentes buscando garantir legível escrita, leitura e o cálculo para acesso imediato ao emprego.

SALÃO NOBRE

PAROU EM FRENTE da UNINOVE. Dirigiu-se a uma vendedora ambulante, sentada debaixo do toldo da barraca de cachorros quentes. "Bom dia! Onde fica o Parque da Água Branca?", perguntou. "Olha, você vira na próxima esquina à direta e, atravessando a avenida, sai nele", respondeu. "Muito obrigado", agradeceu o rapaz. "Não há de quê", ela sorriu.

A gentileza da vendedora o animou. É do tipo que seria gentil até se estivesse com clientes gritando pedidos nos seus ouvidos. Pelo menos foi a impressão que ficou. "A pessoa é o que é até debaixo d'água. Espírito maneiro não muda com a maré", palavras de um carioca ouvidas na adolescência e que ele gravou.

Por que perguntar o endereço se ele havia anotado na agenda semana passada quando recebeu a incumbência de acompanhar o evento? Porque tinha dúvida. Nunca abandonou o ditado *quem-tem-boca-vai-a-Roma*.

Na guarita, o roteiro dado pelo vigilante soou tão confuso que pensou estar esquecendo o português. "Nada. Deve ser a pressa", acalmou-se. Primeiro, parou no local onde havia barracas oferecendo produtos típicos franceses. É o ano da França no Brasil. Gostou da banda de fanfarra. Ah, guloseimas e crepes a rodo. Artistas cênicos andando de um lado para outro. Segundo, circulou num espaço no qual jovens exercitavam o *parkour*.

De repente, o 'semancol' o despertou. Estava no lugar errado. Uma cerimônia de inauguração não podia ter toda aquela animação. Era mais formal. Apesar dos risos, tapinhas nas costas e dos beijos de chegada ou de despedida, longe estaria da alegria do come, arrota, grita e brinca. Descobriu onde ficava o Salão Nobre e para lá seguiu.

A inauguração refere-se à instalação de indústrias franco-brasileiras, além de nova infraestrutura para o instituto de pesquisa, na área de biocombustível. Era o coroamento de meses de trabalho árduo desde a reunião na Guiana Francesa entre os chefes de Estado do Brasil e da França.

Antes de localizar o senhor que contratou seus serviços de intérprete, ele achou uma pesquisadora do instituto de biocombustível que conhecia de longa data. Foi ao encontro dela. Que alegria. Ainda mais que ela estava disposta a prosear, sorrindo. Ela o fez se sentir bem. Da sacada, podiam ver a arena encharcada devido à chuva que caíra desde a noite passada. Há mais ou menos duas horas, a água cessou.

O sol ia se mostrando e aquecia o papo e os corpos. A única coisa que o frustrou foi ela estar de óculos escuros a princípio. Ver o brilho dos olhos dela o encantava. Mas se viu compensado com o entusiasmo com que ela mantinha a conversação. Ela mencionou as vantagens do parque, como legítima frequentadora, visto que mora a poucas quadras. "É ótimo para quem tem filhos...". Nos lábios, dançava o sorriso. O intérprete tinha pouca intimidade com a pesquisadora, mas ainda assim diria que a presente animação não é traço rotineiro dela. Por ser raro, talvez seja o que o faz apreciar com mais deleite.

Qual o motivo da alegria da moça? O instituto, uma vez ampliado pelo convênio Brasil-França, oficialmente anunciado nesta cerimônia, incrementará incentivos financeiros e técnico-científicos à pesquisa desenvolvida por ela e equipe há mais de três anos.

"Como vai?", ele ouviu a voz atrás de si. Era o trabalho que o chamava. Animado pelo sorriso da moça, pela conversa gostosa que teve, ele tomou coragem e mergulhou na tarefa de acompanhar o chanceler francês, fazendo com esmero o papel de intérprete. O salão estava lotado, obrigando-o a se aproximar o máximo possível para ouvir o complicado sotaque bretão. O hálito do chanceler adentrou nas narinas.

A alegria que a moça sem querer proporcionou o fez imune a qualquer desgosto.

SE BULIR VAI TER QUE DAR CONTA

CANSADO DO EIXO Rio-São Paulo, quis inovar. Baladas, modas, gírias, piadinhas, azarações que caracterizam as duas cidades o haviam saturado. Quis ir para outras bandas. A princípio, pensou nos Pampas. Para dizer a verdade, primeiro a ideia repousou nas curvas de Florianópolis. O itinerário podia contar com uma descida em Curitiba. Por que não o Nordeste? Quem sabe qualquer dia. Mas não agora. Nesse momento, almejava caminhos em que os paulistas geralmente se esquivam ou, pelo menos, seja raro encontrar um perambulando. É sabido que as praias de Recife, Ceará e Bahia atraem paulistas nas férias de Julho.

O emprego lhe dá uma mãozinha. O representante tem o privilégio de visitar muitas cidades brasileiras. Embora no horário comercial esteja à caça de clientes, na perseguição feroz de vantajosa comissão, nada o impede de tirar partido da situação e esquadrinhar prazerosamente a localidade nas horas vagas. No aeroporto ou rodoviária, as mãos dele sempre ocupadas. Numa leva o computador portátil. Noutra, a alça da mala de rodinhas, com roupas e apetrechos para estadia de três ou mais dias.

É solteiro por convicção. "Eu deixar mulher me pôr cabresto? Você está louco", quantas frases de igual teor saltaram de sua boca em companhia de amigos? Várias. De tanto repetir o desprezo pelo laço conjugal, ele, ainda que quisesse experimentar as delícias de casado, seria impossível. A mente se bloqueara. O coração trancado. "E tem mais. Eu curto é variar", procurava vestir o disfarce de cafajeste. Enganava-se.

Após esta ou aquela noitada, vem o vazio que o acompanha até o hotel ou à solidão do apartamento, quando está em São Paulo. A música, o trago como companhia.

O solteirão convicto, no horário de trabalho, encontrava-se na sala, proseando com uma empresária. A cidade é Goiânia. "Acredito que estou fazendo uma boa compra...", disse a gerente responsável pela franquia da loja de eletroeletrônico. "Pode ficar tranquila quanto a isto. Nós temos o melhor produto do mercado em termos de preço e qualidade. E tem mais. Se você conseguir produto similar em qualidade e preço mais barato, a empresa devolve o dinheiro", o representante comercial enfatizou. "Essa é nossa política de atuação no mercado. Claro que para o preço ser menor, temos que eliminar certas barreiras, como o excesso de intermediários...", ia ele nesse pé reforçando a suposta vantagem da compradora.

Apesar de conhecer bem os macetes e chavões que brotavam da boca do vendedor que lhe batia a porta da loja, tinha confiança no produto, pois o usava há um bom tempo. E das vezes que inventou de substituí-lo, que dor de cabeça! Embora o preço do produto ali negociado fosse o mais alto do mercado, ao contrário do que apregoava a lábia do representante comercial, calculado o custo-benefício, ela preferia a marca.

Rolou um clima favorável entre gerente e vendedor. O convite para sair foi certeiro. Se ele usou a palavra balada, apesar dos seus 34 anos, era apenas para acompanhar a moda. Nada de querer ser mais jovem. Já faz uns seis anos que deixou de falar baile, danceteria, barzinho. Todos substituídos pela cômoda expressão *balada*.

Ela com 42 anos. Em nada era reservada. E longe de ser vulgar. É do time de mulheres que se autodenominam decididas. "O ideal é deixar o macho pensar que é ele quem dá o primeiro passo na relação, quem conquista. Depois a gente cai em cima", confidências trocadas com amigas.

No carro, o encurralado representante de vendas tentou balbuciar. "Pensei que você fosse mais calma". No que ela respondeu, "Nós não somos como as cariocas e paulistanas. Aqui se você bulir com quem está quieta vai ter que dar conta", e soltou animada risada.

Tiveram uma bela noite...

SE TODOS DEIXASSEM DE POLUIR?

TIROU O RESTO de comida dos pratos. O saquinho de lixo da cozinha, que estava lotado, foi retirado da cestinha e, após receber um nó unindo as alças, levado para o balde de lixo. Após muita água e detergente, os pratos, talheres e copos estavam limpos. Pronto, cozinha arrumada. Seria a vez do banheiro. Novamente, a sacolinha de supermercado, vilã do meio ambiente, foi removida dos cestos dos banheiros. Lotadas, ela as apanhara, deu o nó de regra e as levou para a área de serviço. Destino? A grande lata de lixo com o saco preto de 100 litros.

Há quanto tempo usa as sacolinhas? Dez anos? Mais? Nunca se inquietou quanto ao uso das sacolinhas, a não ser durante as últimas semanas. Desta vez a filha estava inocente na história. Hoje, estando no segundo ano de biologia, o radicalismo havia amenizado. Difícil foi aturá-la no tempo do Vestibular e na época de calouro.

"Essa menina está um porre. Tem vez que se eu não reclamo, é capaz de deixar a todos no escuro dentro de casa. Quer poupar a luz do Planeta, pode?", desabafara com a irmã ao telefone.

"A minha não chega a tanto, mas dá dor de cabeças também", a irmã concorda.

A filha perturbou muito, mas desta vez a fonte era outra. A começar pelas séries de reportagens que seu canal preferido de televisão vinha mostrando. O impacto das ações humanas como predadora do meio ambiente. Antes os ambientalistas se esgoelaram apontando a caça predatória, o desmatamento criminoso, a emissão de poluentes nos rios ou na atmosfera, sem contar este ou aquele navio derramando petróleo e matando peixes aos montões.

As reportagens hoje mostram menos sangue e crueldade, mas nem por isso menos dano. As cenas mexiam com ela. A do pinguim olhando os gelos derretendo por conta do aquecimento global e sem perspectiva para onde ir. A dos raios ultravioleta corroendo a pele humana mesmo num dia chuvoso. É de amedrontar. Agora, o ser humano não apenas está detonando as outras espécies, vegetais ou animais, mas matando a si mesmo. "Já pensou que confusão se as águas subirem 1, 40 m? O que seria da orla brasileira?", esse suspiro lhe assaltava de repente.

"Pior é saber que eu estou ajudando a me matar, matar meus filhos, netos", atormentava-se. Todo tormento exibe um limite. Chega uma hora que se toma posição contra o problema: luta-se para resolvê-lo ou se tampa os ouvidos diante dele, fingindo que não é tão importante.

Ela bem que queria lutar. Mas tudo que a TV e os cientistas alegam como causador do distúrbio ecológico é crucial no dia a dia. Como trocar o carro pelo ônibus? E não se trata dos coletivos serem lotados, desconfortáveis. Nada. Tem o lado do cômodo. Se tivesse um ônibus ou metrô de qualidade, ainda assim seria complicado largar o conforto do carro, da individualidade e entrar num coletivo com tantas pessoas. Isso sem contar a dor de cabeça que é ficar no ponto de ônibus, debaixo de chuva ou sol, e ter que caminhar uma ou duas quadras do ponto até o portão de casa. Só em pensar dá calafrios.

Esta semana começa a Conferência de Copenhagen. Será um fiasco como a de Kyoto? E os gigantes do Atlântico Norte que querem "proteger" a Amazônia, mas são irredutíveis em baixar os níveis de poluição nos seus próprios quintais?

Como exigir que um país diminua a produção, ainda que seja a dos supérfluos? Contudo, no ritmo que se segue é bem capaz que nem o essencial seja produzido daqui a algum tempo.

"Não me importaria de andar de ônibus, se todos andassem. Não me importaria abandonar as sacolinhas de supermercados, se todos abandonassem. Não me importaria deixar de poluir, se todos deixassem de poluir...", concluiu ela, sacudida pela consciência egoísta e tão humana do início do século 21.

SENTA PUA

NA GAVETA, APANHOU as medalhas de condecorações. As espetou na altura do peito. Devotou um tempo maior para tarefa de espetar as medalhas, evitando se ferir como da última vez. A idade avançada mostra que a visão de antigo piloto da Força Expedicionária Brasileira ia se diluindo. Seria ingrato se não admitisse estar em melhores condições quando comparado aos seus contemporâneos. Raramente os óculos eram requeridos.

Filhos e netos esperavam na sala. Saiu do quarto e se encaminhou altivamente. "Olha o bisa, que lindo!", disse a neta segurando o filho de quatro anos no momento que o senhorzinho apontou na sala de estar. Os parentes espalhados no sofá vendo tevê. Outros conversando na varanda. Mulheres agrupadas. As crianças alvoroçadas, correndo de um lado para o outro. "Então vamos", o ex-combatente tomou a iniciativa. "É o senhor quem está no comando", disse o filho animado.

Como nos anos anteriores nem todos iam para o desfile do ex-combatente de 1945. Os bisnetos ficariam em casa acompanhados da mãe ou dalgum parente que quisesse revezar no cuidado pela criança. A garagem, embora ampla, tumultuada com tantos carros. Filhos que vinham visitá-lo na data que sabiam ser muito importante no coração paterno, quase mais do que o próprio aniversário ou casamento. Vinham do interior de São Paulo, de bairro na capital ou mesmo de outro Estado.

Na rua, os veículos recebendo os condutores e passageiros. O sambódromo como destino. O trânsito como sempre motivo de discussão. Os aposentados o maldizendo. Os netos, que todos os dias o enfrentam, jurando que estava calmo naquele domingo. Na marginal Tietê, entraram pelo portão 26 do parque Anhembi. O idoso admirava os pedestres apressados ao redor. A maioria se achegando para apreciar o desfile de Sete de Setembro que a prefeitura de São Paulo organiza.

"Nessa era de pouco valor dado pelos jovens e adultos aos símbolos da nação, é de se admirar aos que vem assistir os militares se apresentarem", disse um dos filhos. "Pena que a maioria é composta pelos familiares de estudantes ou de militares que desfilam", retrucou o neto. "Há militares cujos filhos são os primeiros a dar o mau exemplo em não assistir ao desfile, isto quando não destratam os que seguem a carreira militar", outro filho completou.

Os pracinhas foram os primeiros a entrar no sambódromo. Vinham sentados nos Jipes. Em seguida, oficiais da reserva de idade avançada. Boa parte dos últimos marchava aprumada. Na arquibancada, a galera em polvorosa. A força de Paz da ONU marcou presença na sequência.

Espetáculo à parte ao dos militares foi o das escolas estaduais. Quarentões saudosistas lembravam-se da obrigação em ensaiar à exaustão para o Sete de Setembro. Apesar do sofrimento imposto pela disciplina, o prêmio era a sensação do dever cumprido durante e após desfilarem, representando a escola. O dito *hoje-as-escolas-só-incentivam-a-banalidade* deu o braço a torcer diante do exemplo das escolas que inscreveram bandas de fanfarras. Via-se a disciplina e entusiasmo estampados nos rostos dos discentes.

Findado o desfile, a separação inevitável levava uns para esta ou aquela associação de militares. Umas que agrupavam militares na reserva. Outras que eram compostas por militares na ativa.

A turma do ex-pracinha seguira para a sede da FEB. Havia um almoço, regado a espetinhos de carne, linguiça e frango, acompanhado de farofa e salada. Nada ostentoso. Porém, o que mais agradava era a companhia dos parentes, dos amigos e dos convidados dos amigos. Na garagem da sede, quadro retratando as lendárias figuras de mascotes militares. O senta pua destacava-se.

A farda voltou para o cabide. As medalhas, guardadas em caixas, para a gaveta.

SONHO CONVENIENTE

O SHOPPING LOTADO. As duas amigas atrasadas e precisando chegar, o mais rápido possível, a um determinado endereço. No comum das vezes, as duas mestras desfilam para cima e para baixo nos seus confortáveis veículos. E quando calham de ficar a pé, o metrô está a serviço. Desta vez precisavam dele. Queriam a carona que ele podia dar. O herói não se fez de rogado. Lá estava à disposição. Onde estava o carro? Ele o procurando dentro de casa, na sala, em tantos lugares.

De repente, estão no veículo. Circulam por aí. Vão parar no shopping. Ela sobe as escadarias. Ele a segue. Tocam as mãos. Como? Está rolando um clima? Ele nem acredita, ela afável, tão acessível. Ela lhe sorri. Um sorriso que excita, que tende a apressar, que o faz correr para encontrar privacidade. Pena que não a consegue. A amiga está do lado. A amiga é a chefe, causando vergonha no rapaz por ser surpreendido com a mão nas mãos da moça. No dia a dia, no serviço, a mulher acessível é tão rústica, tão mandona, tão cara feia, tão insensível, esquiva, brigona, metida. A chefe, ao contrário, tão legal, acolhedora.

Ele aperta a mão da moça com mais força. Nos olhares trocados, percebido pela chefe, o casal encontra reciprocidade na atração. Nele, há a necessidade de beijar a mulher que lhe encanta. Nela, não há repulsa.

Chegaram a uma ampla área, depois de subirem as escadas. O carro deixado lá embaixo, aparece atrás da porta. Eles entram no veículo. Ando pelas ruas. O carro some. Num galpão, correm os dois para algum lugar. Ela toca de novo na mão do rapaz. Alucinado, ele procura privacidade. E quando encontrar? Poderão trocar um olhar com mais desejo. Segurar mais firme a mão. A chefe notará a paixão há tempo reprimida. Ela os deixaria a sós. O pudor do rapaz, e medo, deixa as mãos tocar apenas no braço da moça linda.

Queria eternizar o momento, queria estar do lado dela todo o tempo. O vilão tempo foi meio sádico e interrompeu o sono. Ele acordou. No quarto, a imagem dela na parede. Levantou-se. Sentou-se na cama. Que dureza. Por que sonhar de novo com ela? Lembrou que ontem, à tarde, lá no serviço, ela estava tão alegre, tão feminina, receptiva, sorridente. Vestia espécie de macacão branco e cinto vermelho. Recordar a vestimenta seria tortuoso. Basta repassar o sorriso, a receptividade. "Certamente não estava de TPM", brincou ele. Dizia frases grosseiras para se livrar da tensão que era pensar na moça. Tentava negar que a adorava. O sorriso dela, não saberia explicar, o fazia tão bem. Para ter uma ideia, quando ela aparecia triste, ele se entristecia.

Que maldito feitiço ela teria? Se a moça andava com passos otimistas, com a animação de adolescente e bom gosto de balzaquiana, o peito dele se dilata e o ar infla os pulmões. Quando desfila pelo corredor, despretensiosa, ela brinda a paisagem com passos elegantes. Ele boquiaberto.

Tempo houve que lutara como um náufrago para fugir da presença dela. Enviara currículo, manobrara o quanto pode na tentativa de transferência para outra cidade. Queria estar longe da presença irresistível da moça. Por que querer fugir do ser que tanta alegria traz à existência? Ele era homem, senão prático, bem honesto, ético. Ela casada, com filhos, e marido. Que canalha ele seria se ousasse aproximar-se.

De volta e meia, o sonho conveniente o visita durante a noite. Não saberia precisar a frequência: se quinzenal, mensal, bimestral, semestral. O que importa é que compensava quando vinha. Através do sonho, tinha o sorriso dela exclusivo para ele – por incrível que pareça ela gostava dele na maioria de seus sonhos. Que mais queria? Nada. Quanto à moça de carne e osso, o tempo passaria. Quem sabe um dia essa encanação acaba.

SUSHIMAN

"OFERECEMOS DE ENTRADA uma sopa de abóbora com temperos orientais se desejarem", o maître apresentava o diferencial do restaurante.

"Vamos provar, meu bem", disse a moça, que se vestia informal comparada ao rapaz de gravata ao lado.

"Eu topo", disse positivamente o rapaz.

O maître chamou o garçom, que pronto veio com comanda e caneta à mão para anotar o pedido e o encaminhar mais rápido para a cozinha.

Era o primeiro casal do dia. Dali a minutos, a pequena multidão tomaria o restaurante cujo ponto forte é servir iguarias marinhas. Uma casa especializada em comida japonesa. Tem lá carne de vaca, salada, filé de frango. No Brasil, ser muito especializado pode afugentar o público, por isso é sempre apropriado deixar ingredientes do PF à mão caso haja solicitação.

Na cozinha, um rapaz de trinta anos, debruçado sobre a bancada de mármore, finaliza pratos, que devido à sofisticação requerem mais tempo no arranjo. Ao lado de dois adolescentes e um jovem de vinte anos que o ajudavam. Apesar de jovens, davam provas de interesse pelo que faziam. Por vezes, ao olhar os garotos, o sushiman *chef* via-se anos atrás na condição de aprendiz.

Teve ele como primeiro chefe um pizzaiolo. Três anos levou lidando com pizza. Por um acidente de percurso é que conheceu a arte da culinária japonesa. A namorada de um colega lá do colégio, quando ainda cursava terceiro ano secundário, o convidou para almoço de noivado. Foi. O condomínio fechado e as mansões impressionaram. Mas o que se destacou foi a casa da família do noivo. Parecia que estava numa chácara e não numa mansão, tudo contrastando com a suntuosidade do condomínio.

O churrasco servia-se com fartura. Picanha, coraçãozinho, alcatra. Estava ótimo, bem temperado e assado. Quando chegou o almoço, a surpresa. A cozinha japonesa mesclava-se à brasileira. A começar, pelo arroz sem alho ou sal. Os bolinhos de arroz com vegetais. O peixe assado no papel alumínio. O shoyo e o sashimi. Carne crua saborosa? Como pode? Ficou admirado.

No dia seguinte, voltaria à pizzaria. O fato é que a massa deixou de chamar a atenção. Nem a pizza de aliche refrescava.

Por sorte, do almoço de noivado, conservou contato com a família japonesa. Durante o almoço, em conversa informal, estreitou laço de amizade que duraria mais que um mero dia. O anfitrião, meses depois, o indicou a um sushiman. O propósito era claro, o ajudante de pizzaiolo desejava dominar a arte da culinária japonesa.

Três meses depois, entrara para o restaurante do sushiman como aprendiz. Doze meses de profunda devoção. Apesar de ter o domínio na prática da cozinha, quando finalizou o último ano do ensino médio, optou pelo curso de culinária que o Senac oferecia. Concluído o técnico, animou-se a cursar a faculdade de Gastronomia.

Hoje, é sushiman. Quando lhe perguntam se há problemas no seu fazer, claro que diz afirmativamente. Funcionários que fazem corpo mole, conta do fornecedor e a concorrência acelerada, para citar os mais básicos. Porém, se perguntam se acaso queria mudar de profissão, responde: "que lugar não há dificuldade? Eu acredito que as dificuldades serão maiores se você se sente desgostoso na vida profissional. Eu tomo os problemas como desafio a vencer no meu ofício".

Em casa, com os filhos, folheia a revista que mostra seu retrato na capa. Estava meio sem graça ao posar para o fotógrafo. Aceitou fazer parte da enquete que a revista do bairro promovera entre os restaurantes japoneses. Várias fotos foram tiradas, inclusive a que ele tem à mão a bandeja exibindo os principais pratos oferecidos no seu estabelecimento.

SUSTO

QUE CORREIA. IA de um lugar para o outro. Passageiros sendo acordados para o pouso. Colocar e apertar o cinto de segurança. Em torno de 30% não requeriam atenção, os chamados *seguro morreu de velho*. A equipe de comissários se organiza. Em frações de minutos está tudo sobre controle. O comandante anuncia pelos alto-falantes a proximidade da aterrissagem.

Pelo fone que traz no ouvido, os comissários sabem da anormalidade que será o pouso. Pane num dos controles provoca procedimentos emergenciais. A confusão se generaliza quando o comandante anuncia o incidente para a tripulação. Quem está num avião vive com a pulga atrás da orelha por natureza. O ceticismo está incrustado na carne. Basta ouvir que algo vai errado para o *Pânico*, feito um leão solto num zoológico, atormentar os passageiros. Mesmo o corajoso ou aquele que entregou a alma a Deus se vê irrequieto. E os escandalosos? Que desespero.

Nessa hora, uma equipe de comissários tem que provar que além de rostinhos atraentes e corpos esbeltos possuem pulso mais forte do que um gladiador nas arenas romanas. A jovem de 30 anos, comissária há seis anos, acostumada à turbulência, logo entra em ação junto com os companheiros. Acalmar os exaltados e dar esperança aos desenganados. Que maestria. Crianças consoladas. Grávidas reanimadas. Idosos acomodados. O durão sendo chamado para orientar o frágil ao lado. A experiente comissária adivinha que a fragilidade nos durões e a fortaleza nos frágeis os fazem servir como apoio um do outro.

O comandante nem perderia tempo em explicar que a situação estava sob controle. Que apesar da pane, chegariam lá, pousando em segurança. A tripulação estava acomodada. A maioria alojada na última recordação do cônjuge, namorado, pais, amigos, ou do carro que mal pagou a primeira prestação. Na atitude de partir dessa vida com as contas quites, havia ofensas perdoadas, arrependimento de mágoas causadas. Claro, as almas pesadas eram exceção: "Ah, se aquela filha da p... colocar outro na minha cama eu volto para atazanar."

O pouso deu certo. Aterrissaram numa área bem afastada do aeroporto mais próximo. A equipe de resgate estava atenta. Fora o susto, nenhum arranhão na tripulação ou equipe.

Passadas duas semanas, a comissária trintona se vê num dilema. Continuar na profissão ou pula fora enquanto há tempo? O pouso improvisado havia abalado os nervos, a ponto de se questionar se queria continuar na carreira. Situações emergenciais havia se experimentado. Em todas, mantivera a confortante convicção de que "faz parte da profissão". E seguia em frente. A escolha da carreira não foi gratuita. Quantos anos almejando viajar, falar com pessoas de vários países? Aos quinze anos dominava o espanhol e francês com este propósito. Morar três anos no Canadá não teve outra intenção. A oportunidade chegou quando terminou a *High School* em Toronto. Fez um ano de curso de comissário de bordo. No ano seguinte, adentra numa grande empresa.

Não suportaria viver longe da terra natal, por isso preferiu a rota Brasil-Mundo. Em casa residia no máximo dois meses por ano. Ganhava bem. Não queira ter filhos. Sequer se amarrara firme. Namorava um comandante há um bom tempo. E agora essa de ficar com medo de voar. O que faria se era o único ofício que se identificava? O medo vinha por imaginar que, numa dessas viagens, podia ir para o saco. E nunca ter sido mãe. E nunca ter sido responsável por seus pais que iam envelhecendo.

Pediu dispensa a fim de submeter-se a tratamento em clínica psicológica para ajudar a se encontrar. Não ergueria templo para a terapia comportamental cognitiva, mas agradeceu sinceramente por lhe ter possibilitado reencontrar o gosto de voar. Seis meses depois, estava no ar. "A morte é inevitável. O que conta é fazer meu melhor para quando partir da vida eu ir serena", disse para si enquanto da janela olhava a cidade maravilhosa lá embaixo.

TALARICO

AS PESSOAS PASSAM por mim com ar de interrogação: "o que está acontecendo com ele?" No meu canto, a fisionomia abatida dá mostras que estou mal. O corpo doe. Há dois dias que o apetite fugiu. Os dias se arrastam. Noites terríveis. À tardinha, o trem das cinco carrega metade da turma de volta para seus lares. A outra parte dá no pé até às dezenove horas.

À noite, a solidão me envolve. Pior que a noite só o fim de semana. Se for prolongado, é ainda mais complicado. Qual o motivo? Será por causa do arroz, feijão e carne que almas boas me dão na hora do almoço durante a semana? Vai além. Sim, gosto e preciso me alimentar. Do contrário não seria ser vivo. Todavia, tenho coração que bate igual ao de qualquer ser humano.

A causa de minha depressão? Estou com os dias contados na Escola. A ordem de despejo me chegou aos ouvidos. Não sou de lamentar, culpando outros pela má sorte. Nada. É que me apeguei ao local. Desde que dei por mim, estava aqui. À época, quando ainda era jovem, lembro-me que me adestraram para ajudar a ronda. Para garantir o almoço e a cama, ia eu atrás de quem quisesse fugir das regras. Trabalhava quase dezoito horas por dia. Pouco tempo para dormir. Nem por isso os fujões se intimidavam. Levei pancada na cabeça a rodo. Os chutes no saco anularam a capacidade de deixar no mundo qualquer descendente meu.

Nunca desisti de cumprir o que me pediram. Se alguém passasse correndo, teria a mim mordendo seu calcanhar. Daí os chutes nos meus testículos.

Uma única vez passou pela cabeça abandonar meu posto. Certo dia, o rebolado dos quadris fartos de carne de uma cadela me enfeitiçou. Era muito linda e dona de si, dondoca, de donos ricos. Apaixonei-me. O destino podia ter facilitado se me fizesse gostar de cadela simples, vira-lata como eu. Mas não. Eu atravessava a avenida Celso Garcia. Ia a seu encontro. Queria só me usar. Quando eu tentei relacionamento mais sério, disse que meu background era inferior. Falava da importância de pedigree no competitivo mundo de hoje. "Olha, tu é um cara maneiro. Mas não dá. Nossos mundos são tão diferentes", disse antes de partir. Semanas depois soube que ela cruzou, perdão, casou-se com cachorro lá do estrangeiro, de olhos azuis.

Voltei para a Escola. O trabalho, diz-se, cura paixão mal resolvida. Em 2007, com o fechamento das unidades, vi que o serviço ia minguando.

Hoje, estou aposentado contra minha vontade. Limito-me a deitar no caixote que me serve de cama, brincar com quem se prontifica a me dar atenção. Sendo cachorro, sem direitos trabalhistas, vejo-me rejeitado pela instituição para a qual ontem servia com afinco. Nunca fui muito popular. Dentre as pessoas que convivo, claro que sei que muitas me querem ver pelas costas. Por elas, eu morreria de indigestão a cada refeição me servida por alma caridosa. Enfim, divido a Escola. Uns me querem outros me detestam, ou pelo menos anseiam me ver longe. A situação vinha nesse pé. Piorou por causa de um sujeito que veio sabe lá de onde e ameaçou-me com chave de fenda. O resto de dignidade em mim me forçou a reagir. Acreditem, cachorro também tem amor próprio. O sujeito, feito Salomé, pediu minha cabeça via *notes*.

Eu concordo com parte das críticas a minha pessoa. De entrar no refeitório, de por descuido avançar em quem anda com as mãos balançando, pois fui ensinado a isso. A meu favor, pesa o fato que não faço sujeira, sou higiênico. Quanto a entrar no refeitório, se quem gosta de mim for enérgico eu saberia cumprir as ordens e limitações.

É questão de dias para a vigilância me arrancar da Escola. Muita gente está me ajudando. Inclusive pensei em convencer o sujeito metido a escritor. Sim, teve vezes que eu avancei nele. Mas que culpa tenho que ele vive alegre, gesticulando com as mãos, como se vivesse no mundo ideal onde existem somente pessoas sinceras e que merecem confiança e carinho? Ele é louco ou bobo? Sei lá. Tomara que não guarde rancor de mim, e que me defenda por escrito.

TATUADO

"VOCÊ EXAGEROU. UMA tatu ou outra fica legal. Pô, mas tantas assim", apesar da careta diante da mania de encher o corpo de tatuagem, o amigo procura ser gentil.

"É", resmungou sem vontade de contrariar.

"Ainda bem que as mãos sobraram limpas. E o rosto também", sorriu aliviado.

"Tá. O que você me sugere? Ou vai ficar repetindo o que eu já sei. Que estou tatuado até o pescoço", encarou o amigo.

"Calma. É aí que eu quero chegar. Sobrou o pescoço e mãos sem tatuagem", quis continuar o raciocínio.

"O rosto graças aos profissionais. Se dependesse de mim teria colocado uma cicatriz de pirata bem aqui", apontou para o lado esquerdo do rosto.

"Que loucura", sorriu incrédulo, "ainda bem que os caras têm juízo ou são bem regulados por agências fiscalizadoras. Seria uma verdadeira deformação social se fizessem tudo que os tatuados desejam", emitiu uma descontraída reprovação.

"É. Hoje me arrependeria da cicatriz. Seria meio cafona. Se fosse uma flor até que ia", fingiu um ar de contrariado.

"Cê tá falando sério?", perguntou o colega meio atônico.

"Claro que não. Tô brincando", sorriu.

"Ufa!"

"E aí sai ou não a tal dica?", insistiu

"A solução é vestir camisa longa", respondeu de pronto.

"Tá me zoando? Tipo mauricinho? Camisa social?", interrogou.

"Sim. Ou você enfrentaria uma blusa de manga longa nos dias de calor infernal, e que não são poucos?", cutucou.

"Tem razão. Ficaria difícil", coçou a barbicha. Era sinal que se via encurralado. Sempre que coçava a barbicha estava à frente de uma enrascada.

"Tem camisa de pano bem levinha. Mas cuidado para não ser transparente. Iria por água abaixo todo o esforço", o amigo perseverava na estratégia de camuflar as fortes tatuagens dos braços, antebraços e nas costas.

"Será que é preciso me camuflar assim? Não é exagero toda esta preocupação?", ruminava em tom duvidoso.

"Você é quem deve saber. Quantas entrevistas de emprego já rodou? Umas seis, certo? Você deve perceber olhos de espanto que as pessoas lançam quando você está circulando nas ruas a passeio, trajando camiseta. Imagina a cara do empregador?"

"Tem razão. Mas a gente pode cavar revoluções. A tendência é que um dia a maioria da população tenha várias tatuagens no corpo. O mercado de trabalho necessita de gente. À medida que os lisos sumirem do pedaço, a empresa vai contratar os tatuados", argumentava.

"Brilhante análise futurística. Mas nosso problema é agora. Você quer emprego e acredita que tem sido barrado por causa das tatuagens, certo. Além de que o empregador médio tem receio do tatuado. É bandido? Drogado? Revoltado? São dúvidas que pairam na cabeça de muitos."

"Sei", entendeu o recado.

"Pense no lado positivo", tentou animar o amigo "começando a ganhar salário, pode procurar retirar algumas tatuagens, o que hoje em dia é muito mais caro do que colocar".

Esta sugestão chateou ainda mais o colega tatuado.

TECLA TRAIDORA

A NOITE VEM caindo. Nas ruas poucas pessoas circulam. O mês de maio pressagia outono frio. Carros trafegam nas principais avenidas. O que a massa trabalhadora quer é chegar a um lar quentinho e acolhedor. O carro entra na garagem. Quase 19 horas. Ela adentra na sala de estar e segue para cozinha para depositar o pão e a pequena compra feita às pressas no mercadinho. Daí em diante o tempo voará. Banho, uma janta ou lanche e o relógio registra 22 horas.

Do casal, a mulher está mais cansada. Tivera dores de cabeças durante as provas do Saresp. Não via a hora de se atirar na cama. O filho de sete anos está dormindo faz uma hora. Sorte. Basta pôr na cama o peralta e ela seguir para o quarto.

O marido vive com projetos para fazer este ou aquele reparo. Usa o computador. No início do casório estava na cama antes que a esposa fosse deitar, diga-se, esperando-a ansiosamente. O tempo traz modificações. Quando está na cama antes dela, o sono o abate. Deita-se mais tarde por causa dos compromissos. Entende que a sala de estar é extensão do escritório. Tenta, mas não consegue deixar de trazer trabalho para casa.

Despertar de repente. O jeito é ir ao banheiro ou tomar água. Ela pôs as pantufas e flanava no corredor que vai do quarto à porta da sala. Abrindo a porta, algo estranho. Ele se agita ao computador enquanto ela se aproxima para dar beijo de boa noite. Os movimentos nervosos traem a aparente tranquilidade. As mãos rapidamente buscam fechar o MSN.

"Conversando a esta hora?", a esposa fala por alto.

"Com um colega. Tirando dúvidas do projeto", ele comenta calmamente.

"Vai dormir. Precisa descansar. Quase meia noite", a mulher aconselha carinhosamente.

Os dois advérbios camuflam a insegurança inesperada. Mulher desconfia de que o marido *fazia algo de errado* no MSN. Ele conjetura que a esposa suspeita. Ela de camisola transparente branca. As coxas róseas e roliças de mãe de vinte e nove anos. Deita-se. A pulga atrás da orelha espanta o sono.

O pensamento insiste. Ele entra no quarto. No toalete, veste a roupa de dormir. Minutos depois, aconchega-se a ela. Mulher ágil. Conseguiu disfarçar a ansiedade. Ele a *procurou*, mas ela fingiu dormir. Estava sem clima para se entregar. Como podia diante das desconfianças que a sufocavam?

De manhã bem cedo, levantou. Ela levanta cedo para aprontar o filhote para a escola. Nem precisa dizer que o computador havia sido vasculhado. No tal MSN notou que o esposo conversava com uma mulher e que o conteúdo do papo longe estaria de projeto de engenharia civil. Se os dois queriam construir, nada tinha a ver com cimento, cal, areia, tijolos. Na cozinha, passando o café, a cabeça remoía *coisas*.

Tinha que ir para escola. Pegava às sete. Seria complicado passar o dia. Na hora da despedida, beijou-o no rosto em vez da boca.

"Será por causa da pressa o seco beijo no rosto?", o marido quis se iludir. Hoje, ele busca o filho na escola. Na quarta-feira, a professora passa o dia inteiro na escola. Duas escolas para ser exato. Até meio dia numa. À tarde, corre para a segunda. Nos demais dias da semana, leciona apenas um período.

À noite, ela o encostou à parede. Ele confessou. Diz que fez por brincadeira. "Te amo paca. Nunca desfaria nossos laços", disse. "É. Tão me ama que fica com vagabunda no MSN enquanto eu tô dormindo", ela acusou. "Foi impulso. Queria ver no que ia dar. Sabe, aventura", ele se defende.

Três semanas sem se falarem nem se tocarem. O perdão demorou. Ele nunca mais visitou o MSN, nem no trabalho. Ela jamais deixou de desconfiar.

TÍMIDO

QUEM SE EMOCIONOU com o filme *Uma Linda Mulher*, narrando a vida de uma moça do interior que vai para cidade grande e acaba acidentalmente virando garota de programa, pode ser que se sensibilize com este jovem estudante de direito. Talvez não a ponto de verter lágrimas. Acima de tudo, ela era jovem, linda e fazia programas não por prazer ou sem-vergonhice, mas por falta de opção.

O universitário de vinte e dois anos é estudante de direito. Veio para capital paulista motivado a subir na vida. Quer ser juiz. Durante dois anos lutou como pode para passar no vestibular concorrido. Pobre? Sim, bastaria vê-lo desesperado na hora do almoço no primeiro semestre de faculdade. Teve sorte. Parte dos amigos de sala sensibilizaram-se. Fizeram uma caixinha. Com o dinheiro, ele bancava o almoço. Por estudar na imponente Faculdade de Direito próxima à Igreja da Sé, demorou menos de um mês para conquistar vaga num restaurante. Foi lavar pratos à noite. O dinheiro livrou o rapaz da caixinha, que embora dada de boa vontade, para seu orgulho de ambicioso, era considerado humilhação.

A Faculdade Pública ajudou em muito. Se precisasse pagar mensalidade seria nula qualquer possibilidade de sobrevivência no curso superior. Pior, sequer arriscaria debandar da cidade de Lins, interior de São Paulo.

Sem esquecer que a galerinha do segundo ano de Direito, além de dar trote, teve super coração e arranjou uma república para hospedá-lo nos tempos difíceis. Agradeceu, lavando banheiro e louça para retribuir a gentileza. Pior seria ter as estrelas como teto.

Vê como não é necessário estar dentro de película gerada em Hollywood para a vida valer a pena? Estudava na Faculdade de Direito mais conhecida do País, o que havia sonhado desde adolescente. O universitário se sentia como os personagens de romances brasileiros da segunda metade do século 19. Quem disse que desprovido de grana não consegue entrar em escola de prestígio? Tudo bem que a diferença entre ele e os colegas de classe era gritante. A começar, apenas ele trabalhava.

Quando chegou a São Paulo? Que emoção. Um caipira em Nova Iorque se sentiria mais sofisticado. No miolo da Sé, que contraste. A catedral o deixou de boca aberta. Dentro da Faculdade a boca teimava em ficar escancarada. Se a vontade para ser magistrado não lhe freasse, ele trocaria o curso de Direito pelo de História. Admirava os quadros retratando professores que lecionaram na faculdade antes que o Brasil virasse República. No plano acadêmico estava realizado.

No plano sentimental, sofria. As meninas do curso gostavam de seu papo, mas o achavam feio. Será que a feiura por ser acrescida à condição de pobreza servia para afugentar o sexo feminino? Em todo caso, elas se esquivavam, ainda que *inconscientemente*.

Se na faculdade achava ninguém que lhe desse bola, na rua muito menos. A rotina era dividida no restaurante ou para os estudos.

Os instintos pulsavam. Saciada as necessidades básicas, faltava a *afetiva*. A praça da Sé e arredores é rica em bancas de revista com mulheres nuas na capa. Tornou-se frequentador.

"Pena", disse o dono da banca, comentando a um camarada, assim que o estudante partiu.

"Por que", cutucou o amigo.

"Não é pena? Jovem, viril, estudante e aí agarrado a revistas", suspirou.

"Vai ver não é *muito bom* com as mulheres. Faz parte".

"E aqui tem tantas mulheres. Vinte reais leva uma... Menos do que as revistas que ele carrega."

"Vai ver é tão tímido que tem vergonha de sair com as mulheres da vida".

TOQUE DE CELULAR

FALAR SOBRE AS vantagens do celular dá 'pano pra manga'. Semelhante ao início de namoro, os elogios brotam facilmente. Versatilidade, praticidade. Imagina o tempo em que o sujeito se alegrava ao achar um telefone público, o velho orelhão? O inconveniente vinha no fator fila. Para se ter uma ideia, se na dita fila tivesse somente duas ou três pessoas à frente era motivo de ajoelhar-se e agradecer aos céus. Dureza era quando a pessoa à frente calhava de usar o orelhão para namorar ou alimentar uma conversa cujo tempo despendido irritava até múmia. Desnecessário lembrar-se de orelhão detonado por vândalos, e que forçava caminhar mais um bocado à procura de outro.

Quem estava no ônibus, no carro, na montanha, na casinha de sapé sofria. No veículo, tinha que estacionar e ir atrás de um orelhão. Na cabana sem comunicação ou na montanha parava o que estivesse fazendo para rolar ladeira abaixo em busca do telefone mais próximo.

Consultar as horas melhorou. Nada de carregar o cebolão ou cebolinha no pulso e alimentar olho grande do assaltante. Uma sorte para quem tem fobia de assalto. Dar corda no treco, jamais. Nem trocar bateria à moda pilha. Basta carregar o celular na tomada, pronto, tem-se de quebra o relógio. O despertador com o maldito tic-tac batendo na cabeça a noite inteira? Que tormento para o sujeito com sono leve. Acabou a chateação. Com o celular ganha-se uma noite de sono tranquilo. Desperta na hora programada, sem dar um pio antes.

Quer achar alguém? Antes que dificuldade. Ligava para casa. A tia, o tio, a mãe, o pai, a sogra, o cachorro da casa atendiam primeiro que a pessoa procurada. No trabalho, pior. Com o celular é imediato. Alcança-se a pessoa. Se não atender é porque não quer. Nunca por causa de retardatários.

A senhora de sessenta anos lutou contra a onda do celular. Ela se esquivara por algum tempo. Os filhos trouxeram o primeiro. E não é que se tornou uma perfeita adaptada? O uso do celular passou a oferecer vantagens que anularam os inconvenientes da teimosia contra o novo, por exigir agilidades que o idoso muitas vezes acredita privado.

A senhora passou a usar e abusar do celular. Os mais jovens no local de serviço a orientavam como lidar com a tecnologia. Perturba, contudo, seu hábito de colocar no celular música alta para sinalizar se alguém ligar somado ao fato de jamais andar com o aparelho, deixando em cima da mesa de trabalho. Esta mania longe está de ser traço exclusivo de idoso. Mas no caso aqui é ela quem deixa o pessoal azucrinado. Das vezes que tocava, ela estava distante, no banheiro, tomando café, na secretaria. E o bicho eletrônico gritava incessantemente.

O tormento seguia. A senhora não é a única a ter o celular tocando em sua ausência. Muitos com a mania de enfiar o celular na bolsa, escondido a sete chaves, levam uma eternidade para alcançar o aparelho e muitas vezes atender a ligação quase na última de inúmeras chamadas. Talvez a satisfação em exibir a música? Ou provar que está na moda pelo toque de celular diferente? Culpa de desconhecer o bom-senso? Do contrário não seria mais prático usar o aparelho no bolso da calça ou à cintura como parece ter sido ele projetado?

O que importa é tolerar as diferenças? Sorte que os politicamente corretos equilibram o jogo: utilizam regras de etiqueta social menos por paixão e mais por entender que para garantir seu direito deve procurar conservar o de outrem. O celular à cintura, no vibrar seria uma prática recomendável. Assim ao atender a ligação o mundo não precisaria ouvir o berreiro do toque tampouco compartilhar do assunto que a pessoa está tratando ao celular.

No mais, a senhora está maravilhada com o aparelho. Conseguiu usar a câmera embutida, tirar fotos de familiares, do jardim de casa. Para proteção de tela, selecionou a foto da netinha de quatro anos.

TORPEDO ATREVIDO

QUE FRIO NA barriga teve a caminho para o motel. A moça estava ao volante. O rapaz no assento ao lado. Enquanto ela mudava a marcha, as mãos dele seguiam pouco comportadas em cima da perna da motorista. A dentista trajava vestido curto prata comprado da X-Ray em novembro de 2008. Com este e outros dois vestidos, teve a intenção de saudar a temporada de veraneio. "Para com isso!", ela se perturbou quando os dedos, avançando por debaixo do pano, alcançaram a região erógena. "Desculpa...", disse meio acanhado o rapaz. "É que assim eu perco a concentração. E posso bater o carro", ela procurou ser gentil, mostrar que estava bom o carinho, apenas ele devia ir com calma.

Na portaria, o atendente pede a identificação do casal. Quase não conseguiu dissimular o estranhamento ao verificar o RG do rapaz, dez anos mais novo que a moça. Caso não tivesse visto a RG, pouca diferença notaria. O rapaz, braços fortes, ombros largos, parecia até mais velho. Tinha 18 anos. Sorte. Pois se tivesse menos, seria barrado. Quantas vezes o recepcionista brecou marmanjões carregando mocinhas abaixo dos 18 anos? Inúmeras. Já no caso de mulher mais velha seria a primeira. Mas não hesitaria.

"Aqui está a chave do quarto", disse o recepcionista sem ao menos erguer os olhos de cima da ficha, após a moça ter feito o pagamento com o cartão de crédito.

Quando o casal ia se distanciando, o recepcionista imediatamente deitou o olhar no corpo da dentista. "Que mulher!", murmurou focando o vestidinho prata, bem acima do joelho, mas que em nada dava aspecto vulgar. Fisionomia de adolescente. Cabelos curtos, a testa lisa, o sorriso de comercial de pasta de dentes, a pulseira espessa prateada no braço esquerdo. "Pena que prefira pirralho", disse para si, meio despeitado. E tratou de atender outro casal que estacionara.

Além do cenário-comum da cama redonda e do espelho no teto, a disposição no quarto agradou em muito a sensibilidade da dentista. A indicação tinha vindo da amiga, que frequentava assiduamente o local, uma vez por mês, com o namorido. Sim, a dentista não queria arriscar. Era a primeira vez que punha os pés num motel. Tinha, portanto, que ser num de qualidade, que desse tranquilidade.

Enquanto a moça se perdia admirando os detalhes do quarto, o moleque fissurado pelo corpo que tinha à mão a agarrou por trás. Estava entusiasmado. Pegou a moça no colo. E a levou para cama. Depositou a linda dentista em cima dos lençóis. O vestidinho contentou-se em descansar no carpete. Beijos, muitos beijos...

Três anos durou a paixão. Um dia acabou.

Quatro anos mais tarde, a dentista fora eleita vereadora da cidade. Entrou na política devido à preocupação com a saúde pública. Todavia, não abandonaria o consultório: razão de ser de sua vida, visto que ainda não era casada nem tinha filhos.

Disputa eleitoral acirrada. Rolou até baixaria. A dentista destronou gente que vivia dos cofres da Câmara há mais de vinte anos. Espécie de vereança vitalícia, se ela não *puxasse* a cadeira do infeliz. Sua chegada incomodou e muito. Sobrariam inimigos.

Numa tarde, no celular o torpedo atrevido que diz: "vi você nua num vídeo na internet". Amigas trouxeram a novidade. Estava circulando na rede um vídeo que mostrava a noite de amor que tivera com o antigo caso cinco anos atrás. À época, manteve o caso em segredo. Devido à diferença de idade, sequer apresentou o garoto à família. Quando pensou em fazê-lo, a paixão murchou e o caso foi 'pro ralo'.

O suplente pediu a cassação. Os vereadores a apoiaram. "Não podemos compactuar com golpe tão baixo", o colega a defendeu de pé na tribuna em sessão extraordinária.

TRICÔ E CROCHÊ

PRIVAÇÃO ACENTUA TRAÇOS pouco sociais. Se no normal, a pessoa é irritada, a irritação subiria. A privação de liberdade é mais impactante. Confinar-se na casa Big Brother pesa, ainda que o participante tenha conforto, além da chance de ganhar um milhão de reais. Imagina na unidade de internação, onde o jovem está apartado da família, amigos, namoro.

Na privação de liberdade, o estrago pessoal é certeiro, pouco diferindo se a permanência é de um ano ou dez. O sofrimento é impossível eliminar. É factível, contudo, tornar mais educativa a medida socioeducativa, oferecendo meios ao jovem de refletir sobre os atos infracionais que o privaram da liberdade. As oficinas visam ajudar nesse sentido.

"Tá tirando", desabafo do jovem na aula de tricô e crochê. "A senhora não reza professora? Quer que eu fique falado na quebrada?" Tipo de jovem que reclama, reclama e acaba fazendo a atividade. O líder é mais radical. Se ele aceita a atividade, todos seguem. Se não, a aula para. O líder aqui era contra. Não afronta mestre nem funcionários. Só não fazia a atividade.

O milagre aconteceu. O material era para o dia das mães. Toalha bordada com os dizeres MÃE TE AMO. Todos queriam bordar, mas o líder silencioso. Após a oficina, o professor conversou cerca de uma hora com ele a sós. Da enxurrada de comentários, um gravou nele: "que achem que você sairá daqui direto pro cemitério, para o CDP ou para o lixo. O que eles pensam não importa. O que conta é a chance que você se dá. Sei que se você quiser pode fazer tudo o que está ao seu alcance para provar que é capaz de se superar. Não está em questão apenas bordar uma toalha, e sim mostrar que se você deseja algo você tem como obter, mesmo que todos acreditem que você não é um fracassado."

O professor saiu moído. Conversa esgotante. O rapaz respondia com sorriso sarcástico ou verbalizava um "tá me tirando, tá me tirando". Não desistiria dele, como não desistiu de outros que passaram por sua sala. Porém, estava cansado naquela tarde. Foi para casa como se carregasse um peso insuportável nos ombros.

No canto da quadra, o jovem olhava a rapaziada. Os colegas pouco importavam. Refletia no que o professor dissera. Quis tampar os ouvidos para evitar a voz da consciência.

Dali a dois dias, ele entrou na sala da oficina. Aquela turma seria a única que não teria bordados para as mães, e o jovem sabia que era por sua causa. Ninguém ousaria a fazer o que ele se negava. O professor chegou e colocou os objetos em cima da mesa. Dez minutos de silêncio constrangedor. O jovem se levanta, encara o professor, e apanha seu kit. No canto da sala, e tenta enfiar a linha na agulha. Erra. O mestre vai até ele, carregando agulha e linha.

Um por um, os jovens quase derrubam a mesa do professor ao pegar os respectivos kits. O tempo urgia. Semana que vem que é dia das Mães. Um jovem resmungou baixinho "tá me tirando. Bandido que é bandido fazendo tricô e crochê?", no que o líder só olhou para ele, para que o jovem rápido voltasse ao trabalho.

Uma semana passado o dia das mães, o professor comenta. "A oficina tricô e crochê não teve a intenção de ensinar profissão. Embora profissionais vivam dela, sei que muitos de vocês têm potencial outro. A oficina quer mostrar que se você é capaz de produzir nela, será capaz de produzir em qualquer outro lugar que lhe derem oportunidade. Para bordar, tiveram disciplina, confiança, atenção, e desejo de ser produtivo, requisito para a maioria das profissões."

"O senhor é sangue bom. Gostei do sorriso na cara na minha coroa quando entreguei o presente. Mas fala sério professor... Ficar só no tricô e crochê ninguém merece. A gente quer computação, desenho," disse o líder para espanto não só do professor, mas do grupo.

"Vou falar com a coordenação... Se possível for falarei com a presidente."

"Abraça que a Presidente vai nos ouvir," disse outro jovem.

"Eu acredito. Como vocês pagaram o mico ao tricotar eu pagarei esse por vocês."

TROCANDO PNEUS

NA ADOLESCÊNCIA, SE irritava com a expressão *isto é coisa de homem* ouvida quando estava prestes a consertar eletroeletrônicos. Não em casa. O pai incentivara a ela e as irmãs a serem independentes. Previa que os tempos mudariam. O homem deixando de ser cabeça da casa em muitos lares. Mulheres aos montes no mercado de trabalho, e chefiando as finanças em boa parte dos lares. Dizer que a previsão agradava ao pai, criado no sistema tradicional, seria errôneo. Zeloso, ele estava pronto a abrir mão de convicções para evitar que as filhas se tornassem elefante branco nos árduos anos que viriam. Com esta determinação, ajudou as filhas graduarem-se. Optaram por carreiras que se não as tornaram ricas, no mínimo, forneceram o padrão classe média de conforto.

Casou-se aos vinte anos. Antes dos quarenta se separou. O marido era da safra que o pai previra. Muito rock metal, traumas de família e planos frustrados na cabeça. E irresistível atração para a dependência. Gastando mais do que arrecadava, levou a família à inadimplência.

Antes da separação, dominava as rédeas das finanças do lar. Depois, teve que arcar sozinha com a criação dos filhos. Terminaria de educá-los e financiar os estudos.

Querer independência é fácil, porém, viver por si é mais complicado. O pai deu uma força nas primeiras turbulências. Trocar a resistência do chuveiro, o encanamento da pia, o telhado que quando chove alaga a sala. Um milhão de pequenos detalhes conhecidos somente por quem está à frente da administração de uma residência.

Apesar dos vícios, das mancadas do primeiro marido, seria injusto insinuar que ele esquiva-se do papel de provedor. Ela não precisou trabalhar fora por mais de 17 anos. Em relação às despesas do lar, ele se encarregava. O pai dele o nutriu com as habilidades mínimas de um chefe de família.

Separada, e com o desejo de não se isolar, achou um segundo marido. Este é da safra mais acomodada. Pense num lorde inglês sem grana ou numa normalista do início do século. Nem sabia dirigir um carro.

As diferenças são nada quando o amor existe. Uniram-se. Formaram família.

Numa dessas descidas a Santos, no posto de gasolina, ela desce para calibrar os pneus. O novo marido a acompanha. Um motorista que está por perto puxa conversa: "é isso mesmo. É sempre bom ensinar a esposa... Vai que um dia ela precise". No início, ela nem ligava para este tipo de observação. Estava acostumada. O mundo machista imagina que somente o homem dirige. Num carro em que esteja um casal, raramente o homem está como passageiro.

Com o tempo, a situação foi dando nos nervos. Por que a mulher não é reconhecida como dona de seu próprio carro? Ela verifica o nível de água e óleo. Analisa a quilometragem. Anda na estrada de modo prudente. Multa por excesso de velocidade nunca tomou.

A irritação crescia à medida que observações similares iam se somando. Muitas das quais ouvira desde criança, mas que ultimamente passou a exercer uma forte repulsa. Ditado como *mulher no volante perigo constante* é certo que saíra de moda. Longe apenas por ser politicamente incorreto. São os números. Mulher causa menos acidente no trânsito. O fato de as seguradoras oferecerem desconto especial a veículo cujo proprietário é do sexo feminino foi pena de morte para o chavão que ridicularizava a mulher ao volante.

O mundo dos veículos ainda é dominado por homens. Desde a troca de pneus até calibragem. Imagina uma mulher aspirando o pó do carro num posto de gasolina? Complicado. Ela tem certeza que logo o machismo será coisa do passado. Enquanto isso a luta deve continuar.

TV EM CORES

O GAROTO CORRIA pelo gramado. Corpo vibrando. Tinha feito gol lindo, o chamado gol olímpico, que acontece quando o sujeito ao bater o escanteio teve a bola acertada direta na rede. Quem brecaria sua vibração? A partida de futebol entre eles ocupava metade do campo oficial de futebol. Quando desacelerou, de volta ao grupo, viu o camarada sinalizando negativamente com o dedo.

"Pode esquecer. O gol olímpico não valeu", disse o líder do time adversário.

"Quê? Tu tá louco?", o autor do gol não se conforma.

"No começo ficou combinado", o líder falava e outros tantos iam se pondo a seu lado.

"Só porque o cara é bom no escanteio você inventou de não valer", o líder do time do marcador retrucou. Mas como a bola era do adversário, ficou fácil resolver a questão. O contestador pegou da bola e levou para o centro do campo, como para indicar que voltava o 1 x 1. Se fosse contrariado, sim, a bola ia para casa e fim de jogo.

O artilheiro por questão de honra marcou outro gol. Alegaram ser gol de banheira, mas aí seria implicância ter dois gols anulados. Foi para a galera. Vibrou, caindo no gramado e olhando para o céu. As nuvens lá em cima. O sol brilhava. De repente o tremor. Não era a terra abaixo dele, e sim seu estômago. Hora de almoço. O artilheiro pediu para sair alegando problemas *técnicos*, espécie de desculpa oficial para sair da partida sem chatear os camaradas.

Entrou em casa. A avó preparava o rango. Lavou as mãos. Ajudou a ajeitar a mesa. À medida que saciava a fome, a imagem se repetia na mente: a do gol olímpico. A animação do amor-próprio motivou outra colherada no prato com ovo, arroz, farinha e feijão. Que legal. Hoje é domingo. Se fosse durante a semana, vestiria a calça de tergal azul escuro e a camisa branca com o emblema da escola no bolso quadrado, sem contar o sapato preto encerado. Das 13 às 17h30, esquece. Ele estava confinado na escola.

Nas férias não. Brincava de manhã, de tarde e, às vezes, quando a mãe não implicava, até depois de tomar banho à noitinha. Na rua iluminada pelos postes, um pau na lata, um pique esconde animavam as crianças.

Hoje à tarde, tinha um compromisso especial. Foi convidado a ver um filme na TV em cores na casa da tia. Seria a primeira vez. Ano de 1981. O filme era dos Trapalhões e o Mágico de Oz. O futebol da tarde ou as horas passadas debaixo das árvores teriam vez outro dia.

_ "Vê se limpam os pés. Não quero bagunça. Silêncio", era a recepção dada pela mãe da tia logo que ele e os demais coleguinhas entraram na sala. O tio Zé não estava. Super gente fina. Se chegasse por ali os salvaria da linha dura da mãe da tia. "Que é isso dona Maria? São crianças. Eles vão ficar bonzinhos". Sem falar na coca-cola ou pão doce que de vez em quando ele presenteava as crianças – parentes ou não.

_ "Se a gente não vigia, eles aprontam", dona Maria quase sem ouvir a voz do genro, falaria fitando o rosto dos peraltas.

Umas dez crianças se espremiam diante do televisor. Com paciência e determinação Dona Maria e a tia Nazaré conseguiram disciplinar o tumulto. "Enquanto não houver silêncio não ligo a TV", sentenciou Nazaré. O silêncio foi imediato, com direito a beliscão de colegas no outro que estava atrapalhando.

"Ahhhhhhhhhhhhhhhhhhh, que lindo", ele se admirou quando ligaram a tevê. Em casa, somente em preto e branco. Além do mais era pequena. Na casa da Tia Nazaré, a TV é colorida e grande. "A cara deles ficam enormes", diria para sua avó no dia seguinte. Notava-se no rosto do garoto de 12 anos a grande impressão causada pela tevê em cores, não menor que a dos contemporâneos dos irmãos Lumières.

UM SONHO

"ACHO QUE TÔ te enchendo com essa conversa", a advogada falou.

"Nada. Pra que serve uma amiga se não tem a capacidade de ouvir um desabafo", a colega de trabalho procurou dissuadir.

"Te juro. Não tenho nada contra o que faço", suspirou.

"Quem mais do que eu pra saber disso. Te vendo trabalhar quem é que vai dizer o contrário. Você faz seu serviço otimamente bem", a amiga piscou.

"O que me chateia é que não sinto paixão... Fico me sentindo mercenária. Trabalhando *apenas* para ganhar o salário no fim do mês. Sabe, acredito que eu preciso e mereço mais", agitou-se na cadeira giratória.

"Você e a torcida do Flamengo e Corinthians juntos. Desencana. Essa crise bate até em mim. Aí eu vou nalguma loja feminina e a calma aterrissa", a amiga ri, procurando animar o papo.

O telefone toca. A advogada sinaliza com a mão para a amiga esperar.

"Ativos St. Louis consultoria, boa tarde", atende a advogada. A amiga à mesa ao lado aproveitara para checar pela décima vez o balancete que deveria entregar dali a pouco a uma das empresas que compunha sua carteira.

"Sim, senhor Kifouri. Enviamos o material para o Banco e esperamos posicionamento. No mais tardar amanhã à tarde. Acreditamos que não há obstáculos que impeçam a transação", finaliza a advogada.

O telefone no gancho, a amiga procura retomar a prosa.

"Pode ir falando. Em nada me atrapalha", incentivou a advogada a continuar.

"Queria arriscar outra coisa", queixou-se.

"Por que não a decoração", a amiga a par do passatempo favorito da advogada arrisca sugerir.

"É o que eu mais gostaria de fazer. Contudo, o mercado, e tudo o mais. Sempre me brecando", resmunga.

"Olha, eu acho o que você faz é pauleira. Desculpa minha visão estreita, mas se você consegue fazer uma empresa sair da falência e evitar que outras tantas afundem não é o mercado de decoração que te assustaria. Se sem pique para trabalhar numa consultaria você faz maravilha, imagina numa atividade que você nutrisse intensa paixão."

O diálogo havia sido interrompido há um bom tempo. Dirigindo o Peugeot na rodovia de volta para casa, passagens da conversa com a amiga contadora atravessa a mente. Ainda bem que podia confiar em alguém. Sim, era arriscado falar que não gosta do que faz no local de trabalho. É pedir para ser despedido. Sorte ter uma confidente. Claro, precaução sempre foi seu forte. Dificilmente deixaria transparecer insatisfação pelo oficio diante de pessoa que não confiasse, ou pior, diante de clientes e chefia.

A amiga tocou num ponto sensível. Por que não arriscar na carreira de decoradora. Tem amadores que se dão super bem. Muito do *feeling* está no sangue mais do que numa formação específica. E os cursos de decoração que fizera? O último foi em Milão, nas férias passada.

Verdadeira paixão. Amigos ligavam para pedir conselhos. Inclusive um, que era sócio em escritório de Decoração, volta e meia lhe chamava para apresentar ideias. Por que não ir atrás do que queria? Por que era um sonho? A realidade mostrava inconvenientes. Quais? Grana, grana e grana. Os contatos ofereciam remuneração extremamente irrisória. Poderia abrir mão das viagens ao exterior? Poderia deixar de consumir no Shopping? Poderia deixar de manter o carro? Poderia baixar o nível de consumo?

A decoração impunha um alto preço que ela neste momento hesitava em bancar.

VACA AMARELA...

PARA MUITOS, O sábado à noite, a tarefa é garantir a vaga numa diversão citadina. No domingo, a lei é almoçar no restaurante ou promover o churrasco barulhento no quintal. Muita carne, muita fumaça e cerveja, e risadas. Eis a diversão mediana brasileira.

Vai entender quem gosta de ficar em casa.

Ele é pessoa que não curte sair na noite de sábado, a não ser para aniversário ou outro motivo de força maior. Na mesinha de centro, proseia com a filha. Estão jogando dominó. Raramente apostam algo. Desta vez teve que apelar para dois Bis. Tudo porque a caçula não queria deixar a mais velha ensaiar saxofone em paz no quarto. O pai para evitar maiores bate-bocas, e depois de ter fracassado todas as estratégias convencionais para atrair a filha para a sala, teve a dita iluminação.

"Vamos jogar dominó?", diz o pai no corredor que leva aos quartos, no que a filha de seis anos está teimosamente sentada no chão ao lado da porta do quarto da irmã mais velha.

"Não quero", respondeu.

"Pena. Se você vir nós vamos apostar Bis. Quem ganhar, come o chocolate". Que golpe baixo.

Ela topou com um pouco de relutância. Veio para sala de estar. Jogaram. Ela ganhou com muito custo a primeira partida. Comeu o bis na maior alegria. Na segunda partida, perdeu. O pai saboreia o Bis – embora a contragosto, pois não é chegado muito a chocolate. Ela não fez cara de choro. Atitude que espantou o pai, mas que deu orgulho. "Está amadurecendo", pensou. Dali a pouco, a menina inventou um pretexto tal, e foi na cozinha pegar três Bis e disse. "A gente joga sozinho nesse. Primeiro eu". Ela jogou, ganhou de si, e comeu os três prêmios. Pode?

A esposa é vidrada na programação global. Novela global é assim: *ame-a ou deixe-a*. Ele a deixava. Começada a novela, ia para cozinha ler um cadinho. A filha se revezava. Nesse dia, seguiu o pai. Inventou de escrever as idades de ambos em francês. Estimulava a filha a fixar noções básicas do idioma. Quinze minutos no máximo, ela seguia comportada. Dali procurava inverter a regra.

"Agora sou eu a professora. Você vai escrever sua idade", mandava convicta.

"Mas eu que tô te ensinando", em vão o pai procurava persuadir.

O que restava a fazer? Escrever, e pronto. "Tá, errado", a filha interrompe o pai e a borracha apaga o que está escrito. Ela imita os trejeitos da professora da escolinha.

No domingo, almoço em família. Comida simples. Frango bem-temperado e o arroz feito na hora, além de salada. "Diacho, assim não consigo parar de comer", pensou o pai. O futuro genro bom de garfo enche o prato e repete sabe lá quantas vezes. O pai sacode a cabeça para espantar a sovinice. "Ora, ele é jovem, natural que tenha apetite abrutalhado", suspirou.

A filha caçula não almoçou direito. Mete-se debaixo da cadeira, e passa incomodando as nádegas alojadas nas cadeiras de madeira. "Sai daí menina", diziam.

Após o almoço, o pai gosta de tirar cochilo, no quarto, e, em geral, sozinho. Hoje, seria diferente. Primeiro, a mãe foi deitar também. A filha agitada não para de falar. Tinha uma garrafa de refrigerante. O pai fica tenso. "Olha que vai derrubar isto na cama". "Claro que não vou", teima ela. Tomou um bom gole. "Agora já chega. Beber muito vai dar dor de barriga", aconselha a mãe. A criança fecha a garrafa e a coloca na cabeceira.

A filha inquieta na cama. Nada mais natural. Durante a semana nesta hora estaria na escolinha a pleno vapor. Surgiu o recurso da Vaca Amarela para tentar fechar a boca da filha. Mãe e filha falam juntas *vaca-amarela-vai-para-panela-quem-falar-comeu-a-bosta-dela*. O pai, que estava chateado por não poder descansar, foi tomado por um acesso de riso. O riso o levou a falar. "Ah, ele falou, ele comeu a bosta da vaca", disseram ambas.

VARRE O PÉ, NÃO CASA

NA FAIXA DE GAZA, a intolerância fanática trucidando. Bombardeios, mortos e ruínas. Na Terra do Tio Sam, os sem tetos. A ganância especulativa cobrando hipoteca, devastando residências e lares de modo não menos cruel que um tornado. Sem contar as férias coletivas. No Brasil, cadeados em portão, as portas fechadas, cerca elétrica, difícil dizer quem está mais preso se o condenado por crimes ou se cidadão comum. O telemarketing competindo com a televisão em nos fazer refém. Chuva ofuscando a praia em plenas férias de janeiro.

Uma cidade acolhedora, pelo tamanho e por poder-se parar numa praça, sentar-se, ver as árvores, respirar ar puro e ouvir pássaros, sem ter o incômodo pedinte para despertar-nos do transe que a contemplação da natureza proporciona. Na referida praça, num dos bancos, duas amigas confidentes conversam. A julgar pelos rostos, a morena está triste como que se solidarizando com a angústia estampada na cara amassada pelas lágrimas da lourinha. Ambas na casa dos vinte anos. A primeira, vinte e um anos; a outra mais velha dois anos.

"Tira essa ideia boba da cabeça", a morena busca livrar a loira da absurda crença que a arrasta para uma amarga opressão. "Se não fosse verdade, por que ele me abandonou assim tão de repente... depois que a vassoura passou por cima de meus pés?", soluçou desconsolada a loira. "Nada mais sem sentido. Quantos namoros não acabam todos os dias", a amiga contra argumenta. "Mas a gente se dava tão bem. Tínhamos feito tantos planos. Ele inclusive estava juntando para comprar um terreno e a gente ia começar a construir. Daí dentro de no máximo dois anos casaríamos".

A morena sentiu-se cansada. Não que desistisse da amiga. Jamais. Haviam passado por poucas e boas nessa vida. Eram amigas de infância. Irmãs, se a questão consanguínea não pesasse. O que a cansava era lutar contra a superstição arraigada em mentes e ações de mulheres que a rodeavam. Da bisavó até a mãe. Todas acreditavam. Não chegava a ser um fanatismo. Muitas caçoavam da própria crença, como que dando pouca atenção. Tudo para mostrarem-se mais modernas, atinadas com o século 21. Contudo, prevenir é melhor que remediar. E se uma filha casadoura estivesse vulnerável a levar uma vassourada nos pés, a mãe já gritava, zombando ou não da crendice popular, "olha, se o pé for varrido, você não casa".

Na família por vezes há um queixo duro. "Pode varrer à vontade, que casamento não vai faltar quando eu quiser", uma rebelde, feto de feminista, que aos dezoito anos, estudante de ciências sociais, peitava todos os lugares-comuns que entendia ela oprimir as mulheres. Casou. Infelizmente, separou-se dois anos depois. Embora viva em união estável com uma companheira lá pelas bandas da Capital, as mulheres da região não a consideram exemplo bem-sucedido de afronta à crença.

"Ele me curtia. A gente com planos. E tudo por causa da cabeça avoada de meu irmão mais novo que passou a vassoura em cima de meus pés", a loira resmunga. A morena levantou-se do banco. O que poderia fazer mais? Muito pouco. Sugerir que tudo aquilo era crendice de beata, de pessoa que não estudou, não foi à escola? Não tinha tanta certeza assim. Estava na mesma posição de um ateu que não tendo como provar que Deus não existe e sabendo que morrer é certo, optasse por conceitos menos afrontosos à divindade, usando da seguinte justificativa: *vai que Ele exista aí quem se estrepa sou eu.*

Inventou pretexto para deixar a amiga e os seus conflitos. Antes de partir disse: "Tenha fé. Tudo vai dar certo. Precisando de mim é só me ligar. Acho que você precisa de um tempo. Espero que você se valorize. Provável ele que não te merecia. Ou não era para ser." Seguindo para casa, a morena teve a sensação de ter sido o chavão em pessoa. Todavia alguma coisa precisava ser dita.

VARREDOR DE RUA

HÁ UM PAR de horas estavam na capacitação. A Urbam, empresa municipal de coleta de lixo, recebe nova equipe. Os instrutores dão orientações básicas antes de se ganhar as ruas. Curso de três dias. Dois dentro da empresa. O terceiro realizado na rua, com os funcionários pondo em prática o que aprenderam, sob supervisão de responsável.

"Este é seu uniforme. Confira... Macacão, camisa, botas, meias, boné...", ia falando a moça enquanto entregava os pacotes para os novos funcionários.

"Bom", única palavra escapada.

A vestimenta cor de abóbora com grande listra branca na altura do peito. A vassoura enorme assusta a quem nunca deu muita atenção às vassouras profissionais. Cabo reforçado. Na rua designada, ele ia seguindo as instruções. A calçada é de responsabilidade do morador, contudo determinada parte da calçada acabava sendo varrida pela prefeitura. O objetivo é evitar que a sujeira acumule. Atenção especial deve ser dada para área próxima aos bueiros.

Passados seis meses de atividade, esse ex-vigilante tinha motivo para comemorar. Havia vencido o prazo de três meses de experiência. Na avaliação, a chefia realçou comprometimento dele com o trabalho. Da turma que entrou com ele, uns dez pularam fora. As justificativas variavam. Para um, o sol queimava muito. Para outro, a maldita chuva que o fizera pegar resfriado bravo. Outro se cansava bastante e de meia em meia hora procurava banco para sentar-se. "É só pra descansar as juntas", dizia. O cansado foi o primeiro a ser mandado embora. Aos poucos, os outros dois sofreram a mesma sanção.

Ainda na turma dos que pularam do barco, destaque para a meia dúzia que se sentia humilhada quando viam amigos andando na rua. Um estudante de direito resistiu por três semanas. Mas quando viu a ex-namorada aparecer, a cabeça saiu dos eixos. "Não dá...", a única resposta que deu ao RH quando pediu demissão. O orgulho importunava nessa meia dúzia. Pouca instrução tinha, em média nada mais que a oitava séria. Vinham da construção civil, do setor alimentício na maioria.

Que dificuldade para despir-se de preconceitos diante de certas atividades laborais. Como culpar os que desistiram? Afinal esse tipo de serviço não é visto como desprestigiado, o fim do poço, a última das alternativas *dignas*? Apesar de ser de extrema importância. Do contrário, como viveríamos na cidade limpa se não houvesse quem se dispusesse a recolher o lixo, a varrer a rua, a tratar o esgoto? Todavia, é profissão valorizada para outro jamais para *nós*... É rechaçada como meta de vida pela maioria dos egos.

Hoje, como varredor de rua, ele tinha vantagens. Poderia oferecer o mínimo de segurança para o filho que a mulher receberia dali a alguns meses. A carteira assinada, os benefícios, o vale alimentação, as condições objetivas que davam para que ele lançasse mão de planejar uma vida a dois menos turbulenta. Aos trinta anos, podia pensar finalmente em adquirir uma casa, fugindo do aluguel. Determinado que era não lhe passava despercebido a possibilidade de que a sorte pudesse lhe ajudar a galgar este ou aquele degrau na empresa. Tornar-se futuramente um supervisor. O que importa é que estava determinado a dedicar-se ao trabalho.

A repulsa latente pelo ofício de varredor de rua nele se silenciava. Homem prático, ele gostaria de ter outro ofício, mas é o que teve acesso. Como a recordação das privações sofridas na carne quando desempregado o faziam descartar a ideia de deixar o emprego, o negócio era dedicar-se ao máximo. "Quanto mais trabalho melhor... O tempo passa rápido. E quando vejo estou indo para casa...", respondia logo que colega vinha com reclamações pessimistas para junto dele.

Faria o possível para que seu filho não tivesse que passar por isso. O filho estudaria.

VC

OS RESISTENTES ADORAM batalha contra modismos. Defendem com afinco ideia tida como ultrapassada. O sinônimo conservador cai bem para os que resistem aos ventos da mudança. Há prazer em chocar-se contra a maioria? Provável que sim. Pelo menos no começo da guerra, quando os membros estão intactos. A situação começa pesar quando a pessoa resistente nota que a teimosia atrapalha mais que ajuda na busca pela autossatisfação.

Esse senhor detestava tudo que se refere a computador. E não economiza na crítica. Muitos fios para ligar. Nos primeiros anos, o inglês para lhe perturbar. Quantas vezes ele sofreu por ter perdido o conteúdo que não foi gravado por inabilidade? Na saudosa máquina de escrever não tinha esse inconveniente.

Com muito custo, conseguiu perceber as vantagens do computador. Nada de sujar as mãos trocando a fita da máquina Olivetti. A economia de tempo era evidente. Podia acertar o texto no computador quantas vezes fossem necessárias sem ter que redigitar palavra por palavra.

Cedeu aos encantos do computador para escrever. E a teimosia que outrora vociferava contra o aparelho, agora virou entusiástica sede por tecnologia. Sorvia as siglas bytes, megabytes, GB, HD, Memória RAM e ROOM. Softwares e hardwares iam se incorporando à sua linguagem.

O casamento teve a primeira crise. Vinha na resistência diante da linguagem cifrada nos cyber cafés, chat, MSN, Skype. É sabido que este espaço tornou-se popular entre jovens, caracterizando quase monopólio. Qual a razão da preferência? O jovem médio é informal, optando por língua escrita bem mais próxima da falada. Para piorar, pegue os primórdios dos computadores, teclados em inglês, desprovidos de acentos ortográficos da língua portuguesa. VC vem no lugar de você. *Tbm* no lugar de também.

"Que diacho é VC?", pergunta o avô ao ler o recado do neto, o qual ganhou o hábito de escrever bilhetes pregados na geladeira com a linguagem on-line. Não precisou ir longe para descobrir a origem. Certo dia, o senhor ouviu barulho. Pensou que fosse do celular. Na sala procurou o bicho e nada. O barulho se repetiu. Notou que vinha do computador. Aproximou-se e visualizou a janelinha do MSN que piscava. Sentou-se. Observou a tela. Não chegou a estudar grego, mas com certeza o que estava escrito seria mais fácil que traduzir a língua de Platão.

Resistiu durante meses face à imposição do MSN. Esbravejava, dizendo que aquilo seria a perdição da língua portuguesa. Ele, professor, achava aberração. Como o governo aceitava situação como essa? Na sua casa, lutou para convencer o neto a mudar de postura. O rapaz muito gentil disse: "vô, eu entendo o que você diz. Tem vezes que o papo na net é nada a ver. Mas se fico de fora sou excluído do mundo, sabe?".

O avô teve atitude empática. Sim, ele entendia o neto. Na longa carreira do judiciário, teve que engolir a formalidade da escrita dos documentos oficiais para conservar o emprego. Caso não dançasse como manda o figurino, estaria excluído. Seja formal ou informal, a língua marginaliza os que não seguem seus cânones.

Num certo dia que ele estava desgostoso com os livros, e nem queria assistir televisão, caminhou para a sala do computador. Ligou o treco. Chamou o neto para ensiná-lo como entrar no MSN. "Você pode me ajudar?", solicitou meio encabulado. "Ah, moleque! Deixa comigo", o neto se animou. Bastou ver possibilidade de ter o avô surfando na net para motivá-lo na orientação. Quem sabe o avô lhe ajudava com os pais, dizendo que computador era coisa séria. Tudo bem, dali a meses odiaria ter fornecido o acesso ao cyberspace. O avô passou a ficar grudado na máquina, dando pouco espaço para o jovem papear com a galera.

"Oi, eu espero que *vc tbm* aproveite as férias", meses depois o avô escrevia no MSN para colega de viagem ao exterior. Antes, o neto ia e vinha com a CPU para o conserto, ou frequentava lojas de informática. O avô até nisso o substituiu.

VENDA, VENDA

"VAMOS VER SE eu consigo fazer a meta", a moça de 18 anos suspirou. "Estou de saco cheio da cara feia do gerente".

"É bom. Ele está impossível... Acho que está dormindo de calça jeans ou a mulher está dando um gelo", a colega quis animar.

Trabalhara em várias lojas. Desde os dezesseis anos, cada temporada de novembro-dezembro era contratada como temporária. Ano passado começou na atual rede de calçados, lá no centro. Passando pela loja, resolveu ver par de sapatos. Concentrada na escolha, mal perceberá que havia falado para a vendedora que procurava emprego.

"Tem experiência com vendas?", interrogou.

"Ah, sim...", confirmou.

A vendedora pediu um momento. Sumiu numa passagem secreta. Minutos depois retorna com sorriso no rosto, típica satisfação que se sente quando se ajuda quem precisa.

"Você está com sorte. Ele quer te ver. Está com pressa ou pode esperar um pouco?"

"Espero numa boa", a garota se animou.

A espera consumiu uma hora. O gerente se explicou. Fechava fornecimento. Pediu mil desculpas. O que importa é que ela ganhou a vaga. Duas semanas antes era dispensada da turma de temporários de uma loja de eletroeletrônicos. Agora o destino lhe presenteia com a loja de calçados. Estava feliz, sim.

Jamais se iludia. Sabia que para garantir vaga, vendas precisavam brotar. As metas são pouco flexíveis. Em uma ou duas semanas podia ser chamada na sala do gerente e ouvir a ladainha: "Suas metas estão muito abaixo. Acredito que seja má fase. Mas você sabe como é, tenho outra moça para seu lugar. Não passou no teste." Antes de dispensar, teceria mil e uma justificativas ou encerraria secamente.

Seis meses rolou bem. Raramente via o gerente a sua frente. Tradução de que estava em dia com as obrigações. A meta significava vender no mínimo

12.000/mês. O que fosse a mais ela tinha comissão sobre. No piso, ganhava R$ 600,00. Com as comissões, chegava a R$ 900,00 e uns quebrados.

No sétimo mês, o vento da fortuna mudou de rota. Sufoco chegar um cadinho além da meta. No mês subsequente, a garota, antes negligenciada, passa a orbitar no campo visual do gerente. Como há muitas moças e rapazes, o gerente dá atenção aos que beiram ao fracasso. "O que está havendo?", a primeira fala dele "Em que posso te ajudar? Está passando dificuldade?"

O que está errado? Como se ela soubesse. Incomodava a silenciosa violência da avidez. Silêncio este quebrado quando um vendedor apressado atendia o cliente que, pela regra do jogo, seria do colega a um passo a frente. Às vezes, hostilidades eram trocadas quando o vendedor sentia-se lesado. Os gerentes em cima como abutres: estimulando os parados, abaixo da meta, a movimentar, a se dedicar.

Venda, venda, venda... A palavra que se não ouvida era sentida logo que o gerente se aproximava ou detinha o olhar demoradamente em cima do vendedor. Sentia-se no ar a pressão. "Você tem que ser ágil. Olha, se o cliente vem para comprar um par de sapatos, você deve convencê-lo a levar um par de meias, cinto, tênis..." conselhos sussurrados nas orelhas dos titubeantes, hesitantes, morosos. Veja a disposição dos vendedores na loja, pensou a menina, parecem leões prestes a cravar os dentes que no cliente adentra, apreciando as vitrines como uma lebre que pasta num campo aberto.

Foi dispensada. Três meses em casa. No fim de ano, procurou outra loja. Era temporária. Ganhou R$1800,00 por quinzena. Estouro nas vendas. O ideal para mim, pensou, era ser temporária. A caçada é rápida, a ociosidade é pouca.

VENTOINHA

"QUANDO É A próxima consulta?", a recepcionista perguntou, embora tivesse a data de retorno descrita na ficha do paciente que tinha à mão.

"Dia 20, né?", ele responde.

"Isso mesmo. Dia vinte deste mês, às 16 horas", a senhora confirmou, sem deixar o sorrir murchar.

Antes de sair do consultório, ele se informou se havia genérico do remédio. A resposta afirmativa produziu a alegria momentânea que traduzia economia, ou sensação que não doeria no bolso arcar com o tratamento.

"É, corpo velho! Vamos ver se você aguenta mais um pouco", brincou consigo, forma de aliviar a tensão. Tinha motivos de sobra para instabilidade emocional. Padecia de complicações gástricas. O estômago funcionava mal. Os inconvenientes? Inúmeros. Peidar desenfreadamente era o primeiro.

Nunca reprimiu a vontade de peidar. Na adolescência abusava do recurso. Tampouco ter camaradas rotulando de comedor-de-urubu, de comedor-de-carniça, comedor-de-ovo-podre o inibiam. A única resposta que dava para os insultos era uma risada desavergonhada.

Na fase adulta, ele abandonou a brincadeira. Ainda mais por ter virado pai. Como cobraria asseio e respeito à mesa ou na sala de estar se persistisse a soltar os rojos nada perfumosos? Amadurecera.

O que complicou foi o repentino problema de saúde. Primeiro inchou a barriga, ganhando formato de melancia enorme, com direito a inscrição no Livro do Guinness. Na hora do sono, o ânus rivalizava com um canhão. Os rojões soavam sequenciados e estridentes. O estouro, naturalmente barulhento, trazia um cheiro de matar de raiva qualquer bom samaritano. O divórcio teve outras causas, claro. Mas para não ofender o marido, a mulher teve dificuldade em esconder a satisfação de poder ficar livre do mau cheiro, do ronco e da metralhadora que trabalhava incessante madrugada adentro.

No trabalho, a situação não era das melhores. Dificilmente um colega de serviço conseguia manter a calma quando no momento que estava tratando de assunto sério o sujeito soltava *gás tóxico*. Ele fizera de tudo para reprimir, tanto que o gás saia silencioso, mas o aparelho intestinal ia contra sua vontade.

"E, é bom você andar com uma ventoinha. Esse cheiro ainda matará um". Trabalhava na construção civil como mestre de obra. Quando na iminência de descarregar o gás, tinha o cuidado de sair de perto dos colegas na maioria das vezes. Mas infelizmente havia ocasião que era quase impossível em função do assunto a se tratar, por exemplo, quando precisava apontar erros ou sugerir acertos quanto ao trabalho executado.

A pior perda foi deixar de comparecer a churrascos como churrasqueiro oficial. Por mais de vinte anos, labutava na atividade. Na empresa ou entre os parentes quem pensasse em churrasco teria em mente ele para conduzir a festa. Precisa dizer por que ele foi sendo posto de lado à medida que a crise peidorreira se agravava?

Divorciado, tendo somente casos incertos para satisfazer os instintos, o mestre de obras calhou de encontrar uma auxiliar de enfermagem. Esse anjo gostou dele. É quem se mantém firme ao seu lado, inclusive agora na saída da clínica. O mestre mora em pensão. Incomoda, portanto, apenas o infeliz que vier a morar próximo de seu quarto. Do divórcio, a partilha dos bens fez com que a esposa ficasse dentro de casa com os filhos.

A auxiliar de enfermeira quis morar junto depois de terceira noite de amor. "Não. Eu preciso me curar antes. Já pensou se o amor morre devido a minha barriga? Eu prefiro a morte...". Argumentação do namorido soou contundente.

O casal saiu de braços dados da clínica. A expressão no rosto do mestre de obra oscilava entre o sorriso da esperança e o mau humor provocado pelo incômodo físico.

VESTIDO LILÁS

A ADOLESCENTE, RADIANTE, arrumava as malas. Iria para o local do encontro do G8 de 2009. Tinha medo? Sim. Nada a ver com a possibilidade de encontrar os chefes de Estado dos países mais ricos do Mundo. O medo era de avião.

As colegas em polvorosa. "Vê se não te esquece da lista", a morena de 14 anos sorriu. "Nem a minha também", a negra fingiu cara de súplica. "Tá, tá, Mas não se esqueçam que vou a trabalho... Não é uma viagem de Pat ao shopping", quis resfriar o ímpeto de compra das amigas. "Sabemos que tu é combativa, guerreira. Mas também é mulher", ia argumentando a menina de óculos. "Do contrário, o Rafa nem o Fe viveriam na tua cola".

No dia seguinte, dentro da van com o grupo jovem Brasileiro, ia para o aeroporto do Galeão. A viagem foi tranquila. Aterrissara em solo italiano. A moça liderava a turma. Pedia para todos passarem a limpo o conjunto de propostas a serem discutidas no J8, versão G8 para os jovens. Diga-se de passagem, belíssima iniciativa de possibilitar aos jovens, geralmente extraídos de líderes estudantis ou comunitários, a participação nas discussões sobre emprego, discriminação, pobreza, marginalidade, crescimento econômico e desenvolvimento sustentável.

O grupo de jovens, pela militância e sensibilidade aguçada em temas sociais, propunha soluções mais assertivas em âmbito humanitário. A síntese do encontro juvenil, em forma de documento, seria entregue aos chefes de Estado.

Ela falou, brigou e colocou o ponto de vista. A informalidade reinava. O que não podia ser confundido com baderna. Milhares de quilômetros a separava do Brasil. Não iria desperdiçar papeando futilidade. Movia-se por ideais. Sempre focada em questões cruciais.

Surgiu o convite para comparecer diante dos chefes de Estado do G8, quem sabe para posar para foto, representando o grupo jovem. Dentre os escolhidos, ela figurava. Aceitou numa boa. Os organizadores do evento sinalizaram que seria de bom tom trajar vestimenta mais formal. Daria descanso para calça jeans, a camiseta, a blusinha. A ideia do vestido de galã veio à tona. Por que a cor lilás? É a preferida.

Satisfação quase opressora, difícil de esconder, quando viu o Lula. A acolhida recebida só serviu para aumentar ainda mais o conceito que a moça nutria do presidente, seu ídolo. Já seria um feito enorme operário virar presidente do Brasil. Agora, ter alcançado a credibilidade entre os chefes de Estados, de ser chamado "esse-é-o-cara" por Obama e elevar o Brasil no conceito mundial é proeza para ser referenciado. Hoje, Brasil empresta ao FMI, pode? Que economista na década de oitenta podia imaginar tal feito?

A identificação com o Lula vai além de admiração fortuita. A garota partilha do sentimento de ser exceção, peixe fora d'água. A começar pela divisão carioca entre subúrbio e zona sul. Quantas meninas lá no subúrbio, menores de 16 anos, e já grávidas, fora da escola, enfiadas em subempregos sem carteira assinada, sem qualquer perspectiva de um futuro decente. Quantas excluídas de uma simples viagem à Itália por causa da cor, das raízes semelhantes às dela? Quantas impedidas de pegar microfone ou subir na plataforma para fazer ouvir o grito por melhor distribuição de renda, para diminuir o desemprego, a violência? Ela teve medo de levar resposta negativa, mas pediu ao Lula para se reunir com o grupo de jovem brasileiro. Ele aceitou.

O presidente a cumprimentou. Apresentou a menina para os chefes de Estado. Ela cumprimentou a mulher do Obama e as demais pessoas. Obama e Sarkozy, ela os achou tão diferentes da TV e dos jornais.

No dia seguinte, soube do frêmito que sua imagem provocou na imprensa. Tudo porque aparentemente o presidente Obama olhou para o traseiro dela. "É homem de carne e osso. Coisa tão comum. Ninguém está livre. Até eu quando vejo um homem bonito fico boquiaberta. Depois me recomponho". O que irritou a moça foi a imprensa ter dado mais atenção à futilidade que às propostas políticas apresentadas pelo grupo jovem Brasileiro.

VIDENTE?

"MAMÃE, ESTOU COM meu amiguinho", disse o menino.

"Tudo bem. Daqui a pouco é nosso voo, fique por perto", a mãe respondeu.

A mãe, moça sueca de cabelos finíssimos e bem loiros. Cabelos que teimavam cair nos olhos, tornando mais difícil a tentativa de ler a revista em português. "Que idioma complicado!", murmurou. Tinha a determinação de dominá-lo custasse o que custasse. Havia casado com brasileiro. Que situação mais chata ficar surda-muda nas férias no Brasil.

Olhou para o painel. Hora do seu voo. Chamou o filho. O garoto de sete anos veio a contragosto. A brincadeira estava animada. Corriam pelo saguão do aeroporto do Galeão como se estivessem no quintal de casa. Para criança não tem tempo ruim. Chegando perto da mãe, teve a camisa arrumada.

"Agora, é ficar comportado", dizia a mãe enquanto o menino ia acenando para o colega que tomaria o mesmo voo.

"Mãe, ele vai com a gente. Quando tiver no ar, posso conversar com ele?", pediu.

"Vamos ver se é possível. Você sabe que é para ficar na poltrona. Lembra-se daquela vez em Copenhague? Chamaram minha atenção por causa de sua brincadeira no corredor. Eu não sabia onde enfiar".

A careta de birra deixou mais contraído o rosto do menino.

"Vamos ver", a mãe disse mais uma vez.

Durante o dia, teriam a visão magnífica da baía de Guanabara ao decolar do aeroporto. À noite, sobravam as luzes e escuridão. Partiram. O menino manuseava brinquedo eletrônico. Contava com livretos caso tivesse vontade de ler.

De repente, teve necessidade de retirar a foto das filhas de 9 e 11 anos da carteira. As duas meninas e o marido tomaram voo anterior. O casal havia brigado? Nada. Era um acordo.

"Olha, eu tive uma ideia. Toda vez que viajarmos de avião serão em voos separados. Assim, caso haja acidente, os filhos não perdem de uma vez os dois pais", concluiu.

"Ah, que ideia!", ela reclamou nada à vontade.

Ela não gostou do que considerou a princípio brincadeira de mau gosto. Rolou rusga, ciúmes. Quando a poeira assentou, a moça pôde visualizar racionalidade na proposta do marido. Ele não estava delirando.

O acordo foi posto em prática há três anos. Viagem de avião para esta família é tão comum quanto de carro. Primeiro, os pais dele vivem no Brasil. E os dela na Suécia. Morando em Londres desde o tempo da faculdade, quando se conheceram e decidiram trilhar juntos a estrada da vida, o casal tem como rotina ida-e-vinda do aeroporto para visitar os parentes.

"Seu marido virou vidente?", disse a sogra quando soou aos ouvidos a ideia do genro viajar sozinho.

"É preocupação, mãe", a filha defendeu o marido.

Bastou pôr a foto de volta na bolsa para o avião sofrer violenta trepidação. A tempestade e os relâmpagos antes estavam no limite rotineiro. Nesse momento, no entanto, o avião chacoalhou tão forte que as máscaras de oxigênio despencaram do teto. As crianças estavam em pânico. Sentia-se a queda inevitável. O desespero reinava.

A mãe abraçou bem forte o filho que, vendo o rosto dela úmido de lágrimas, também chorou. Na cabeça dela a esperança de que marido e filhas tivessem chegado bem em casa.

"Mãe, tô com medo", disse o menino encolhido nos braços maternos.

"Eu também. Mas tudo vai ficar bem...", apertou o filho contra o peito.

Embora o avião se despedaçasse contra o oceano, mãe e filho nem sentiram a água do mar...

VIZINHOS

VIROU-SE DE UM lado para o outro em cima da cama. O sono não vinha. Culpa do barulho da música alta bem na altura da janela do quarto? Pode ser. Levantou-se. Foi ao banheiro. Aliviou a bexiga e lavou o rosto. Nem dava para esquentar. O que podia fazer afinal? Telefonar ao vizinho pedindo mais silêncio? Não, não tinha tal coragem.

A preocupação para evitar qualquer peleja com vizinhos era seu traço marcante. Covardia? Medo de represália tipo violência física ou verbal? O que contava era paz. Queria poder entrar e sair de casa e não encontrar desafetos e caras feias, rancorosas, a dardejar ódio. Se sempre se fizera de bom moço não era por altruísmo, apenas para manter a tranquilidade. Bastava os pepinos no serviço. Quando chegasse ao lar queria se desligar do mundo.

Na beira da cama, ia pensando que a situação nos últimos tempos até que tinha melhorado. Basta se lembrar do tempo em que os rapazes eram adolescentes. A música, para variar, era estrondosa, e não só em ocasião festiva. Nada. Toda vez que um deles ia tomar banho era aquela barulheira. Ainda que a música fosse *boa*, o incômodo não seria menor. Imagina sendo as que ele adoraria que não existissem.

"Estou pra ver como esses dois têm péssimo gosto musical", a esposa vez por outra alfinetava.

"Hum", ele não elogiava o ponto de vista da esposa, por ser caladão e não querer nem mesmo dentro de casa jogar lenha em possíveis atritos com vizinhos. Mas que ela tinha razão, ah, isso tinha.

Os adolescentes vinham com as músicas da moda. Tudo no último volume. O gosto musical nem era o traço pior. Sim quando chegavam de carro e ficavam buzinando para a mãe abrir o portão. Fosse que hora fosse do dia ou da noite. Os dois eram a falta de bom senso em pessoa. Quantas vezes ele se segurou para não sair e xingar todo mundo? Várias. O bom que nem todos os vizinhos tinham o sangue de barata.

"Oh palhaço, quer mostrar que tem buzina ou é bobo desse jeito mesmo?", foi o vizinho advogado que perdeu as estribeiras.

Na ocasião deu o maior buchicho. Xingamentos mútuos. Promessas de desforras. Mas o resultado feliz é que os jovens *amadureceram*, ou pelo menos deixaram de meter a mão na buzina e passaram a tocar a campainha, como qualquer pessoa civilizada.

Crescendo, começaram a trabalhar. A ausência de casa fez com que o sossego passasse a ser constante. A idade adulta vindo, e os rapazes buscando cada um sua casa, mulher e filhos, independência materna.

Com o lençol puxado até o pescoço, ia pensando ele, a situação melhorou muito nos últimos anos. Festas como essa são raras. Não mais que uma a cada dois meses. Tão diferente do tempo em que era quase todo fim de semana. A redução drástica das festividades deveu-se a ira de outro vizinho, que cansado da barulheira madrugada adentro chamou a polícia. Que tumulto. A briguenta atitude, contudo, resultou na tranquilidade, aproveitada inclusive por vizinho acomodado como ele. Tinha certeza que antes da meia noite a música seria desligada na casa ao lado, ou ao menos, o volume reduzido a ponto de não amolar o sono alheio.

Ligou o toca CD que estava na cabeceira da cama. Os fones de ouvidos já instalados no aparelho foram colocados nos ouvidos. *Tears For Fear* cantando *everybody wants to rule the world*. Quem sabe a atitude tranquila, de bom vizinho, acomodada na visão de muitos, fosse uma forma de manifestar o desejo de não querer dominar o mundo, de evitar batalhas e desprezos nas relações sociais. Se não tinha capacidade para eliminar as guerras da face da Terra, com sua atitude de vizinho moderado evitava uma próxima de si.

ZOO

O SÁBADO NO zoológico aprazia. O clima nublado, mas sem chuva, permitia que se andasse à vontade, sem o suor rolando pescoço abaixo, salvo no rosto dos mais calorentos. Boa parte dos transeuntes trazia blusa de frio em cima do lombo, sinal que a temperatura oscilava em morna e úmida. O que mais agradaria a este homem de quarenta anos era o fato de o zoo estar bem mais vazio que na primeira vez que o visitou há quatro anos.

Se há sacrifício em comparecer ao zoológico da parte dele, esse se diluía toda vez que o pai via o sorriso e a curiosidade no rosto da filha caçula quando encontrava este ou aquele bicho. Deve ser mesmo uma fascinação para a criança. Basta saber que a imagem dos bichos está presente no cotidiano dos pequenos. Os brinquedos de pelúcia, os desenhos de animais nos livros desde a pré-escola, os desenhos animados na TV, e as produções cinematográficas como Madagascar.

Alegria inenarrável deve tomar conta da criança que chega ao zoológico e vê todos os bichos em carne e osso. Tão diferentes do papel ou da tela de TV. "Que fedor é este?", pergunta a criança em voz alta quando passa próximo à ala dos hipopótamos. "Que bicho grande", admira a girafa. Os macaquinhos, um show à parte. Dá vontade de ir lá dentro, brincar com eles. Eles parecem gente. Os gestos, trejeitos. "Tudo bem que passar o dedo no ânus e cheirar não é muito recomendado ao ser humano civilizado", brinca alguém espantado em notar um macaco sendo o que é.

O leão é o galã do zoo. Por mais que torçam o nariz. A menina ficou agitada com o tamanho do bicho, isso quando conseguiu vê-lo. Havia muitas cabeças na frente, e nada ela captaria se o irmão mais velho não a levantasse no ombro. O leão olha a multidão com a indiferença de quem já tem as necessidades básicas saciadas, a saber, comida, local para dormir, tratamento médico e segurança.

As aves atraíram atenção dos mais adolescentes. Destaque para as gigantes águias semelhantes às do filme do Harry Potter. "Olha, ela gira o pescoço a quase 180º", alguém comenta diante da imensa gaiola. A águia de costas tinha o formato de um anão ou criança de seis anos, tamanha semelhança com o ser humano.

O pai chegou a se admirar do fato de que cada espécie estivesse dividida em par masculino e feminino. "Assim dá pra suportar a difícil tarefa do existir enjaulado", pensou.

Por falar em casal, o de jacarés o impressionou. O macho ali desde 1972, comprimido numa banheira e cercado por um imenso vidro blindado através do qual era visto e bulido pelos visitantes. Se a fêmea tinha saído da estreita piscina e se comprimia na areia, o mesmo não se podia esperar do jacaré macho. Este inerte. Nem os olhos piscavam. A família ali gastou uns cinco minutos. Mas o que era o tempo de cinco minutos para a criatura confinada num apertucho por 30 anos?

Entrando na ala das jiboias teve a mesma sensação de opressão sofrida pelos animais. Para complicar, incomodou-se com o comentário de algum insensível de que o espaço era muito grande para duas cobrinhas. Tudo bem. Desculpa-o. Vai ver é um trabalhador que mora num apartamento de menos de 50 metros quadrados com toda a família. A cobra permanecia encolhida, lá numa casinha. Olhava para a multidão que buscava fotos e comentários sobre o chocalho, pele...

Parada para lanche. Hora de o animal homem ser alimentado. "Será que algum dia nós estaremos atrás das grades num zoo? Ou talvez já estejamos. Quem sabe alguém de lá do alto vê a Terra como uma grande jaula, onde nós homens estamos apenas do lado dos demais animais", ia pensando consigo enquanto via os filhos, mulher e ele comer o lanche-almoço.

São José dos Campos, 28 de dezembro de 2009

MAIS LIVROS DO AUTOR

www.ronaldoduran.com.br